Retour à Belle Pointe

KAREN YOUNG

Retour à Belle Pointe

BEST SELLERS

éditions Harlequin

Cet ouvrage a été publié en langue anglaise
sous le titre :
BELLE POINTE

Traduction française de
CHANTAL MICHEL

Photos de couverture
Propriété : © ROYALTY FREE / MASTERFILE
Femme : © GETTY IMAGES / ROYALTY FREE / PHOTODISC

83-85, boulevard Vincent-Auriol, 75013 PARIS — Tél. : 01 42 16 63 63
Service Lectrices — Tél. : 01 45 82 47 47
ISBN 978-2-2808-3489-6 — ISSN 1248-511X

KAREN YOUNG

Retour à Belle Pointe

BEST SELLERS

éditions Harlequin

Cet ouvrage a été publié en langue anglaise
sous le titre :
BELLE POINTE

Traduction française de
CHANTAL MICHEL

HARLEQUIN®

est une marque déposée du Groupe Harlequin
et Best-Sellers® est une marque déposée d'Harlequin S.A.

Photos de couverture
Propriété : © ROYALTY FREE / MASTERFILE
Femme : © GETTY IMAGES / ROYALTY FREE / PHOTODISC

83-85, boulevard Vincent-Auriol, 75013 PARIS — Tél. : 01 42 16 63 63
Service Lectrices — Tél. : 01 45 82 47 47
ISBN 978-2-2808-3489-6 — ISSN 1248-511X

1.

La soirée battait son plein, et la salle comble témoignait du succès remporté par le dîner. A vue d'œil, Anne Whitaker évaluait le nombre des participants à trois cents au moins, ce qui dépassait largement les espérances de l'association humanitaire qui avait organisé l'événement. Fascinée, la jeune femme se rendait compte, une fois de plus, qu'il suffisait que Buck, la star des Jacks, l'équipe de base-ball de Saint Louis, accepte de faire une apparition pour que les gens se précipitent à ce genre de festivité, en déboursant chacun cinq cents dollars sans sourciller. Evidemment, elle était la première à apprécier la prestation de Buck. Il savait parler aux foules avec enthousiasme et humour, tout en demeurant modeste et charmant… De plus, Buck était son mari.

Avec un sourire poli, elle donna une réponse laconique à une question que lui posait l'épouse de l'arbitre, qui se trouvait assise face à elle. Entre la musique de fond, jouée par un orchestre de jazz, et le bruit assourdissant des voix des convives, il était impossible d'avoir une conversation cohérente. De toute façon, Anne ne se sentait guère en forme. Enceinte de deux mois et demi, elle était en proie à un malaise grandissant. Une douleur lui vrillait le bas-ventre depuis le début de la soirée et l'inquiétude commençait à l'envahir. Elle n'avait qu'une idée en tête :

rentrer chez elle et s'allonger sur son lit, dans le silence le plus complet. Une fois de plus, elle lança un coup d'œil nerveux à sa montre et réprima un soupir. Elle ne pourrait pas s'éclipser avant un bon moment.

En levant les yeux, elle rencontra le regard perçant de Gene Winston, l'agent de Buck. Elle lui offrit son plus beau sourire. Gene était un observateur né, et rien n'échappait à son œil de lynx. Même s'il avait connu la raison de la nervosité d'Anne, ce qui était impossible, il serait demeuré de marbre. La seule chose qui comptait, pour lui, c'était l'image de Buck. Pas question que son épouse gâche cette image parfaite en commettant un impair.

Comme s'il s'apercevait enfin du comportement tendu d'Anne, Buck fit tomber discrètement sa serviette à terre. En se penchant pour la récupérer, il en profita pour glisser à l'oreille de sa femme :

— Tout va bien, chérie ?

— Je me sens lasse. Et j'ai la nausée, admit-elle à voix basse.

— Nous partirons dès que cela sera possible, lui promit-il.

Puis il se détourna pour reprendre sa conversation avec son voisin, l'un des sponsors les plus importants des Jacks.

Anne mourait d'envie de poser la tête sur l'épaule solide de son mari, histoire de reprendre des forces. Réfrénant son envie, elle croisa les doigts sous la table, espérant de toute son âme que ses craintes relatives au bébé ne se matérialiseraient pas.

Au moment du dessert, Buck prononcerait un discours en sa qualité d'invité d'honneur. Elle devait faire bonne figure à tout prix.

En s'écartant légèrement pour permettre au serveur de remplir son verre d'eau fraîche, Anne intercepta le regard vaguement inquiet de Marcie Frederick, la femme d'un des entraîneurs des Jacks. Pendant le dîner, Marcie avait déjà remarqué à voix haute qu'Anne ne buvait pas de vin et s'en était étonnée. Toutefois, même si Anne la considérait comme son amie, elle ne lui avait pas appris qu'elle était enceinte.

En fait, elle n'avait annoncé la nouvelle à personne.

Pas même à son mari.

Voilà pourquoi Anne se sentait si nerveuse, ce soir. Elle avait décidé de lui révéler son secret après le dîner, dès qu'ils se retrouveraient chez eux en tête à tête. Une fois l'effet de surprise passé, il serait enchanté. Du moins c'est ce qu'elle espérait…

Elle rêvait de ce bébé depuis des années. Il faudrait sans doute un moment à Buck pour lui pardonner la façon dont elle avait réussi à réaliser son rêve.

Un serveur emporta le dessert qu'elle n'avait pas touché, tandis qu'un autre posait sur la table des tasses à café. Au moment où Anne, d'un geste de la main, indiquait qu'elle n'en prendrait pas, une douleur fulgurante lui transperça le bas-ventre comme un coup de dague. Tremblante, elle se leva en murmurant quelques mots d'excuse avant de s'esquiver, sous l'œil surpris de Buck. Durant cette soirée, elle n'avait cessé de faire des visites éclair aux toilettes.

Heureusement, celles-ci étaient vides. Le cœur battant la chamade, elle en choisit une au hasard et claqua la porte derrière elle.

Grands dieux, pourvu qu'elle ne soit pas en train de perdre du sang…

Ses craintes, hélas, étaient fondées. Devant la tache écarlate, elle ferma les yeux et poussa un gémissement d'angoisse. Inutile de paniquer… Elle savait ce qu'elle devait faire : s'allonger, les pieds surélevés, et rester au lit — telles étaient les recommandations de son gynécologue.

Restait à persuader Buck de quitter cette maudite soirée. Tant pis pour son discours. Il n'aurait qu'à inventer une excuse. Après tout, la vie d'un bébé était en jeu.

Elle sortit des toilettes et se dirigea vers l'immense salle de bal dans laquelle le dîner avait lieu. Soulagée, elle vit que l'estrade était encore vide. Elle avait donc le temps de transmettre un message à Buck avant qu'il ne s'empare du micro. A la hâte, elle griffonna quelques mots sur une serviette en papier et fit signe à un serveur.

— Apportez-la tout de suite à Buck Whitaker, lui dit-elle à mi-voix.

Devant l'air stupéfait du serveur, elle ajouta :

— Je suis sa femme. C'est urgent !

L'homme pivota aussitôt sur ses talons et se fraya un chemin entre les tables. Quelques instants plus tard, Anne vit son mari lire son étrange message, puis reposer la serviette sur la table, l'air très calme. Un sportif de haut niveau se doit de demeurer imperturbable en toute circonstance, même en situation de crise, songea-t-elle en l'observant. De son côté, elle frisait la crise de panique. Toutes les cellules de son corps lui hurlaient de quitter la pièce et de rentrer chez elle le plus vite possible.

Il s'agissait de leur bébé… Pas question de mettre sa grossesse en danger pour une soirée mondaine !

Buck se dirigeait vers elle sans hâte, l'air parfaitement détendu malgré la teneur du message qu'elle venait de lui transmettre. Dès qu'il s'approcha, elle ouvrit la bouche pour lui parler, mais il la fit taire d'un regard. Lui prenant le coude, il l'entraîna vers le hall d'entrée — un vaste rectangle entouré de colonnes de marbre blanc et couvert d'une épaisse moquette rouge sombre. Après avoir jeté un coup d'œil aux alentours, afin de s'assurer que personne ne pouvait les entendre, il lui lança un regard perçant.

— Que se passe-t-il ?

— Il faut que nous partions tout de suite, Buck.

— C'est impossible. Je dois me trouver sur l'estrade dans cinq minutes.

— Je sais, mais il faut que je rentre à la maison, c'est urgent…

Elle secoua la tête, inspira profondément et ajouta d'une traite :

— Je suis désolée, je ne voulais pas te l'annoncer de cette manière, mais je suis enceinte, Buck…

Il eut un faible sourire, mais son regard demeura insondable.

— Tu plaisantes ?

— Absolument pas. Je suis enceinte, et je perds du sang.

Il ferma les yeux une fraction de seconde avant de demander, incrédule :

— Comment peux-tu être enceinte ?

— Nous pourrons en discuter à la maison. Il faut que je rentre et que je m'allonge le plus vite possible.

Il se frotta la nuque, le front plissé, l'air dubitatif.

— Mais tu prends la pilule, et…

— Nous perdons du temps, Buck ! Tu m'as entendue, non ? Il y a quelque chose qui ne va pas, dans cette grossesse… Je veux rentrer tout de suite !

Sous l'effet de la panique, la voix d'Anne était montée de deux tons.

Buck lança un coup d'œil vers la salle, où l'attendaient trois cents invités.

— Ce n'est peut-être pas si grave, Anne…

— C'est possible, mais il vaut mieux ne pas prendre de risque, n'est-ce pas ?

Elle avait eu plusieurs semaines pour digérer la nouvelle

de sa grossesse, alors que Buck, lui, n'avait eu que quelques secondes. Il semblait être encore sous le choc de l'annonce, mais elle n'avait guère le temps de ménager ses sentiments.

— Partons maintenant, dit-elle avec fermeté.

— Non, Anne. Je suis leur invité d'honneur. Ces gens ont payé très cher leur dîner pour m'entendre et me voir.

— Comment ? Tu me parles d'argent, alors qu'il s'agit de la santé — et même de la vie — de notre bébé ?

Elle se passa une main sur le front et tenta de se calmer avant d'ajouter, suppliante :

— Cet enfant ne représente donc rien pour toi, Buck ?

— J'avoue que j'aurais besoin d'un peu de temps pour assimiler cette histoire de grossesse. Pour l'instant, je dois m'acquitter de mes obligations, Anne. Je n'ai pas l'intention de décevoir les centaines de personnes qui m'attendent dans la salle.

Anne sentit son cœur chavirer vers ses talons. Et leur bébé ? Ne sentait-il pas une obligation envers lui ? Il lui suffirait de monter sur l'estrade et d'expliquer la situation à tous ces gens. Ils comprendraient, elle en était certaine. Pourtant, elle devinait que Buck ne le ferait pas. Ce genre de comportement donnerait des frissons d'angoisse à son agent et à son entraîneur.

— Montre-toi raisonnable, Anne…

— Je ne veux pas perdre notre enfant, Buck, répondit-elle d'une voix brisée.

Il hocha lentement la tête et demeura silencieux quelques instants. Son expression neutre ne trahissait guère la gravité de leur discussion. Au fond de lui-même, il devait être abasourdi d'avoir appris sa future paternité, mais il était tellement habitué à contrôler ses sentiments qu'Anne ne pouvait les deviner.

— Peux-tu attendre une petite demi-heure ? Je vais abréger mon discours, je te le promets. Et je me débrouillerai pour trouver une excuse afin d'esquiver le reste de la soirée.

— Oh, Buck…, gémit Anne, la voix étranglée par l'émotion.

A la différence de son mari, elle ne parvenait pas à dissimuler ses sentiments, encore moins à les refouler.

— C'est une urgence, insista-t-elle.

— Tu en es bien sûre ? Dans ce cas, le mieux serait d'appeler une ambulance…

— Non. Mon médecin m'a simplement dit que si je perdais du sang, il fallait que je m'allonge tout de suite.

— C'est ce que tu vas faire… Dans une petite heure, tu seras au lit, lui promit-il.

Il lui prit la main et la serra doucement. Elle se laissa aller contre lui en soupirant.

— Je suppose que je peux encore attendre, murmura-t-elle.

Les quarante minutes qui s'écoulèrent ensuite furent les plus longues de sa vie. Au lieu de rester sagement assise sur son siège et d'écouter le discours de son mari, elle dut se rendre à deux reprises aux toilettes. La seconde fois, lorsqu'elle revint dans la salle, son angoisse devait être visible car Buck, qui venait de rendre le micro à l'organisateur de la soirée, échappa avec grâce à la foule de ses admirateurs pour se diriger vers elle. Son fameux sourire charmeur aux lèvres, il enlaça la taille de sa femme et l'entraîna vers la sortie.

— Ça va ? lui demanda-t-il, dès qu'ils furent dans la voiture.

— Je me sentirai certainement mieux chez nous.

— Règle ton siège sur la position allongée, ce sera plus confortable, lui suggéra-t-il avant de démarrer.

Une fois sur l'autoroute, Buck pressa la pédale de l'accélérateur. S'il n'avait pas joué au base-ball, il aurait piloté des Formules 1, songea Anne en l'observant.

— Comment se fait-il que tu sois enceinte ? Tu as oublié de prendre la pilule ? lui demanda-t-il d'un ton nerveux.

— Non, pas vraiment.

Il lui lança un coup d'œil surpris.

— Tu peux m'expliquer ?

Elle hésita une fraction de seconde. Il serait plus sage d'entamer cette discussion une fois chez eux. D'un autre côté, elle avait envie d'en finir avec le sujet.

— Ma grossesse n'est pas accidentelle, Buck. Je ne prends plus la pilule depuis un bon moment.

Dans la pénombre de l'habitacle, elle distingua les traits tendus de son mari.

— Tu aurais pu me prévenir, grommela-t-il.

Une main posée sur son ventre, en un geste protecteur, Anne répondit avec calme.

— Je ne suis pas fière d'avoir pris cette décision toute seule, et je t'en demande pardon, Buck, mais il ne s'agit pas d'un coup de tête. Je me suis rendu compte que chaque fois qu'on songeait à faire un enfant, tu avançais des tas de raisons pour remettre ce bébé à plus tard. Je connaissais d'avance ta réponse... Alors, après avoir mûrement réfléchi, j'ai sauté le pas.

Elle baissa les yeux vers son ventre, puis se tourna vers Buck avant d'ajouter d'une voix douce :

— J'ai trente-quatre ans. Plus je vieillis, plus la conception risque d'être difficile.

— Mais nous étions d'accord pour attendre encore un peu, protesta Buck.

— Combien de temps ? Trois ans ? Cinq ans ? Ou plus encore ? Moi, je suis prête depuis longtemps.

— Donc, tu as décidé d'ignorer mon point de vue et de faire comme tu en avais envie, lâcha Buck avec amertume.

Elle regarda droit devant elle. Ils roulaient sur une route

de campagne bordée par des arbres. Les phares du véhicule trouaient l'obscurité épaisse, quasi totale.

— On peut le dire comme cela, admit-elle dans un souffle.

Les mains crispées sur le volant, Buck s'agita sur son siège. Manifestement, il avait du mal à digérer la nouvelle de cette grossesse. Déçue, Anne s'efforça de refouler ses larmes.

— On ne décide pas d'avoir un bébé comme on décide d'adopter un chiot, Anne. Un enfant bouleverse la vie d'un couple. Cette naissance va provoquer d'énormes changements.

— Et alors ? Moi, je suis d'accord pour changer notre vie, Buck. Pas toi ?

Il lui jeta un regard furtif.

— Cela signifie-t-il que notre style de vie actuel ne te satisfait pas pleinement ?

Comme elle ne répondait pas, il hocha la tête.

— Ton silence est une réponse en soi. Mais crois-tu vraiment qu'un enfant va combler tes manques ? A mon avis, c'est un peu naïf de ta part.

Elle se mordit la lèvre tandis qu'il déboîtait pour dépasser à vive allure un camion un peu trop lent à son avis. Au vu de ses gestes nerveux, elle comprit qu'il était de très mauvaise humeur.

— Ralentis, Buck…, dit-elle à mi-voix.

— Je ne savais pas que tu étais aussi malheureuse, gronda-t-il sans relâcher la pédale de l'accélérateur.

Elle avait bien réfléchi, avant de décider de se retrouver enceinte à l'insu de son mari. Elle avait travaillé en tant que journaliste pour une chaîne télévisée, avant de rencontrer Buck lors d'un événement sportif qu'elle avait demandé à couvrir. En fait, ce soudain engouement pour le sport était fictif. Elle avait tout simplement découvert que Buck Whitaker, la star des Jacks, venait de Tallulah, Mississippi. Or, c'était là que son père, journaliste réputé, avait passé un été entier à filmer un documentaire. Toute son enfance, Anne avait entendu son père lui raconter l'expérience unique qu'il avait vécue là-bas. Il avait d'ailleurs écrit un livre à ce sujet. Voilà pourquoi elle s'était sentie aussi excitée à l'idée de rencontrer un natif de Tallulah.

Dans la pénombre, le visage de Buck semblait tendu à l'extrême. Comme il était différent de l'athlète tranquille et souriant qu'elle avait filmé pour la première fois en train de jouer avec des gamins avec un naturel déconcertant ! Elle s'était même fait la réflexion qu'il avait l'étoffe d'un bon père. Six mois plus tard, ils se mariaient.

Le regard flou, Anne s'abîma dans ses pensées. Vue de l'extérieur, elle semblait comblée. Elle avait épousé un sportif célèbre qui se conduisait envers elle comme un mari attentif, aimant et généreux. Doté d'un optimisme à toute épreuve, il n'hésitait pas à s'impliquer dans des œuvres humanitaires. Entre les voyages exigés par la profession de Buck et leurs engagements sociaux, ils menaient une vie trépidante. Mais derrière la personnalité chaleureuse, voire charismatique, de Buck Whitaker, se dissimulait un être secret, profond, constamment à la recherche du calme intérieur. Cela, Anne était quasiment la seule à le savoir.

Lorsqu'ils ne se trouvaient pas dans des palaces à l'étranger, ils habitaient une luxueuse propriété dans la banlieue chic de la ville de Saint Louis. Buck l'avait achetée grâce au fabuleux contrat qu'il avait signé avec les Jacks, tout comme il avait acquis un chalet dans le Colorado et une villa en Floride. Parfois, Anne se demandait s'il ne la considérait pas comme l'une de ses possessions, elle aussi. C'était l'une des raisons pour lesquelles elle désirait ardemment un enfant. Il lui semblait qu'en formant une vraie famille, ils seraient obligés de s'ancrer davantage dans la réalité et d'abandonner leurs habitudes de nomades de luxe.

— J'ai l'impression de vivre dans un aquarium, Buck. Si nous n'y prenons pas garde, nous allons devenir des marionnettes, toi qui prends constamment la pose pour tes fans, et moi qui te lance un sourire adorateur… Cela ne rime à rien. Notre vie a beau ressembler à un conte de fées, je la trouve vide et dénuée de sens.

— Je ne t'ai pas entendue te plaindre, quand j'ai signé mon dernier contrat. Et tu n'as pas fait la grimace quand je t'ai acheté ce joli petit coupé Mercedes pour ton anniversaire…, grommela Buck.

— Je n'ai jamais dédaigné tout ce que ta situation pouvait nous offrir. Mais il ne s'agit que de choses matérielles… Elles ne peuvent pas remplacer un enfant. Je veux fonder une famille.

— C'est quoi, une famille ? Je me le demande… D'après mon expérience personnelle, c'est un groupe de gens qui cohabitent dans une ambiance malsaine, rétorqua Buck avec une amertume qui ne lui était guère habituelle.

— Je sais que tes relations avec les Whitaker ne sont pas au beau fixe, mais cela ne t'empêchera pas d'être un bon père, Buck. Bien au contraire, cela te donnera l'occasion de transformer les traumatismes de ton enfance.

Il eut un petit rire sans joie.

— Pour cela, il me faudrait plus d'une vie !

— Réfléchis un peu… Tu as lancé un programme en faveur des gamins déshérités de Saint Louis, tu fais le tour des collèges pour parler aux adolescents des dangers de la drogue et de l'intérêt d'obtenir un diplôme. Tu as un cœur immense ! Comment pourrais-tu ne pas être un père merveilleux ?

Anne avait été adoptée par un couple dont elle était demeurée l'enfant unique. Malgré tout l'amour que lui portaient ses parents, elle aurait adoré avoir des frères et des sœurs. Aussi, quand elle avait épousé Buck, elle s'était promis de fonder une grande famille. Les racines familiales de son mari plongeaient dans le delta du Mississippi, où se trouvait Belle Pointe, la plantation de coton qui l'avait vu naître. Sans trop comprendre pourquoi, ce genre d'environnement fascinait Anne, qui avait grandi dans une petite ville sans histoire de la Nouvelle-Angleterre.

— Depuis combien de temps es-tu enceinte ?

— Dix semaines.

Anne se mordit la lèvre. Depuis qu'ils avaient pris la route, les contractions s'aggravaient. Devait-elle aller chez elle ou bien directement à l'hôpital ? D'un coup d'œil au tableau de bord, elle vit que l'aiguille indiquant la vitesse du véhicule se trouvait largement au-delà de la limite autorisée. Son anxiété redoubla d'un coup et elle préféra se taire. Inutile d'exaspérer davantage Buck, car il risquait de se venger sur la pédale de l'accélérateur.

— Autant parler franchement, Anne. Cette grossesse ne me réjouit pas. Les Jacks ne semblent pas pressés de me renouveler mon contrat pour la saison prochaine. Primo, j'ai trente-sept ans, secundo, mon bras ne va pas si bien que cela. Tertio, le fait que Casey soit mort chez moi ne leur plaît pas... Il faut dire qu'en termes de publicité, on peut trouver mieux ! Tu sais comme moi que son cœur a lâché brutalement et que devant une crise cardiaque, on ne peut pas grand-chose. Mais la presse a fait allusion à une prise de stéroïdes, et j'ai beau dénier la chose, les Jacks s'acharnent à me soupçonner. Alors, un bébé dans ces conditions, ce n'est pas facile à envisager. En toute sincérité, je le vois comme une complication de plus. Ce n'était vraiment pas le moment...

— Et quand ce moment viendra-t-il, Buck ? Je regrette ma stratégie, mais pas la conception. Maintenant, c'est fait, il n'y a plus qu'à attendre.

— Jamais je n'aurais cru que tu agirais ainsi, Anne.

— Eh bien, j'assume.

Elle croisa les bras et leva le menton.

— Je suis désolée que ce ne soit pas le bon moment pour toi, mais on ne peut plus rien changer. L'avortement est hors de question. J'espère que tu es de mon avis ? ajouta-t-elle, brusquement inquiète, en se tournant vers lui.

Buck ne répondit pas tout de suite. Horrifiée, Anne le dévisagea. Certes, il avait le droit d'être choqué par la nouvelle qu'elle venait de lui assener, mais de là à songer à un avortement…

— J'attends ta réponse, Buck, articula-t-elle d'une voix blanche.

— Bon sang, Anne, j'avoue que…

Il s'interrompit et hurla :

— Attention !

Il freina abruptement. Les pneus crissèrent sur le bitume. Ahurie, Anne aperçut la silhouette d'un cerf se découpant dans la lumière des phares de la Porsche. Ne parvenant pas à arrêter le véhicule, qui roulait beaucoup trop vite, Buck tenta d'éviter l'animal d'un coup de volant. La voiture, encore sur sa lancée, sortit de la route et roula en zigzaguant sur la bande d'urgence. Un panneau se dressa soudain devant le pare-brise. De nouveau, Buck tourna brutalement le volant, et cette fois, la Porsche fit un tonneau avant de s'écraser au fond du fossé qui longeait la route.

Même si les événements s'étaient enchaînés à toute allure, Anne devait se souvenir plus tard de la scène comme d'un film se déroulant au ralenti. A la dernière seconde, juste avant que la voiture ne s'écrase et qu'elle perde connaissance, elle eut une pensée désespérée pour son enfant.

« Mon Dieu, protégez-le... »

Sur le linoléum blanc du couloir de l'hôpital, les roues du fauteuil faisaient un petit bruit de succion. Poussée par un infirmier, Anne, hébétée, venait de sortir de la salle des soins d'urgence, et les mots du médecin s'entrechoquaient dans sa tête.

« Désolé, madame, vous avez fait une fausse couche... »

Devant l'ascenseur, une silhouette se matérialisa soudain à ses côtés. Ce n'était pas celle de Buck.

— Mon pauvre chou, comment te sens-tu ?

Une larme perla au coin des yeux de la jeune femme.

— J'ai connu des jours meilleurs, Marcie...

La femme de l'entraîneur des Jacks se pencha pour lui serrer la main avec douceur.

— Je ne peux pas l'accepter, tu sais... Ce bébé, je le voulais plus que tout au monde, chuchota Anne entre deux sanglots étouffés.

— Je sais, mon chou, je sais...

Marcie tira un mouchoir en papier de son sac et tapota avec douceur les joues mouillées d'Anne.

— Je suis idiote de n'avoir pas deviné que tu étais enceinte. Après l'avoir été trois fois moi-même, j'aurais pu reconnaître les symptômes.

— Personne n'était au courant. J'avais décidé d'attendre le troisième mois pour l'annoncer. Par peur d'une fausse couche..., balbutia Anne, en pleurant de nouveau.

— Heureusement que vous vous en êtes sortis vivants, Buck et toi. Le choc a été très violent, à ce qu'on m'a dit.

Anne hocha la tête, les yeux clos.

— Comment va Buck ?

— Il est encore aux urgences.

Comme Anne ne lui demandait pas d'autres détails, elle ne lui en donna pas davantage. L'ascenseur s'arrêta à leur niveau, et l'infirmier poussa le fauteuil roulant d'Anne à l'intérieur de la cabine. Marcie s'y engouffra derrière eux.

Arrivés au troisième étage, ils firent quelques mètres dans le couloir, jusqu'à ce que l'infirmier s'arrête devant une porte.

— Nous y voici. Je vais vous installer dans votre lit, madame. Le médecin vous rendra visite en fin d'après-midi.

Outre sa fausse couche, Anne avait subi un choc à la tête et son corps était couvert d'ecchymoses. Elle devait rester en observation à l'hôpital un jour ou deux.

L'infirmier s'éclipsa avec le fauteuil roulant. Marcie lança un coup d'œil à sa montre.

— Monk se trouve avec Buck. Il a promis de m'appeler dès qu'il en saurait un peu plus sur son état.

Comme Anne se taisait, Marcie poursuivit :

— Te souviens-tu de ce qui s'est passé exactement ?

— Je sais que j'avais ma ceinture de sécurité. Mais ma tête a heurté la vitre, et j'ai dû m'évanouir quelques instants. Ensuite, mes souvenirs sont assez précis.

Anne ferma les yeux.

— Les secours sont arrivés très vite. On m'a mise sur une civière… Mon Dieu, j'avais du sang partout…

— Et Buck ? murmura Marcie dans un souffle.

— Il était inconscient. Il n'avait pas mis sa ceinture de sécurité. Il a dû avoir un choc à la tête.

Marcie eut un claquement de langue, l'air désapprobateur.

— C'est irresponsable. Les Jacks ne vont pas apprécier, j'en suis sûre.

Elle s'empara de la charte accrochée au pied du lit et l'examina, les sourcils froncés. Malgré des études d'infirmière poussées, elle avait cessé de travailler à la naissance de son premier enfant.

— J'ai eu beau insister, ils ne m'ont pas donné beaucoup d'informations lorsque je me trouvais dans la salle d'attente.

— Tu crois que je vais survivre ? demanda soudain Anne, d'une voix neutre.

La question lui avait échappé. Pourtant, elle se moquait de la réponse. La vie, en ce moment, lui importait peu.

— Bien sûr que oui, mon chou ! Et tu pourras avoir d'autres bébés, ne t'inquiète pas.

Devant l'air surpris d'Anne, Marcie ajouta :

— Ils ne t'ont rien enlevé. Buck et toi, vous pourrez élever une famille nombreuse.

Anne se détourna, l'air sombre.

— Je ne crois pas que Buck en ait envie.

— Les hommes n'ont jamais envie d'avoir un enfant. C'est lorsqu'ils sont mis devant le fait accompli et qu'ils voient pour la première fois leur bébé qu'ils changent d'avis, déclara Marcie d'un ton léger.

— Buck doit être l'exception qui confirme la règle. Il ne veut pas d'enfant, point final.

— Eh bien, il sait donner le change. Chaque fois que je le vois, il est entouré d'une ribambelle de gamins !

— Il n'a pas de problème avec les enfants des autres, rétorqua Anne avec amertume.

Heureusement, une aide-soignante entra dans la chambre à ce moment-là, interrompant ainsi une conversation qui risquait de tourner à l'aigre. Elle indiqua à Anne comment se servir de diverses commandes : celle de la télévision, celle du lit, celle de la sonnette d'alarme. Quelques instants plus tard, elle quitta la pièce pour refaire la démonstration dans la chambre voisine.

— Ton père a appelé pendant que tu te trouvais aux urgences, annonça Marcie. Il était affolé, comme ta nouvelle belle-mère d'ailleurs. Et aussi surpris que moi d'apprendre que tu étais enceinte. J'ai fait de mon mieux pour apaiser leur inquiétude, mais je crois qu'ils seront heureux de t'avoir au bout du fil. Dans quelques heures, peut-être, quand tu te sentiras mieux...

— Je verrai. Merci.

Epuisée, Anne fixa sans la voir la ville illuminée qui se déployait sous sa fenêtre, sous le ciel étoilé.

— Il est très tard, Marcie. Tu dois être fatiguée.

— Sûrement moins que toi, mon chou. D'ailleurs, si je n'étais pas ici, je me tournerais les pouces chez moi.

Un faible sourire étira les lèvres décolorées d'Anne.

— N'oublie pas que je sais que tu as trois enfants qui t'attendent à la maison.

— Ils sont avec leur gouvernante et ils sont censés dormir à poings fermés, à cette heure. Ne t'inquiète pas pour eux, c'est à toi qu'il faut penser, ma chérie. Remets-toi vite et tu pourras envisager de faire un autre bébé.

La sonnerie du téléphone de Marcie retentit à point nommé pour Anne. Elle n'avait guère envie d'évoquer une future grossesse en ce moment.

— C'est Monk. Excuse-moi un instant.

Marcie sortit de la pièce, le téléphone collé à l'oreille. L'esprit vide, le regard perdu, Anne se tourna de nouveau vers la fenêtre.

Marcie revint, un sourire qui se voulait optimiste aux lèvres.

— Buck s'en sort avec une vilaine blessure au genou et un

traumatisme crânien. C'est pour cela qu'il n'est pas encore venu te rendre visite.

— Je ne veux pas le voir, Marcie. C'est à cause de lui que j'ai perdu mon bébé.

Marcie prit la main d'Anne entre les siennes.

— En es-tu bien sûre ? Tu m'as dit que tu perdais du sang, pendant la soirée…

— C'est vrai. Et quand j'ai demandé à Buck de me ramener d'urgence à la maison, il a refusé. Il voulait d'abord prononcer son fameux discours.

— Ma pauvre chérie… Moi aussi, j'ai fait une fausse couche, avant d'avoir mon premier enfant. Cela arrive plus souvent qu'on ne le pense. J'ai souffert le martyre, je pleurais toute la journée… Aujourd'hui encore, il m'arrive de penser à ce que ce bébé aurait pu devenir.

Elle eut un soupir et serra la main d'Anne.

— Buck et toi, vous avez besoin l'un de l'autre, plus que jamais. Il a subi une perte, lui aussi. Tu sais comment sont les hommes : ils préfèrent mourir à petit feu plutôt que de montrer le moindre signe d'émotion. Je comprends ta souffrance, mais franchement, c'est une épreuve qui vous concerne tous les deux.

Les lèvres pincées, Anne secoua la tête.

— Tu te trompes. Buck n'éprouve aucune perte, au contraire. Il doit se sentir soulagé.

— Oh, Anne… Comment peux-tu croire une chose pareille ? s'exclama Marcie, stupéfaite.

Anne remua nerveusement sous son drap immaculé. Les traits crispés, elle se tourna une fois de plus vers la fenêtre, comme si elle cherchait désespérément à s'échapper.

— Je ne suis pas en forme. Pourrais-tu aller voir les infirmières et les prier de ne me passer aucune communication, et d'empêcher toute visite ?

Marcie la contempla un instant avant de répondre.

— Bien sûr. Jusque-là, le corps médical a fait preuve de discrétion. Si tu sors demain de l'hôpital, tu as une chance d'échapper aux journalistes. Heureusement pour nous, ils s'intéressent essentiellement aux joueurs.

Marcie prit la veste d'Anne, qui gisait au pied de son lit, et la posa sur le dossier d'un siège avant de reprendre, les sourcils froncés :

— Finalement, tout bien considéré, c'est peut-être une bonne chose pour Buck d'être obligé de se reposer chez lui quelques jours. Cela va vous donner le temps de résoudre vos problèmes de couple.

— Tu rêves, Marcie. Pour Buck, le problème est réglé, puisque je ne suis plus enceinte.

Marcie fit claquer sa langue d'un air désapprobateur. Elle se redressa, croisa les bras sur sa poitrine et regarda Anne droit dans les yeux.

— Bon, je vais transmettre ta consigne aux infirmières, mais à une condition : tu verras Buck s'il vient te rendre visite.

Comme Anne ouvrait la bouche pour protester, elle leva la main et répéta :

— Tu verras Buck, ne serait-ce que pour la raison suivante : si tu refuses, une rumeur va courir dans tout l'hôpital selon laquelle la femme de la star des Jacks, qui vient d'avoir un accident de voiture et a fait une fausse couche, ne veut plus voir son mari. Tu veux parier que la nouvelle fera la une des journaux demain matin ? Pire : elle sera diffusée sur toutes les chaînes de télévision dès ce soir. Tu sais que j'ai raison, Anne.

Des larmes perlèrent au coin des yeux d'Anne, qui était désormais aussi blanche que son drap.

— Je hais cette vie de fous, Marcie. Je ne la supporte plus !

— Elle n'est pas faite pour les faibles, je te l'accorde.

Mieux que quiconque, en tant qu'épouse d'entraîneur, elle savait combien il était difficile d'avoir une vie privée. Chaque geste, chaque parole de son mari était épié et commenté par les journalistes.

Anne poussa un soupir à fendre l'âme.

— D'accord. Je le verrai, murmura-t-elle.

Marcie se pencha pour lui poser un baiser sur le front.

— Je suis fière de toi, ma grande. Et il te suffira d'un coup d'œil au visage tuméfié de ton mari pour te sentir mieux, ajouta-t-elle avec un clin d'œil en se redressant.

Après cette déclaration cynique, Marcie s'éclipsa de la pièce.

Le dimanche matin, Franklin Marsh avait l'habitude de préparer le petit déjeuner.

Il coupait le pain quand la sonnerie du téléphone retentit dans la chambre voisine. Vu l'heure matinale, ce ne pouvait être que l'hôpital… Lâchant son couteau, il se précipita pour répondre. Trop tard. Sa femme avait déjà décroché.

— Oh, Anne, nous avons eu si peur, cette nuit ! Tu ne sais pas à quel point je suis heureuse de t'entendre. Franklin va être soulagé, car il s'est beaucoup inquiété… D'ailleurs, le voici, je te le passe.

Franklin prit l'appareil et se laissa tomber sur le bord du lit.

— Bonjour, fillette. Tu nous as fait une vraie frayeur, tu sais.

— J'en suis désolée, papa. J'espère que je ne vous réveille pas…

— Oh, non ! Comment vas-tu ? Marcie nous a tenus au courant… pour tout.

— Ça va, papa. Mais je regrette tellement cet enfant…

La voix d'Anne se brisa sous le coup de l'émotion.

— Je te comprends, ma chérie. Nous aussi, nous sommes terriblement déçus. Buck doit être désolé. Comment va-t-il ?

— Pas mal. Je ne sais pas si vous avez eu les détails de l'accident. En tout cas, ici, ils sont déjà dans les journaux.

— La presse locale va en faire ses choux gras. Le héros de Tallulah ne peut pas bouger un doigt sans que tout le monde en parle. Alors, un accident…

— Justement. Je voudrais te donner certaines informations avant qu'elles ne soient déformées à plaisir par les journalistes.

Anne aspira une grande bouffée d'air avant de poursuivre :

— Buck roulait trop vite, ce qui ne devrait surprendre personne. Il a donné un coup de volant pour éviter un cerf qui traversait la route et qu'il n'a vu qu'au dernier moment. Il faisait nuit noire. La voiture a dérapé, puis elle est tombée dans un fossé. J'avais ma ceinture de sécurité, mais Buck n'avait pas attaché la sienne. Il souffre d'un traumatisme crânien et d'une blessure au genou. J'avoue que je ne l'ai pas encore vu, acheva-t-elle à mi-voix.

— Oh… Buck risque sa carrière, s'il ne peut pas retourner sur le terrain avant un bout de temps.

— Je le crois aussi.

De nouveau, Anne inspira longuement.

— Il aurait dû y penser avant de prendre le volant, lâcha-t-elle.

Surpris par le ton soudain glacé de sa fille, Franklin dit avec douceur :

— Ça n'a pas l'air d'aller très fort, Anne chérie…

— Si, ne t'inquiète pas. En fait… Je me demandais si vous seriez d'accord pour que je vous rende visite…, bredouilla la jeune femme.

Franklin échangea un rapide regard avec Beatrice, son épouse, qui était assise auprès de lui, avant de rétorquer :

— Nous serions enchantés de vous avoir tous les deux chez nous.

— Je viendrai seule, papa.

— Oh… Alors, avec joie, ma chérie. Mais si Buck est blessé…

— Il a toute l'équipe des Jacks autour de lui, sans compter son fan-club de Saint Louis. Il n'a pas besoin de moi. J'aimerais vraiment passer du temps avec vous, si cela ne vous dérange pas.

— Nous t'attendons. Tu pourras rester aussi longtemps que tu le souhaiteras.

Il se leva, et arpenta nerveusement la pièce, l'appareil collé à l'oreille. Il hésitait. S'il lui parlait franchement, Anne risquait de changer d'avis, ce qui décevrait terriblement Beatrice.

— Mais j'espère que tu es bien sûre de ce que tu fais, ne put-il s'empêcher d'ajouter. N'est-ce pas un peu ennuyeux de laisser Buck dans l'état où il se trouve ?

— Nous en discuterons, papa. J'espère sortir de l'hôpital demain matin. Il me faudra un peu de temps pour reprendre mes esprits et faire mes bagages, et j'ignore s'il y a un vol dans la soirée… De toute façon, je louerai une voiture et…

— Il n'en est pas question ! Je viendrai te chercher, quelle que soit l'heure, trancha son père, péremptoire.

Beatrice renchérit en hochant la tête.

— Nous viendrons tous les deux, rectifia-t-il. Il suffit que tu nous passes un coup de fil.

— Merci. J'ai vraiment envie de vous voir, murmura Anne d'une voix étranglée.

— Tu as subi une rude épreuve. Et Buck aussi…

— Laisse Buck où il est, papa. Je t'expliquerai tout quand je serai chez vous. A bientôt.

Avant que son père puisse répliquer, elle raccrocha.

— Qu'y a-t-il ? demanda aussitôt Beatrice, l'air inquiet.

Stupéfait, Franklin reposa l'appareil et secoua la tête.

— Je n'en sais rien, chérie. Apparemment, elle veut se trouver le plus loin possible de Buck.

Beatrice porta les mains à ses joues, à la fois ravie et incrédule.

— Elle vient chez nous ? C'est vrai ?

— C'est pour cela qu'elle a appelé.

Franklin fronça les sourcils.

— Elle semble bouleversée. Je me demande si…

— Oh, la pauvre chérie ! Nous aurions dû prendre le premier vol hier soir ! Nous serions à son chevet, à l'heure actuelle.

Beatrice se leva et s'approcha de la fenêtre. Le regard perdu au loin, elle poursuivit :

— Cela semble affreux à dire, mais je suis reconnaissante envers le ciel de m'offrir ainsi l'occasion de mieux la connaître. Après tout, je ne l'ai vue que quelques heures le jour de notre mariage, puisque le soir même Buck lui a demandé de rentrer à Saint Louis avec lui.

— C'est vrai qu'il passe le moins de temps possible dans sa ville natale, murmura Franklin, songeur.

Il rejoignit sa femme devant la fenêtre et l'enlaça.

— Tu as raison, les circonstances sont loin d'être idéales, mais cela te permet au moins de faire sa connaissance.

Les mains posées sur son cœur, Beatrice semblait en proie à une vive émotion.

— Oh, Franklin… Tu sais à quel point c'est important pour moi !

— Je sais, chérie.

Comme il se penchait pour déposer un baiser sur les lèvres de son épouse, il vit une larme perler au coin de ses grands yeux bleus.

2.

La matinée touchait à sa fin quand Buck parvint en claudiquant jusqu'à la porte de la chambre d'Anne. Il frappa deux coups légers et, n'obtenant pas de réponse, il ouvrit la porte sans bruit. Assoupie, elle s'éveilla en sentant le baiser léger qu'il lui posa sur le front. Comme il tentait de lui prendre la main, elle l'écarta d'un geste nerveux.

— Bonjour, chérie.

Elle examina le visage de son mari avec détachement. Il avait une joue balafrée, une arcade sourcilière suturée et un œil au beurre noir. Un épais bandage entourait le haut de son crâne. Sans doute était-ce là qu'il avait reçu le coup provoquant le traumatisme. La barbe qui ombrait ses joues accentuait son charme sensuel et devait lui attirer des œillades de la part des infirmières.

— Bonjour, Buck.

— Ce n'est pas facile d'accéder à ta chambre… Comme la tour dans laquelle dort la princesse des contes de fées, il faut lutter contre des dragons pour parvenir à y entrer.

Il avait opté pour l'humour… Après tout, c'était son choix et cela lui importait peu.

— Je ne suis pas sûre qu'on t'ait autorisé à marcher. Monk a l'air inquiet pour ton genou, répondit-elle d'un ton distant.

Il haussa les épaules.

— De toute façon, j'ai mal partout.

Il lui adressa son sourire le plus sexy.

— Dis-moi plutôt comment tu te sens.

— Oh, plutôt bien…

Elle tourna le visage vers la fenêtre.

— Dans quel état est la Porsche ?

— C'est une épave.

Il toussota.

— Anne, je…

— Je parie que les infirmières se battent pour te soigner, murmura-t-elle.

Elle regarda deux oiseaux s'affronter sur la balustrade du balcon, sans doute pour quelques miettes.

— On m'a dit que nous avons eu de la chance d'en réchapper, ajouta-t-elle.

— C'est vrai. Je me suis conduit comme un imbécile. Je roulais beaucoup trop vite et sans ma ceinture. Heureusement que toi, tu avais attaché la tienne.

— Les Jacks finiront par te pardonner un jour ou l'autre.

— Et toi ?

— Moi ? Je ne sais pas, Buck.

Il tendit la main et lui prit délicatement le menton afin de tourner son visage vers lui.

— Je t'en prie, Anne… Regarde-moi.

Elle obtempéra à regret.

— Je suis désolé, tu m'entends ? Je sais bien que ces mots ne sont pas suffisants pour que tu me pardonnes, mais je te jure que si j'avais su, j'aurais tout fait pour éviter ce désastre.

Cette fois, elle leva les yeux vers lui.

— Vraiment, Buck ? Même si ce « désastre », comme tu

le dis, t'a permis de te débarrasser d'un enfant dont tu n'avais pas envie ?

Il secoua la tête.

— Je comprends que tu aies du mal à me croire… Si seulement je pouvais retourner en arrière et modifier ce que je t'ai dit au sujet de ce bébé, pendant la soirée ! Je regrette de ne pas t'avoir ramenée à la maison quand tu me le demandais, et je regrette encore plus d'avoir roulé aussi vite.

Il eut un gémissement de désespoir.

— Je crois que la nouvelle de ta grossesse m'a assommé, Anne. Ce n'est pas une excuse, mais c'est la vérité.

— Tu as raison. Ce n'est pas une excuse, rétorqua-t-elle, les traits crispés.

Elle détourna de nouveau le regard.

— A quoi bon discuter de cela ? J'ai perdu ce bébé. J'accepte tes excuses, mais elles ne servent à rien.

— J'ai besoin que tu me pardonnes, chérie. Il faut qu'on rentre chez nous et qu'on parle…

Elle s'agita avec impatience.

— On fait toujours ce que tu veux, Buck. Eh bien, maintenant, ce que tu veux m'est complètement égal. Je pense que tu ne te rends pas bien compte de l'impact de cet accident sur notre couple. Tu m'as souvent dit que tu ne souhaitais pas avoir d'enfant, mais je croyais que tu finirais par l'accepter en constatant que nous en avions fait un, tous les deux. Je me suis trompée. Désormais, tu n'as plus à t'inquiéter. Nous n'aurons pas d'enfant, toi et moi.

Elle aurait voulu rejeter ses couvertures et lui crier à la figure que jamais, jamais elle ne lui pardonnerait ce qu'il avait fait… Pourtant, elle parvint à maîtriser sa colère afin d'en finir avec cette discussion le plus calmement possible.

— Va-t'en, Buck. S'il te plaît. Pars avant que nous ne disions des choses que nous risquons de regretter ensuite.

Le visage de Buck devint livide.

— Je ne peux pas te laisser dans cet état, murmura-t-il.

— Tant pis pour toi.

Elle lui lança un regard d'une tristesse infinie.

— Sommes-nous devenus des étrangers l'un pour l'autre, Buck ? Après six ans de vie commune, tu ne me connaissais pas suffisamment pour te rendre compte de tout ce que cet enfant représentait pour moi ?

— Je crois que je l'ignorais, dit-il avec un soupir.

— Dommage.

— Nous pouvons sauver notre couple, chérie.

— Je ne suis pas sûre d'en avoir envie.

Buck déglutit avec peine. Puis il parla lentement, comme s'il choisissait ses mots avec le plus grand soin, l'air d'un homme marchant sur un terrain miné.

— Tu es bouleversée, mon amour, et c'est parfaitement normal. Mais une fois chez nous, quand tu te seras reposée, nous pourrons discuter calmement. Nous parviendrons à mettre cet… cet incident derrière nous.

Les yeux d'Anne s'élargirent.

— Tu veux dire qu'il suffira de l'oublier ?

— Non… Bien sûr que non, répondit Buck précipitamment.

Exténué, il se passa une main fébrile sur le menton.

— On m'a dit que tu devais sortir demain matin ?

Perdue dans ses pensées, Anne mit un temps avant de répondre.

— C'est probable. J'ai bien envie de m'en aller tout de suite, mais le médecin insiste pour me garder encore une nuit. Toi, tu vas sans doute rester ici encore un moment.

— Je veux rentrer à la maison avec toi.

Il se redressa, l'air déterminé.

— Je me fiche de ce que l'équipe médicale ou mes entraîneurs peuvent penser. Nous quitterons l'hôpital ensemble demain. Tu n'as pas intérêt à partir sans moi… Je t'en prie, Anne, je sais que tu es en colère et que tu m'en veux, mais ne me fais pas le coup de t'éclipser sans me prévenir !

Elle soupira, épuisée elle aussi.

— Tu es blessé au genou. Comment espères-tu conduire ? Et je vois bien que tu souffres le martyre.

Elle décelait chez lui les signes habituels de la douleur : la crispation des lèvres, la sueur perlant au front, le tremblement des mains.

— Je louerai une limousine.

— Quoi ? Nous allons mettre cette idée sur le compte de ton traumatisme crânien, Buck. Mais ne loue pas ce genre de véhicule, surtout pas ! Tu veux créer un attroupement au moment de ma sortie de l'hôpital ? C'est le genre de publicité que je déteste. D'ailleurs, c'est l'une des raisons pour lesquelles j'ai décidé de partir.

— Partir ? Que veux-tu dire ?

Elle ferma les yeux.

— Excuse-moi, Buck, mais je suis très fatiguée. Je n'ai pas assez d'énergie pour continuer cette conversation. Nous nous verrons demain. Si tu dois rester ici, je demanderai à Marcie de venir me chercher.

— Je quitterai l'hôpital avec toi, je te le garantis, déclara-t-il, l'air sombre.

— Comme tu voudras, Buck.

Elle tourna la tête sur l'oreiller, comme si elle s'apprêtait à dormir. Il la dévisagea un long moment avant d'articuler, la voix rauque :

— Je te demande pardon, Anne. Et je te promets de me racheter à tes yeux.

Quelques instants plus tard, elle entendit la porte de sa chambre se refermer sur lui.

Les traits crispés par une souffrance presque insoutenable, Buck se laissa tomber dans le fauteuil roulant qui l'attendait dans le couloir, à quelques mètres de la chambre. Pour obtenir l'autorisation du médecin de rendre visite à sa femme, il avait dû accepter de se rendre jusqu'à sa porte dans un fauteuil roulant. Comme le hasard fait bien les choses, l'aide-soignant qui l'avait poussé faisait partie de ses fans et il attendait son patient, le regard empli d'admiration. Buck s'était fait un point d'honneur d'entrer dans la chambre d'Anne en marchant, et d'en sortir ainsi, la tête haute. Mais ces quelques pas l'avaient vidé de toute énergie, et la façon dont Anne avait réagi à son égard l'avait profondément choqué. Elle risquait de ne jamais lui pardonner. Il ignorait comment il parviendrait à la ramener à la maison le lendemain, mais il le ferait. Pas question de la laisser sortir de l'hôpital sans qu'il soit à ses côtés. Vu son humeur, il savait qu'elle était capable d'aller se réfugier dans un hôtel pour éviter de le voir…

La douleur lui vrillait le genou. De retour dans sa chambre, Buck s'apprêtait à appeler l'infirmière quand un grand gaillard noir, souriant d'une oreille à l'autre, ouvrit la porte sans frapper.

— Il est l'heure de prendre vos médicaments, monsieur Whitaker.

Buck sourit faiblement en retour.

— Appelez-moi Buck.

— D'accord. Je m'appelle Eddie.

L'homme ressemblait davantage à un lutteur de sumo qu'à un infirmier. Pourtant, il se déplaçait avec la grâce d'un danseur.

Il tendit à Buck un verre en plastique.

— Voilà quelque chose qui devrait vous conduire tout droit au septième ciel… Du moins pour un petit moment. A voir votre état, vous en avez rudement besoin.

Buck prit les pilules qu'il lui tendait, les fourra dans sa bouche sans même les regarder et les avala avec une gorgée d'eau.

— Combien de temps ça va durer ? demanda Buck, avec un frisson de fièvre.

— Vous faites allusion à votre traumatisme crânien, à votre genou blessé, à vos côtes fracturées, à l'effet des médicaments ou à votre mauvaise humeur ?

Buck émit un grognement, suivi de quelques jurons bien sentis, tout en se passant une main fébrile sur le visage.

L'infirmier hocha la tête en l'observant.

— O.K., vous voulez parler des médicaments, n'est-ce pas ? Disons qu'ils vont vous anesthésier deux bonnes heures. Quand vous souffrirez de nouveau, appelez-moi. Je sais où on en trouve, ajouta-t-il avec un clin d'œil.

— Je dois me réveiller tôt.

— Pourquoi ? Vous avez un match à disputer ?

Buck fixa un instant son genou, enrobé d'une coque en mousse soigneusement fixée par un bandage. Grands dieux, la souffrance était pire que ce qu'il avait appréhendé… Il avait déjà vu des athlètes avec ce genre de blessure, et il savait que la rééducation était longue.

— Je peux me soigner à la maison aussi bien qu'ici. Je veux rentrer chez moi demain matin.

— Comme vous voudrez, répondit paisiblement Eddie en vérifiant le bandage qu'avait Buck autour de la tête.

— D'ailleurs, vous connaissez l'adage, n'est-ce pas ? On ne se repose pas à l'hôpital. Les gens entrent et sortent de votre chambre du lever au coucher du jour. Si vous parvenez à dormir malgré cela, c'est que vous êtes déjà à moitié mort.

Avec un petit rire sarcastique, il ôta ses gants en plastique et les lança dans la poubelle.

— A mon avis, le mieux serait de suivre les conseils de votre médecin. Ça m'étonnerait qu'il veuille que vous rentriez chez vous avec un genou gros comme une citrouille. Vous risquez de le regretter… Et de le payer très cher.

Il ouvrit la porte, se retourna pour dévisager Buck et ajouta :

— Quelle que soit la raison pour laquelle vous voulez partir si vite, demandez-vous quand même si elle vaut le sacrifice de votre carrière, Buck. Si vous ne soignez pas ce genou correctement, vous pourrez dire adieu au base-ball. Voyez avec le toubib s'il ne pense pas la même chose…

Sur ce, il quitta la pièce. Buck ferma les yeux et attendit avec impatience que les médicaments fassent leur effet. Il n'avait pas besoin de l'opinion des autres pour savoir ce qu'il devait faire pour se remettre sur pied rapidement. Les traumatismes, il connaissait. Il en avait subi quelques-uns au cours de sa carrière. Dans deux ou trois jours, son mal de tête ne serait plus qu'un mauvais souvenir. En revanche, pour le genou, c'était une autre histoire. La blessure était sérieuse et risquait de l'écarter du terrain pendant toute la saison. Les Jacks avaient beaucoup investi sur sa personne, et ils lui offriraient tous les moyens de se soigner pour qu'il soit de nouveau d'attaque. Il devrait se soumettre au traitement, il n'avait pas le choix. Mais Anne, elle, ne raisonnerait pas ainsi. Ce n'était pas la carrière de son mari qui la préoccupait pour l'instant. D'ailleurs, il finissait même par se demander si elle s'inquiétait pour lui…

Dix minutes plus tard, sous l'effet des médicaments, il ferma les yeux et se laissa envahir par une douce torpeur. C'est à peine s'il entendit les trois coups secs frappés à sa porte. Mais quand Gus Schrader, l'entraîneur des Jacks, pénétra dans sa chambre, Buck souleva les paupières et se redressa d'un coup.

Petit, râblé, le teint coloré, Gus avait une fichue personnalité. Les athlètes de l'équipe avaient beau le dépasser d'une bonne tête, aucun d'eux n'osait lui marcher sur les pieds. La parole de Gus faisait loi, et Buck était le premier à la respecter. L'an dernier, sous la houlette de Gus, les Jacks s'étaient surpassés. A la surprise générale, ils jouaient désormais dans la cour des grands et espéraient devenir tête de série. En tout cas, Gus considérait cette tâche comme une mission sacrée. La blessure de Buck l'avait rendu fou furieux, surtout quand il en avait appris la cause.

L'air neutre, il salua Buck d'un sourire qui n'allait pas jusqu'à ses yeux bruns et perçants.

— Comment vas-tu ?

— Pas mal du tout. Mes oreilles bourdonnent un peu, j'ai la migraine, mais ce n'est pas bien grave, rétorqua Buck d'un ton léger, tout en se demandant comment il survivrait à la douleur lancinante qui enflammait son genou.

Gus hocha la tête.

— Tu penses remarcher bientôt ?

— D'ici une quinzaine de jours, tout au plus.

— Vraiment ?

Sceptique, Gus se campa devant lui, les bras croisés sur son large torse.

— Tu ne partages pas mon point de vue ? demanda Buck, d'une voix faible.

— Non. Ton estimation est trop optimiste. D'après Grissom, qui est plutôt réaliste, tu as du plomb dans l'aile, Buck.

Ce dernier fit la grimace. Grissom était le médecin attitré de l'équipe.

— Qu'est-ce qu'il t'a dit, exactement ?

— Il t'a examiné dès que tu es arrivé à l'hôpital, mais tu étais dans les choux. D'après lui, il te faudra une longue rééducation avant de pouvoir jouer de nouveau. Il suffit que tu t'appuies un peu trop sur ton genou pour qu'il claque définitivement. Et à ce moment-là, tu seras hors-jeu pour le restant de tes jours. Pas question de prendre le moindre risque, Buck.

— Je suis d'accord avec toi.

— Bien. Grissom t'a concocté tout un programme, poursuivit Gus, comme si l'accord de Buck n'importait guère.

En fait, rien de ce que son joueur pourrait dire ne le ferait changer d'avis. Il s'était fait son opinion sur l'état de Buck, point final.

— Tu commenceras le jour même où tu quitteras l'hôpital, ajouta-t-il d'un ton tranchant.

— Demain, murmura Buck.

— Demain ? répéta Gus en haussant les sourcils.

— Je ne veux pas rester ici. Je sais que mon genou va me faire souffrir, mais il faut que je rentre chez moi, Gus. J'ai des problèmes personnels à régler. Mais je respecterai ton programme de rééducation, c'est promis.

Buck se tut, le souffle coupé par la douleur.

— Tu as intérêt, grommela Gus.

Il fixa Buck d'un regard intense.

— Quel genre de problèmes personnels ? On m'a dit qu'Anne avait fait une fausse couche suite à l'accident.

Pour Gus, il était hors de question que la vie privée de ses joueurs interfère avec leur carrière.

— Elle subit une dure épreuve, Gus. Je veux être à ses côtés, tu comprends ?

Gus secoua la tête.

— A toi de décider si tu veux rentrer chez toi demain. Mais

je te préviens : si tu te flanques ce genou en l'air, ta carrière est fichue. Et ça, ce sera ta faute, et celle de personne d'autre.

— O.K.

— Les journalistes te suivent à la trace comme s'ils étaient sur la piste d'un putois. Ça ne me plaît pas, Buck.

— A moi non plus, grommela ce dernier.

— Qu'est-ce qui t'a pris de conduire à toute allure, et sans ta ceinture de sécurité, bon sang de bonsoir ?

— C'était stupide, je suis d'accord... Mais ce cerf qui semblait venir de nulle part est apparu sur la route, juste devant moi. J'ai tenté de l'éviter instinctivement.

Gus eut un ricanement.

— Désolé, mais tu n'as aucune excuse.

Il fronça ses épais sourcils.

— Je ne sais pas ce qui se passe en ce moment entre ta femme et toi, mais franchement, je ne serais pas étonné d'apprendre qu'elle te quitte un jour prochain. Je suppose que cela fait partie des soucis que tu as dans ta vie privée ; c'est pour cela que je ne t'oblige pas à rester plus longtemps à l'hôpital. D'après mon expérience, je pense que les problèmes de couple, ce n'est pas l'homme qui les règle. Tu connais l'adage : « Ce que femme veut... »

Il soupira avant de reprendre :

— Je te laisse réfléchir à tout ça, Buck. En espérant que les médicaments qu'ils t'ont filés ne te mettent pas le cerveau en bouillie.

Avec un dernier grognement, Gus se détourna et marcha vers la porte.

— Je vais rendre visite à Anne. J'estime que tu es un veinard de l'avoir pour femme. Je t'ai dit que si tu flanquais ton genou en l'air, ta carrière était fichue. J'ajouterai ceci : si tu fiches en l'air ton mariage, tu es le dernier des crétins.

Sur ces mots, il disparut de la chambre.

Gus avait parfaitement résumé la situation, songea Buck en fixant la porte. Il poussa un soupir à fendre l'âme et ferma les yeux, soulagé de plonger enfin dans la torpeur et l'oubli que lui offraient les substances qu'il avait avalées.

Anne attendit que le ronronnement du moteur de la voiture de Marcie devienne inaudible avant de se redresser sur son lit et de rejeter le plaid en cachemire que son amie avait soigneusement étendu sur elle. Sa chambre — qui était aussi celle de Buck — était vaste et élégamment décorée. Sur les murs jaune pâle, agrémentés de touches de rouge et de brun grâce aux rideaux et au parquet ciré, étaient accrochés des tableaux modernes aux tons vifs. Le lit et les autres meubles très « design » avaient été choisis par Anne, qui avait pris plaisir à décorer la maison tout entière. Pour cela, Buck lui avait alloué un budget conséquent. Malheureusement, l'argent ne pouvait tout acheter. Le son léger des petits pieds nus d'un enfant ne résonnerait pas sur les lames de bois blond. Le fauteuil à bascule qu'elle avait acheté en catimini, et caché au grenier, ne lui servirait pas à bercer son bébé jusqu'à ce qu'il s'endorme, un sourire béat sur ses lèvres roses.

Avant que le chagrin ne la terrasse, elle se leva et se dirigea vers la petite pièce attenante, entièrement tapissée d'étagères, de tiroirs et de penderies. S'emparant d'un sac de voyage, elle commença à y jeter pêle-mêle de la lingerie, des chaussettes, des jeans et des pulls légers — bref, des vêtements appropriés à un séjour en Louisiane.

En revenant dans la chambre, son bagage à la main, elle aperçut Buck agrippé à ses béquilles qui l'observait, l'air furieux.

— Qu'est-ce que tu fabriques ? s'écria-t-il. Tu devrais être au lit !

— Et toi, tu devrais l'être aussi, au lieu de malmener ton genou. Je m'en vais, Buck.

— Franchement, Anne, ce n'est pas ainsi que nous réglerons nos problèmes…

— C'est ma façon à moi de le faire.

Elle posa le sac sur le lit et tenta de remettre un peu d'ordre à l'intérieur. Ses mains tremblèrent quand elle chercha à le fermer. Il s'approcha d'elle et essaya d'intercepter son regard.

— Je t'ai dit à quel point je regrettais de m'être aussi mal conduit… Je suis vraiment désolé, Anne. Mais j'étais sous le choc de la nouvelle, tu comprends… Jamais je n'aurais pensé que tu avais cessé de prendre la pilule.

Anne lui tourna le dos et alla chercher dans la penderie une paire de tennis et un petit sac à dos.

— Eh bien, je l'ai fait. C'est une décision que j'ai prise d'instinct, admit-elle en revenant vers le lit.

— Tu penses qu'elle se justifiait parce que tu voulais un enfant ?

Elle fourra les chaussures dans un sac en plastique prévu à cet effet, se redressa et regarda son mari droit dans les yeux.

— Je vais te le répéter pour la dernière fois, Buck. Si tu ne le comprends pas, j'en déduirai que les différences qui nous séparent sont trop importantes pour être aplanies.

Elle ferma les yeux un instant pour mieux se concentrer. Puis elle ouvrit les paupières et, les yeux dans ceux de Buck, elle débita d'une traite :

— Mes ovaires ont atteint l'âge respectable de trente quatre ans. Ma courbe de fertilité commence à diminuer. Je ne pouvais plus attendre que tu veuilles bien consentir à fonder enfin une famille. Alors j'ai décidé de me lancer toute seule dans l'aventure, en espérant de tout mon cœur que lorsque tu apprendrais ma grossesse, tu en serais aussi heureux que moi et tu oublierais tes appréhensions. Je me suis trompée, je le reconnais. J'ai trahi ta confiance et je te demande pardon.

Elle ébaucha un pâle sourire avant d'ajouter :

— Quand on commet ce genre d'erreur, on a besoin d'y réfléchir sérieusement et de se remettre en question. C'est pour cela que je vais m'éloigner de toi pendant quelque temps.

Blême, les traits défaits, Buck regarda sa femme fermer son sac de voyage.

— Tu me reproches l'accident et ta fausse couche, c'est cela ? murmura-t-il d'une voix blanche.

Une pochette de maquillage à la main, elle se campa devant lui.

— Oui. Nous aurions dû partir bien avant, Buck. Rappelle-toi, je t'avais demandé — et même supplié — de me raccompagner.

— Je vais me racheter à tes yeux, Anne, j'en donne ma parole.

— Non, laissons les choses telles quelles. Il faut que je prenne du recul…

Anne fourra la pochette dans le petit sac à dos, qu'elle ferma et posa près du sac de voyage. Puis elle ajouta très vite :

— … pour voir si notre mariage peut encore être sauvé.

Comme il allait protester, elle le fit taire d'un geste de la main.

— Il n'y a rien à ajouter, Buck. Nos divergences de points de vue ne sont pas seules en cause. Il y a aussi notre mode de vie, que je ne supporte plus. Je l'ai encaissé en espérant qu'un jour, je porterai tes enfants. Mais après cette fausse couche, je me demande si j'accepterai de continuer à faire des compromis.

— Grands dieux, Anne… Es-tu en train de me dire que tu veux me quitter ? explosa Buck, abasourdi.

— Je ne sais pas encore ce que je veux. Je ne suis sûre que d'une chose : il me faut vivre de mon côté pendant un moment. Je vais habiter chez mon père et ma belle-mère.

Incapable d'en supporter physiquement davantage, Buck se laissa tomber sur le bord du lit.

— Si tu as besoin de réfléchir, tu peux le faire ici. Tu n'as pas besoin d'aller à l'autre bout du pays. Et surtout pas en Louisiane.

— C'est cela… Tu voudrais que j'aille me retirer loin de la foule déchaînée, dans un hôtel de la région ? Tu sais parfaitement que j'aurais les journalistes à mes trousses au bout de quarante-huit heures !

— C'est juste… Mais de là à te réfugier à Tallulah…, marmonna-t-il.

— Mon père est enchanté et Beatrice aussi, à ce qu'il paraît. Ils m'attendront à l'aéroport.

— Tu as déjà tout organisé ?

— Oui.

Il se releva brusquement, oubliant son genou, et proféra un juron quand il sentit sa jambe se dérober sous lui. Il s'empara d'une béquille et lança un regard furibond à sa femme.

— J'espère que tu te rends compte de ce que tu fais, Anne ! Je souffre atrocement d'un genou qui ne sera pas rétabli avant Dieu sait combien de temps, et toi tu décides de me quitter… Ajoutons à cela la mort de Casey au beau milieu de mon salon, et le tableau sera complet. Il y a de quoi alimenter la rumeur publique pendant un bon moment !

— Dommage pour toi, Buck. Figure-toi que j'ai moi-même quelques difficultés à surmonter, au cas où tu ne l'aurais pas remarqué. Ton genou finira par guérir, et tes problèmes avec les Jacks s'aplaniront. Quant à la mort de Casey, plus personne n'en parlera dans quelque temps.

Elle se redressa et croisa son regard.

— Mais mon bébé, lui, est parti pour toujours.

— Je te le répète, nous pouvons résoudre nos conflits ici, Anne. Inutile d'aller jusqu'à Tallulah.

— Cela t'éviterait de justifier ma disparition soudaine, n'est-ce pas ? Tu es tellement habitué à ce que je finisse par faire ce que tu veux que cela te choque de me voir aussi résolue… Eh bien, tant pis pour les compromis. Cette fois, je m'en tiens à ma décision. J'ai besoin de temps, et je le prendrai où je le souhaite.

— Tu te rends compte de ce que ça implique ? Nous risquons de perdre tout ce pour quoi nous avons travaillé depuis des années !

— C'est toi qui as travaillé pour cela, Buck.

— Anne, sois un peu raisonnable…

— Raisonnable ?

D'exaspération, sa voix s'était élevée de deux tons.

Elle secoua la tête, les joues soudain en feu.

— Tu sais quoi, Buck ? Je n'ai pas envie d'être raisonnable. J'en ai assez de me laisser marcher sur les pieds, assez d'avoir à subir les ego de chacun, assez de t'attendre seule à la maison pendant que tu voyages à l'autre bout du monde ! J'ai sacrifié ma carrière parce que je savais que nous ne pourrions jamais demeurer assez longtemps dans un endroit pour que je puisse y travailler… Je ne suis pas sûre que tu comprennes tout cela, Buck, car je n'ai jamais voulu t'en parler, pour t'épargner. C'est ma faute, et je le regrette. Mais cette fois, ni toi ni personne ne pourra m'empêcher de faire exactement ce que je souhaite.

Elle glissa les bretelles de son sac à dos sur ses épaules, empoigna son sac de voyage et s'apprêta à sortir de la pièce quand elle sentit la main de Buck sur son bras.

— Attends au moins quelques jours, Anne. Tu as besoin de te reposer, après l'épreuve que tu viens de subir.

— Tu penses que je te fais une scène sans lendemain, histoire d'évacuer mon stress ?

Elle eut un sourire amer.

— C'est vrai que je suis stressée, mais je sais exactement ce que je fais, Buck. Si tu refuses de le voir, alors j'abandonne tout espoir de sauver ce qui reste de notre couple.

Elle se dégagea de l'étreinte de sa main et marcha vers la porte. Handicapé par ses béquilles, il s'efforça de la suivre jusque sur le palier.

— Je vais conduire jusqu'à l'aéroport. Je te laisserai un message sur le répondeur pour dire où se trouve ma voiture dans le parking, afin que tu puisses envoyer quelqu'un la chercher, lui lança-t-elle sans se retourner, en descendant l'escalier.

3.

Une épreuve supplémentaire attendait Anne à l'aéroport : une tempête faisait rage et son vol était retardé de plusieurs heures. Lorsqu'elle atterrit enfin à Memphis, elle souffrait d'une forte migraine, car les rouages de son cerveau n'avaient cessé de fonctionner à toute vitesse au cours du voyage. Pourtant, malgré toute cette gymnastique intellectuelle, rien n'avait pu la faire changer d'avis.

Elle aperçut les silhouettes de son père et de Beatrice derrière le mur vitré qui protégeait l'endroit où elle devait récupérer ses bagages. Grand, mince, le visage hâlé, Franklin Marsh portait une chemise bleu pâle et une veste en cuir patiné qui avait vu des jours meilleurs. Le regard lointain, il ressemblait exactement à ce qu'il était : un homme de lettres, à la fois enseignant, écrivain et journaliste, dont les pensées évoluaient souvent dans des sphères élevées. La gorge nouée par l'émotion, Anne se rappela que le sommet de son crâne arrivait tout juste au milieu du torse de son père quand elle l'étreignait.

Son sac de voyage à la main, elle se précipita dans les bras de Franklin.

— Ne me pose pas de question, lui souffla-t-elle à l'oreille, quand il la contempla, légèrement surpris.

Il ne l'avait encore jamais vue aussi fragile, tremblant de

tous ses membres et prête à fondre en larmes. Il l'étreignit un long moment comme il l'avait bercée contre lui d'innombrables fois lorsqu'elle était enfant, car il savait que c'était exactement ce dont elle avait besoin.

— Merci de venir me chercher, papa, murmura-t-elle en reniflant.

Il sourit.

— Tu sais que j'irais jusque sur la lune pour te chercher, Anne chérie. Comment vas-tu ?

— Bien, dit-elle d'une voix étranglée.

Elle déglutit avec peine et intercepta le regard très bleu de sa belle-mère.

— Oh, Beatrice, je suis désolée, tu as fermé boutique aujourd'hui à cause de moi, n'est-ce pas ?

— Tu veux dire qu'à cause de toi, je peux enfin faire une petite pause ! rétorqua gaiement Beatrice. J'ai droit à un baiser, moi aussi ?

Les deux femmes étaient de la même taille. Dotée d'un physique encore jeune et séduisant, Beatrice avait des cheveux châtains coupés au carré et striés de fines mèches blanches. La tenue qu'elle portait — gros pull sur longue jupe fluide style indien — dénotait clairement qu'elle était une enfant des années soixante. Jeune fille, elle ornait sans doute de fleurs sa chevelure et arborait fièrement le sigle « Peace and Love » au revers de sa veste.

Beatrice ouvrit les bras et Anne se réfugia tout naturellement dans son étreinte généreuse. D'un coup, les doutes qu'elle avait ressassés dans l'avion s'évanouirent : vu la chaleur de l'accueil qu'elle recevait, elle se sentait vraiment bienvenue dans sa famille.

— Je suis tellement contente de t'avoir chez nous…, lui chuchota Beatrice à l'oreille.

Puis elle fit un pas en arrière et dévisagea Anne.

Désarmée par l'intensité de ce regard bleu, Anne porta les mains à ses joues.

— Que se passe-t-il ? Mon maquillage a coulé ? Oh, je sais bien que j'ai l'air d'un chat qu'on vient de passer à l'essoreuse…

— Mais non, mon chou !

Beatrice secoua la tête en riant.

— Désolée de t'avoir mise mal à l'aise ! En fait, je m'assurais que tu étais aussi jolie que dans mon souvenir.

Les larmes montèrent aux yeux d'Anne. Elle serra les poings et parvint à émettre un petit rire sans joie.

— Bon, alors je n'ai pas l'air aussi exténuée que je le pensais…

Les deux femmes ne s'étaient vues qu'une fois, et c'était l'année précédente. Bien que sous le choc de l'annonce du remariage de son père, Anne avait aimé sa belle-mère au premier coup d'œil.

— Merci d'avoir accepté de me recevoir au pied levé.

— Tu pourras toujours venir nous voir à l'improviste, Anne. Chez nous, tu dois te sentir comme chez toi.

Franklin, qui regardait les deux femmes avec un sourire à la fois ému et amusé, intervint dans leur conversation.

— J'espère que tu vas rester le plus longtemps possible, ma chérie, lança-t-il d'un ton ferme.

— Fais attention à ce que tu souhaites, papa. Il y a toujours un risque que cela se réalise, rétorqua Anne avec un sourire en coin.

Une heure plus tard, ils sortirent de l'autoroute pour emprunter la route qui menait à Tallulah. Le paysage doucement vallonné du nord du Mississippi fit place à de vastes étendues plates, caractéristiques du delta. Les terres étaient sombres, car on n'était encore qu'au début du mois d'avril. Dès l'été, les champs deviendraient verdoyants, et en août, les plantations de coton seraient exposées à la chaleur étouffante. D'un coup, les balles de coton éclateraient sous le soleil ardent et le paysage deviendrait d'une blancheur immaculée… Quelle différence avec les longs hivers gris et les étés trop brefs de la Nouvelle-Angleterre, où elle avait été élevée !

En approchant de la ville, elle remarqua une immense pancarte rappelant que Tallulah était la ville natale du célèbre champion de base-ball Buck Whitaker, et qu'elle en était fière. Anne se rappela tout à coup qu'avec la célébrité de son mari, elle aurait du mal à passer inaperçue dans la région.

Un kilomètre plus loin, plusieurs affiches témoignaient d'une campagne politique en cours. Sur l'une d'elles, Anne aperçut le visage en gros plan de Pearce, le frère aîné de Buck.

— J'ignorais que Pearce s'occupait de politique, dit-elle à son père.

Franklin fronça les sourcils.

— Vraiment ? Je pensais qu'il avait contacté Buck pour obtenir son soutien dans sa campagne. Il essaie d'obtenir un siège de sénateur. La popularité de ton mari l'aiderait sûrement à gagner des électeurs.

— Son concurrent lui mène la vie dure, mais il n'a pas les mêmes moyens financiers. En fait, je ne vois pas qui pourrait battre un Whitaker, ajouta Beatrice.

Franklin rit sous cape.

— Ma femme se trouve dans l'opposition, murmura-t-il à l'adresse d'Anne.

— Et toi, papa ?

— Mon journal s'appelle *L'Observateur*, il se doit de rester neutre. Jusqu'à présent, il l'a toujours été, déclara-t-il avec fermeté.

Beatrice se tourna vers Anne et lui adressa un sourire en coin.

— Je réussirai à le persuader, tu verras.

— Avec ou sans l'appui de mon journal, Pearce obtiendra son siège, mais à une condition : il lui faut le soutien de Buck, dit Franklin.

— J'avais oublié à quel point le nom de Buck était célèbre dans la région, admit Anne en contemplant la silhouette athlétique de son mari qui ornait la façade d'un gymnase.

Elle réprima un soupir avant d'ajouter :

— Les habitants de Tallulah n'ont pas idée des années de galère qu'un sportif doit endurer avant de devenir une star internationale.

Avec Buck, elle était venue à Belle Pointe juste avant leur mariage. A l'époque, Buck était un joueur inconnu du grand public, ce qui le frustrait passablement. Anne était si amoureuse qu'elle se souciait peu de la carrière de son futur mari. En revanche, elle regrettait qu'il ne s'entende guère avec sa famille. Son père était décédé quelque temps auparavant, et Pearce, son frère aîné, habitait Tallulah. Tout en sachant que Buck éprouvait de la tristesse et du ressentiment envers sa mère pour la façon dont elle l'avait traité après la mort de son père, elle se demandait si ces rancœurs étaient pleinement justifiées. Bien des paroles étaient échangées sous le coup d'un événement dramatique, pour être regrettées ensuite. Peut-être était-il dommage que Buck se soit éloigné à ce point de sa famille, en rejetant à la fois son hérédité et son héritage.

— Voilà Belle Pointe, déclara son père comme s'il devinait les pensées de sa fille.

Ils passèrent effectivement une petite route au bout de laquelle on apercevait le large portail en fer forgé de la propriété familiale des Whitaker.

— Les membres de ta belle-famille vont vite apprendre que tu te trouves chez nous. Ils se demanderont pourquoi tu es venue seule.

Anne contempla la propriété dans laquelle Buck était né. Environnée de champs de coton qui s'étendaient à l'infini, la maison elle-même semblait protégée par des arbres séculaires, surtout des chênes et des sycomores, ainsi qu'un imposant magnolia. De splendides azalées illuminaient de leurs couleurs éclatantes les alentours immédiats.

— C'est une vision de rêve, n'est-ce pas ? murmura Beatrice, en suivant le regard d'Anne.

— C'est vrai.

Tant qu'elle vivrait, Anne n'oublierait jamais la première fois qu'elle avait vu Belle Pointe. C'était au cœur de l'été, et Buck avait décidé lui faire rencontrer sa famille. Ils avaient roulé au milieu des plantations pendant un long moment et, soudain, la propriété était apparue : une maison blanche flanquée de colonnades trônant sur une pelouse émeraude. Eblouie, Anne avait eu l'impression de découvrir une perle magnifique portée par une vague du plus beau vert.

Instinctivement, Franklin ralentit.

— Quand je la vois, je pense à l'époque d'*Autant en Emporte le Vent*, comme si le temps s'était arrêté à Belle Pointe depuis plus d'un siècle. Je connais d'autres propriétés du même genre, quoique plus petites, dans la région. Comment ces gens ont-ils réussi à préserver un tel mode de vie ? C'est stupéfiant.

— C'est exactement ce que j'ai pensé la première fois que je suis venue ici, dit Anne, songeuse.

— La plupart des plantations ont été divisées en parcelles en raison des difficultés économiques. C'est ce qui s'est passé dans la famille de Beatrice, observa Franklin en accélérant de nouveau.

— Mon père a perdu ses terres il y a quelques années. Elles ont été vendues pour rembourser ses dettes fiscales, expliqua Beatrice.

— Oh… Quel dommage….

— C'était quelqu'un d'extrêmement têtu, admit Beatrice.

— C'est le moins qu'on puisse dire, marmonna Franklin.

Anne pressentit que derrière ces phrases anodines se dissimulait une lourde histoire, mais sa belle-mère s'empressa de changer de sujet.

— Les Whitaker possèdent Belle Pointe depuis cinq générations et ils ont maintenu leur patrimoine. Ils ont même augmenté la superficie de leur plantation. Connaissant ta belle-mère comme je la connais, la propriété sera préservée pendant de longues années encore.

Anne était toujours curieuse d'en apprendre davantage sur Victoria Whitaker, une femme qui l'impressionnait énormément.

— Buck n'aime pas parler de Belle Pointe, et encore moins de sa famille. J'ai l'intention de mettre mon séjour à profit pour mieux la connaître.

— Les archives de *L'Observateur* peuvent te fournir pas mal d'informations, glissa Beatrice.

Bonne idée, songea Anne. Le journal de son père risquait d'être en effet une mine de renseignements précieux sur les Whitaker.

— En plus de consulter nos archives, tu pourrais reprendre ta carrière de journaliste et me donner un coup de main au journal, suggéra Franklin.

Voilà bien une proposition à laquelle Anne n'aurait jamais pensé. En fait, elle n'avait pas pensé à grand-chose, tant elle était concentrée sur son but : partir le plus vite possible, s'éloigner de Buck et des Jacks, prendre enfin du recul par rapport à son couple et à la vie qu'ils menaient.

Un bruit de moteur, haut dans le ciel, lui fit lever la tête. Elle aperçut un petit avion qui se dirigeait sans doute vers l'aéroport privé situé non loin de Tallulah.

— Etant donné ma fascination pour les terres du delta et leur histoire, j'avoue que j'ai du mal à comprendre comment Buck a pu faire sa vie aussi loin de Belle Pointe, fit remarquer Franklin. Je comprends qu'il soit accaparé par sa formidable carrière, mais cela ne devrait pas l'empêcher de revenir de temps à autre dans le coin…

— C'est d'autant plus vrai que Buck doit commencer à songer à sa vie après le base-ball, et que Belle Pointe peut lui apporter la réponse, renchérit Beatrice.

Elle se tourna vers Anne et ajouta :

— Je sais que John Whitaker espérait beaucoup que Buck dirigerait l'exploitation, lorsqu'il prendrait sa retraite de sportif. Quand il était enfant, ton mari avait un amour fou pour la nature, ce qui n'est pas le cas de Pearce.

— Tu connaissais Buck quand il était enfant ? demanda Anne, surprise.

— J'en entendais parler de temps à autre. N'oublie pas que Tallulah est une petite ville et que j'y ai passé toute ma vie. D'ailleurs, j'ai fréquenté la même école que Victoria. Nous n'étions pas vraiment amies, et nous avons cessé toute relation quand elle a épousé John. Tu n'imagines pas la stupéfaction des gens quand ils ont appris qu'il avait choisi de se marier avec une jeune fille du coin.

— A t'entendre, il s'agit d'un vrai sujet pour roman rose, murmura Anne.

L'histoire de ses beaux-parents la fascinait. Dès le début, elle s'était intéressée à Victoria, mais celle-ci demeurait extrêmement discrète sur son passé. Quant à Buck, s'il parlait parfois de son enfance à Belle Pointe, il évoquait fort peu ses parents.

Franklin s'arrêta à l'unique feu rouge de Tallulah.

— Les gens croient vraiment que Buck va revenir à ses racines un jour ou l'autre, conclut Franklin.

— Eh bien, ils risquent d'être déçus…, rétorqua Anne.

Le feu passa au vert et Franklin appuya sur l'accélérateur.

— La première fois que j'ai rencontré son père, reprit-il, c'était en 1971. J'étais venu en Louisiane avec une équipe de la télévision pour faire un reportage sur les planteurs de coton. John Whitaker était un authentique aristocrate et j'ai eu avec lui une discussion des plus intéressantes sur les écrivains du Sud, comme Faulkner et Hemingway.

Il s'éclaircit la gorge avant de poursuivre :

— J'ai toujours regretté de ne pas avoir eu l'occasion de mieux connaître John. Sa mort a été une grande perte pour la région.

— Buck terminait ses études lorsque son père est décédé. Il en a été profondément bouleversé, commenta Anne.

— Comme je le comprends… A l'époque, ta mère et moi nous vivions à Boston.

Franklin lança un coup d'œil complice à Beatrice.

— Qui aurait pu prévoir que je viendrais m'installer ici ?

— C'est une question que je n'ai pas fini de me poser, dit Anne en sourdine.

— Je sais que tu en as été la première surprise. Mais toi, tu m'as vraiment stupéfié quand tu m'as annoncé que tu allais te marier avec le fils de John Whitaker !

— Tu m'as même dit que c'était de la folie car je connaissais à peine Buck, rappela Anne.

Franklin emprunta l'une des artères principales et traversa la ville à petite vitesse.

— J'aurais pu te donner moi-même ce genre de conseil quand tu as épousé Beatrice, ajouta-t-elle avec un sourire taquin.

Franklin prit la main de sa femme et la porta à ses lèvres.

— Dans ce cas, je t'aurais imitée et j'aurais ignoré ton conseil.

En observant son père et sa belle-mère, Anne comprit à quel point ces deux-là étaient faits l'un pour l'autre. Pourtant, son père lui avait asséné deux chocs coup sur coup, peu après la mort de sa mère : le premier, quand il lui avait annoncé qu'il quittait sa carrière de journaliste dans l'un des plus grands quotidiens de la Nouvelle-Angleterre pour s'installer à Tallulah et y diriger *L'Observateur*, l'hebdomadaire local. A l'époque, elle avait cru à une crise existentielle, plutôt normale à l'approche de la soixantaine. En apprenant la nouvelle, Buck avait haussé les épaules en lui faisant observer que cette crise était positive, dans la mesure où il s'agissait d'un simple changement professionnel. D'après lui, Franklin aurait pu s'amouracher d'une blonde aux seins opulents avec un tiroir caisse au fond des yeux. C'est pourquoi le second choc les avait affolés tous les deux, quand, un an plus tard, Franklin les avait appelés pour les inviter à son mariage. Mais dès qu'elle avait vu Beatrice, Anne avait été pleinement rassurée — et enchantée.

— Tu m'as dit que tu avais besoin d'une journaliste… C'était une proposition sérieuse ? demanda-t-elle tout à coup à son père.

— Aussi sérieuse qu'une crise cardiaque, rétorqua Franklin, avec son humour noir habituel.

— Je suis un peu rouillée, tu sais. Depuis mon mariage, je n'ai travaillé qu'épisodiquement. Je ne suis pas sûre de pouvoir répondre aux critères de qualité de *L'Observateur*.

Franklin croisa le regard d'Anne par le truchement du rétroviseur.

— Tu plaisantes ? Tu es une excellente journaliste, et tu étais en train de faire une carrière sensationnelle quand tu as cessé de travailler. Même si tu n'étais pas ma fille, je serais honoré que tu exerces tes talents dans les pages de *L'Observateur.*

Anne rougit en entendant ces compliments chaleureux. De nouveau, les larmes lui montèrent aux yeux. Etrangement, vu les circonstances, elle éprouvait un sentiment d'intégrité. Oui, elle avait fait le bon choix. En partant de Saint Louis, elle avait suivi son intuition et elle était restée fidèle à elle-même. Maintenant, la perspective de travailler de nouveau l'excitait. Cela faisait si longtemps qu'elle n'avait pas eu de véritable objectif dans sa vie… Ces dernières années, elle avait simplement assumé un rôle, celui de l'épouse d'un champion de base-ball.

Soudain, elle sentit le regard de Beatrice posé sur elle.

— Ne te retourne pas, Franklin, ce ne serait pas prudent. Mais je crois bien que tu viens d'engager la journaliste de tes rêves, dit celle-ci d'une voix douce, un sourire aux lèvres.

Franklin et Beatrice habitaient une maison ancienne, de style victorien. Dès qu'il l'avait achetée, Franklin avait entrepris de la restaurer jusque dans les moindres détails, avec le même souci d'authenticité qu'il avait lorsqu'il écrivait ses articles ou ses livres.

— J'aime cette maison, murmura Anne en sortant de la voiture.

— Moi aussi, renchérit Beatrice derrière elle.

Le sac de voyage de sa fille à la main, Franklin les rejoignit devant le porche.

— Demande à Beatrice pourquoi elle aime tellement cette maison, chuchota-t-il à Anne.

— Elle appartenait à ma famille, indiqua Beatrice qui l'avait entendu.

Glissant son bras sous celui d'Anne, elle poursuivit :

— Elle était notre propriété depuis quatre générations.

— Bea connaît l'histoire de toutes les familles de Tallulah, ou presque, et elle meurt d'envie de te raconter tout ce qu'elle sait à leur sujet. Mais j'ai la priorité, et je tiens à te voir le plus possible avant que Buck ne vienne te récupérer. Comme il ne peut plus jouer, il doit tourner en rond comme un lion en cage, d'autant plus que la saison des matches approche et qu'il ne pourra peut-être pas y participer. Tu dois lui manquer beaucoup…

Anne hésita une fraction de seconde, puis se contenta de dire avec calme :

— Ne t'inquiète pas, papa. Nous aurons largement le temps de bavarder, tous les deux.

Beatrice ouvrit la porte et fit passer Anne devant elle. Une fois à l'intérieur, elle lui sourit.

— Bienvenue chez nous, Anne.

Cette dernière ne put s'empêcher de sourire à son tour. Comme Franklin avait eu raison de tomber amoureux d'elle et de l'épouser !

— Chéri, pendant que tu portes le sac d'Anne dans sa chambre, je vais préparer du thé. Un bon thé noir parfumé à l'orange, car je crois que c'est ainsi que tu l'aimes, n'est-ce pas ? demanda-t-elle à Anne.

— Oui, et je suis surprise que tu t'en souviennes, répondit celle-ci.

Beatrice pivota sur ses ballerines et marcha vers la cuisine. Spontanément, Anne lui emboîta le pas.

La pièce était claire, gaie et chaleureuse, à l'image de sa propriétaire. Des placards en chêne cérusé ornaient les murs jaune bouton d'or. Une table, en chêne elle aussi, avec quatre chaises assorties, occupait la partie centrale de la pièce. Le bois rustique contrastait avec les tasses et les soucoupes en porcelaine fine qui étaient disposées dessus.

— Tu as transformé cette maison ! Elle était jolie avant, mais un peu fade. Maintenant, elle a un charme fou ! s'exclama Anne en lançant un coup d'œil admiratif autour d'elle.

— Ton père et moi, nous avons un peu les mêmes goûts. Il supervise les détails, et moi je l'incite à oser des mélanges de couleurs.

Beatrice lui fit signe de s'asseoir.

Anne se laissa tomber sur l'une des chaises, soudain épuisée. Dès que Beatrice eut versé le thé dans sa tasse, elle la prit entre ses mains et, les yeux clos, huma avec délices le subtil arôme de l'écorce d'orange. Quand elle souleva les paupières, elle plongea dans le regard compréhensif et affectueux de sa belle-mère.

Anne ouvrit la bouche, mais au lieu de prononcer quelques mots d'un ton léger, elle sentit ses lèvres trembler et ne put émettre qu'un son étouffé.

— Désolée… Je ne sais pas pourquoi, mais j'ai envie de pleurer. Cela ne m'arrive presque jamais. Je t'en prie, fais comme si tu ne remarquais rien, articula-t-elle, la voix brisée.

— Ma chérie, tu te trouves dans une situation éprouvante, entre tes problèmes de couple et ta fausse couche. Tu as le droit de pleurer autant que tu en as envie. En tout cas, moi, je suis sûre que je verserais des torrents de larmes.

L'œil vague, Anne fit tourner le thé dans sa tasse.

— J'avoue que j'ai du mal à croire ce qui m'arrive. Si tu m'avais demandé la semaine dernière à quoi je penserais quelques jours plus tard et où je me trouverais, jamais je ne t'aurais répondu que je serais ici, en train de réfléchir à un divorce.

— C'est si grave que cela, Anne ? J'ignore tout de ta vie privée, et je me garderais bien de la juger. Je sais simplement qu'une fausse couche est très dure à supporter, d'un point de vue émotionnel. Es-tu bien sûre de vouloir mettre un terme à ton mariage ?

— Je ne suis sûre de rien…

La sonnerie de son téléphone portable interrompit Anne. Avec un soupir, elle se pencha, fouilla dans le sac posé à ses pieds et en retira le minuscule appareil. Le nom de Buck s'affichait sur le cadran. Sans hésiter, elle laissa tomber l'appareil au fond de son sac et se cala contre son dossier.

— C'est Buck, et je ne veux pas lui parler, annonça-t-elle.

— Oh, Anne…

— Ne t'en fais pas, il rappellera. Il est aussi têtu qu'une mule et aussi tenace qu'un bouledogue. Dans cinq minutes, il composera le numéro de ta maison. Je t'en prie, ne me le passe pas, Beatrice. Il sait que je suis venue ici pour m'éloigner de lui.

— Je lui transmettrai le message, si c'est ce que tu souhaites.

— Merci.

Anne s'efforça de changer de sujet.

— Je voudrais voir ta boutique. Je n'ai pas eu le temps d'y passer la dernière fois que je suis venue, mais j'ai entendu beaucoup de compliments sur tes produits.

Beatrice s'adapta aussitôt à la nouvelle tournure que prenait la conversation.

— Je serai ravie de ta visite. Ma boutique est un vrai bric-à-brac, une petite caverne d'Ali Baba, mais c'est un lieu que les gens semblent apprécier.

Elle tendit à sa belle-fille une assiette chargée de biscuits parfumés à la cannelle.

— D'ailleurs, ils l'ont appelée « La Caverne de Bea », ajouta-t-elle en souriant.

— Vraiment ? Et que contient-elle ?

Anne eut un faible sourire avant d'entamer son biscuit.

Beatrice fit mine de réfléchir.

— J'ai une faiblesse pour les artisans locaux. J'expose leurs poteries et leurs bijoux, uniquement des pièces originales et signées. J'ai également des bougies faites à la main, en vraie cire d'abeille, et des savons fabriqués à l'ancienne. Et puis du linge, bien sûr, en pur coton et brodé à la main.

D'un geste posé, Beatrice emplit de nouveau leurs tasses de thé, sous le regard éberlué de sa belle-fille.

— Mais… Je croyais que tu vendais des livres ?

— Oh, bien sûr que je vends des livres ! J'ai oublié de les mentionner. Il s'agit souvent de livres rares, avec des reliures en cuir. Je t'avais prévenue : c'est un vrai bric-à-brac !

— Je suis impatiente de voir ça.

— Je t'y emmènerai dès demain si tu le souhaites. Aujourd'hui, il est trop tard, et tu as une petite mine. Je te propose d'aller faire une sieste. Nous dînerons légèrement et assez tôt ; ainsi, tu auras une nuit entière pour te reposer. Cela te convient ?

— C'est parfait, merci.

Franklin pénétra dans la cuisine. Il loucha vers la table et son regard s'éclaira.

— Hmm… Des biscuits à la cannelle ! Juste ce qu'il me faut pour tenir jusqu'au dîner, déclara-t-il en piochant dans l'assiette.

En riant, Beatrice lui tapota le ventre.

— Tu sais que ce n'est pas ce qu'il te faut, justement !

Elle se tourna vers Anne.

— Je n'ai encore jamais rencontré quelqu'un qui avale autant de sucre. Il se précipite sur les gâteaux dès qu'ils sont sortis du four, et pourtant il ne prend pas un gramme.

— Que serait la vie sans les cookies ? demanda Franklin en faisant un clin d'œil à sa fille.

— Buck et toi, vous faites la paire. Il ne peut pas sortir de la maison sans avoir les poches pleines de biscuits.

— Dans ce cas, puisque je suis en minorité en ce moment, je serais ravi qu'il vienne me soutenir, déclara Franklin en se servant de nouveau.

Anne se leva, et après avoir marmonné une excuse à peine audible elle s'éclipsa de la pièce. Au risque de décevoir son père, l'arrivée de Buck à Tallulah était vraiment la dernière chose qu'elle souhaitait.

4.

Buck lança un coup d'œil à travers l'œilleton de la porte et aperçut le visage en gros plan de Monk Frederick. Quand il vit celui de Steve Grissom apparaître également, il grommela un juron obscène. S'il s'entendait toujours très bien avec Monk lorsqu'ils se trouvaient en tête à tête, il ne le supportait pas, en revanche, quand il venait avec Steve. Dans ces moments-là, Monk portait la casquette d'entraîneur des Jacks, et le dialogue devenait pénible.

Immobile devant la porte, la gorge serrée, Buck hésita à les faire entrer. Connaissant leur obstination, il savait qu'ils reviendraient jusqu'à ce qu'il finisse par leur ouvrir.

Tout en marmonnant un second juron, pire que le précédent, il les fit entrer.

— Vous voulez une bière ? leur proposa-t-il, une fois qu'ils se furent installés dans le salon.

— Non, merci, répondirent-ils en chœur.

Monk loucha vers les béquilles de Buck.

— Assieds-toi. Inutile de peser sur ton genou, Buck.

Ce dernier jugea préférable d'obtempérer. Il s'installa avec précaution dans un fauteuil et plaça ses béquilles tout près de lui.

Steve avait l'habitude de s'occuper d'athlètes « déglingués », comme il le disait lui-même. Aussi adopta-t-il un ton réconfortant pour s'adresser à Buck.

— Je suis venu pour voir si tu avais besoin de quelque chose. Après un traumatisme crânien, on ne sait jamais comment les choses vont se passer… Quant à ton genou, après l'avoir examiné à l'hôpital, je me suis rendu compte qu'il te faudrait une rééducation intensive pendant un bout de temps. En fait, je pense sérieusement à t'attribuer un soigneur, qui vivra avec toi vingt-quatre heures sur vingt-quatre.

Buck ouvrit la bouche pour protester, mais Steve ne lui en laissa guère le temps.

— Comme cela, tu prendras moins de risques. On ne sait jamais, Buck. Tu peux tomber et t'abîmer définitivement le genou, et maintenant qu'Anne est partie, tu ne peux pas vivre seul tant que tu es dans cet état.

Buck lança un coup d'œil accusateur à Monk.

— Comment les gens savent-ils que je suis seul ? grommela-t-il.

Monk haussa ses larges épaules.

— Ni Marcie ni moi n'avons parlé du départ d'Anne… Tu n'as rien à nous reprocher, Buck. Mais tu devrais savoir que tu es trop célèbre pour avoir droit à une vie privée. Quelqu'un a sans doute aperçu Anne à l'aéroport, ou l'a vue voyager sans toi. Les rumeurs se propagent vite.

— Merde, murmura Buck.

Détournant la tête, il lança un regard empli de tristesse vers la fenêtre.

Steve se leva.

— Tu es d'accord pour que je jette un coup d'œil à cette blessure, Buck ?

Le moyen de refuser ? Buck représentait une partie du capital des Jacks, et Steve était venu pour estimer l'état des dégâts causés à ce capital. Ensuite, il ferait son rapport à Gus Schrader en lui indiquant si leur investissement, qui se chiffrait à plusieurs millions de dollars, était encore valable ou non. Buck se mordit la lèvre tandis que Steve palpait tout à loisir son genou. A un moment, lorsque le soigneur pressa un certain point, la douleur fulgurante fut trop forte et Buck ne put retenir un son rauque.

— C'est ici que je fais généralement les injections de stéroïdes, marmonna Steve.

Les sourcils froncés, il se redressa et croisa les bras.

— Ce genre d'injection ne peut représenter qu'une solution temporaire.

— Je suis d'accord pour du temporaire, rétorqua aussitôt Buck, horrifié à l'idée d'être l'objet de soins à long terme.

Après avoir échangé un coup d'œil avec Steve, Monk secoua la tête et articula d'un ton grave :

— Qu'elle soit temporaire ou à long terme, la décision concernant tes soins, c'est nous qui la prenons, Buck.

Si Buck se sentait mal avant la visite de son entraîneur et de son soigneur, son état empira fortement après leur départ. Le refus de Steve de lui faire une injection l'avait surpris, mais il avait su tenir sa langue. Il savait que le rapport de Steve se trouverait sur le bureau de Gus Schrader dans moins d'une heure. La saison des compétitions était proche. S'il ne pouvait y participer, cela pouvait bel et bien signifier la fin de sa carrière.

L'équipe dirigeante des Jacks s'inquiétait pour l'investissement qu'il représentait, c'était normal. Mais de là à recommander une longue, très longue rééducation… Cela ressemblait fort à un adieu. Buck savait désormais qu'à moins de se remettre sur pied dans les plus brefs délais, il n'avait aucune chance de continuer à figurer parmi les dieux du stade.

Il se redressa sur son siège. Ce simple mouvement déclencha

une douleur lancinante. Serrant les dents, il saisit ses béquilles et parvint à se mettre debout. Une seconde, les meubles dansèrent autour de lui, comme si la vie tenait à lui rappeler qu'il souffrait également d'un traumatisme crânien.

Le regard flou, le genou en feu, il s'obligea à traverser le vaste salon. Ses pas vacillants résonnèrent sur le dallage en marbre italien, tandis qu'il se déplaçait à l'aide de ses béquilles jusqu'à la cuisine. Une sueur glacée lui perlait au front et la nausée le menaçait lorsqu'il parvint enfin dans la grande pièce claire, équipée de machines dernier cri. Jusqu'à présent, quand il était blessé, il s'efforçait de supporter la douleur sans avaler d'analgésiques. Mais là, entre la souffrance causée par son genou et ses maux de tête, il avait dépassé la dose. Il sentait sa tension baisser d'un cran et une vague de faiblesse l'envahir.

Pourtant, il gardait un certain optimisme. S'il se faisait soigner correctement et qu'il ménageait son genou pendant quelques semaines, il reviendrait sur le terrain — à condition que les instances des Jacks n'insistent pas pour le mettre au vert pendant toute la saison. Ces derniers temps, Steve n'avait guère montré de souplesse ou de créativité quand l'un de ses joueurs se blessait. Il s'en tenait aux méthodes les plus traditionnelles — et les plus lentes.

Le dos au mur, tête basse, Buck soupesa les options qui s'offraient à lui. Il ne s'était pas taillé une place de choix dans le milieu sportif en restant assis sur une chaise à écouter les conseils de soi-disant experts. Les années qu'il avait passées à jouer les seconds couteaux lui avaient appris à jouer des coudes et à nager parmi les requins. Bon sang, le fait même d'avoir été élevé par une mère au cœur dur comme une pierre lui avait appris à survivre envers et contre tout !

Déterminé, il ouvrit la porte qui donnait sur une petite pièce qui servait à stocker divers produits, notamment le vin et autres alcools. En s'aidant de l'une de ses béquilles, il attira à lui un petit escabeau. Avec d'infinies précautions, il monta deux marches, fouilla au-dessus d'un placard et, en faufilant la main entre deux bouteilles de whisky, il réussit à attraper une petite boîte noire. Soulevant le couvercle, il en vérifia le contenu : un flacon et une seringue.

Quand il se retrouva au sol, il dut s'appuyer contre la porte du placard quelques instants pour ne pas s'écrouler. Lentement, il se redressa et respira longuement et régulièrement, jusqu'à ce que son malaise disparaisse. La douleur subsistait, bien sûr, mais à un niveau tolérable.

Il sortit enfin de la cuisine et refit à grand-peine le chemin inverse jusqu'à son fauteuil dans le salon. Cette fois, il s'effondra dans son siège en laissant tomber carrément les béquilles sur le dallage.

Grands dieux, il était à bout de forces…

Trois longues minutes s'écoulèrent avant qu'il ne parvienne à se ressaisir. Les mains tremblantes, il extirpa la boîte de sa poche. Comment pourrait-il se faire une injection dans le genou s'il tremblait comme une feuille au vent ? Mais ce qui importait, c'était d'avoir le remède sous la main. Il avait assez souvent vu la procédure suivie par les athlètes pour savoir comment s'y prendre. Il suffisait d'attendre encore un peu.

Finalement, il réussit à emplir la seringue du liquide qui contenait un puissant stéroïde. Heureusement, il portait un pyjama, un cadeau que lui avait fait Anne à Noël. Comme il avait l'habitude de dormir nu, lorsqu'il avait ouvert le paquet le matin de Noël, il en avait contemplé le contenu d'un air éberlué. Anne avait éclaté de rire.

— Je voudrais que tu le portes au moins une fois, lui avait-elle soufflé à l'oreille.

— Tu as une idée en tête ?

— Disons que tu t'amuses tellement à m'enlever le mien… J'aimerais essayer, moi aussi, avait-elle répondu, les joues roses et le regard brillant.

Les yeux clos, il laissa échapper un soupir douloureux.

« Oh, Anne… Que penserais-tu si tu me voyais en ce moment ? »

Il chassa l'image de sa femme, se pencha et déchira la couture de la jambe de son pyjama jusqu'au genou. Entre l'examen de Steve et son déplacement jusqu'à la cuisine, la douleur n'avait cessé de s'aviver. A tâtons, Buck trouva l'endroit approprié à l'injection. Il aspira une grande bouffée d'air, expira et enfonça l'aiguille. Lentement, il vida la seringue. Puis il se laissa aller contre le dossier du fauteuil, les yeux clos.

Le visage d'Anne flotta devant lui, les traits empreints d'une infinie tristesse. Etait-ce la perte du bébé qui la faisait pleurer ? Ou bien ce qu'il venait de faire ? Soudain honteux de son acte, il lança la seringue à terre et se prit la tête entre les mains en sanglotant.

En dépit de toutes les occasions qu'il avait eues au cours de sa carrière sportive, il n'avait jamais touché aux stéroïdes ni aux produits dopants. La promesse qu'il s'était faite, tout jeune athlète, de ne pas tricher, il venait de la rompre aujourd'hui. Pourquoi était-il tombé si bas ? C'était son père qui lui avait offert sa première batte de base-ball, et il rayonnait de fierté quand il avait assisté au premier match de son fils. Buck considérait alors l'éthique du sport comme quelque chose de sacré, qu'il fallait à tout prix respecter. Pourtant, il n'avait pas hésité à se doper afin de revenir à tout prix sur le terrain… Qu'est-ce que cela signifiait ?

Oh, comme Anne lui manquait ! Elle serait horrifiée en le voyant dans cet état. Le geste qu'il venait de commettre la révolterait, à coup sûr. Il essuya ses joues mouillées de larmes du revers de la main. Son regard tomba en arrêt sur la photo trônant sur la console devant lui. Elle avait été prise quelques mois après leur mariage. Leurs visages pressés l'un contre l'autre, il souriait, très détendu, tandis qu'Anne riait aux éclats, ses longs cheveux noirs emmêlés par le vent et ses grands yeux indigo brillant de bonheur. Comment parviendrait-il à survivre en son absence ? Sans elle, la maison était vide et les nuits n'en finissaient plus. Il ne pouvait même pas se raccrocher au son de sa voix, car elle refusait toujours de lui parler au téléphone. Allait-elle lui pardonner un jour ? Accepterait-elle de revenir auprès de lui ?

Il ne cessait de se poser ces questions auxquelles il ne pouvait répondre. La panique le saisit. Il lui fallait agir, s'il voulait avoir une chance de regagner la confiance de sa femme. Mais comment faire s'ils vivaient dans des Etats différents, sans communiquer entre eux ? Il devait aussi se remettre en forme pour pouvoir jouer de nouveau. Le traumatisme finirait par disparaître de lui-même, mais son genou ne se soignerait pas tout seul. Une idée jaillit dans son cerveau et il se redressa légèrement. Qu'est-ce qui l'obligeait à suivre une rééducation à Saint Louis ? Bien sûr, il était plus commode pour les Jacks qu'il se trouve près d'eux, afin qu'ils puissent garder un œil sur leur champion, mais aucune clause dans son contrat ne le forçait à demeurer ici, s'il ne jouait pas. De plus, Gus Schrader n'avait certainement pas envie que ses fans voient Buck marcher avec des béquilles. Ce qui signifiait qu'il devrait se cacher en permanence.

Peu à peu, un plan se formait dans son esprit, une solution qui lui permettrait de faire d'une pierre deux coups. Il allait organiser sa rééducation dans le Mississippi — et à Tallulah de préférence.

L'adrénaline commençait à monter. Buck était un homme

d'action, incapable de rester longtemps assis dans un fauteuil. Il ne pouvait conduire à cause de sa blessure, et il ne prendrait pas un vol régulier pour Tallulah, de peur d'être reconnu. Il lui fallait donc louer un avion privé. Pour la première fois depuis qu'on l'avait récupéré derrière le volant de sa Porsche gisant au fond d'un fossé, il commençait à reprendre les rênes de sa vie. Il se savait assez fort moralement pour faire face aux objections de Schrader sans problème. En revanche il ignorait la façon dont Anne réagirait à son arrivée impromptue. Sentant son angoisse monter à cette idée, il préféra ne pas s'y attarder.

Cela faisait trois jours qu'Anne se trouvait à Tallulah et la solitude commençait à lui peser. Le matin, elle se levait en songeant au bébé qu'elle avait perdu, et le soir, elle s'endormait avec la même pensée. Il lui semblait qu'elle ne se remettrait jamais de cette perte. Elle appréciait la discrétion dont faisaient preuve Franklin et Beatrice. Fidèles à leur promesse, ils ne lui posaient aucune question et attendaient sagement qu'elle se sente prête à évoquer l'accident. Pourtant, elle avait parfois envie de partager ce qu'elle avait ressenti en apprenant la nouvelle de sa grossesse. Une joie sans égale l'avait envahie. Elle imaginait déjà un petit garçon, une copie conforme de Buck, ou une petite fille qui aurait les fossettes de son père quand il souriait et les yeux bleus de sa mère… Ou bien un bébé qui n'aurait ressemblé à personne, et qui aurait été le plus beau du monde.

Il fallait à tout prix qu'elle se débarrasse de ces pensées obsédantes…

Elle avait donc décidé de prendre son père au mot et d'accepter sa proposition de collaborer à *L'Observateur*. L'idée de reprendre son ancien métier de journaliste lui plaisait, et celle d'avoir accès aux archives du journal piquait sa curiosité. Selon

Beatrice, qui semblait posséder une connaissance encyclopédique de l'histoire de Tallulah et de ses habitants, les archives représentaient une mine de renseignements les plus divers, notamment en ce qui concernait la famille de Buck. Or, les rares aperçus qu'elle avait eus des Whitaker l'avaient intriguée au plus haut point. En travaillant au journal, elle aurait l'occasion unique d'assouvir sa curiosité.

Elle n'avait pas parlé à son mari depuis son arrivée à Tallulah. Une discussion avec lui, c'était au-dessus de ses forces. Chaque fois qu'il téléphonait, elle refusait de lui répondre. Buck avait cessé de l'appeler.

Peut-être était-il soulagé, finalement, de voir qu'elle avait pris la décision de s'éloigner ? Au moins, elle avait eu le courage de révéler ainsi leurs problèmes de couple, alors que lui ne l'aurait jamais fait. De toute façon, il savait qu'il ne resterait pas longtemps seul. Quelle femme résisterait à son charme et à sa célébrité ? De plus, elle n'aurait même pas besoin de lui donner un enfant pour l'obliger à rester avec elle !

Beatrice avait très gentiment offert sa voiture à Anne, afin que celle-ci puisse aller et venir à sa guise dans la région. La jeune femme l'emprunta donc pour se rendre au siège de *L'Observateur*, mais elle se rendit compte à mi-chemin que le réservoir était vide. Beatrice était certainement une femme d'affaires éclairée dotée d'une créativité en ébullition ; en revanche, elle n'avait rien d'une femme d'intérieur. Ainsi, elle oubliait de passer chez le teinturier et faisait parfois ses courses en dépit du bon sens, ce qui amusait Franklin. Au cours des trois jours qu'elle avait passés chez eux, Anne ne l'avait jamais entendu faire le moindre reproche à sa femme, dont il était visiblement très amoureux. En fait, elle n'avait jamais vu son père aussi heureux. Un constat qui lui causait un léger pincement au cœur en songeant à sa mère… Mais en dépit de son peu de sens pratique, Beatrice était vraiment adorable. Comment s'empêcher de l'aimer ?

A la station-service, Anne glissa sa carte de paiement dans la machine et empoigna le gros tuyau qui sentait l'essence à plein nez. Tandis qu'elle emplissait le réservoir de la petite voiture de sa belle-mère, elle songea au coupé Mercedes flambant neuf qu'elle avait laissé à Saint Louis. Buck s'en servait-il ? Non, il ne pouvait conduire dans son état. D'un autre côté, elle ne pouvait l'imaginer immobile et seul dans leur splendide duplex. Peut-être avait-il déjà remplacé sa Porsche par un autre véhicule de sport, aussi rapide que coûteux. Une fraction de seconde, elle se demanda s'il pensait à elle — et si elle lui manquait.

— Anne ? Anne Whitaker ?

Elle tourna la tête et aperçut une longue berline noire garée devant la pompe voisine. A côté du réservoir se tenait Pearce, le frère aîné de Buck.

— Bon sang, Anne, c'est vraiment toi !

Il ouvrit les bras et sourit de toutes ses dents, qu'il avait fort blanches et impeccablement alignées. Il l'étreignit avec énergie. Elle réussit à se détourner au bon moment pour éviter qu'il ne l'embrasse sur la bouche. Pearce la tint ensuite à bout de bras et l'examina de la tête aux pieds, sans se gêner le moins du monde.

— Eh bien, mon chou, pour une surprise, c'est une surprise ! J'ai failli percuter la pompe en t'apercevant en train de remplir le réservoir de la voiture de Beatrice… Comment vas-tu ?

— Bien. Et toi ?

— Je suis en pleine forme !

Otant ses lunettes de soleil, il la dévisagea comme pour s'assurer qu'il ne s'agissait pas d'un mirage. Quant à Anne, elle ne fit pas un geste pour enlever ses lunettes noires, qu'elle gardait perchées sur son nez dans l'espoir de passer incognito dans la région. Pourquoi diable Pearce était-il passé près de la station-service juste au moment où elle s'y trouvait ? Il était certainement la dernière personne au monde qu'elle avait envie de rencontrer.

— Où est Buck ? demanda celui-ci, en lançant un coup d'œil vers la vitre du côté passager.

Il secoua la tête et revint à Anne.

— Après votre accident, je me suis dit que les Jacks allaient le confiner chez lui pendant un bout de temps. Comment va notre héros ?

— Ça va...

— Ça n'avait pas l'air d'aller quand je l'ai appelé dimanche, en tout cas. Il râlait comme un ours mal léché. Et il ne m'a pas dit que vous veniez ici. Quand êtes-vous arrivés ?

— Mardi.

Elle n'ajouta pas qu'elle était venue seule, car Pearce lui aurait aussitôt demandé pourquoi. Et cela, c'était à Buck de le lui expliquer.

Il secoua la tête.

— Je sais que Buck préférerait embrasser un serpent plutôt que de parler à maman, mais vous ne pouvez pas vous réfugier chez ton père et faire semblant d'ignorer qu'elle habite à quelques kilomètres de là ! Elle va piquer une crise monumentale, quand elle apprendra que vous êtes ici depuis mardi.

Le regard de Pearce s'éclaira brusquement, comme s'il venait d'avoir une idée lumineuse.

— Je pourrais demander à Buck de faire une apparition à mes côtés, pendant ma campagne électorale. Puisqu'il est ici, autant en profiter !

Anne lança un regard agacé au compteur de la pompe dont les chiffres semblaient défiler avec une infinie lenteur avant de tenter de dévier la conversation :

— A propos de ta campagne, justement… Ça se passe bien ?

— Elle a démarré sur les chapeaux de roues, affirma-t-il.

Il glissa une main dans la poche intérieure de sa veste et en retira une petite carte, sur laquelle il griffonna quelques chiffres avant de la lui tendre.

— Voici ma carte avec mon numéro de portable. Dis à Buck de m'appeler aujourd'hui même. Dans l'heure qui suit. Son nom fait des miracles et ouvre toutes les portes. J'ai la chance d'être populaire, mais si on le voit à mes côtés, mon électorat va doubler d'un coup.

Il eut un large sourire et se frotta les mains, comme s'il était en train de conclure une bonne affaire.

— Bon sang, Anne, votre présence ici ne pouvait mieux tomber ! D'après les sondages, je suis le meilleur candidat, mais nous ne sommes qu'au début de la campagne. Quand il me verra avec le célèbre Buck Whitaker, mon adversaire risque de déclarer forfait !

La pompe s'arrêta avec un déclic, indiquant que le réservoir était plein, au grand soulagement d'Anne. Elle raccrocha le tuyau et lança un coup d'œil à sa montre.

— Parles-en directement à Buck. Moi, il faut que je file.

— Tu as des millions de choses à faire, c'est cela ?

— Je dois passer au siège de *L'Observateur*.

Pearce leva les yeux au ciel, l'air comblé.

— Décidément, la vie me sourit. Quand je pense que j'ai aussi un lien familial avec le meilleur journal de la région ! J'espère que Franklin va faire un papier sur moi, et souligner le rôle historique des Whitaker dans ce pays. Il pourrait rappeler toutes les contributions qu'ont faites mes ancêtres, et remonter ainsi les générations jusqu'à moi, comme si la tradition impliquait qu'un Whitaker a un droit naturel de siéger au Sénat !

Anne se pencha pour visser le bouchon de son réservoir, en songeant que Pearce avait vraiment trouvé sa voie dans la politique. Il était si vaniteux qu'il ne doutait ni de l'appui que pourrait lui apporter Franklin, ni des convictions de Buck. Heureusement, il ne lui avait rien demandé : ce n'était donc pas à elle de lui ôter ses illusions.

Elle se redressa.

— Eh bien, il ne me reste plus qu'à te souhaiter bonne chance, Pearce.

Il lui ouvrit la portière avec la courtoisie qui semblait innée chez les hommes du Sud.

— Passez donc nous voir à Belle Pointe ce soir, tous les deux. Vous n'allez quand même pas vous cacher pendant tout votre séjour ici ?

— Désolée, mais je ne peux rien promettre. C'est à Buck de décider.

Elle se glissa derrière le volant et s'apprêta à démarrer.

— Il faut vraiment que je parte, Pearce. Fais toutes mes amitiés à Claire, d'accord ?

— Je n'y manquerai pas.

Il referma la portière et s'écarta du véhicule.

— Que Buck m'appelle aujourd'hui sans faute, lui rappela-t-il d'un ton impérieux.

Elle ébaucha un sourire, agita la main et démarra. Elle était prête à parier que Pearce saurait qu'elle était venue seule à Tallulah avant le coucher du soleil. Mais il avait raison sur un point : elle devait rendre visite à Victoria, même si cette idée lui donnait la chair de poule.

— Tyrone Pittman ?

— C'est moi-même. A qui ai-je l'honneur ?

Une canette de soda dans une main et le téléphone dans l'autre, Buck se détendit contre le cuir du dossier de son fauteuil préféré.

— A quelqu'un qui sait que c'est toi qui as fait un nœud au maillot de compétition de Ray Dixon, il y a quinze ans, et qui as ainsi obligé l'entraîneur à te prendre pour remplaçant, pendant que Dixon perdait un temps précieux à tenter de dénouer son maillot.

Il y eut un silence stupéfait.

— Buck ? Buck Whitaker ?

Buck sourit, pour la première fois depuis une éternité.

— Bien sûr que c'est moi, mon vieux. Qui d'autre pourrait connaître cette histoire ?

— Comment vas-tu ? D'après les images que j'ai vues à la télévision, tu as bien failli te tuer dans cet accident de voiture ! Ta femme et toi, vous avez eu une chance folle de vous en sortir vivants…

— C'est vrai. Je ne suis pas encore en pleine forme, mais avec un peu de rééducation, tout devrait rentrer dans l'ordre bientôt.

Buck avala une gorgée de soda avant d'ajouter :

— Et toi ? Quelles sont les nouvelles, de ton côté ?

— Oh, tout va bien. Mais d'après les journalistes, ta blessure au genou ne va pas se guérir en quelques jours. Tu as intérêt à ne pas la sous-estimer si tu veux recommencer à jouer, Buck.

Ce dernier porta la canette à son front. Le froid semblait apaiser son mal de crâne.

— C'est justement pour cela que je t'appelle, Tyrone. Il paraît que tu es le meilleur kiné de Memphis.

Tyrone eut un petit rire.

— Tout ce que je sais, c'est que je n'ai pas de mal à trouver des clients.

— Ça te dirait de passer les six prochains mois dans un cabinet doté d'un matériel dernier cri, en étant ton propre patron, et dans ta ville natale ?

— Tu veux dire… A Tallulah ?

— Exact.

— Je dirais oui tout de suite. Mais pourquoi me poses-tu cette question ?

— Parce que j'ai un plan, Ty. J'ai réservé un avion qui va m'emmener à Tallulah dans quelques jours. Là-bas, j'aurais besoin du meilleur thérapeute possible — c'est-à-dire toi. Quand tu m'auras examiné, tu sauras le genre d'équipement qu'il faudra acheter. On trouvera un endroit pour y installer le cabinet. Tu me suis ?

— Jusque-là, oui.

— On discutera autant que tu voudras. Ensuite, ce sera à toi de fixer les horaires et d'entamer les séances de torture.

— Tu veux commencer quand ?

— Le plus tôt possible. Je voudrais être ton seul et unique client pendant un bout de temps, Ty.

Comme celui-ci demeurait silencieux, Buck s'empressa d'ajouter :

— Je serai même d'accord pour subventionner une clinique privée à Tallulah. Cela te prouve à quel point j'ai besoin de toi, Ty. Cela te gêne de travailler dans ta ville natale ?

— Non. J'y ai encore de la famille, comme tu le sais.

— Franchement, je l'ignorais.

Lorsque Buck avait quitté le Sud, il avait perdu du même coup le contact avec tous ceux qu'il y connaissait, notamment Tyrone, un excellent athlète qui n'avait pourtant pas réussi à se faire admettre comme professionnel. Son père, Oscar Pittman, travaillait à Belle Pointe où il était responsable des machines agricoles et de leur entretien. Buck et Ty avaient passé leur enfance ensemble. Ils avaient fréquenté la même école, avaient partagé leurs jeux, leurs livres et jusqu'à leur première cigarette. Ils avaient commis les mêmes bêtises, et si la Providence n'était pas intervenue, par l'entremise de la merveilleuse Frances, la mère de Ty, ils auraient sans doute échoué en prison ensemble.

— Je sais que c'est beaucoup te demander, Ty, plaida Buck. Tu as sans doute une vie privée à Memphis, et…

— Une femme et huit gamins.

— Quoi ? Bon sang… C'est vrai ?

Tyrone éclata de rire.

— Tu as marché, comme au bon vieux temps ! Non, je n'ai pas d'enfant, mais je suis marié. J'ai épousé Lily Thigpen. Tu te souviens d'elle ?

— Et comment ! Tu as de la chance.

— C'est ce qu'elle n'arrête pas de me répéter. Ta femme n'est pas mal non plus, je l'ai vue à la télévision.

— Anne… Je te la présenterai. Elle est encore plus jolie en chair et en os.

Buck aspira une grande bouffée d'air avant de demander d'un ton pressant :

— Alors ? Mon projet te convient ? Tu penses que tu pourrais commencer à me torturer d'ici une semaine ou deux, à Tallulah ?

— J'avoue que l'idée d'ajouter le nom d'un patient aussi célèbre que toi dans mon CV me séduit.

Pour la première fois depuis le début de leur conversation, Buck sentit que le poids qui pesait sur sa poitrine s'allégeait un peu.

— Sors ton stylo, je vais te donner mon numéro de téléphone portable, ainsi que celui du soigneur des Jacks, Steve Grissom, qui pourra te transmettre toutes les informations nécessaires sur ma blessure, ainsi que ses conseils, que tu seras libre de suivre ou non. Attends demain pour l'appeler, d'accord ?

— Pourquoi ? Tu es pressé, et je suppose que les Jacks sont au courant…

— Non, je ne leur ai pas encore parlé de mon projet.

— Buck… Mais comment peux-tu…

— Ne t'inquiète pas, je saurai les convaincre. Ty, je suis prêt à signer un contrat avec toi pour que tu aies une garantie légale. Malgré tout, si tu estimes que le risque est trop grand…

— … Tu trouveras bien un moyen supplémentaire de me persuader, acheva Ty, un rire dans la voix.

— Sans doute. Mais j'aurai une dette envers toi, et je ne l'oublierai pas, je te le promets.

— Compte sur moi pour te la rappeler au bon moment, mon vieux.

5.

Avant de se rendre au bureau de son père, Anne décida, sur un coup de tête, de voir d'abord la boutique de Beatrice. Peu importait maintenant de passer incognito dans la ville, puisque Pearce l'avait vue. Autant satisfaire sa curiosité et explorer la fameuse caverne emplie de trésors choisis par sa belle-mère.

Elle en franchit la porte au son léger d'un carillon. Du fond de la boutique, la voix mélodieuse de Beatrice lança :

— Bienvenue… J'arrive tout de suite !

— C'est moi, Anne. Ne te dérange pas.

Tout en déambulant entre les divers rayons, Anne admira le goût à la fois exquis et original de sa belle-mère. Les divers éléments en poterie, surtout, l'attiraient. Elle avait elle-même suivi des cours dans un atelier, mais elle avait dû y mettre un terme assez vite. Etant donné la carrière de Buck et ses déplacements incessants, Anne ne demeurait jamais assez longtemps dans un endroit pour y accomplir un projet.

— Quelle merveilleuse surprise ! Tu t'es enfin décidée à sortir de ta tanière, mon chou, dit Beatrice en lui posant un baiser affectueux sur la joue.

— De toute façon, j'ai été repérée.

Anne raconta à sa belle-mère sa rencontre avec Pearce.

— Il suppose que Buck est ici, et il s'étonne qu'il n'ait pas encore appelé sa mère.

— Cela me semble logique. Tu lui as donné une explication ?

Anne poussa un soupir gêné.

— Non, j'ai préféré mentir par omission. Je l'ai remercié de son invitation et je lui ai dit de téléphoner à Buck.

— Ce n'est pas bien, dit Beatrice, d'une voix souriante et qui ne contenait pas le moindre reproche.

Anne soupira.

— Je sais. Mais la vérité va se savoir très vite, car Pearce souhaite profiter du soutien de son frère pour sa campagne électorale. D'ailleurs, je parie qu'il est en train d'appeler Buck — mais il a dû téléphoner chez toi, car il le croit là-bas.

Elle secoua la tête.

— Parlons d'autre chose, d'accord ? Je suis venue pour voir ta boutique. Je la trouve géniale.

Le visage de Beatrice s'éclaira.

— C'est vrai ? Je fais de mon mieux pour dénicher des œuvres d'artistes et d'artisans de la région, et…

Elle s'interrompit en entendant le carillon de la porte.

— Zut… Excuse-moi, il faut que je m'occupe du client qui entre, et ensuite…

De nouveau Beatrice s'interrompit en apercevant la personne qui venait de pénétrer dans sa boutique.

— Victoria ! Cela fait si longtemps ! Comment allez-vous ?

— Je vais bien, Beatrice, merci. Et vous ? demanda Victoria en s'avançant vers les deux femmes la tête haute, l'air d'une reine condescendant à s'approcher de ses sujets.

— Tout va pour le mieux, Victoria.

Cette dernière posa sur Anne un regard froid.

— Bonjour, Anne. Pearce m'a appelée pour m'annoncer qu'il vous avait vue en ville. Comme personne ne répondait chez Beatrice, j'ai supposé que vous vous trouviez ici. J'avoue que je suis un peu surprise de ne pas avoir été prévenue de votre arrivée.

— Oh, disons que ce voyage s'est décidé sur un coup de tête…

Anne ébaucha un sourire aimable, en se demandant si elle devait embrasser sa belle-mère. La joue de Victoria l'attirait autant que celle d'un mannequin en plastique. A son grand soulagement, elle vit que celle-ci gardait ses distances.

— Vous semblez en forme, dit Anne poliment.

— Je suis terriblement occupée. Buck a dû vous raconter avec force détails toutes les activités de notre exploitation à cette période de l'année. Nos journées de travail commencent à l'aube et ne se terminent que tard dans la nuit.

— Ce doit être épuisant, murmura Anne.

Effectivement, Victoria avait les traits tirés. Lors de leur première rencontre, Anne avait été impressionnée par l'énergie de sa belle-mère et son aspect jeune et dynamique. Mais aujourd'hui, en dépit d'un maquillage soigné, Victoria accusait son âge.

— C'est fatigant, en effet. Mais j'aurais pu consacrer un moment à Buck, s'il m'avait rendu visite — ou s'il m'avait au moins appelée. Ses séjours à Tallulah se font si rares que chacun peut être l'occasion d'une petite fête. A condition, bien sûr, qu'il ait la gentillesse de me prévenir.

Anne réprima un soupir. Comme elle avait été stupide de penser qu'elle pourrait venir à Tallulah sans avoir à expliquer l'absence de Buck à ses côtés !

— Je suis venue seule, admit-elle.

— Vraiment ?

Victoria haussa légèrement ses sourcils parfaitement dessinés.

— Sa blessure est donc plus grave qu'il n'a bien voulu me le dire quand je l'ai appelé, ajouta-t-elle.

— J'ignore ce qu'il vous a dit.

— Comme je connais le penchant des médias pour le sensationnel, j'ai préféré lui demander directement de ses nouvelles. Quand j'ai enfin réussi à le joindre, il m'a affirmé que les journalistes exagéraient et qu'on le reverrait bientôt sur le terrain.

Anne réprima un nouveau soupir.

— Il souffre d'un traumatisme crânien, Victoria. De plus, il a besoin d'une rééducation intensive qui risque de durer un certain temps. Lorsque je suis partie, personne ne pouvait prévoir quand il recommencerait à jouer.

— Et quand êtes-vous partie ?

— Nous sommes sortis tous les deux de l'hôpital lundi dernier, et je suis arrivée ici mardi.

— C'est un peu surprenant que vous ayez décidé de le laisser seul à Saint Louis dans cet état.

— Il est le premier à reconnaître qu'il déteste qu'on lui tienne la main quand il est souffrant. Vous-même, vous devez le savoir.

— Oui, admit Victoria du bout des lèvres.

Elle fixa Anne avec intensité, comme si elle la soupçonnait de ne raconter qu'une partie de l'histoire.

— Vous avez été également blessée, Anne. Avez-vous pu récupérer suffisamment ? Buck s'est montré très vague à ce sujet.

— Je vais bien.

Si Buck n'avait pas annoncé à sa mère la fausse couche de sa femme, ce n'était pas elle qui allait le faire.

— Combien de temps comptez-vous rester en ville ? Nous souhaiterions vous voir à Belle Pointe, affirma Victoria.

— Merci. En fait, je voulais vous appeler dans la soirée pour convenir d'une date avec vous. Mon père et Beatrice m'ont accueillie avec tant de chaleur que j'ai eu tendance à demeurer dans un cocon, je l'avoue.

— Vous n'avez jamais passé suffisamment de temps à Belle Pointe pour apprécier tout le charme de la propriété. Et son histoire est des plus intéressantes, avança Victoria.

— Je serais ravie de mieux la connaître.

— Eh bien, le moment me paraît favorable. Je vais en parler à Pearce et à Claire, afin de fixer un soir qui nous convienne à tous. Et maintenant, il faut que je me sauve.

Victoria se redressa, salua Anne et Beatrice d'un hochement de tête, et marcha vers la porte. Avant d'en franchir le seuil, elle se retourna vers les deux femmes.

— J'y pense… Anne, vous pourriez avoir une influence bénéfique sur la campagne de Pearce. Je vais en discuter avec lui, afin qu'il puisse vous utiliser au mieux.

Sur ce, il y eut un tintement de carillon et elle disparut.

Anne croisa le regard amusé de Beatrice.

— M'utiliser ? répéta-t-elle, éberluée.

— Oh, je suis sûre qu'elle ne donnait pas un sens péjoratif à ce mot, dit Beatrice d'un ton rassurant.

Anne secoua la tête.

— Cette femme m'impressionne tellement que j'ai le sentiment de me retrouver à l'école devant mon professeur alors que je n'ai pas fait mes devoirs, marmonna-t-elle.

— C'est vrai qu'elle a de la présence. Mais tu t'es parfaitement comportée vis-à-vis d'elle. De plus, Victoria n'a pas toujours joué à la châtelaine, à Belle Pointe. Elle a simplement épousé un membre de la famille Whitaker. Elle n'est donc qu'une « pièce rapportée ».

— Je sais bien. Pourtant, il est difficile de l'imaginer autrement que dans ce rôle.

— Et c'est exactement le but qu'elle recherche. Mais quand je l'ai connue au collège, elle s'appelait Vickie Hinton.

— Vickie ?

Beatrice acquiesça.

— Absolument. Son père s'occupait des machines agricoles à Belle Pointe. En fait, il a eu un accident professionnel. Après sa mort, sa veuve a décidé de quitter la Louisiane.

— Je comprends enfin pourquoi Buck n'a que de très vagues souvenirs à propos de ses grands-parents maternels.

Beatrice dévisagea pensivement Anne.

— La famille Whitaker a toujours eu un rôle prépondérant dans l'histoire de Tallulah. C'est pour cela que je t'ai suggéré de jeter un coup d'œil aux archives de *L'Observateur*.

Elle lui fit un clin d'œil.

— Une fois que tu auras commencé à t'y plonger, je te garantis que tu ne voudras plus lever le nez de ces dossiers !

Anne avait cette prédiction en tête quand elle pénétra dans le bureau de son père, une demi-heure plus tard. L'endroit était calme et silencieux : rien à voir avec l'agitation frénétique qui régnait dans la salle de rédaction du magazine auquel elle collaborait avant d'épouser Buck. D'un autre côté, Franklin avait indiqué que l'une des raisons qui l'avaient poussé à quitter son emploi à Boston, c'était justement l'envie d'échapper à ce genre de stress.

Le visage de Franklin s'éclaira en apercevant sa fille.

— Anne !

Il était à son bureau, en train de tapoter le clavier de son ordinateur. Il lui fit signe de s'approcher.

— Je ne veux pas t'interrompre au beau milieu d'un article, papa.

Franklin lança un coup d'œil agacé à son écran.

— Je viens de passer une partie de l'après-midi à tenter de rédiger l'éditorial de la semaine prochaine. Et j'ai bien envie d'effacer tout ce que j'ai écrit.

Il se tourna de nouveau vers sa fille.

— Bea m'a appelée pour me prévenir de ton arrivée. D'après elle, tu souhaites avoir accès aux archives du journal. Apparemment, l'histoire des Whitaker t'intéresse.

— La région du delta du Mississippi m'intrigue. Je crois que j'aimerais écrire un livre sur son histoire, qui a été façonnée en grande partie par quelques familles — dont les Whitaker.

— Excellente idée ! Je vais…

— Non, attends. Je plaisantais, papa. En fait, mon instinct de journaliste s'est réveillé en entendant parler de la campagne électorale. J'ai rencontré Pearce, qui m'a demandé, bien entendu, d'écrire un article qui le mette en valeur. Mais moi, je serais tentée d'écrire à la fois sur lui et sur son concurrent, en soulignant ce qui les rassemble et ce qui les oppose.

— Parfait. On fera paraître ton article dans la prochaine édition.

Anne eut un petit rire nerveux.

— Tu me fais confiance à ce point-là ? Tu sais que je suis un peu rouillée, papa…

— Si ton article ne répond pas à nos critères, je te demanderai de le réviser.

— Tu me parles comme si je travaillais vraiment pour *L'Observateur*, murmura-t-elle, amusée.

A l'idée d'exercer de nouveau le métier qu'elle adorait, elle sentit un flot d'adrénaline couler dans ses veines.

— Qui est le concurrent de Pearce ? demanda-t-elle d'un ton très professionnel.

— Jack Breedlove, le commissaire de police de Tallulah. C'est un ancien militaire, qui est revenu dans sa ville natale après avoir été blessé pendant la guerre du Golfe. Il a le même âge que Buck, ils ont été sur les mêmes bancs d'école. Je pense que ton mari pourrait te donner quelques informations utiles sur Jack, acheva Franklin en coulant un regard en biais à sa fille.

— Merci du conseil, mais je préfère me débrouiller seule, papa. D'ailleurs, je suppose que Buck n'a pas revu Jack Breedlove depuis une éternité, et il n'aurait sans doute pas de tuyaux à me donner sur lui.

Un léger sourire aux lèvres, Franklin haussa les épaules.

— C'était juste une suggestion, Anne.

Elle fit mine de ne pas avoir entendu.

— Je vais me mettre au travail. Dis-moi simplement où se trouvent les archives et…

Sentant une présence juste derrière elle, Anne s'interrompit.

— Bonjour, Paige, lança Franklin en apercevant la silhouette sombre qui se profilait.

— Salut…

Franklin se tourna vers sa fille.

— Anne, tu te souviens de Paige, n'est-ce pas ?

— B… bien sûr, bredouilla celle-ci.

En effet, après avoir examiné de près le petit visage pâle sous la masse de cheveux noirs parsemée de mèches orange fluo, elle reconnut sa nièce, la fille de Pearce et de Claire.

Cela faisait longtemps qu'elle ne l'avait pas vue. Paige n'avait pas assisté au mariage de Franklin et de Beatrice, car elle skiait dans le Colorado à ce moment-là. La transformation de l'adolescente était impressionnante.

— Comment vas-tu, Paige ?

Celle-ci se tourna vers Anne. Le mouvement découvrit le lobe d'une oreille ornée d'une bonne demi-douzaine de petits anneaux en argent.

— Ça va.

Une affirmation que démentaient son regard vide, souligné de khôl noir, son teint d'un blanc crayeux, ses lèvres et ses ongles dissimulés sous une couche d'un violet sombre, et sa silhouette trop fine de fausse anorexique. Elle était enveloppée d'un long manteau noir et chaussée de bottes épaisses en cuir noir, plus appropriées à un parcours du combattant qu'à une salle de classe.

— Tu as beaucoup grandi depuis la dernière fois que je t'ai vue, dit-elle d'un ton faible, en espérant que son expression ne trahissait pas sa stupéfaction.

— Ouais… C'est normal, lâcha Paige.

Elle lança un regard vague en direction de la fenêtre avant de revenir à Anne.

— Buck est ici ?

— Non, il est resté à Saint Louis.

Paige fronça ses sourcils soigneusement laqués.

— Tu l'as laissé là-bas alors qu'il est blessé ?

— Il est si bien entouré qu'il n'a pas le temps de remarquer mon absence, rétorqua Anne, en s'efforçant de prendre un ton léger.

Paige la fixa d'un air dubitatif.

— Mais toi aussi tu as été blessée, non ?

— Je m'en suis bien tirée.

Franklin décida qu'il était temps d'intervenir et de changer de sujet.

— Paige vient nous aider plusieurs fois par semaine en

sortant du lycée. C'est un travail qu'elle fait en accord avec son professeur de lettres, expliqua-t-il à l'intention d'Anne.

Paige leva les yeux au ciel.

— Ce n'est pas moi qui l'ai demandé. Le Dragon ne m'a pas laissé le choix quand mes notes ont dégringolé en anglais, et mes parents ont accepté, bien sûr. A la maison, c'est pire qu'en prison, grommela l'adolescente.

— Le Dragon ? répéta Anne. C'est ainsi que tu appelles ton professeur, je suppose ?

— Non. Mon prof est plutôt sympa. Le Dragon, c'est ma grand-mère.

— On m'a dit que tu étais dans une classe pour étudiants particulièrement doués...

— Comment est-ce que je le saurais, puisque je ne suis pas douée moi-même ? Je n'arrête pas de le dire, mais personne ne m'écoute. Je me demande d'ailleurs si on m'a jamais écoutée... C'est comme si je devais obligatoirement devenir un écrivain célèbre, ou un truc de ce genre.

— Faire une carrière politique, par exemple ? suggéra Anne, amusée.

— Pas question ! On a déjà un politicien dans la famille, et c'est un de trop.

Paige poussa un soupir agacé avant d'ajouter :

— Mon père ne parle que de ça. C'est nul.

Une fois de plus, Franklin intervint afin d'éviter que la conversation ne glisse sur un terrain gênant.

— Anne, il me semble que Paige arrive à point nommé pour t'emmener faire un tour dans les archives. Elle est justement en train de remettre un peu d'ordre dans les dossiers.

Il se tourna vers l'adolescente.

— Tu veux bien montrer la salle à Anne, pendant que je rédige mon éditorial ?

— Ouais…

Si Paige n'était guère aimable, au moins elle acceptait la tâche qu'on lui confiait.

Tandis qu'elle la suivait, Anne se demanda pourquoi sa nièce s'habillait comme si elle allait passer une audition pour obtenir un rôle dans un film d'horreur. Il était évident que l'adolescente avait des problèmes. Ses notes en déroute, son style gothique avec piercings en bonus, et son attitude rebelle à toute autorité représentaient des signaux suffisants pour qu'un clignotant s'allume dans l'esprit d'Anne.

— Comment va ta mère, Paige ?

Celle-ci eut un haussement d'épaules et elle lança un coup d'œil à sa montre avant de répondre.

— A cette heure-ci, elle doit être encore à Memphis. Elle y va trois fois par semaine pour faire chauffer sa carte de crédit. Elle passe le plus clair de son temps à dévaliser les magasins, mais quand je veux un truc un peu cool, elle me fait une scène. Elle ne supporte pas le genre de vêtements que je porte. A croire qu'elle a un goût parfait et que le mien est forcément merdique.

Claire était une très jolie femme qui savait parfaitement s'habiller. Anne la connaissait peu, mais elle devinait que l'accoutrement étrange de Paige ne devait pas plaire à sa belle-sœur. Elle se demanda aussi l'effet que Paige pourrait avoir sur l'électorat de son père. Elle risquait d'effrayer les citoyens bon chic bon genre qui avaient l'intention de voter pour Pearce.

Anne décida de se montrer diplomate.

— C'est peut-être une histoire de génération ? Quand j'avais quinze ans, j'ai demandé à ma mère de me signer une autorisation pour me faire tatouer un papillon dans la nuque. Elle n'a jamais voulu. Aujourd'hui, je suis contente qu'elle ait refusé.

Anne souleva ses longues mèches brunes et désigna sa nuque du doigt.

— Quand j'ai mes cheveux relevés pour une soirée habillée, de quoi est-ce que j'aurais l'air, avec un insecte posé là ? dit-elle en riant.

— Moi, je trouverais ça cool.

Une lueur de défi dans la prunelle, Paige souleva le bord de son T-shirt en fin coton et découvrit son nombril percé d'un anneau, et entouré d'un tatouage représentant un serpent qui se mordait la queue.

Les yeux d'Anne s'élargirent d'un coup.

— Ta mère n'a pas eu le temps de refuser, j'imagine.

Paige émit un ricanement.

— Primo, on n'a plus besoin d'autorisation pour se faire tatouer. Secundo, mon comportement ne devrait pas affoler Claire, puisqu'elle était elle-même une sacrée rebelle au même âge.

Claire savait-elle que sa fille l'appelait par son prénom ? Inutile de poser la question, songea Anne.

— Elle a des tatouages, elle aussi ? s'enquit-elle, histoire de s'intéresser.

— Pas un seul, ce n'était pas la mode à son époque. Et puis, si elle en avait un, mon père l'obligerait à le faire disparaître tout de suite. Il ne supporte pas qu'on fasse quoi que ce soit d'original sans le consulter.

— Mais il te laisse t'habiller à ta guise ?

— Ça le rend fou. Mais moi, au moins, j'ai le courage de faire ce que je veux sans me cacher, alors que Claire se dissimule tant qu'elle peut.

— Donne-moi un exemple…

Elle retint son souffle. Dieu seul savait ce qui allait sortir de la bouche de l'adolescente…

— Eh bien, Claire se met dans tous ses états dès qu'elle me voit fumer une cigarette, alors qu'elle grille un paquet par jour dans son coin.

Après les mauvaises notes, le maquillage outrancier et les vêtements gothiques, il y avait aussi les tatouages, les piercings, les cigarettes et sans doute bien d'autres choses... Anne commençait à éprouver une certaine sympathie pour les parents de Paige.

— Elle veut peut-être t'éviter de commettre les mêmes erreurs, avança-t-elle.

— Peut-être que je l'écouterai lorsqu'elle me montrera l'exemple et cessera elle-même de fumer, rétorqua Paige, qui n'était pas dénuée de bon sens.

Les poings sur les hanches, elle se campa devant Anne.

— Et mon père, lui, il pourrait aussi jeter ses cigares puants, tant qu'on y est ! Mais non, inutile d'espérer. Tout ce qu'il fait est parfait.

Paige ouvrit une porte qui donnait sur un escalier menant au sous-sol.

— Les archives sont stockées en bas, annonça-t-elle en descendant chaque marche avec une légèreté surprenante en dépit de ses bottes. Ici, c'est mon espace de travail. Je suis chargée de répertorier les dossiers que nous a légués un vieil original avant de mourir.

Elle désigna un plateau posé sur des tréteaux devant des étagères en métal, sur lesquelles s'empilaient d'épais dossiers.

— Le reste t'appartient. Bon courage !

Anne lança un coup d'œil autour d'elle.

Outre les différentes étagères alignées dans la pièce longue et étroite, qui croulaient sous les cartons emplis de documents, les murs eux-mêmes étaient tapissés de photos concernant les événements importants ayant rythmé l'histoire de Tallulah.

La lumière tamisée, l'odeur de renfermé et la poussière qui flottait dans l'air n'avaient rien d'agréable. Si Paige y passait des heures entières plusieurs fois par semaine, elle avait le droit de se montrer grognon, se dit Anne.

En examinant l'un des murs, elle aperçut la photo de John Whitaker en train de prendre la pose aux côtés d'un gouverneur. Oui, c'était bien ici qu'elle allait pouvoir remplir les blancs dans l'histoire de la famille de Buck.

Paige plissa le nez.

— C'est pas génial, hein ?

— On va prétendre qu'il s'agit d'une chasse au trésor.

— C'est-à-dire ?

— D'après toutes ces photos, je parierais qu'il existe des tonnes d'informations concernant la famille de ton père qui sont stockées ici. Et comme j'ai épousé un Whitaker, j'ai bien envie de les découvrir.

Paige regarda autour d'elle comme si elle contemplait la pièce avec un point de vue tout neuf. Puis elle revint à Anne.

— Je peux te poser une question ?

— Bien sûr.

La politesse du ton de l'adolescente surprit Anne. Mais la nature de sa question la stupéfia carrément.

— Qu'est-ce que ça te fait d'être mariée à Buck ? Non seulement c'est une star, mais en plus il est super sexy… Ça doit être excitant de vivre avec lui, non ?

Anne sourit malgré elle.

— Tu t'imagines que je mène une vie follement amusante, n'est-ce pas ?

— Bien sûr. Au lycée, les garçons veulent ressembler à Buck. Ils veulent tout savoir sur lui. Ils sont sans arrêt autour de moi, mais je sais que ce n'est pas vraiment moi qui les attire…, conclut Paige avec une grimace.

— Je suppose que tu aimes le base-ball ?

— Evidemment. Pas toi ?

— Je vais te confier un secret. Ce n'est pas parce que j'ai épousé un joueur de base-ball que je me sens obligée d'aimer ce sport.

— Pourtant, tu assistes aux matchs. Je t'ai vue à la télé, pendant qu'ils filmaient la tribune des célébrités.

— J'y assiste parce que les fans de Buck s'attendent à voir sa femme dans la tribune. J'ai fini par apprécier certains aspects de ce sport, d'ailleurs. Mais quand j'ai rencontré Buck, j'étais une journaliste et je ne connaissais strictement rien au milieu du sport. J'étais spécialisée dans les affaires sociales et humanitaires.

— Pourquoi as-tu rencontré Buck, alors ?

— Je devais couvrir un événement spécial organisé par des grands sportifs pour une œuvre humanitaire. Buck y participait. La raison pour laquelle il m'intéressait, ce n'était pas son titre de champion de base-ball, mais sa ville natale. Tout ce qui touche à Tallulah m'intrigue.

Paige la fixa d'un air perplexe.

— Pourquoi est-ce que cette ville t'intéresse ? C'est le bout du monde, ici !

— Oh, je crois que bon nombre de gens ne seraient pas d'accord avec toi… Mon père, pour commencer. Toute mon enfance, il m'a parlé du delta du Mississippi. Il y est venu avec une équipe de journalistes de Boston pour couvrir le mouvement des droits civiques, et cette expérience l'a tellement affecté qu'il a écrit ensuite un livre.

— Je l'ai lu. Il figurait sur la liste des ouvrages à étudier cette année.

— Il t'a plu ?

Paige hocha la tête.

— C'était génial. L'histoire de la ville ressemble au scénario d'un film d'horreur. Vraiment cool…

Elle dévisagea Anne avec curiosité.

— Alors, comment s'est passée ta rencontre avec Buck, ce jour-là ? Tu as eu le coup de foudre ?

Le regard d'Anne tomba sur l'alliance qu'elle portait encore. Le lendemain de la signature de son fabuleux contrat avec les Jacks, Buck lui avait offert une bague ornée d'un magnifique diamant à l'éclat très pur. Un solitaire qui se trouvait aujourd'hui enfermé dans le coffre d'une banque à Saint Louis.

— Je ne sais pas si c'était un coup de foudre, mais en tout cas, je n'ai jamais rien ressenti d'aussi fort.

Elle regarda Paige en souriant.

— Tu as déjà eu ce genre d'expérience ?

— Non, pas vraiment. Mais je peux imaginer ce qui se passe à ce moment-là. Evidemment, ça ne risque pas de m'arriver, parce qu'aucun garçon du lycée ne ressemble à Buck. Si tu veux mon avis, tu as eu une chance folle de l'épouser.

Anne eut l'occasion de revoir Pearce bien plus tôt qu'elle ne le pensait. Ce fut lui, et non Claire, qui vint chercher Paige dans la soirée. Il semblait pressé, mais quand Anne lui demanda s'il voulait lui accorder un entretien en vue d'un article qu'elle allait rédiger pour *L'Observateur* sur sa candidature, il accepta aussitôt.

— Avant de commencer, j'aimerais te poser une question, déclara-t-il en s'installant confortablement dans l'un des deux fauteuils qui se trouvaient dans le bureau que Franklin venait d'attribuer à Anne.

— Vas-y.

— Où diable se trouve mon frère en ce moment ? Je lui ai

laissé des messages chez ton père, d'autres sur son répondeur à Saint Louis. Il ne me rappelle pas, et personne ne semble l'avoir vu ici. Il faut pourtant que je lui parle, bon sang !

Anne se mordit la lèvre inférieure. Victoria n'avait pas encore raconté à Pearce leur entrevue dans la boutique de Beatrice.

— Buck n'est pas venu avec moi, Pearce, dit-elle posément. Les Jacks sont inquiets pour lui, car sa blessure est assez grave. Il doit rester à Saint Louis pour suivre une rééducation intensive.

— Ça va durer combien de temps ?

Elle haussa les épaules.

— Je l'ignore, comme tout le monde. Il est possible qu'il ne joue pas la saison prochaine.

Pearce la dévisagea pensivement.

— Mais toi, pourquoi es-tu venue ici, exactement ? Pour travailler chez ton père ? Qu'en pense Buck ?

Elle croisa les jambes et regarda son beau-frère droit dans les yeux.

— Ici, c'est moi qui pose les questions, Pearce.

— Bon, d'accord.

Il continua à la dévisager, l'œil aux aguets, comme pour bien lui faire comprendre qu'il pouvait lire entre les lignes et deviner que son mariage battait de l'aile. Puis il se cala contre son dossier.

— Par quoi veux-tu commencer ? Mes électeurs connaissent ma famille, mais cela ne fait jamais de mal de rappeler qui sont les Whitaker, et tout ce qu'ils ont apporté à la ville et à la région depuis cinq générations.

Anne regretta de ne pas disposer d'un appareil enregistreur — en fait, elle n'avait pas eu le temps de rassembler du matériel dans son bureau. Avisant un bloc-notes demeuré sur l'une des étagères, elle s'en empara et prit un stylo dans son sac.

— J'ai déjà une liste de questions en tête. C'est ainsi que je procède en général, lors de mes interviews. Ne t'inquiète pas, je ne me servirai pas de tous les renseignements que tu me fourniras dans tes réponses. Il s'agit pour moi d'avoir un cadre de référence afin de mieux cerner ta personnalité.

— Mon chou, tu me connais déjà assez bien. Nous faisons partie de la même famille, non ?

— Je voulais simplement te prévenir que certaines de mes questions peuvent sembler indiscrètes, mais tes réponses ne seront pas publiées dans l'article, expliqua-t-elle avec un sourire des plus professionnels.

Avec l'instinct de survie d'un animal politique, Pearce se mit sur la défensive.

— Tu me rends nerveux, tout à coup.

Pourtant, il semblait parfaitement à l'aise dans son fauteuil. Sans quitter Anne du regard, il tira un cigare de la poche intérieure de sa veste.

— Cela t'ennuie si je fume ?

Anne lança un coup d'œil à la petite affiche collée au mur indiquant qu'il était interdit de fumer dans les locaux du journal.

Pearce hocha la tête.

— Je ne veux pas te mettre en porte-à-faux avec ton nouveau patron, dit-il en rangeant son cigare.

— Merci.

Elle aspira une grande bouffée d'air avant de se lancer dans son questionnaire :

— Quelle est la personne que tu admires le plus — qu'elle soit morte ou vivante ?

Il se mit à rire.

— Tu me tends le premier piège, c'est cela ? Si je réponds George Washington, je déçois la moitié de mon électorat potentiel, et si je dis Martin Luther King, c'est l'autre moitié qui me sera hostile !

— Ce n'est pas un piège. En fait, en sachant qui tu admires, j'ai une idée de ton système de valeurs.

— Je suis prêt à confronter mon système de valeurs avec celui de mon concurrent à n'importe quel moment, grommela-t-il, les sourcils froncés, toute trace de rire envolée.

— Tu parles de Jack Breedlove, je suppose ?

Pearce remua sur son siège, les traits soudain crispés.

— C'est le commissaire de police de la ville — du moins pour l'instant. Tu as déjà vu un flic honnête ?

Anne griffonnait ses notes en toute hâte sur son calepin.

— Tu sembles reprocher quelque chose à M. Breedlove. Tu peux préciser ?

Pearce fixa un instant le stylo d'Anne qui courait sur la feuille et marmonna un juron.

— Efface tout, mon chou. Je n'aurais pas dû dire cela.

— Tu appelles toutes les femmes que tu rencontres « mon chou » ?

Il lui fit un clin d'œil avant de répondre avec un sourire en coin :

— Non. Seulement les plus jolies.

Sans lever les yeux de sa feuille, elle reprit :

— Qu'est-ce qui t'a décidé à briguer un siège de sénateur ?

— Attends… Là, je plaisantais, à propos des jolies femmes. Si tu inclus ce genre de commentaire dans ton article, je vais avoir toutes les féministes de la région contre moi ! protesta Pearce, les yeux rivés sur le bloc-notes d'Anne.

Celle-ci posa son stylo et croisa les mains.

— Si tu accordes toute ton attention à cette interview, en

prenant mes questions au sérieux, je rédigerai mon article en conséquence.

— Marché conclu, s'empressa de répondre Pearce.

Il se redressa, l'air grave.

— Commençons par ce que je reproche à mon adversaire. Primo, j'estime qu'il n'est pas du tout qualifié pour un poste de sénateur…

Anne réprima un sourire. Pearce avait tout naturellement repris le contrôle. Elle décida de le lui laisser, du moins pour l'instant. Mais plus elle l'écoutait, plus elle avait hâte d'appeler cet adversaire si peu « qualifié » afin de l'interviewer, lui aussi.

La sonnerie stridente de son téléphone portable tira Buck d'un demi-sommeil. Hébété, il fixa l'écran du mobile et se ressaisit d'un coup en apercevant les chiffres qui indiquaient que l'appel provenait du Mississippi.

Sa femme daignait enfin lui parler !

— Anne ?

— Désolée, Buck. C'est ta mère.

— Oh… Bonjour, maman. Comment vas-tu ?

Il se redressa et s'éclaircit la voix.

— Très bien. Et toi ? Ton genou ?

— Le traitement suit son cours.

Il avait reçu plus d'appels de la part de son frère et de sa mère en quelques jours qu'au cours de ces cinq dernières années.

Victoria reprit d'un ton posé :

— Comme tu le sais, c'est la saison de la plantation, et nous sommes tous très occupés du matin au soir.

La plupart des femmes possédant la fortune de Victoria passaient la journée à jouer au bridge, au golf, et à faire les magasins de Memphis. Victoria, elle, préférait occuper son temps à harceler les employés de Belle Pointe et à superviser leur travail.

— Je comprends, murmura-t-il.

Ce qu'il comprenait surtout, c'est que sa mère n'était pas du genre à l'appeler pour bavarder. Elle avait forcément un motif caché. Il n'eut pas à attendre longtemps pour le découvrir.

— J'ai eu la surprise de rencontrer Anne dans la boutique de Beatrice, ce matin. C'est étrange de la voir ici alors que tu te trouves à Saint Louis.

— Anne prétend que lorsque je ne suis pas en état de jouer, je me comporte comme un ours mal léché. C'était le moment ou jamais pour elle d'aller rendre visite à son père et à sa belle-mère.

Il avait décidé de la rejoindre la semaine prochaine. L'attente était insupportable, mais il ne pouvait se permettre de voyager maintenant. Son genou était trop fragile.

— Elle m'a dit, en effet, que tu n'aimais pas être immobilisé, et que les soigneurs des Jacks tournaient autour de toi comme des mouches autour d'un pot de sucre. Bref, que tu n'avais vraiment pas besoin d'elle.

Buck se frotta le front. Dans sa tête, quelqu'un jouait du tambour sans relâche. Ce n'était pas une conséquence de son traumatisme, mais le fait d'entendre la voix de sa mère au bout du fil. Victoria lui donnait la migraine.

— Comment se passe la campagne de Pearce ?

— C'est l'autre raison de mon coup de fil. Pearce est tellement occupé par sa campagne que nous n'avons plus assez de bras pour faire le travail ici, à Belle Pointe.

— Attends… Tu ne vas pas me dire qu'il te manque, alors qu'il n'a jamais planté de coton de sa vie ?

— J'ai besoin de tout le monde, maintenant que Wainwright va nous quitter.

— Quoi ?

Buck demeura bouche bée. Wainwright était le contremaître de la plantation depuis quinze ans.

— Il a décidé de prendre sa retraite. Il veut passer davantage de temps en famille et voir grandir ses petits-enfants, d'après ce qu'il nous a dit. Cela tombe vraiment très mal.

— Là, je suis d'accord.

— Mais j'ai trouvé une excellente solution de remplacement, annonça Victoria. Puisque Pearce est en campagne, et que tu te tournes les pouces à la maison, je crois que ma bonne étoile ne m'a pas abandonnée.

— Pardon ?

C'était bien la première fois que Victoria parlait de bonne étoile. Que signifiait ce charabia ?

— Nous sommes en état d'urgence à Belle Pointe, et tu t'es toujours intéressé à la plantation. Tu as appris à faire pousser le coton dès ton plus jeune âge. Il me semble donc que tu es qualifié pour remplacer Wainwright.

— Comment peux-tu me faire une telle proposition, alors que…

— De plus, les rumeurs vont aller bon train, si tu restes à Saint Louis alors que ta femme se trouve ici. Il y a déjà eu suffisamment de commentaires désagréables dans la presse quand ce jeune sportif, Casey, a eu le mauvais goût de mourir chez toi…

— Désolé, maman, mais je n'ai pas envie de poursuivre ce genre de conversation. J'ai besoin de repos, intervint-il d'un ton ferme.

Pas question de la mettre au courant de ses projets. S'il lui disait qu'il avait décidé de se rendre à Tallulah, elle était capable de venir le chercher au volant d'un tracteur et de l'emmener séance tenante jusqu'au champ de coton le plus proche.

Elle soupira de façon audible.

— J'avoue que je m'attendais à ce genre de réaction de ta part, Buck. Mais je sais aussi qu'après avoir réfléchi, tu comprendras où est ton devoir. Tu aimes Belle Pointe, et tu l'as toujours aimée, admets-le. Tu ne pourras pas résister longtemps à ma proposition. D'ailleurs, s'il était encore vivant, ton père te demanderait de venir nous aider.

Buck parvint à maîtriser son indignation. Cette dernière allusion à son père le rendait fou furieux. Comment Victoria osait-elle lui parler de Belle Pointe et de son devoir ? Quinze ans auparavant, après le décès de son père, Buck avait supplié sa mère de le laisser reprendre la gestion de la plantation. Mais Victoria en avait décidé autrement.

— Je comprends la situation dans laquelle tu te trouves, maman, mais pour l'instant j'ai d'autres priorités. Je suis certain que tu finiras par trouver quelqu'un de bien pour reprendre le boulot de Will. Quant à remplacer Pearce à la plantation, là, je crois que tu n'auras aucun mal. Il n'a jamais pu faire la différence entre un plant de coton et une vulgaire salade.

— J'aimerais te rappeler tes responsabilités. Tu es un Whitaker, Buck, rétorqua Victoria froidement.

— Et moi, j'aimerais te rappeler ce que tu m'as dit quand papa est mort. Tu m'as déclaré on ne peut plus clairement que Pearce était l'héritier de Belle Pointe, et que moi, je devais faire carrière ailleurs et oublier la plantation, gronda Buck.

— Tu t'es bien débrouillé, non ? Je savais que tu deviendrais un champion.

— Après avoir galéré dix ans dans des clubs minables !

— Mais tu n'aurais jamais forcé le destin si tu avais su que tu reviendrais à Belle Pointe un jour ou l'autre, n'est-ce pas ?

Buck eut un rire amer.

— Qu'essaies-tu de me faire comprendre, maman ? Que

c'est pour mon bien que tu m'as déshérité ? Et qu'aujourd'hui, comme Pearce a d'autres distractions, je devrais oublier tout cela et venir faire le sale boulot à sa place ?

Il ricana.

— Que se passera-t-il s'il gagne son siège de sénateur et qu'il préfère être politicien plutôt que planteur ? Que feras-tu de Belle Pointe, à ce moment-là ? Y as-tu pensé ?

— Pearce est parfaitement conscient de son devoir, et je m'attends à ce que tu fasses de même.

Outré, Buck serra les doigts autour de l'appareil à s'en faire craquer les jointures. Bon sang, sa mère avait un sacré culot !

— Désolé, maman. Trouve-toi un autre gérant, c'est le meilleur conseil que je puisse te donner.

Anne avait dû attendre près d'une semaine avant d'obtenir un rendez-vous avec Jack Breedlove. Contrairement à ce que lui avait dit Pearce, l'homme était tout sauf lamentable. Grand, mince, les traits austères, la carrure puissante et les gestes parfaitement contrôlés, il ressemblait à un athlète habitué aux championnats.

Quand il vint à sa rencontre, elle remarqua qu'il boitait légèrement — un souvenir de la guerre du Golfe. Elle oublia aussitôt ce handicap quand elle lui serra la main et qu'elle croisa son regard vert.

— Anne Whitaker… J'ai vraiment l'impression de vous connaître, à force de vous avoir vue à la télévision aux côtés de Buck. Soyez la bienvenue à Tallulah !

— Merci.

Un peu gênée par ce regard émeraude si intense, elle prit place dans le fauteuil qu'il lui désignait.

— Je sais que vous êtes très occupé, et je vous remercie de m'accorder un peu de temps. Comme je vous l'ai indiqué au téléphone, je souhaite écrire un article sur les deux candidats les plus importants pour le poste de sénateur. D'autant plus que vous et votre adversaire, vous êtes tous deux de Tallulah.

Au lieu de s'asseoir derrière son bureau, Jack s'adossa à la bibliothèque qui couvrait l'un des murs.

— Je suis prêt à répondre à vos questions. Mais laissez-moi d'abord vous demander comment va Buck… Il paraît que son accident est assez sérieux et qu'il risque de ne pas jouer la saison prochaine ?

Anne remua sur son siège. A peu de choses près, il en savait autant qu'elle. Comme elle refusait de prendre les appels de Buck, elle n'avait de ses nouvelles que par l'intermédiaire de Marcie.

— Il doit subir une rééducation intensive qui va l'écarter du terrain pendant un bon bout de temps.

— Pas de chance, murmura-t-il.

Il croisa le regard d'Anne.

— Nous jouions au base-ball ensemble, quand nous étions au lycée. Nous formions une bonne équipe, tous les deux. J'ai été enchanté d'apprendre qu'il passait professionnel.

Il secoua la tête avec un vague sourire, puis se concentra de nouveau sur Anne.

— Et maintenant, vous voilà ici, en train de préparer un article sur une obscure campagne électorale au fin fond du Mississippi, alors qu'il tente de se soigner à Saint Louis. Cherchez l'erreur…

Très calme, Anne sortit un petit magnétophone de son sac et le posa sur le bureau.

— Est-ce votre point de vue sur la campagne pour le siège de sénateur, Commissaire Breedlove ?

Il fit la grimace.

— Je vous prie de m'excuser. Je ne voulais pas me montrer indiscret.

— Vous êtes excusé.

Elle hésita un instant. Jack lui plaisait, aussi finit-elle par ajouter :

— Buck appartient à son public, voyez-vous, mais pas moi. Aussi ai-je préféré rester à l'écart. J'en ai profité pour venir ici et collaborer au journal de mon père.

Jack n'avait pas vraiment besoin d'explication, mais c'était celle qu'elle avait décidé de donner aux curieux qui lui demandaient pourquoi elle se trouvait seule à Tallulah.

Il se redressa et alla s'asseoir dans son fauteuil, derrière son bureau. Puis il sourit.

— Appelez-moi Jack, d'accord ?

Elle sourit en retour, saisit un bloc-notes et un stylo. Le magnétophone ne lui servirait qu'en cas de doute.

— Voici ma première question : Pourquoi pensez-vous que vous ferez un meilleur sénateur que votre adversaire ?

Le sourire de Jack s'élargit.

— Ma chère, j'espère que vous avez du temps devant vous, parce que ça risque d'être long !

6.

Son entretien avec Jack Breedlove terminé, Anne demeura en ville pour y faire quelques courses. En arrivant chez son père et sa belle-mère, elle se trouva bloquée par un 4x4 qu'elle n'avait encore jamais vu. Les sourcils froncés, les bras chargés de paquets, elle descendit de son véhicule au moment où le conducteur s'extirpait du sien.

Elle demeura bouche bée et faillit lâcher tous ses paquets. La nuit tombait, mais ce profil, elle l'aurait reconnu dans l'obscurité la plus noire.

— Buck…, souffla-t-elle, médusée.

— Bonsoir, chérie.

Il se redressa et s'adossa à la portière qu'il venait de claquer, une béquille sous un bras. Immobile, les pieds cloués au sol, elle sentit une vague d'émotion déferler en elle. Quand elle avait épousé Buck, elle s'était considérée comme la femme la plus heureuse du monde. Mais cette période était révolue. Du moins cherchait-elle à s'en persuader. Tout comme elle tentait de se convaincre que ce n'était pas la joie qui l'envahissait en le voyant.

Elle inspira longuement et s'approcha de lui.

— Que fais-tu ici, Buck ?

— Pour l'instant, je m'efforce de tenir debout assez longtemps pour que tu puisses m'inviter à entrer dans la maison. Si je craque, je risque de m'effondrer à tes pieds. Je suppose que cela ne te plairait pas.

Elle lança un coup d'œil nerveux au 4x4.

— Tu as conduit de Saint Louis jusqu'ici ?

— Non, j'ai loué un avion jusqu'à l'aéroport local de Tallulah. Ensuite, j'ai loué ce véhicule.

Il posa une main sur le capot, histoire de se maintenir en équilibre.

— Malgré la folle envie que j'avais de te revoir, je n'aurais pas pu venir de Saint Louis en voiture.

Elle remarqua qu'il s'efforçait de ne pas peser sur son genou blessé. A la façon dont il serrait les mâchoires, elle devina qu'il souffrait. Comme de nombreux athlètes, il supportait la douleur sans se plaindre, alors que la plupart des gens auraient gardé le lit en se bourrant d'analgésiques.

— Je n'arrive pas à croire que les Jacks t'ont autorisé à t'éloigner d'eux.

— Tu as raison, ils ne l'ont pas fait. Techniquement, je suis absent sans autorisation.

— C'est le comble ! Tu as pris le risque d'abîmer ton genou de façon permanente ! J'espère que tu t'en rends compte ?

— Pourrait-on poursuivre cette conversation à l'intérieur ?

Elle n'avait pas grand-chose à lui dire, mais elle savait qu'il ne partirait pas tant qu'il ne lui aurait pas expliqué la raison de sa présence à Tallulah. Comme elle souhaitait éviter une scène, elle gravit les trois marches du perron et ouvrit la porte de la maison. Buck la suivit péniblement. Une fois à l'intérieur, il se dirigea droit vers le salon si joliment décoré par Beatrice.

Encore sous le choc, Anne l'observa tandis qu'il se laissait tomber sur le canapé en cuir beige pâle.

— Gus Schrader a dû avoir une attaque quand tu lui as dit que tu quittais Saint Louis, non ?

— C'est un dur à cuire. Il s'en remettra.

— Vous vous êtes disputés ?

— Disons qu'il nous est arrivé d'avoir des conversations plus agréables.

Anne posa sur le sol le sac en papier brun contenant les fruits qu'elle venait d'acheter et s'assit gauchement sur l'accoudoir d'un fauteuil.

— Il me semble que ton contrat contient une clause t'interdisant de faire quoi que ce soit qui puisse nuire à ton aptitude à jouer.

— Ce que j'ai fait ne me nuit en rien. Je suivrai les conseils de Steve Grissom et je suivrai une rééducation, mais à Tallulah, et non à Saint Louis, déclara Buck.

— A Tallulah ? répéta-t-elle, sidérée.

— Sauf si je parviens à te convaincre de rentrer chez nous. Mais nous en parlerons plus tard. Dis-moi d'abord comment tu vas. Comme tu refusais de me répondre au téléphone, j'ai réussi à avoir de tes nouvelles par Franklin…

— Papa et toi, vous parliez de moi dans mon dos ?

— Je m'inquiétais pour toi, et Franklin s'est montré compréhensif. Il pense que cela te fait du bien de travailler de nouveau. Je crois qu'il a raison, mais je préférais l'entendre de ta bouche.

— Je vais bien, Buck.

— Ton père m'a dit que tu t'étais précipitée tête baissée dans ton premier reportage.

Il ébaucha un sourire.

— Je sais aussi que tu as tenu la rubrique des faits divers. A l'en croire, tu as couvert une réunion du conseil d'école, un vol à la tire dans un supermarché, et une agression dans un mobile home.

Anne haussa les épaules.

— Que veux-tu ? Tallulah est un microcosme reflétant le reste de notre univers.

Il se pencha pour la regarder plus intensément.

— Donc, tu vas bien ? Tu es sûre ?

— Non. Je voulais ce bébé plus que tout au monde. Il me faut du temps pour accepter le fait que je l'ai perdu. Et surtout la raison de sa perte.

— L'accident, murmura-t-il.

— Entre autres choses.

— Comme le refus que je t'ai opposé quand tu voulais rentrer à la maison, cette nuit-là ? Anne, je donnerais tant pour pouvoir revivre cette soirée et la modifier !

Anne secoua la tête.

— Si tu es venu pour tenter de me persuader de revenir avec toi à Saint Louis, je crains que tu n'aies perdu ton temps, ton énergie et ton argent, Buck. Je ne suis même pas sûre d'avoir envie de faire des efforts pour sauver notre couple.

— Mais moi, je suis prêt à en faire pour deux. J'ai l'intention de rester un bon moment ici.

— Mais tu détestes cet endroit ! Nous n'y avons jamais passé plus d'un week-end. Tu penses vraiment que tu supporterais d'y vivre des semaines — voire des mois ?

— Nous avons besoin de parler, toi et moi. Je ne t'ai jamais expliqué pourquoi je n'aime pas me rendre à Belle Pointe, ni pour quelle raison je ne partage absolument pas tes idées sur la famille.

— Mon père et Beatrice vont arriver d'un instant à l'autre, et…

— Je t'en prie, Anne. Je peux au moins commencer à te raconter certaines choses.

Elle poussa un soupir résigné.

— D'accord.

Il étendit légèrement sa jambe et massa son genou, les traits crispés par la douleur. Puis il parla.

— Le décès de mon père a marqué un tournant dans ma vie.

Le regard de Buck se posa sur la pendule ancienne qui trônait sur la cheminée.

— Je ne suis pas du genre à ressasser le passé, car cela n'y change rien. Aussi, je ne t'ai jamais raconté pourquoi cet événement m'a tant bouleversé. Mon père, que j'adorais, a disparu dans un accident de voiture. Il revenait d'une vente aux enchères de matériel agricole avec Pete, son contremaître. Pete était au volant. Il était tard et il s'est sans doute assoupi. La voiture a heurté de plein fouet un parapet. Mon père et Pete sont morts sur le coup.

— Je sais ce que c'est que de perdre un parent, murmura Anne.

Buck eut un rire amer.

— Pour moi, la peine a été doublée. Non seulement mon père est mort de façon brutale, mais en plus, tous mes rêves d'enfant ont été détruits. J'ai dû renoncer au métier pour lequel je me préparais depuis toujours.

Il se tut un instant, les yeux fixés sur le sol. Inutile de s'assurer qu'Anne le regardait : il savait qu'elle buvait littéralement ses paroles.

— C'était ma dernière année à l'université. J'avais obtenu une bourse grâce au base-ball. Parfois, des entraîneurs me contactaient pour me persuader de venir jouer dans leur équipe, mais c'était toujours au niveau local. J'avais peu de chances de jouer dans la cour des grands, et je ne comptais pas faire une carrière sportive.

— Je l'ignorais, Buck, dit Anne, médusée. Tu sembles vivre pour jouer, maintenant. Jamais je n'aurais imaginé que tu voulais travailler dans un autre domaine…

— Parfois, un train en cache un autre. Deux jours après la mort de mon père, ma mère m'a réservé un autre choc, et de taille.

Buck tentait de se contrôler et de parler calmement, mais comme toujours lorsqu'il évoquait cette période de sa vie, il sentait l'agitation le gagner.

— J'ai grandi dans une exploitation agricole et j'aimais le travail de la terre. Ce n'était pas juste la terre de Belle Pointe, mais celle de tout le delta du Mississippi. Ce sol, ce n'est pas nous, les hommes, qui l'avons créé. C'est la nature qui l'a patiemment mis en place, pendant des millénaires. Il est si fertile que les cultures y poussent avec une facilité déconcertante.

— Tu parles comme mon père, murmura Anne.

— C'est vrai que l'obsession de Franklin pour le delta t'a contaminée, exactement comme l'amour que portait mon père à Belle Pointe a déteint sur moi. Malheureusement, il avait beau chérir et respecter les cinq générations qui l'avaient précédé dans la propriété, il n'avait pas l'âme d'un planteur. S'il n'avait pas été fils unique, et donc seul héritier de la plantation, il aurait fait merveille comme enseignant. En fait, il avait beaucoup de choses en commun avec ton père, Anne.

— C'est ce que j'étais justement en train de penser.

— Papa était un intellectuel. D'après ce qu'on m'a raconté, c'était un homme doux, introverti, toujours heureux de confier la gestion de la propriété à quelqu'un d'autre — du moins jusqu'à ce qu'il épouse ma mère. Je parie que l'encre du contrat de mariage n'était pas encore sèche qu'elle avait déjà pris en main les rênes de Belle Pointe. Je l'ai toujours vue diriger l'exploitation, en tout cas.

Buck se tut, pensif. Anne se garda bien d'intervenir. Suspendue à ses lèvres, elle écoutait avec émotion les confidences de son mari. Jamais il ne lui avait autant parlé de son enfance et de sa famille.

— Mon père est mort deux mois avant la fin de ma dernière année à l'université et de la remise des diplômes. J'avais étudié le commerce et l'horticulture. Malgré mon immense chagrin, je m'étais dit à l'époque qu'au moins, je pourrais reprendre son travail et aider ma mère à la plantation.

— Et Pearce ? Que faisait-il ?

— Il travaillait dans un cabinet d'avocats. Le coton ne l'a jamais intéressé. Au contraire, il estimait que le travail de la terre était assommant. Il est vrai que dans une plantation de coton le labeur reste très physique, malgré les engins dont on dispose. Le personnel, à Belle Pointe, est hautement qualifié, mais il doit souvent travailler de l'aube au coucher du soleil. Ce métier me plaisait. Il me satisfaisait complètement.

— Mais il ne plaisait pas à Pearce, dit doucement Anne.

— Non. Il a toujours voulu faire autre chose. Son intérêt pour la politique ne me surprend guère.

— Tu savais qu'il s'était lancé dans une campagne électorale ?

— Depuis le premier jour. Il m'a appelé une bonne demi-douzaine de fois pour me demander de venir le soutenir. J'ai toujours remis ma visite.

— Je l'ignorais.

Devant l'air agacé de sa femme, Buck s'empressa d'ajouter :

— Si je ne t'en ai pas parlé, c'est parce que cela ne me semblait guère important… De toute façon, je n'ai pas l'intention de m'impliquer dans la campagne de Pearce.

— Mais pourquoi ? C'est ton frère !

Buck se passa une main sur son front douloureux. Il poussa un léger soupir avant de répondre.

— Le comportement de Pearce m'a toujours inquiété. Je suis pratiquement certain que si on lui donne du pouvoir — par exemple en lui confiant le poste de sénateur —, il ne l'utilisera pas forcément de façon correcte. Il est capable de violer la loi, ou bien de la détourner comme bon lui semble. Dans certaines circonstances, il peut se montrer brutal et même cruel.

Cela, il le savait par expérience. Il espérait de tout son cœur qu'il n'aurait pas à le révéler à sa femme.

— Tu le décris en termes très durs, commenta Anne.

— Je sais. Et je ne l'ai jamais dépeint ainsi devant qui que ce soit…

Il s'interrompit et déglutit avec peine, avant de reprendre :

— … Du moins, qui que ce soit de vivant. J'ai essayé d'en parler à mon père, une fois, mais…

Buck s'interrompit de nouveau et secoua la tête.

— Il vaut mieux oublier ce sujet.

Il se frotta machinalement le genou du plat de la main, comme pour en chasser la douleur.

— Où en étais-je ? demanda-t-il.

— Tu t'apprêtais à reprendre le travail de ton père, dit Anne avec calme.

— Oui… C'était le projet initial. Je devais cultiver le coton tandis que Pearce, lui, cultivait ses relations, en vue de faire de la politique.

— Apparemment, il a réussi sa partie. Que s'est-il passé pour toi ?

— La première erreur, c'était de faire des projets sans consulter notre mère d'abord.

Buck fixa le paysage derrière la grande baie vitrée. Il voyait encore la scène dans ses moindres détails.

L'enterrement avait eu lieu deux jours auparavant. Buck était en train de faire ses bagages pour retourner à l'université. Il ne lui restait plus que deux mois avant d'obtenir son diplôme. Il se demandait s'il aurait vraiment besoin de ce bout de papier, puisque son avenir était déjà tracé à Belle Pointe. De plus, le printemps était la saison la plus active à la plantation, et on y aurait grandement besoin d'une paire de bras supplémentaires. Puisque Pete et son père n'étaient plus là, il devait aider sa mère. Pour cela, il envisageait de revenir chaque fin de semaine. Mais quand Victoria pénétra dans sa chambre et commença à parler, tous ses beaux projets volèrent en éclats.

— Pearce va reprendre immédiatement la direction de l'exploitation, car il est l'aîné, déclara-t-elle sans ambages. Nous allons commencer à planter le coton lundi matin, sous sa supervision. Quant à toi, je veux que tu poursuives ta carrière sportive.

Eberlué, Buck laissa tomber sa trousse de toilette sur le lit.

— Mais enfin, maman… Pearce est avocat, pas agriculteur !

— Désormais, il accordera la priorité à Belle Pointe. Je me rends compte que ton père t'a donné une fausse idée de ton rôle ici. C'est à Pearce, et non à toi, de le remplacer dans la plantation.

Malgré le choc, Buck parvint à se maîtriser.

— Sûrement… Sauf qu'il ne mettra jamais les mains dans la terre, maman. Tu as déjà trouvé quelqu'un pour remplacer Pete aussi, je suppose ?

— C'est inutile. Pearce se débrouillera très bien sans contremaître.

— Mais c'est de la folie ! Il ne sait même pas faire la distinction entre du coton et une mauvaise herbe, et le comble, c'est qu'il s'en fiche comme de sa première chemise. Tu lui en as parlé ?

— Bien sûr que oui. Il fera son devoir, comme je m'y attendais.

En fait, Victoria n'avait pas dû parler à son frère : elle lui avait tout simplement donné un ordre, songea Buck, écœuré.

— Il a donc accepté d'abandonner son métier d'avocat pour travailler dans les champs ? demanda-t-il d'un ton sarcastique.

— Non, nous avons conclu un accord. Il reste avocat, mais la direction de la plantation a la priorité. Surtout pendant la saison. Je l'aiderai de mon mieux, bien entendu.

Buck la contempla d'un air incrédule. Non, ce n'était pas possible, il faisait un cauchemar…

— Excuse-moi, maman, mais tu n'as jamais aidé personne. Tu diriges ou tu donnes des ordres. Papa a eu la bonté de l'accepter, et Pete aussi. Maintenant qu'ils ne sont plus ici, je ne vois pas comment tu vas te débrouiller avec le personnel.

Sur un coup de tête, Buck ferma sa valise encore à moitié vide.

— Ecoute, je peux rester ici. Je n'ai pas besoin de ce diplôme. Je veux travailler dans la plantation depuis que je suis gamin. D'ailleurs, j'ai certaines idées pour changer les semences. Il en existe de nouvelles qui résistent aux maladies et qui…

— Buck !

Le ton était si glacé qu'il demeura immobile, la bouche ouverte.

— Je viens de t'expliquer comment je voyais ton avenir. Tu

vas poursuivre tes études et obtenir ton diplôme. Je sais que certains entraîneurs s'intéressent à toi…

— Oui, pour des clubs d'amateurs. Pas pour passer professionnel.

Victoria continua comme si elle ne l'avait pas entendu.

— … Et que tu as d'excellentes perspectives en tant que sportif. Tu feras carrière dans le base-ball et un jour, tu me remercieras de t'y avoir poussé, conclut-elle froidement.

— Mais papa et moi, nous avions…

— Ce que ton père et toi aviez décidé ne m'intéresse pas le moins du monde. Ton père était beaucoup trop sentimental. D'après son testament, j'ai toute autorité pour gérer la plantation. Pearce en est l'héritier, pas toi. Je veux qu'il assume immédiatement le rôle pour lequel il est né.

Buck n'en croyait pas ses oreilles.

— Maman, ce n'est pas sérieux…

— Cesse de m'appeler ainsi, c'est enfantin et ridicule. Et je suis sérieuse, crois-moi ! trancha-t-elle d'un ton exaspéré.

Non. Cela ne pouvait pas se passer ainsi. Il devait tenter encore une fois de la convaincre.

— Je t'en prie, mère. Pearce n'est pas taillé pour ce métier. Il n'aime pas la terre, pas comme toi et moi nous l'aimons. Aussi loin que je me souvienne, j'ai été fasciné par la plantation, alors que Pearce ne la regarde même pas. Tu dois le reconnaître, mère.

— Je ne reconnais rien du tout. Au contraire, depuis que tu es à l'université, j'ai remarqué que Pearce faisait des progrès dans la gestion de Belle Pointe.

— Je suis revenu chaque été, ces trois dernières années, et je n'ai jamais vu Pearce porter le moindre intérêt à la culture du coton.

— Il fera son devoir, rétorqua Victoria avec entêtement.

Buck la fixa longuement. Il savait autant qu'elle que Pearce se fichait du coton comme d'une guigne, et qu'entre le métier de cultivateur et celui d'avocat, il donnerait la priorité à ce dernier sans hésiter. Il aimait la vie mondaine, les réceptions, les jeux de pouvoir, l'argent et le faste. S'il appréciait Belle Pointe, c'est parce que le nom des Whitaker et l'importance de la propriété lui conféraient une importance certaine dans la région, mais ce n'était pas pour cela qu'il irait se salir les mains dans les champs de coton. Alors pourquoi Victoria voulait-elle absolument le voir diriger l'exploitation ?

— As-tu envisagé une seconde que je ne fasse pas une carrière sportive professionnelle ? Si je n'ai pas ma place à Belle Pointe, où irai-je, à ce moment-là ? As-tu prévu une solution de rechange pour moi dans ton fameux projet, mère ?

— Tu as reçu une excellente éducation, et tu es intelligent. Bien des jeunes n'ont pas cette chance quand ils démarrent dans la vie.

Tête haute, Victoria pivota sur ses talons et se dirigea vers la porte.

— Finis tes bagages. Pearce t'aidera à les descendre, déclara-t-elle avant de sortir de la pièce.

Buck termina son récit dans un silence pesant. Combien de fois avait-il ressassé chaque mot de cette horrible dispute avec sa mère, au cours des dernières années ? Mais ce soir, l'amertume qu'il ressentait en évoquant ce cauchemar semblait un peu moins forte.

— Comment une mère peut-elle agir ainsi ? chuchota Anne, horrifiée.

Il discerna dans la voix de sa femme un mélange d'ahurissement et de compassion.

— Je ne veux pas passer pour une victime. Après tout, ma mère a eu raison, d'une certaine façon. J'ai fini par signer un contrat chez les Jacks après des années de galère, et je me retrouve aujourd'hui à la tête d'un joli paquet d'actions en bourse, d'une belle maison à Saint Louis, d'un duplex dans une station de sports d'hiver à la mode et d'un bateau ancré dans une marina en Floride. De plus, j'ai la chance d'avoir une femme exquise et ravissante…

Il s'interrompit, un sourire timide aux lèvres.

— Tu es toujours ma femme, n'est-ce pas ?

Elle hocha la tête mais garda le silence.

— Tu comprends pourquoi je n'ai guère de contact avec ma famille, maintenant ?

— Ce que je comprends surtout, c'est l'importance qu'a pris le base-ball dans ta vie, répondit-elle, l'air pensif.

— Je n'ai pas d'autre famille que toi, et ma seule maison, c'est celle de Saint Louis. Belle Pointe n'existe plus pour moi, ma mère a été très claire sur ce point. Pourtant…

La voix de Buck se brisa. Il semblait très ému.

— Pourtant ? demanda Anne dans un souffle.

Il toussota.

— Ma mère m'a appelé il y a deux jours. Tu ne devineras jamais ce qu'elle m'a demandé.

Il inspira profondément.

— Elle souhaite que je vienne travailler à Belle Pointe. Pearce est trop pris par sa campagne électorale, et comme je ne peux pas jouer cette saison à cause de ma blessure, elle m'a indiqué que je devais m'occuper de la plantation.

Anne fronça ses fins sourcils.

— Mais elle a un contremaître, non ?

— Plus pour longtemps. Will Wainwright a décidé de prendre sa retraite. Je lui ai passé un coup de fil, et il m'a confirmé qu'il ne voulait plus travailler. Il a soixante-neuf ans, il veut profiter de sa famille et voir grandir ses petits-enfants.

Buck contempla le dessin du tapis à ses pieds avant d'ajouter :

— Comment peut-on travailler sous les ordres de ma mère ?

— Que lui as-tu répondu ?

— J'ai refusé, bien évidemment.

Il eut un rire sans joie.

— Et elle, elle n'a pas voulu m'entendre, comme toujours. Elle a tellement l'habitude de harceler les gens et de les manipuler jusqu'à ce qu'ils fassent exactement ce qu'elle veut !

Anne examina les traits creusés par la douleur et la fatigue de son mari.

— Excuse ma curiosité, mais je voudrais savoir comment Pearce a réagi à la décision de ta mère, après le décès de ton père ? J'ai du mal à imaginer qu'il a tout simplement fermé son cabinet d'avocat pour s'asseoir sur le siège d'un tracteur, juste pour faire plaisir à Victoria…

Buck ricana.

— Pearce est bien trop rusé pour défier ouvertement notre mère. Il a fait semblant de s'occuper de la plantation pendant deux ou trois mois, mais en fait, il a passé son temps à chercher un contremaître pour remplacer Pete. Il a fini par trouver Will Wainwright.

— Incroyable, murmura Anne.

— Pearce est comme un serpent qui se dissimulerait sous des fleurs. Il fait son chemin sans jamais affronter personne en face, et tout le monde le trouve charmant.

Buck fit une légère grimace.

— Belle Pointe lui a toujours servi de tremplin pour accéder à des relations intéressantes ou pour s'insérer dans des milieux professionnels. Aujourd'hui encore, la propriété est une sorte de carte de visite pour sa campagne électorale. Mais il n'ira jamais travailler dans les champs. En fait, Pearce est taillé pour être politicien, il en a la ruse et l'habileté… Et surtout, il sait manipuler les gens, comme ma mère.

Buck se redressa et regarda Anne droit dans les yeux.

— Si je te raconte tout cela ce soir, c'est pour que tu comprennes mes réticences vis-à-vis de Tallulah, de Belle Pointe et de ma famille. Mais maintenant, il est possible que tu en saches sur moi plus que tu ne l'aurais souhaité, acheva-t-il avec un pâle sourire.

— Non. Je suis heureuse que tu aies enfin décidé d'avoir suffisamment confiance en moi pour me faire ces aveux, répondit-elle d'une voix très douce.

— Mais j'ai toujours eu confiance en toi, Anne…

Elle secoua ses mèches brunes.

— Non, Buck.

Elle avait raison, songea-t-il en détournant le regard. Il n'avait jamais pu s'abandonner complètement, et cela le terrifiait. Quand il croisa de nouveau les magnifiques prunelles turquoise de sa femme, il eut une envie folle de la prendre dans ses bras et de l'embrasser jusqu'à ce qu'elle oublie sa colère, son ressentiment, sa tristesse. Il aurait voulu décrocher la lune et les étoiles pour qu'elle lui sourie de nouveau, mais ce n'était pas la lune qu'il lui fallait, c'était un bébé. Voudrait-elle un enfant de lui, maintenant ?

Elle se leva.

— Que comptes-tu faire ici, Buck ? Où vas-tu loger ?

Il la fixa longuement avant de lui répondre.

— Tu me mets à la porte ?

— J'avoue que tu viens de me donner matière à réfléchir… J'ai besoin de temps pour penser à tout cela. J'ignore encore si nos points de vue sur le mariage et la famille peuvent être réconciliés. Ici, il n'y a qu'une chambre d'amis, et c'est moi qui l'occupe.

Lentement, douloureusement, il se leva à son tour. Il récupéra la béquille qu'il avait posée contre l'accoudoir du canapé et contempla le visage de sa femme.

— Je t'ai vraiment blessée, n'est-ce pas ?

— Nous nous sommes fait du mal tous les deux, admit-elle.

Il acquiesça.

— Moi aussi, j'ai beaucoup réfléchi depuis ton départ. Je ne sais pas encore ce que je ferai quand j'arrêterai le base-ball pour de bon, mais je suis certain d'une chose : je t'aime et je ne veux pas te perdre. Cela ne me déplaît pas d'être sous les projecteurs de temps à autre, mais sans toi, cela n'a plus rien d'amusant.

Anne s'écarta d'un pas.

— Il est tard, et je voudrais préparer le dîner pour Beatrice et mon père.

Voyant qu'il s'apprêtait à parler, elle leva la main.

— Désolée, mais tu n'es pas invité, Buck. En revanche, je suis sûre qu'ils servent aussi à dîner à Belle Pointe.

Il rit doucement.

— J'ai faim, je l'avoue, mais pas à ce point, Anne.

Sa béquille sous le bras, il s'avança vers la porte en claudiquant.

— Puisque tu refuses de me loger ici, je vais voir de plus près le pavillon de chasse que mon père avait fait restaurer. J'y ai déjà dormi, il y a des années. C'est un endroit calme, qui a l'avantage d'être assez éloigné de Belle Pointe.

Anne le raccompagna jusqu'à la porte.

— Je me demande à quel point Victoria, qui a tant fait

pour garder Pearce à Belle Pointe, approuve sa future carrière politique, déclara Anne, perplexe.

— Elle suppose sans doute que Pearce est lié viscéralement à la propriété, comme elle. A mon avis, elle se trompe lourdement, lâcha-t-il, un pli d'amertume à la bouche.

— Il faudrait que je discute avec Claire. J'aimerais avoir une vue d'ensemble sur la question avant de rédiger mon article, murmura Anne, pensive.

— Quel article ?

— Oh, c'est vrai, je ne t'en ai pas parlé… J'ai eu un entretien avec Pearce.

— Pourquoi ? *L'Observateur* a l'intention de lui apporter son soutien ?

— Non, mais il va publier un portrait des candidats. J'ai donc également eu un entretien avec Jack Breedlove.

Un léger sourire incurva les lèvres d'Anne.

— Aucun des deux ne se doute que je vais les inclure dans le même article, ajouta-t-elle.

Buck la dévisagea avec intensité.

— Qu'y a-t-il ? demanda-t-elle, surprise.

— Ton métier t'a manqué, n'est-ce pas ? Tu sembles ravie de le reprendre, même s'il s'agit d'un journal local.

— C'est vrai. J'aime écrire. Cela me donne l'impression d'être utile.

Un éclair traversa son regard turquoise.

— Mais je risque de trouver cela moins drôle quand Pearce aura lu mon article. Il s'attend à ce que je lui lance des fleurs, puisque je fais partie de la famille.

Buck s'adossa à la porte. C'était la première fois qu'ils conversaient de façon détendue depuis bien longtemps.

— Et Jack ? Tu l'éreintes, lui aussi ?

— Je n'éreinte personne ! s'exclama-t-elle, offusquée.

Elle reprit, d'un ton plus posé :

— Mais je n'ai pas l'intention de passer sous silence certains traits de Pearce que je trouve profondément désagréables sous le simple prétexte que je suis sa belle-sœur. De plus, il aurait intérêt à ne pas sous-estimer son adversaire. Jack est un homme intelligent et il a du charisme. Il possède en outre une qualité que Pearce n'a pas : le courage. Jack a lutté toute sa vie pour se trouver là où il est.

Buck se redressa d'un coup.

— Tu le défends avec un tel enthousiasme que je devrais peut-être m'inquiéter…

— Ne sois pas bête. Mais je me demande pourquoi il n'est pas marié…

— Il a bien failli le faire, il y a longtemps. Il voulait épouser Claire.

Anne le fixa, éberluée.

— Claire, répéta-t-elle. La femme de Pearce ?

— Exact. Mais son père, du haut de sa stature de président d'une banque internationale, a fait échouer le projet. Le pedigree de Jack n'était pas assez bon pour sa fille.

— Il a préféré celui de Pearce, commenta Anne.

— Jack est quelqu'un de bien, affirma Buck.

— Il m'a raconté que vous jouiez au base-ball ensemble, au lycée.

— C'est vrai. Nous nous connaissons depuis l'enfance.

Buck secoua ses mèches et dévisagea sa femme.

— Es-tu bien sûre de ce que tu fais, Anne ? C'est pour toi que je suis venu. Je voudrais qu'on résolve ensemble nos problèmes, ma chérie…

— Je ne suis plus sûre de rien, Buck.

Il demeura un moment les yeux dans ceux de sa femme, puis se détourna.

— Tu sais où me trouver, dit-il finalement.

Sans trop savoir pourquoi, Anne sentit sa gorge se serrer à l'étouffer. Elle déglutit avec peine avant d'articuler :

— Adieu, Buck. Prends bien soin de toi.

7.

Anne était bouleversée. Beatrice le comprit au premier coup d'œil lorsqu'elle pénétra dans la cuisine. Elle aurait aimé la prendre dans ses bras pour la réconforter, mais elle craignait de rompre l'équilibre délicat de leur relation. Il lui fallait attendre encore un peu, le temps d'établir entre elles une véritable amitié fondée sur la confiance. Mais c'était à Anne de faire le premier pas.

— Quelle merveilleuse odeur de poulet ! Rassure-moi, et dis-moi que tu prépares un plat qui ne fait pas grossir…, dit Beatrice en enfilant un tablier.

— Des pâtes fraîches à la crème et au vin blanc, avec du poulet et du parmesan… Non, ça ne fait pas grossir, affirma Anne en s'efforçant de prendre un ton malicieux.

Beatrice se précipita vers la cuisinière, sur laquelle la sauce mijotait doucement, et trempa un doigt dans la casserole.

— Hmm… J'adore, murmura-t-elle en levant les yeux au ciel d'un air extasié.

Elle se tourna vers Anne.

— Promets-moi de ne jamais partir d'ici, l'implora-t-elle.

Anne sourit.

— J'ai fait une tarte aux noix de pécan pour le dessert. C'est le gâteau préféré de papa. Où est-il ?

— Il assiste à une réunion du conseil municipal. Il le fait souvent, dans l'espoir d'apprendre quelque chose d'intéressant. Il va adorer ce repas, mon chou, je te le garantis !

— Je fais la cuisine quand je me sens mal, confia-t-elle à sa belle-mère.

Celle-ci la regarda avec compassion.

— Que se passe-t-il ?

— Buck est ici.

— Ici ? répéta Beatrice.

Elle jeta un coup d'œil autour d'elle, comme si elle s'attendait à le découvrir caché dans un coin de la pièce.

Anne prit la théière et emplit deux bols de thé bien chaud, parfumé au jasmin, qu'elle posa sur la table, avant de répondre d'un ton calme :

— Il est venu à Tallulah en jet privé. Quand je suis arrivée ici, il m'attendait devant la maison.

— Ah…

Avec un sourire compréhensif, Beatrice s'assit sur l'une des chaises placées devant la table.

— Je pensais qu'il viendrait plus tôt, dit-elle paisiblement.

Anne s'assit à son tour.

— Vraiment ? J'avoue que j'ai été très étonnée de le voir, sachant qu'il déteste venir dans la région.

— Tu lui manques.

Anne baissa la tête, un léger sourire aux lèvres.

— Je crois bien que oui.

— Il préfère affronter Tallulah plutôt que de courir le risque de perdre sa femme. D'ailleurs, je me suis souvent demandé pourquoi il avait de telles réticences à venir dans le coin.

— J'ai toujours eu l'impression, quand je lui posais des questions sur sa famille et sur Belle Pointe, que je lui arrachais les mots un à un, comme un dentiste arrache des dents.

Anne avala une gorgée de thé avant de reprendre :

— Je savais qu'il avait un problème avec sa mère, mais je pensais qu'il s'agissait d'une vieille rivalité entre frères, car Pearce semblait le préféré de Victoria.

— Mais ce soir, il t'a donné une autre explication, c'est cela ? demanda doucement Beatrice.

Anne hocha la tête.

— En fait, c'est plus cruel que je ne l'imaginais… Après le décès de son mari, Victoria a déclaré que Pearce était l'héritier de Belle Pointe. Buck, qui adorait la plantation, a accepté cette décision, mais il a demandé à sa mère de gérer l'exploitation, puisque Pearce n'y portait aucun intérêt.

— C'est vrai. Pearce ne va jamais dans les champs de coton et il n'entend rien à l'agriculture. C'est un avocat, et la propriété ne représente pour lui qu'un gros capital. En fait, les gens d'ici s'attendaient à ce que Buck reprenne la place de son père, mais il a préféré sa carrière de sportif.

— Non, Beatrice. Victoria lui a fermé les portes de Belle Pointe. C'est pour cela qu'il a dû se tourner vers le base-ball.

— Tu veux dire qu'elle l'a déshérité ?

— Son père ne l'a pas exclu de son testament. Mais pour une raison que j'ignore, Victoria a décidé que Belle Pointe devait revenir à Pearce. Buck n'avait qu'à faire carrière ailleurs.

Anne posa sa tasse sur la table d'un geste brusque.

— Dis-moi franchement, Beatrice… Quelle mère peut avoir un cœur assez dur pour agir ainsi avec son fils ?

— Elle doit avoir ses propres intérêts cachés. Pourtant, j'ai du mal à comprendre… Qui, mieux que Buck, pouvait contribuer à la bonne marche de la plantation ? C'est insensé !

— Justement. Aujourd'hui, elle semble vouloir faire marche arrière. Elle vient de demander à Buck de venir l'aider à Belle

Pointe, puisque sa blessure l'empêche de jouer et que Will Wainwright, le contremaître, a décidé de prendre sa retraite.

Beatrice se redressa sur sa chaise.

— En effet, si Will n'est plus là et que Pearce se consacre à la politique, elle a tout intérêt à changer d'attitude envers Buck. Que lui a-t-il répondu ?

— Il lui a dit non.

Anne avala le reste de son thé, avant d'ajouter avec un demi-sourire :

— Pourtant, le fait de travailler à la plantation le tente beaucoup, j'en suis certaine. Mais il refuse de l'admettre.

Les deux femmes échangèrent un regard amusé tandis que derrière elles, l'horloge de la cuisine égrenait les secondes avec un bruit sourd et régulier.

Anne posa les coudes sur la table et poussa un long soupir.

— Franchement, la situation me donne le vertige. Jusqu'à présent, il me semblait que Buck avait de la chance d'avoir une grande famille, mais maintenant je suis loin d'en être convaincue.

Elle regarda Beatrice bien en face.

— Papa a dû te raconter que j'étais une enfant adoptée. J'ignore tout de mes parents biologiques, mais je suis en train de me demander si je ne vais pas entreprendre des recherches de ce côté-là.

— Cela te tient-il vraiment à cœur ? Tu sais que tu risques de découvrir certaines informations qui pourront te blesser… ou blesser d'autres personnes, dit Beatrice lentement, comme si elle choisissait ses mots avec le plus grand soin.

— C'est possible. Mais il faut que je sache si ma fausse couche est due au hasard, ou bien s'il s'agit d'un problème génétique.

Beatrice posa sa main sur celle d'Anne.

— Il n'est pas rare de voir une première grossesse se terminer en fausse couche, dit-elle avec douceur.

— Je sais. Mais j'ai appris que ce n'était pas l'accident seul qui l'avait provoquée. Je suis décidée à savoir si je peux porter un bébé jusqu'à son terme.

Elle baissa le regard.

— Je me souviens d'un travail que le professeur de sciences nous avait demandé de faire à l'école. Nous devions dessiner notre arbre généalogique. Tout le monde en avait un, sauf moi. Bien sûr, j'ai fini par dessiner celui de mes parents adoptifs, mais tout au fond de moi, je rêvais de connaître celui de ma famille biologique.

Elle releva la tête et sourit à Beatrice.

— Ma mère s'est montrée tout à fait compréhensive, comme toujours.

— Laura était une femme charmante, d'après ce qu'on m'a dit, murmura Beatrice.

— C'est vrai. Maintenant qu'elle n'est plus là et que papa s'est remarié et semble très heureux, je ne vois pas ce qui m'empêche de reprendre ce fameux arbre généalogique, et de faire des recherches de façon à pouvoir enfin le dessiner.

Elle se tut un instant, pensive, avant de regarder Beatrice.

— J'ai besoin de savoir. Qu'y a-t-il de mal à cela ?

Beatrice se leva pour laver sa tasse dans l'évier.

— Je n'y vois aucun mal. Si cela te préoccupe à ce point, fais tes recherches. Tu en as le droit.

Pensive, Anne regarda Beatrice s'essuyer méticuleusement les mains.

— Mais je risque de bouleverser papa s'il apprend que je me plonge dans ce genre de recherche, non ?

Beatrice se tourna vers elle, un sourire compatissant aux lèvres.

— C'est possible. Mais il t'aime trop pour ne pas comprendre.

Le pavillon de chasse était en fait une réplique miniature de Belle Pointe, avec son perron aux larges marches, son porche qui se prolongeait tout autour de la maison par une terrasse couverte, et ses grandes baies vitrées. Construit sur une sorte de plate-forme afin d'éviter le plus possible les inondations dues au Mississippi, il jouissait d'une vue splendide sur les eaux grises du fleuve. Il avait très souvent servi de refuge à Buck quand, adolescent, il ressentait le besoin impérieux de s'éloigner des conflits familiaux qui ne cessaient d'éclater à Belle Pointe.

C'était dans cet endroit qu'il avait accumulé ses meilleurs — et ses pires — souvenirs. Il y avait appris à nager et à pêcher, à camper et à faire du canoë. Il y avait chassé le canard et la perdrix, et avait tué son premier chevreuil à une centaine de mètres du pavillon. C'était là aussi que, pour la première fois, il avait vu la mort en face.

Buck secoua la tête pour chasser la myriade d'images que la seule vue de ce refuge faisait remonter à la surface. La porte n'était pas verrouillée, comme d'habitude. Dans leur arrogance, les membres de sa famille ne fermaient jamais une porte à clé, car ils estimaient que personne n'oserait s'attaquer à une propriété détenue par un Whitaker. A bout de force, il laissa tomber son sac de voyage sur le sol et s'adossa au mur de l'entrée pour reprendre son souffle. Après avoir gravi les vingt-six marches du perron, il ressentait une insupportable douleur au genou.

Les odeurs qui flottaient à l'intérieur le renvoyèrent instantanément au passé. Il y avait celle de la cire, utilisée pour le plancher et les boiseries, celle de la citronnelle destinée à repousser les moustiques, celle du cuir des vieux fauteuils disposés devant la cheminée… Et puis celle du kérosène, dont un bidon était posé près d'une lampe tempête, en cas d'ouragan et de coupure d'électricité.

Avec effort, il se pencha pour récupérer son sac et, traversant le salon sans même allumer une lampe, il se dirigea vers l'une des chambres. Toujours dans la pénombre, il ôta ses vêtements à la hâte avant de s'effondrer sur le lit, qui, par chance, était pourvu d'un drap. Une minute plus tard, il sombrait dans un sommeil profond comme l'abîme.

Ce fut le bruit désagréable d'un moteur de voiture qui le réveilla, le lendemain matin. Il demeura immobile, en espérant que le véhicule continuerait son chemin. Mais le claquement d'une portière, puis le martèlement de talons sur les marches du porche, indiquèrent que le visiteur avait atteint son but. Tout en poussant une série de jurons, Buck roula hors du lit, saisit ses vêtements et pénétra dans la salle de bains adjacente à la chambre.

Bon sang, Pearce avait dû apprendre — Dieu seul savait comment — qu'il se trouvait ici ! Sans perdre une seconde, son frère venait pour l'enrôler dans sa campagne électorale. Eh bien, il l'attendrait, décida Buck en se glissant dans la cabine de douche. Soulagé, il sentit que son genou ne le faisait pas souffrir davantage. Il semblait même aller plutôt mieux. Quelques minutes plus tard, en jean et sweat-shirt, les cheveux encore humides de la douche, il pénétra dans le salon. Quelle ne fut pas sa surprise quand il aperçut Victoria, et non Pearce, qui l'attendait debout près de la large baie vitrée !

— Je suis contente de voir que tu as changé d'avis, finalement.

Bien sûr, j'aurais préféré que tu me préviennes de ton arrivée ici. Comment va ton genou ?

La voix froide et posée contrastait avec le décor chaleureux et décontracté de la pièce.

— Il ira de mieux en mieux, avec un peu de rééducation. J'ai décidé de la faire à Tallulah.

Il s'approcha de Victoria et lui posa un baiser sur la joue, qu'elle ne lui rendit pas.

— Tu as vu ta femme chez ton beau-père, je suppose ? dit-elle en lissant ses cheveux d'une main ornée d'un superbe diamant.

Il préféra ignorer la question.

— Je regrette de ne pas t'avoir prévenue. Je suis arrivé tard hier soir, et j'étais épuisé. J'ai dormi comme un loir.

— Ici ? Pourquoi n'as-tu pas passé la nuit avec ta femme, chez les Marsh ?

Victoria était la dernière personne avec laquelle il discuterait de ses problèmes conjugaux.

Une fois de plus, il éluda la question.

— Je serais ravi de prendre un petit déjeuner avec toi, mais je n'ai pas fait de courses, hier. En revanche, si mes souvenirs sont exacts, il y a toujours un paquet de café stocké dans un des placards de la cuisine. Veux-tu en boire une tasse ?

Elle acquiesça d'un hochement de tête et se dirigea vers la cuisine. Il lui emboîta le pas en claudiquant.

La pièce était vaste, lumineuse et accueillante. Elle disposait d'un équipement parfait, mais surtout d'une table en pin ciré autour de laquelle Buck, son père, et d'autres chasseurs ou pêcheurs de leurs amis, s'étaient assis maintes fois. C'était ainsi qu'il avait découvert l'amitié masculine, à force de passer des soirées à nettoyer les poissons pêchés dans la journée, ou à plumer le gibier d'eau, en compagnie de ces hommes du Sud qui consacraient tant d'énergie à préserver un style de vie qui n'existait que dans le delta.

Il tira l'une des chaises.

— Assieds-toi, je t'en prie…

Il ne lui fallut qu'une minute pour préparer le café. Tandis que l'eau bouillait dans la cafetière électrique, il se tourna pour dévisager sa mère dans la lumière matinale. Elle venait de fêter ses soixante ans et, pour la première fois, elle accusait son âge. Pourtant, elle était loin de se négliger. Victoria faisait partie des clientes les plus fidèles d'un luxueux institut de beauté à Memphis, et ni ses cheveux, parfaitement teints, ni son visage, impeccablement maquillé, ne laissaient transparaître un quelconque laisser-aller. En revanche, elle ne devait qu'à elle-même sa silhouette droite et mince et son port de reine. Ils étaient le résultat d'une discipline très stricte, et de la volonté sans faille de s'élever au-dessus de la classe ouvrière dont elle était issue. D'ailleurs, personne n'aurait osé rappeler à Victoria ses origines.

Buck posa la cafetière sur la table, ainsi que deux tasses, puis il finit par s'asseoir en conservant sa canne à portée de main.

— Est-ce bien raisonnable de circuler ainsi, alors que ton genou est en si mauvais état ? demanda Victoria en fronçant les sourcils.

— Ne t'inquiète pas. Je vais commencer ma rééducation avec un coach personnel. Tu te souviens de Ty Pittman ?

— Le fils d'Oscar ?

Buck acquiesça.

— Il est devenu l'un des meilleurs thérapeutes manuels de la région. Il a accepté de venir ici et d'y rester jusqu'à ma guérison complète.

— Ce qui signifie que tu n'as pas l'intention de retourner à Saint Louis avant un bon moment, je suppose.

— Je ne pense pas jouer, cette saison.

— Que se passe-t-il exactement entre Anne et toi ? Inutile de me dire que tout va bien : si c'était le cas, tu ne dormirais pas ici tout seul tandis qu'elle loge chez son père. Vous êtes en train de vous séparer ?

Buck étendit sa jambe avec précaution avant de répondre.

— J'espère que tu m'excuseras, mais je n'ai pas l'intention de discuter de ma vie privée, ni avec toi, ni avec qui que ce soit d'autre.

— Malheureusement, tu vas vite découvrir que ce sujet risque de préoccuper beaucoup de monde en ville. Les gens vont se demander, comme moi, pourquoi vous vivez chacun de votre côté.

— Eh bien, ils risquent d'être déçus, car je n'ai pas l'intention de satisfaire leur curiosité.

— Comme tu voudras… Toutefois, pour éviter d'amplifier la rumeur, il serait bon que tu viennes dîner à Belle Pointe avec Anne, et que l'on vous voie ensemble.

— Merci, maman, mais c'est non.

Elle lui lança un regard réprobateur, un regard qu'il avait appris à reconnaître alors qu'il avait à peine quatre ans, et qu'il avait affronté quotidiennement, jusqu'au soir où il avait quitté définitivement Belle Pointe.

— Tu as toujours été du genre impulsif, Buck.

Il se leva pour prendre la cafetière emplie d'un breuvage noir, amer et brûlant.

— Cela m'a souvent servi au cours de ma carrière, rétorqua-t-il du tac au tac, avant de verser le liquide dans les tasses posées sur la table.

— Souhaites-tu faire l'objet de commérages ? Cherches-tu à attirer l'attention ? Tu as intérêt à te poser ces questions, parce que c'est exactement ce qui va se passer si tu persistes à vivre ici tandis qu'Anne reste chez les Marsh. Les spéculations sur votre prochain divorce iront bon train, ainsi que sur la fin de ta carrière, sans compter tous les autres petits scandales que les gens se feront un plaisir de colporter, même s'ils sont inventés de toutes pièces.

— Inutile de me harceler, maman. Je ne séjournerai pas à Belle Pointe, et Anne non plus. Quant aux spéculations, je m'en fiche comme de l'an mille.

— Et Anne ?

— Je te sers une autre tasse ? demanda Buck, comme s'il n'avait pas entendu la question de sa mère.

Cette dernière lui lança un regard noir en poussant un soupir agacé.

— Très bien. Ta vie privée ne regarde que toi, après tout. L'important, c'est que tu te trouves à point nommé à Tallulah, car tu vas pouvoir nous aider à la plantation et…

— Ne t'emballe pas. Il est hors de question que je remplace Will, je te l'ai déjà dit. Mais je veux bien t'aider à trouver un autre contremaître.

— Tu viens de m'annoncer que ta rééducation aura lieu ici même. En admettant que tu aies une séance chaque jour, à quoi passeras-tu ton temps ? Nous avons besoin de toi à Belle Pointe, et la nature n'attend pas. Nous ne pouvons pas rater la saison. D'ailleurs, ton père, s'il était encore vivant, s'attendrait à ce que tu mettes tes ressentiments de côté et que tu contribues à la prospérité de l'exploitation.

« Ses ressentiments »… Voilà comment elle qualifiait d'un simple mot des années de souffrance et d'amertume !

Victoria eut un geste impatient de la main.

— Prends un peu de temps pour réfléchir, Buck. De toute façon, il vaut mieux que tu commences tes séances de thérapie avant de travailler à la plantation. En attendant, tu peux certainement prendre part à la campagne électorale de Pearce. Il paraît que l'article d'Anne paraîtra dans la prochaine édition de *L'Observateur.* J'avoue que cette idée ne m'a guère plu et que…

— Comment ? Tu n'es pas d'accord avec le fait qu'Anne rédige un article à propos de Pearce ?

— Non, je faisais allusion à la politique. C'est une pieuvre, et si elle prend quelqu'un dans ses tentacules, elle ne le relâche plus. Il est important que Pearce accorde la priorité à Belle Pointe. D'un autre côté, un siège de sénateur lui conférera un certain pouvoir qui pourra profiter à la région. Mais les Whitaker sont des planteurs dans l'âme, et je veux que Pearce, une fois sénateur, ne perde pas son héritage de vue.

« Oh, non, Pearce ne perdrait pas son précieux héritage… Sa mère y veillerait ! » songea Buck, un goût d'amertume dans la bouche.

— Tu parles comme s'il avait déjà gagné, fit-il observer.

— Parce qu'il va gagner, c'est l'évidence même. Pearce est un Whitaker : il a à la fois le prestige du nom et la fortune de la famille. Je ne vois pas comment son adversaire peut garder un brin d'espoir face à lui.

Effectivement, le nom et l'argent de la famille donnaient un avantage certain à Pearce, qui ne manquait pas une occasion d'en faire usage. De plus, il était séduisant et cultivé, il avait une très jolie femme et une mère pleine d'influence. Des atouts qui faisaient de lui un candidat très plausible.

— Donc, pour toi, son adversaire n'a aucune chance de gagner ?

— Jack Breedlove ? Comment peux-tu l'imaginer un seul instant en train de siéger au Sénat ? répondit Victoria, avec une moue de dédain.

Ainsi, Victoria estimait que Jack ne provenait pas d'une lignée assez aristocratique pour faire face à Pearce, tout comme les parents de Claire ne l'avaient pas jugé digne de leur fille, des années auparavant. Pourtant, il avait impressionné Buck par sa ténacité et sa faculté de concentration, lorsqu'ils jouaient au base-ball ensemble. Elevé par une mère célibataire, Jack avait été obligé de payer ses études en faisant des petits boulots à droite et à gauche. Buck s'était toujours demandé pourquoi, au lieu de solliciter une bourse universitaire, il s'était engagé tout à coup dans l'armée. Peut-être avait-il pris cette décision soudaine à la suite de sa rupture avec Claire — une rupture exigée par les parents de cette dernière.

— Je n'écarterais pas Jack aussi vite. C'est un candidat sérieux, commenta Buck.

— C'est un bon policier, je te l'accorde.

D'un geste méticuleux, Victoria ôta une poussière de sa jupe avant de reprendre :

— Mais il n'a absolument pas la carrure d'un futur sénateur, et je suis sûre que les gens d'ici vont s'en apercevoir très vite.

Le regard intense, Victoria se pencha légèrement vers Buck.

— Tu comprends maintenant les enjeux. Il ne faut pas alimenter la presse à scandale pendant ton séjour ici, Buck. Si tu as des problèmes avec Anne, il serait bon que tu te fasses le plus discret possible afin d'éviter que Jack Breedlove n'en profite pour remuer la boue.

— Je pourrais décider de soutenir Jack.

Victoria se redressa et lui lança un regard glacé.

— Je ne comprendrai jamais ton sens de l'humour, Buck.

Il se leva et posa sa tasse vide dans l'évier.

— Bien sûr… Je plaisantais, maman.

— Cesse de m'appeler ainsi, je te l'ai déjà dit. Il est temps pour toi de grandir, il me semble.

— Je grandirai le jour où j'arrêterai de gagner ma vie en jouant, je suppose… *Mère.*

Buck serra les mâchoires. Victoria et lui, ils se caressaient à rebrousse-poil depuis bientôt trente-sept ans, et cela ne semblait pas près de changer.

— Tu dois sauver les apparences en ce moment, Buck. J'espère que tu le comprends. Anne et toi, vous pourriez au moins être vus ensemble de temps à autre.

Victoria pianota quelques secondes sur le bois ciré de la table, puis ajouta d'un ton péremptoire :

— Viens dîner dimanche soir avec Anne à Belle Pointe. D'ailleurs, je lui avais proposé de nous rendre visite.

— Tu as vu Anne ?

— Bien sûr. Je suis venue lui souhaiter la bienvenue dès que j'ai appris qu'elle se trouvait en ville. Un dîner de famille à Belle Pointe nous fournira l'occasion de montrer aux gens que nous nous entendons tous parfaitement. D'autant plus que tu auras apporté publiquement ton soutien à Pearce d'ici dimanche.

Buck s'adossa à l'évier et croisa les bras.

— Je ne contribuerai à la campagne de Pearce que si j'estime qu'il est le meilleur candidat. Quant au dîner à Belle Pointe, je ne peux répondre pour Anne. Il faudra que je lui demande son accord.

— Elle m'a promis de venir, et c'est une femme qui tient sa parole. Quant à ton frère, bien sûr que tu le soutiendras, voyons… Ne sois pas ridicule ! rétorqua Victoria avec irritation.

Buck réprima un soupir et décida de changer de sujet.

— Comment va Claire ? A-t-elle envie de devenir la femme d'un sénateur ?

— Elle risque d'être le point faible dans la campagne électorale de Pearce. Ces derniers temps, elle semble un peu… désorientée, dit Victoria en fronçant les sourcils.

— Et Paige ? Au fait, quel âge a-t-elle, maintenant ?

— Quinze ans. Elle est carrément impossible. D'ailleurs, quand tu la verras, tu comprendras ce que je veux dire. Evidemment, son père est terriblement occupé, entre son cabinet d'avocat, ses responsabilités à Belle Pointe et sa campagne électorale. Cela ne lui laisse guère le temps de jouer son rôle de chef de famille. Nous ne pouvons attendre de Claire qu'elle le remplace… C'est comme si on espérait voir un papillon se métamorphoser en aigle. Elle a été une adolescente écervelée, elle est devenue une femme instable. Pourquoi Pearce ne s'en est-il pas rendu compte avant de l'épouser ? Voilà une question que je n'ai pas fini de me poser, déclara Victoria, d'une voix vibrante de colère contenue.

— Peut-être qu'il a été aveuglé par la situation sociale et la fortune de son futur beau-père, lâcha Buck.

Victoria balaya l'air de sa main.

— Claire sera bien obligée de s'adapter. D'ailleurs, Paige commence à faire face aux conséquences de ses actes. Comme ses notes ont dégringolé, son professeur de lettres lui a demandé de passer trois après-midi par semaine dans les locaux de *L'Observateur*.

— Qu'est-ce qu'elle peut fabriquer là-bas, à son âge ?

— Je l'ignore. Au pire, elle peut toujours balayer le parquet. L'important, c'est qu'elle assume ses erreurs.

Ainsi, la vie à Belle Pointe n'avait guère changé : elle était toujours aussi chargée d'électricité. Buck était heureux d'avoir échappé à ce piège. Pour un motif aussi étrange qu'inconnu, cette vie fascinait Anne. Grâce à l'invitation de Victoria, elle pourrait examiner de près les Whitaker. Il savait d'avance que ce dîner serait le simulacre d'un repas de famille, mais au moins, il aurait l'occasion de se trouver avec sa femme. Et cela, c'était une chance qu'il ne laisserait pas passer.

Buck avait rendez-vous avec Ty, cet après-midi-là. Après l'avoir palpé et malaxé dans tous les sens, ce dernier lui déclara que vu sa forme actuelle, il était hors de question qu'il participe à la prochaine saison de base-ball. Il recommanda à Buck de suivre un régime alimentaire qui ressemblait fort à une punition. Il organisa l'installation d'un matériel dernier cri dans l'une des chambres du pavillon de chasse dès le lendemain, et le surlendemain, il donna à Buck sa première séance de rééducation.

Une heure plus tard, allongé sur un tapis en mousse, transpirant à grosses gouttes et souffrant le martyre, Buck était à peine capable de lever un doigt.

— Et c'est pour ça que je te paie ? grommela-t-il, après avoir poussé quelques jurons bien sentis.

— Oui, et très cher, affirma Ty en souriant d'une oreille à l'autre.

— Notre contrat ne stipule pas que tu dois me rendre complètement infirme avant de me remettre en forme !

— En forme ?

Ty émit un ricanement.

— Mais tu te trouves dans une forme déplorable, mon vieux ! Je me demande comment tu as pu lancer une balle, avec des muscles mous comme des marshmallows ! Si tu veux qualifier les Jacks l'an prochain, il va falloir que tu fasses travailler un peu tes bras.

— Hé ! Je te paie pour me remuscler le genou, pas les bras ! protesta Buck.

Il parvint à s'asseoir en haletant.

— Je te jure que j'ai mal à des endroits dont je ne soupçonnais même pas l'existence, gronda-t-il.

D'un geste ferme, Ty lui posa la main sur le torse pour l'obliger à s'allonger de nouveau.

— Tu as intérêt à garder cette jambe immobile pour ne pas faire bouger la compresse et le bandage que j'ai mis autour de ton genou, compris ? Demain, je veux que tu sois présent à cent pour cent pendant notre séance, d'accord ? Aujourd'hui, tu étais un peu trop absent, mon vieux…

— J'admets que j'ai pas mal de choses qui me trottent dans la tête.

Ty se pencha pour ramasser une serviette et croisa le regard de son ami.

— Les femmes ont l'habitude de confier tous leurs problèmes à leur coiffeur, et quand elles sortent du salon, elles sont non seulement plus jolies, mais aussi plus légères. Tu pourrais me considérer comme ton coiffeur et me raconter tes soucis.

La voix étrangement douce de Ty contrastait avec son physique de colosse.

Buck ferma les yeux et sourit. Il avait eu mille fois raison d'engager Ty et de le faire venir à Tallulah.

— O.K. A qui est-ce que je m'adresse ? Au coiffeur ou au confesseur ?

Ty haussa les épaules.

— Peu importe. Tu as des soucis, et moi j'ai du temps.

Les yeux clos, Buck parla.

— Will Wainwright a décidé de prendre sa retraite, et Pearce est obnubilé par sa campagne électorale. Ma mère m'a demandé de m'occuper de Belle Pointe pendant la saison de plantation.

— Et tu as oublié comment on cultive le coton ?

Buck ne put s'empêcher de rire.

— Non. J'en ai même rêvé, murmura-t-il.

Ty hocha la tête.

— Je ne comprends pas le rôle de Pearce dans tout ça. Qu'il

soit en campagne ou non, je ne vois pas ce que cela change. Il n'a jamais géré la plantation.

Buck ouvrit les yeux, alerté par la voix soudain tendue de son ami.

— Je sais que c'est ma mère qui s'en charge, mais elle ne l'a encore jamais fait sans l'aide de Will, répondit-il tout en observant Ty.

Ce dernier s'était subitement crispé. Avec effort, et en prenant soin de garder sa jambe blessée bien droite, Buck se souleva sur un coude.

— J'avoue que cela fait des années que je ne me suis pas occupé de la plantation, mais je pense que je pourrais m'adapter assez vite, surtout si ton père accepte de superviser mon travail… du moins au début.

— Mon père ? Il ne travaille plus à Belle Pointe, tu l'as oublié ?

— Tu plaisantes, Ty ?

Oscar Pittman était le meilleur mécanicien de la région. De plus, il connaissait sur le bout des doigts les techniques de plantation et de récolte du coton. Il avait dû trouver un emploi mieux rémunéré dans une autre exploitation, songea Buck, car il n'avait pas encore l'âge de la retraite.

— Où est-ce qu'il travaille, maintenant ?

— Dans un supermarché. Il est à l'accueil.

— Bon sang… Mais pourquoi ?

Buck avait passé des années à suivre Oscar pas à pas, apprenant ainsi le métier sur le tas. Il savait que le père de Ty adorait son travail, et qu'il n'aurait quitté Belle Pointe pour rien au monde.

— Il a eu un accident ? demanda-t-il, soudain inquiet.

— Non. Sauf si tu penses qu'une dispute avec ton frère est un accident.

— Cesse de parler par énigmes et raconte-moi tout !

— Il vaudrait mieux que tu demandes à Pearce sa version de l'histoire.

— Je la lui demanderai dès que j'en aurai l'occasion. Mais pour l'instant, je veux que tu me dises ce qui s'est passé.

— C'était l'an dernier, au moment de la cueillette. Pearce obligeait les ouvriers à faire des heures supplémentaires, ce qui est habituel chez lui. Ils commençaient dès l'aube et finissaient parfois bien après le coucher du soleil, en travaillant à la lumière des phares des gros engins.

Ty s'interrompit, le temps de s'adosser à l'une des machines qu'il avait achetée pour Buck — un véritable instrument de torture, selon ce dernier.

— A l'époque, le prix du coton était en chute libre sur le marché. Quant à la récolte de Belle Pointe, elle n'était pas de première qualité, poursuivit-il.

— J'avais prévenu ma mère, il y a des années de cela. Il fallait coopérer avec des scientifiques et produire des semences plus productives, intervint Buck.

Il secoua la tête.

— Excuse-moi, Ty… Continue, s'il te plaît.

Ty lui lança un regard perçant.

— Comment ? Tu n'es pas au courant ?

Buck haussa les épaules.

— Cela fait quinze ans que j'ai quitté Belle Pointe, et j'avoue que je n'ai pas cherché à savoir comment fonctionnait l'exploitation. Dis-moi ce qui est arrivé…

— Une sale histoire, marmonna Ty.

Il soupira, puis, sans quitter Buck des yeux, il reprit :

— Pour soutenir la courbe des profits, Pearce a tout simplement arrêté de payer les heures supplémentaires des ouvriers agricoles. Cela signifiait qu'ils travaillaient entre quinze et dix-huit heures par jour sans gagner un centime de plus que leur salaire habituel. Cela n'a pas plu à mon père. Un matin, Pearce a trouvé l'exploitation vide. Tous les hommes étaient restés chez eux.

— Il a tenu Oscar pour responsable, devina Buck.

— Exact. Pearce l'a flanqué à la porte sur-le-champ, et a annoncé aux ouvriers que s'ils ne reprenaient pas immédiatement leur travail, il les virait aussi. Il leur a affirmé qu'il y avait des chômeurs partout dans la région, et qu'il lui suffirait d'un simple coup de fil pour les remplacer l'un après l'autre.

— Je parie qu'ils ont marché, murmura Buck.

— Pari gagné. Ils sont revenus le lendemain, et l'histoire des heures supplémentaires est passée aux oubliettes. Quant à mon père, Pearce ne l'a pas repris.

Buck se passa une main dans ses mèches trempées de sueur.

— J'ignorais tout cela, Ty, je te le jure… Tu aurais dû m'appeler.

— Tu l'as dit toi-même, Buck. Tu as à peine mis les pieds à Belle Pointe, ces dernières années. Les hommes n'attendent plus d'aide de ta part depuis belle lurette.

Buck fit la grimace.

— Et ma mère ? Elle a approuvé la décision de Pearce ?

Ty roula les yeux au ciel.

— Franchement, c'est à se demander sur quelle planète tu as vécu, tout ce temps ! Si Pearce prend une décision, Victoria ne s'y opposera jamais, surtout en public.

Ty se redressa tout à coup.

— Voilà que je te raconte mes petits soucis, au lieu d'écouter les tiens ! Il est grand temps que je parte.

— J'ai l'intention de tirer cette affaire au clair très vite. Anne et moi, nous dînerons à Belle Pointe demain soir. Je suppose que Pearce n'a pas changé et qu'il refuse toujours de payer les heures supplémentaires ?

— C'est plus que probable.

Ty tendit la main à Buck pour l'aider à se relever sans mettre de poids sur son genou blessé.

— N'oublie pas de faire les exercices que je t'ai montrés aujourd'hui. Cinq séries avant notre prochaine séance, d'accord ?

— Oui…

Le regard absent, Buck s'empara d'une serviette-éponge pour s'essuyer le visage et le cou.

— C'est curieux… J'ai passé quelques coups de fil pour tenter de trouver un remplaçant qui puisse reprendre le boulot de Will Wainwright, mais je n'ai pas eu de succès, jusqu'à présent. Je commence à comprendre pourquoi.

Il se tourna vers Ty.

— Je n'avais aucune intention de travailler à Belle Pointe, mais maintenant que tu m'as raconté cette histoire, je vois la situation sous un autre angle.

— Je parie que Victoria n'a pas mis Pearce au courant de la proposition qu'elle t'a faite.

— C'est certain.

Buck lança la serviette dans un panier en osier réservé à cet usage.

— Comment va ta femme ? Elle est contente de se trouver à Tallulah ?

— Elle sait que c'est pour la bonne cause. En fait, en t'aidant à sauver ta peau, cela me fait une belle publicité. Deux ou trois médecins du coin m'ont affirmé qu'ils m'enverraient des patients si j'ouvrais un cabinet en ville. Pour l'instant, les gens sont obligés d'aller jusqu'à Memphis pour leur rééducation.

— Et qui va te donner l'argent pour ouvrir ce fameux cabinet ? demanda Buck.

Ty sourit.

— Qu'est-ce que tu feras du matériel, quand je t'aurai remis sur tes deux pieds ?

— Je le vendrai pour tenter de récupérer ma mise.

— Donc, c'est à moi que tu le vendras, à moitié prix. Ensuite, je m'installerai dans un joli petit immeuble que j'ai repéré, à proximité de l'hôpital local.

— J'ai créé un monstre, marmonna Buck.

Il réprima un sourire. Il serait plus qu'heureux d'aider Ty à s'installer à son compte.

Ce dernier saisit son blouson et lança un coup d'œil autour de lui avant de l'enfiler.

— Où est passée ta ravissante épouse ?

— Elle loge chez son père.

Ty fronça les sourcils.

— Ce n'est pas bon signe.

— Non. C'est un autre de mes soucis. Je ne sais pas quel est le problème le plus difficile : faire fonctionner la plantation comme je l'entends, ou sauver mon couple.

— Mets tes priorités en ordre et tu parviendras à faire les deux, mon ami.

— Ah bon ?

— Je te laisse y réfléchir tout à loisir.

Sur ce, Ty saisit son sac à dos et marcha vers la porte. Buck le raccompagna en boitillant. Il le regarda démarrer, puis s'éloigner dans un léger nuage de poussière. Il n'était guère surpris de ce que Ty lui avait raconté sur son frère. Si quelqu'un connaissait les démons de Pearce, c'était bien lui. Mais renvoyer un employé aussi qualifié, dévoué et responsable qu'Oscar Pittman, c'était à la fois stupide et cruel. Buck s'adossa à l'un des piliers de bois du porche et ferma les yeux. Si Pearce obtenait ce fameux siège de sénateur, dans quel camp agirait-il ? Au service de quels intérêts mettrait-il le pouvoir qui allait de pair avec le poste ?

8.

— Ne t'attends surtout pas à passer une soirée normale en famille. Les Whitaker ignorent le sens du terme « normal »...

Buck et Anne roulaient vers Belle Pointe, que l'on distinguait au loin sous un ciel sombre et lourd, chargé d'orage.

— Ce n'est pas la première fois que je les rencontre, Buck. Ils sont un peu étranges, je te l'accorde. Mais je saurai m'adapter.

En dépit des avertissements de Buck, elle ressentit un frisson d'excitation en voyant la propriété apparaître derrière les arbres séculaires. Ses colonnes hautes et blanches se profilaient fièrement dans l'obscurité qui s'annonçait. Elle n'avait pas besoin d'aimer les Whitaker pour apprécier leur splendide plantation. Au moment où elle se faisait cette réflexion, un éclair zébra l'horizon.

La réponse de Buck fut étouffée par un formidable coup de tonnerre. Il se pencha vers le pare-brise pour inspecter le ciel.

— Parfait ! On va avoir une pluie torrentielle, maintenant... Quel charmant accueil, marmonna-t-il.

En effet, quelques secondes plus tard, Anne sursauta tandis qu'un second éclair illuminait violemment la propriété. Les cieux semblèrent s'ouvrir pour déverser des trombes d'eau, dans un rugissement de cataracte.

— Ça risque d'empirer. L'orage peut être suivi d'une tornade, avec de la grêle… Et c'est une prévision optimiste, déclara Buck en actionnant les essuie-glaces, qui se mirent à balayer furieusement le pare-brise.

Anne lui lança un regard dépité.

— S'il est aussi périlleux de rendre visite à ta famille, tu peux me dire pourquoi nous sommes ici ?

Buck pressa la pédale de frein et s'arrêta au beau milieu de l'allée qui menait à la maison. Puis il la regarda droit dans les yeux.

— Tu veux vraiment le savoir ? Eh bien, figure-toi que je suis prêt à passer une soirée au milieu d'un groupe de cinglés pour avoir l'occasion d'être avec toi.

Anne demeura silencieuse quelques secondes, puis, un sourire aux lèvres, elle se tourna vers son mari.

— Si tu veux, je te tiendrai la main et je serai ton ange gardien, ce soir.

Il lui saisit le poignet et le porta à ses lèvres.

— Il vaut mieux y aller, sinon je serai tenté de faire tout autre chose que dîner avec ma famille, chuchota-t-il, les yeux dans les siens.

Elle sourit de nouveau pour dissimuler son émotion. Son poignet portait l'empreinte des lèvres tièdes de Buck, et cette sensation la fit frissonner de la tête aux pieds.

— Tu as raison. D'ailleurs, je suis impatiente d'entrer dans la cage aux lions et d'observer de près le comportement des fauves… je veux dire des Whitaker.

Il lui lança un regard en coin, et redémarra pour s'arrêter quelques mètres plus loin devant le perron.

— Je vais garer la voiture dans le parking.

— Alors je t'attendrai sous le porche.

— Pourquoi ? Tu as peur d'entrer dans la cage aux lions sans moi ? demanda-t-il d'un ton taquin.

Elle secoua la tête.

— N'oublie pas que j'en ai épousé un.

Il se pencha tout à coup et, avant qu'elle puisse l'éviter, il lui prit la bouche dans une étreinte fiévreuse. Puis, d'un geste tout aussi vif, il lui ouvrit la portière. Pour éviter d'être trempée par la pluie battante, elle s'élança vers le perron, dont elle gravit les marches quatre à quatre. Malgré les trombes d'eau, elle sentait encore sur ses lèvres le baiser passionné de Buck.

Victoria avait prévu un apéritif avant le dîner, ce qui donna à Anne la possibilité d'observer tout à loisir les différents membres de sa belle-famille. A peine arrivé, Buck avait été pris à l'écart par Victoria, et Anne s'était éloignée par discrétion. De loin, elle admirait la façon dont son mari déviait avec habileté les questions de sa mère, comme s'il s'agissait d'occuper l'adversaire sur un terrain de base-ball.

Dès qu'elle la vit seule, Claire, la femme de Pearce, s'approcha d'Anne. Elle glissa son bras sous celui de sa belle-sœur et l'entraîna derrière le piano qui trônait près de l'une des baies vitrées du vaste salon. Le piano étant ouvert, les deux femmes se trouvaient à l'abri des regards.

Claire posa la bouteille de champagne qu'elle avait apportée sur le tabouret installé devant le clavier. Puis, levant sa coupe pleine, elle porta un toast à sa belle-sœur. Après l'avoir vidée, elle fit mine d'emplir la coupe d'Anne.

— Non, merci. C'est ma deuxième.

Claire haussa les épaules et versa l'alcool pétillant et doré dans sa coupe.

— C'est la meilleure façon de les supporter, murmura-t-elle en désignant du menton les autres membres de la famille.

Tout en les contemplant, elle avala une grande gorgée de champagne. Anne suivit son regard.

— J'avoue qu'ils me fascinent, murmura-t-elle.

Claire avisa Buck, qui, les yeux fixés sur le bout de ses mocassins, écoutait sa mère.

— Ton mari n'a pas du tout l'air fasciné, lui.

Anne ressentit un élan de compassion en le voyant ainsi pris au piège par Victoria, mais elle préféra s'abstenir de tout commentaire.

— Comment la campagne électorale de Pearce affecte-t-elle ta vie, Claire ? demanda-t-elle, sa curiosité de journaliste en éveil.

La beauté classique de Claire, avec ses traits fins, sa chevelure blonde et sa minceur, présentait un contraste saisissant avec les mèches noires, la carrure athlétique et le regard de velours sombre de Pearce. Ils formeraient un joli couple à Washington, et seraient une proie de choix pour les photographes.

— J'espère pour toi que la vie politique t'attire, ajouta-t-elle.

— Non, pas vraiment. En tout cas, pas en tant qu'épouse du sénateur Whitaker.

Le regard bleu de Claire se posa une fraction de seconde sur Pearce, qui discutait à l'autre bout de la pièce, puis revint à sa belle-sœur.

— Tu sais ce qu'il y a de drôle ? Il y a une éternité de cela, j'ai failli épouser Jack Breedlove. Et aujourd'hui, il donne des sueurs froides à Pearce dans sa course au sénat. N'est-ce pas incroyable comme la roue tourne ?

Anne, qui terminait son champagne, avala de travers. Comment Claire pouvait-elle faire des confidences de ce genre pendant que son mari briguait un poste politique ? C'était le genre de détails croustillants qui ferait la joie des médias !

— Buck m'a dit en effet que vous étiez très proches, Jack et toi, quand vous étiez au lycée... Les premières amours créent toujours des souvenirs très intenses.

Claire la regarda droit dans les yeux.

— Tu en as fait l'expérience ?

Anne lança un coup d'œil à Buck.

— Je ne sais pas si tu vas me croire, mais Buck a été mon premier amour. Avant lui, je n'étais jamais tombée vraiment amoureuse.

Après avoir bu d'un trait le reste de sa coupe, Claire dévisagea longuement Anne.

— S'il est l'amour de ta vie, pourquoi est-ce que j'entends toutes ces rumeurs à propos de votre couple ? Buck et toi, vous êtes à Tallulah, mais vous ne logez pas sous le même toit...

Devant l'air crispé de sa belle-sœur, Claire s'empressa d'ajouter :

— Bien sûr, cela ne me regarde pas. Pourtant, tu as de la chance, Anne, crois-moi. Buck est un type rare. A mon avis, tu as choisi le meilleur de la portée.

Elle emplit de nouveau sa coupe de champagne et lança un regard en direction de son mari, tout en sirotant sa boisson.

— Buck n'a rien de commun avec Pearce, murmura-t-elle avec une certaine amertume dans la voix.

Apparemment, leur couple n'allait pas mieux que le sien, se dit Anne, surprise. Pourquoi, dans cette famille, personne n'avait-il l'air satisfait ? Ou content, tout simplement ? Buck avait un point de vue aigri sur sa famille, et Paige ne perdait pas une occasion de faire un commentaire désagréable. Qu'est-ce qui rendait ces gens si odieux les uns envers les autres, alors que la vie leur offrait tant de privilèges ?

— Puisqu'on parle de mon cher époux, je me demande s'il t'a déjà recrutée pour soutenir sa campagne...

— De ce côté-là, je suis hors jeu. Je n'ai pas la célébrité de Buck.

— Ma chère, tu te trompes lourdement. Tu n'es pas aussi connue que ton mari, mais tu es ravissante, et en plus tu exerces le métier de journaliste. Pearce va penser tout naturellement que tu ne rédigeras que des articles en sa faveur, puisque tu fais partie de la famille.

— Dans ce cas, il se trompe, lui aussi. Et je suppose qu'il le comprendra dès qu'il aura lu l'article que j'ai écrit pour la prochaine édition de *L'Observateur*.

Clair eut l'air surpris.

— Il a réussi à obtenir le soutien du journal de ton père ?

— Non. J'ai simplement fait un reportage sur la campagne. Il comporte un entretien avec chacun des deux candidats principaux, c'est-à-dire Pearce et Jack Breedlove.

Claire, qui allait allumer une cigarette, laissa son geste en suspens.

— Comment est-il ?

— Qui cela ?

— Jack, bien sûr ! Cela fait des années que je ne l'ai pas vu…

Elle se tut, un sourire triste aux lèvres.

— Je ne devrais pas parler de lui, lâcha-t-elle.

— Non. Mais pour répondre à ta question, j'avoue qu'il m'a impressionnée. Il a du charme, il est déterminé et il a foi en lui — et dans la vie.

— Pearce a les mêmes qualités. La différence, c'est que chez Jack, c'est sexy, et que chez mon mari, ça ne l'est pas du tout.

— Je crois que nous pourrions nous approcher du buffet, suggéra Anne, embarrassée.

Avec un rire saccadé, Claire posa sa cigarette et fit signe à Miriam, la gouvernante de Belle Pointe, qui circulait parmi les hôtes, un plateau de canapés et de hors-d'œuvre dans les mains. Une fois les deux jeunes femmes servies, Miriam s'éclipsa en souriant. Cet interlude permit à Anne de changer de sujet.

— J'ai vu Paige au siège du journal. Elle semble créative, intelligente et précoce. Mais tu dois le savoir aussi bien que moi.

— Créative et précoce... Est-ce une façon de dire poliment qu'elle t'a surprise et choquée ?

— A cause de son accoutrement ? Pas du tout, même si l'effet est assez saisissant. Non, pour moi, c'est juste un style qu'elle se donne.

— Au moins, tu t'en es rendu compte tout de suite. Les gens me demandent si elle s'entraîne en vue de devenir croque-mort... Ou si elle veut être chargée des relations publiques pour un établissement de pompes funèbres.

— Et toi ? Qu'en penses-tu ?

— Je pense que c'est une vraie rebelle. Paige est trop intelligente pour respecter des conventions absurdes.

C'était exactement l'avis d'Anne. Sa sympathie pour Claire augmenta d'un coup.

— J'adorerais avoir une fille comme elle, tu sais.

Les lèvres savamment maquillées de Claire se détendirent, ébauchant un sourire timide.

— Je l'adore, même si elle est certaine du contraire. Pour l'instant, je suis le démon numéro deux dans sa vie. Le premier, c'est sa grand-mère, bien entendu. Je ne sais pas très bien à quel rang se situe Pearce.

Anne soupira.

— Quinze ans, c'est un âge délicat...

— J'aurais aimé avoir son insolence et son audace, murmura Claire.

Elle lança un coup d'œil autour d'elle.

— Tu as remarqué son absence ? Victoria exige que tous les membres de la famille, sans exception, assistent au dîner dominical et soient ponctuels. Eh bien, tu vas voir… Paige va venir au dernier moment, en faisant une apparition digne d'une star ! Elle finira par me rendre folle.

Anne contempla le fond de sa coupe vide en se demandant si elle aussi, elle aurait un jour la chance d'être aux prises avec sa fille adolescente. Peu importaient les problèmes auxquels elle devait faire face : elle les accepterait sans hésiter — si seulement elle avait le bonheur d'avoir un enfant.

— Je me souviens d'avoir été rebelle, moi aussi. Je considérais ma mère comme le diable en personne, admit tout à coup Claire, en fixant sans la voir la baie vitrée battue par la pluie.

Une expression d'une infinie tristesse se peignit sur son joli visage. Anne se demanda si elle se rappelait en ce moment même sa relation amoureuse avec Jack Breedlove, que ses parents avaient brisée tout net.

Claire cligna les yeux, secoua la tête, comme si elle sortait d'un mauvais rêve, et se tourna vers sa belle-sœur.

— Je ne veux pas que Paige me considère comme son ennemie. J'aimerais qu'elle voie en moi une alliée, comme Beady.

— Beady ? répéta Anne sans comprendre.

— C'est le surnom qu'elle a donné à Beatrice, ta belle-mère.

Devant l'air étonné d'Anne, Claire poursuivit son explication.

— Depuis que Paige l'a eue comme institutrice, elle la considère comme sa mère adoptive, ou presque. Au cas où tu ne l'aurais pas deviné, cette femme est une sainte. Comment parvient-elle à supporter ma fille avec autant de patience et de bonne humeur ? C'est un mystère.

— J'ignorais cette relation…

Anne fut interrompue par un coup de tonnerre qui fit vibrer toutes les vitres du salon.

— J'espère que Paige n'a pas décidé d'aller faire un tour dehors, par ce temps. Je l'ai laissée devant son miroir, en train de se barbouiller le visage avec cet horrible fond de teint blanc crayeux... Si elle n'arrive pas dans les minutes qui suivent, je vais lui tordre le cou, affirma Claire.

Pour apaiser sa nervosité, elle sortit une cigarette du paquet posé sur le piano.

— Au diable Victoria et ses simagrées ! J'ai besoin de fumer, déclara-t-elle en l'allumant.

Après avoir tiré quelques bouffées, elle revint à Anne.

— En fait, les notes de Paige ont commencé à dégringoler après le mariage de Beatrice avec ton père. Avant de rencontrer Franklin, Beatrice passait beaucoup de temps avec ma fille. Elle l'emmenait faire des courses à Memphis, ou se baigner sur les plages de la Floride. C'est avec elle que Paige est allée à Disneyworld pour la première fois. Ces deux-là sont des âmes sœurs, j'en suis persuadée... Alors, quand Beady a épousé Franklin, Paige a dû s'adapter, et cela ne s'est pas fait sans difficulté.

Claire se détourna un instant pour exhaler un nuage de fumée. Trop stupéfaite pour intervenir, Anne attendit qu'elle reprenne la parole.

— Aussi, quand Beady a découvert les notes de Paige, elle s'est débrouillée pour que le lycée l'envoie au siège de *L'Observateur* pour y travailler son anglais, en guise de « punition ». Evidemment, Paige fait semblant d'y aller à reculons, mais au fond, elle est ravie de fouiner dans les archives. Quand elle revient à la maison, elle a toujours des choses à raconter sur l'histoire de Tallulah ou de ses habitants.

— Avec cinq générations de Whitaker derrière elle, j'imagine qu'elle doit faire pas mal de découvertes intéressantes. D'ailleurs, moi aussi, j'ai envie de fouiller dans ces fameuses archives, déclara Anne.

Claire la fixa à travers le léger brouillard produit par la fumée.

— Quelle drôle d'idée ! Pourquoi se plonger dans le passé ?

— Pourquoi pas ? J'ai du temps libre, quand je suis au journal. Tu sais comme moi que Tallulah est une petite ville tranquille. Il n'y a pas tellement d'événements à couvrir, pour une journaliste.

— Tu ne m'apprends rien. Je donnerais tout, ou presque, pour faire mes bagages et quitter la région, comme l'a fait Buck.

— D'un autre côté, il est important d'avoir des racines…

— Oh…

Claire fixait l'escalier, les yeux exorbités. Anne suivit son regard.

— Paige a enfin décidé de se montrer, murmura Claire en écrasant d'un geste nerveux sa cigarette dans le cendrier.

Victoria venait à peine de s'éloigner de Buck quand Pearce s'approcha de ce dernier.

— Mais enfin, qu'est-ce qui se passe ? Bon sang, tu débarques à Tallulah sans prévenir, et tu disparais Dieu sait où… J'ai écumé la région sans pouvoir te dénicher. Tu as intérêt à me donner ton numéro de téléphone portable ! dit-il à voix basse, avec une pointe d'agressivité.

— Je me suis installé dans le pavillon de chasse.

Buck lança un coup d'œil autour de lui et vit Anne en train de converser avec Claire. Heureusement, Victoria ne s'en prenait pas à elle. Même s'il avait la désagréable impression d'être une proie pour les différents membres de sa famille, comme un gibier acculé par des chasseurs, il était content de profiter de la présence de sa femme à cette soirée.

— J'y suis passé, figure-toi, reprit Pearce. Après être allé chez tes beaux-parents. Mais je ne t'ai pas vu, alors où te cachais-tu ? Sous les marches du perron ? Ou derrière les buissons ?

— Je ne réponds pas au téléphone et je n'ouvre à personne quand j'ai une séance avec mon thérapeute.

— C'est ça… Et c'est quoi, cette histoire d'habiter le pavillon au lieu de loger avec ta femme chez les Marsh ?

— Ne t'occupe pas de ma vie privée, articula Buck, en regardant son frère droit dans les yeux.

Ils se défièrent un instant. Pearce poussa un soupir et détourna le regard le premier.

— Comment va ton genou, vieux ? Il paraît que tu ne joueras pas cette saison…

— C'est probable.

— Quel sale coup !

Pearce dévisagea son frère, comme s'il tentait de déchiffrer sur son visage une expression familière, mais en vain.

— Il paraît que tu as engagé Tyrone Pittman comme thérapeute ?

Buck ne put s'empêcher de sourire.

— Apparemment, le tam-tam marche encore, dans ce coin perdu, et les nouvelles vont vite.

— C'est vrai. Ici, rien ne passe inaperçu.

Pearce se rapprocha de son frère pour lui dire, sur le ton de la confidence :

— J'ai rencontré Bert Atkinson, hier.

— Je le connais ?

— Bien sûr. Il est plus âgé que toi, mais quand tu le verras, tu le reconnaîtras tout de suite. Il a fait ses études de droit avec moi. C'est lui qui dirige la campagne de Jack Breedlove.

Buck hocha la tête.

— J'ai vu les affiches.

Pearce lui lança un regard en biais.

— Je ne comprends pas comment tu as pu circuler en ville, parler à maman, voir Ty Pittman, et ne pas me donner un simple coup de fil. Tu peux m'expliquer ?

— J'ai été très occupé, marmonna Buck en récupérant un verre de soda glacé sur le plateau que lui tendait Miriam.

— Tu ne bois pas d'alcool ? demanda Pearce, surpris.

— Non. Pas en ce moment.

Pearce contempla son propre verre de whisky.

— Peut-être devrais-je arrêter d'en boire, moi aussi, pendant la campagne.

— Justement… Comment est-ce que ça va, de ce côté-là ?

— Bien, mais comme tout candidat, j'ai besoin d'argent et de relations.

Pearce dévisagea son frère d'un œil perçant.

— Jack Breedlove et toi, vous étiez copains d'enfance. J'espère que cela ne va pas me poser de problème.

— Il n'a pas cherché à prendre contact avec moi depuis que je suis ici. Il doit savoir que je ne suis pas intéressé par la politique, affirma Buck.

Il commençait à se demander s'il réussirait à s'éloigner de son frère et à se rapprocher d'Anne au cours de la soirée.

— J'aimerais pourtant savoir dans quel camp tu te situes exactement, dit Pearce d'un ton agressif.

Buck ne broncha pas.

— Si tu espères me voir serrer des mains et embrasser des bébés à tes côtés, tu risques d'être déçu. Mais je te souhaite bonne chance.

Il lança un regard en direction d'Anne. Claire lui parlait sans discontinuer, l'air passablement énervé. Etait-ce la personnalité de Pearce qui déteignait sur elle ? Ou bien celle de Victoria ? Entre les deux, cette pauvre Claire n'avait aucune chance de s'épanouir.

Son frère reprit la parole avec autorité. Les yeux fixés sur Anne, Buck l'écouta d'une oreille distraite.

— La raison pour laquelle je t'ai parlé de Bert Atkinson, c'est que ce crétin m'a déclaré que même si j'obtenais ton soutien, cela ne changerait pas le vote des électeurs.

— Il a raison. Il ne faut jamais sous-estimer l'intelligence des électeurs, dit Buck d'un ton léger.

Pearce fronça ses épais sourcils bruns.

— Il a tort et il le sait. Tu ferais toute la différence, si tu acceptais de te lancer dans la bataille. Avec toi à mes côtés, j'aplatirais mon adversaire comme une crêpe !

Il posa son verre vide sur une console voisine et poursuivit d'une voix âpre :

— C'est pour ça que j'ai parcouru cette fichue ville pour tenter de te dénicher, Buck… Maman m'a dit que tu avais l'intention de rester ici un bout de temps.

— Je t'ai déjà donné mon opinion au sujet de la campagne, Pearce, et je n'en changerai pas. Ma vie, c'est le base-ball, pas la politique. Je suis ici pour soigner mon genou afin de jouer de nouveau, et le plus tôt possible. Il n'est pas question que je compromette ma thérapie en te suivant dans tes déplacements.

Comme Miriam passait près de lui, Buck en profita pour lui tendre son verre vide. Il n'avait pas l'intention d'encourir les foudres de Victoria en le posant sur une console ancienne, comme Pearce l'avait fait. Victoria excuserait l'aîné et tomberait à bras raccourcis sur le cadet, comme elle l'avait fait toute sa vie.

— Tu peux au moins faire des déclarations positives à mon sujet — en faisant tes courses, par exemple. Mentir est parfaitement admis en politique. Tu seras content de me voir un jour à Washington, non ?

— Je croyais que tu te présentais pour un poste de sénateur au niveau de l'Etat, et pas au niveau fédéral.

Pearce sourit largement, découvrant des dents soigneusement blanchies.

— Ce poste n'est que le début d'une grande carrière qui m'emmènera vers les plus hauts sommets, je te le garantis !

Pensif, Buck le dévisagea un instant.

— Est-ce que notre mère est au courant de tes projets ?

Pearce poussa un long soupir. Prenant le bras de son frère, il l'entraîna à l'écart. Une fois près de la fenêtre, il s'assura que personne ne pouvait les entendre avant de répondre.

— Si elle le savait, elle piquerait une crise. Tu vois ce que je veux dire ?

— Oh, oui… Elle serait tellement furieuse qu'elle donnerait sans doute une forte somme pour soutenir la campagne de Jack Breedlove, ajouta Buck.

— Donc, c'est un secret entre toi et moi. D'accord ?

— Je n'aimerais pas être à ta place. Elle est certaine que Belle Pointe est ta priorité, maintenant et pour le restant de tes jours.

Pearce poussa un second soupir.

— Le souci, c'est qu'elle veut tout contrôler. Je n'arrête pas de lui dire qu'on n'a pas besoin de participer aux tâches, ni de rester à surveiller la main-d'œuvre du matin au soir. Sinon, à quoi bon payer du personnel ? Mais tu crois qu'elle m'écoute ? Non, bien sûr que non.

— L'exploitation doit survivre, coûte que coûte.

— Oui… Le comble, c'est que je ne sais même pas comment

me servir d'un tracteur… et que je m'en fiche comme d'une guigne ! C'est toi qui as appris le métier sur le tas, c'est toi qui aimais la plantation. Ce travail ne m'a jamais intéressé.

Il crispa les poings.

— Bon sang, elle veut que je sois là, à ses ordres toute la journée pendant qu'elle joue à la châtelaine ! s'exclama Pearce d'un ton furieux.

— Elle est la châtelaine de Belle Pointe, observa Buck, très neutre.

— Je m'en fiche. Elle me tient en laisse, et j'en ai marre. Je ne nie pas que le nom des Whitaker et la renommée de Belle Pointe ne m'ont pas servi. L'aristocratie du Sud fait encore rêver les électeurs.

Pearce s'échauffait, sous le regard imperturbable de son frère.

— Tu ne sais pas à quel point ce genre de truc plaît aux gens, mon vieux. Pour moi, c'est assommant, mais pour les autres, la vie dans les plantations de coton, c'est comme une légende… Et ça, pour ma carrière politique, c'est génial !

Buck se campa devant son frère et le regarda droit dans les yeux.

— J'ai une question à te poser. Si notre mère te tient en laisse, comme tu dis, et si c'est elle qui prend toutes les décisions, j'aimerais savoir ce qui l'a poussée à te permettre de virer Oscar Pittman, le père de Ty ?

Pearce leva les yeux au ciel en jurant entre ses dents.

— D'après ce que je comprends, Ty te raconte ses petites histoires pendant qu'il te masse le genou. Tu lui prêtes une oreille compatissante, alors il déverse ses salades…

— Tu leur as fait un sale coup, Pearce. Oscar travaillait déjà à Belle Pointe quand nous étions gamins. Qu'est-ce qui t'a pris de le flanquer à la porte ?

— Ce type est du genre à nous créer des problèmes, il valait mieux qu'il fiche le camp.

— Avec le départ de Will Waiwright, tu avais besoin d'Oscar plus que jamais.

— Ces deux-là peuvent être remplacés, ne t'inquiète pas. D'ailleurs, je m'en occupe.

— Et en attendant de trouver la perle rare, je suppose que tu es prêt à manœuvrer les engins agricoles et à superviser les ouvriers, tout en menant à bien ta campagne électorale, rétorqua Buck avec une pointe d'ironie.

Il observa la rougeur diffuse qui envahissait le cou et les joues de Pearce, preuve manifeste de sa colère. Baissant la voix, il articula très nettement :

— Je te préviens que cela ne va pas se passer ainsi. Je ferai tout pour indemniser Oscar, je te le garantis.

Les yeux sombres de Pearce se chargèrent d'orage, sa bouche prit un pli mauvais. Il allait exploser quand, soudain, il se ressaisit, parvenant même à ébaucher un vague sourire en apercevant l'homme qui se profilait derrière l'épaule de Buck.

— Joël ! Ravi de te voir. Voici Buck, mon frère, le héros de Tallulah.

Buck se retourna et reconnut aussitôt Joël Tanner. La soixantaine, les tempes argentées et le regard bleu et perspicace, Joël était le conseiller juridique des Whitaker.

— Je suis heureux de te revoir, dit Buck en lui tendant la main.

— Moi aussi, Buck. J'ai appris par les médias que tu avais été gravement blessé dans un accident, mais tu sembles plutôt en forme, à part les béquilles.

— Il ne faut pas croire tout ce qu'on raconte dans les journaux. Comment vont les affaires ?

— Très bien. On ne peut mieux.

— Et comment ! Joël est mon directeur de campagne, intervint Pearce.

Il se tourna vers ce dernier.

— Joël, nous devons persuader Buck de nous apporter publiquement son soutien.

— Cela nous serait certainement très utile, affirma Tanner.

Buck eut un sourire diplomatique. Il n'avait aucune intention de faire campagne pour son frère, et le renvoi brutal d'Oscar Pittman ne plaidait pas en faveur de celui-ci. Pearce n'avait pas changé malgré les années. Il était resté aussi méchant qu'hypocrite.

Buck inspira longuement pour faire passer l'envie qu'il avait de dire à son frère ses quatre vérités, puis de le planter là, lui et sa famille, et de s'esquiver pour ne jamais revenir.

Le ravissant visage d'Anne, qu'il intercepta du coin de l'œil, le fit aussitôt changer d'avis. Immobile, les lèvres entrouvertes, elle fixait l'escalier comme si elle était en transe. Buck suivit son regard et son cœur fit un double saut périlleux dans sa poitrine. Non, la silhouette sombre qui descendait les marches avec une lenteur calculée ne pouvait être celle de Paige. Il cligna les paupières, regarda de nouveau. Si, c'était bien sa nièce… Vêtue de noir de la tête aux pieds, les cheveux hérissés et parsemés de mèches orange fluo, elle avait le visage maquillé comme si elle s'apprêtait à passer un casting pour jouer dans un film de vampires.

— Je vais embrasser ma nièce, murmura-t-il avant de se diriger en boitillant vers l'escalier.

Sa famille ne s'était guère améliorée au fil des années, loin de là, et cette maudite soirée promettait d'être mouvementée. Grands dieux, qu'est-ce qu'Anne penserait des Whitaker, si elle tenait bon jusqu'à la fin du dîner ?

9.

Comme Anne put le constater, Claire connaissait bien sa fille. Vêtue d'une longue veste en cuir noir et d'un jean noir, la taille ceinte d'une grosse chaîne en argent, ses mèches orange en pétard et le teint crayeux, Paige s'arrêta au milieu de l'escalier, telle la jeune Scarlett O'Hara en son temps, pour savourer l'effet que produisait son apparition sur les membres de sa famille. Puis, ignorant l'air furieux de Victoria, elle descendit les dernières marches avec le panache d'une actrice chevronnée.

Voyant le sourire en coin qui se dessinait sur les lèvres d'Anne, Claire lui prit le bras :

— Ne la laisse pas croire une seule seconde que sa tenue t'amuse, siffla-t-elle entre ses dents.

Où diable dénichait-elle ses vêtements et ses bijoux ? Sûrement pas à Tallulah, songea Anne, médusée.

Mais derrière l'adolescente qui se cachait sous ce déguisement dramatique se trouvait encore l'enfant fascinée par son héros préféré. Dès que Paige aperçut Buck, ses yeux brillèrent comme des étoiles. Toutefois, elle se reprit bien vite et afficha un masque neutre.

— Paige ? Vous êtes bien Paige, mademoiselle ? demanda Buck, d'un air incrédule qu'il ne feignait pas complètement.

Cette fois, Paige ne put réprimer un petit rire, avant de tomber dans les bras de son oncle qui l'étreignit avec affection.

— Anne m'avait pourtant dit que tu ne viendrais pas à Tallulah, dit l'adolescente en s'écartant de Buck.

— Je lui ai fait la surprise. Je ne pouvais pas rester à Saint Louis sans elle… Elle me manquait trop.

Il examina Paige de la tête aux pieds, puis lança un coup d'œil à sa montre.

— Excuse-moi, je croyais que nous étions invités à un dîner, pas à des funérailles. A quelle heure commence la veillée funèbre ?

Paige adopta une moue boudeuse, démentie par le rire qui couvait dans ses prunelles.

— Tu ne vas quand même pas t'y mettre toi aussi ! Tu critiques ma façon de m'habiller, comme les autres ?

Buck haussa les épaules, souleva l'une des mèches orange de Paige, découvrant ainsi son oreille ornée d'une demi-douzaine d'anneaux en acier.

— Tu sais, j'ai un copain à Saint Louis qui est ferrailleur. Il pourrait te donner un bon prix pour tout ce métal, si tu veux t'en débarrasser.

— Et l'anneau que j'ai au nombril, il me le rachètera aussi ?

Buck prit un air horrifié.

— Tu plaisantes, j'espère…

Une lueur brilla au fond des yeux ultra-maquillés de l'adolescente.

— Et je n'en ai pas qu'au nombril… Mais c'est le seul endroit de mon corps que je peux évoquer en public, lui confia-t-elle à mi-voix, tout en prenant le soin de bien articuler chaque syllabe, afin que tout le monde l'entende.

— Cela suffit, Paige !

Le dos bien droit et la tête haute, Victoria se tourna ensuite vers Buck en fronçant les sourcils.

— Je te demande de n'encourager ni sa conduite, qui est absurde, ni son accoutrement ridicule. De plus, je suis certaine qu'elle n'a aucun piercing sur le corps, lâcha-t-elle d'une voix pleine de dédain, avant de s'adresser à sa belle-fille. Du moins, j'espère que tu n'as pas permis à ta fille de s'infliger d'autres mutilations, Claire.

Cette dernière exhala un dernier nuage de fumée, avant d'écraser le mégot de sa cigarette dans un cendrier en cristal.

— Je ne lui ai même pas permis de se faire percer les oreilles, figurez-vous. Mais si vous savez comment empêcher une adolescente de quinze ans de se conduire comme elle l'entend, je serai enchantée de connaître l'information. A moins de l'attacher vingt-quatre heures sur vingt-quatre au pied de son lit, je ne vois aucune solution.

— Je crois t'avoir priée une bonne centaine de fois de ne pas fumer dans la maison. Tu n'as qu'à sortir, si tu ne peux pas te contrôler, dit Victoria d'un ton tranchant.

Un sourire ironique aux lèvres, Claire s'approcha de la porte-fenêtre que la pluie martelait sans relâche et qu'illuminait de temps à autre un éclair.

— En effet, si j'étais frappée par la foudre, ce serait un moyen de cesser de fumer, lâcha-t-elle.

— Je promets de me débarrasser de mes piercings si Claire ne fume plus, intervint Paige, rusée.

— N'appelle pas ta mère par son prénom ! ordonna Victoria avant de harceler de nouveau sa belle-fille. As-tu perdu toute influence sur cette gamine impossible ?

— Je ne suis pas impossible, grand-mère, rétorqua Paige avant que sa mère puisse répondre.

Très calme, elle se mit à compter sur ses doigts.

— Primo, je ne me drogue pas. Secundo, je suis bonne en maths. Tertio, je me brosse les dents tous les jours. Et pour finir, je ne suis pas enceinte. Dans certaines familles, on me citerait en exemple.

Claire soupira.

— Paige, je t'en prie… N'aggrave pas les choses.

— Parce que notre situation familiale pourrait empirer ?

L'adolescente fit mine de réfléchir en se tapotant la lèvre inférieure du bout de l'index.

— Ah, oui… C'est vrai que ça peut empirer si le prix du coton chute sur le marché, et si Jack Breedlove devient sénateur à la place de papa.

— Ferme-la, Paige ! gronda Pearce, qui venait enfin de remarquer la présence de sa fille.

— Je te rappelle que nous sommes dans un pays où le droit d'expression est libre. A moins que la Constitution ne s'applique pas à Belle Pointe ?

Anne lança un coup d'œil aux différents adultes rassemblés dans la pièce, en espérant que l'un d'eux allait prendre la situation en main avant qu'on en arrive à un affrontement général. A son grand soulagement, ce fut Buck qui passa à l'action.

D'un geste familier, il prit sa nièce par le cou.

— Viens, fillette, allons manger avant que tu ne commences à t'attirer de réels ennuis.

Il se tourna vers sa mère.

— J'espère que le dîner est servi. J'ai une faim de loup !

Victoria fit signe à Miriam avant de pénétrer dans la salle à manger, suivie par Buck et Paige. Anne leur emboîta le pas tout en se demandant pourquoi Victoria, qui était la maîtresse de maison, n'avait pas tenté d'intervenir plus tôt pour sauver la situation. Heureusement, Buck s'en était chargé.

Une fois assise à table, Anne découvrit que son souhait de

mieux connaître la famille dans laquelle Buck avait grandi s'était réalisé. Elle se souvint au même moment du fameux proverbe chinois : « Fais attention à ce que tu souhaites, car cela risque de t'arriver. »

Les sujets de conversation ne manquaient pas. Les Whitaker discutèrent avec animation de la politique en général avant d'aborder la campagne de Pearce, puis ils commentèrent les rumeurs qui couraient en ville, et passèrent en revue les différents besoins de la plantation. Bien sûr, Victoria s'assurait d'avoir constamment le dernier mot. On allait servir le dessert quand Pearce et Tanner — qu'Anne rencontrait pour la première fois — décidèrent de concentrer leurs efforts et de harceler Buck afin qu'il accepte de parler aux électeurs en faveur de son frère. Quant à Claire, elle demeurait plutôt silencieuse et se contentait de faire remplir régulièrement son verre de vin. Elle qui s'était montrée si bavarde, quelques instants plus tôt… A présent, elle semblait jouer à la parfaite épouse d'un futur sénateur, alors qu'Anne savait que non seulement elle n'aimait pas la politique, mais qu'elle admirait davantage Jack Breedlove que son mari.

Anne était si occupée à observer les différents convives qu'elle sursauta lorsque Victoria s'adressa à elle.

— Cela te plaît de reprendre ton métier de journaliste, Anne ?

— J'en suis ravie. Tallulah est relativement calme, mais j'ai de quoi m'occuper au journal.

— Quand est-ce que je vais faire la une de *L'Observateur* ? demanda Pearce.

— Mon article paraîtra dans l'édition de la semaine prochaine. En attendant d'avoir un autre sujet, j'ai l'intention de fouiller un peu dans les archives. L'histoire du delta et de ses habitants me passionne. J'ai d'ailleurs l'intention d'étudier à fond celle des Whitaker.

— Oh là là..., murmura Paige, la main sur le cœur, en adoptant une attitude mélodramatique.

Anne lui fit un clin d'œil et ajouta sur le ton de la plaisanterie :

— Evidemment, je risque de découvrir des secrets de famille. Mais je saurai me montrer discrète.

— Toutes les familles ont leurs secrets, dit calmement Victoria avant de se tourner vers Pearce. Veux-tu découper le rôti, s'il te plaît ? Miriam, il faudrait apporter du pain. Soyez gentille, veillez à ce qu'il soit bien chaud.

Anne croisa le regard de Buck, qui était assis face à elle. Un regard sombre, des plus énigmatiques.

— Si j'avais su qu'il y avait des secrets de famille chez les Whitaker, j'aurais fouillé davantage dans les archives qu'un vieux professeur a léguées à Franklin Marsh avant de mourir, et qu'on m'a chargée de classer, déclara Paige, le regard soudain plus vif.

— Oh, mais tu vas finir par trouver des tas d'informations concernant les Whitaker, dans la mesure où ils ont joué un rôle important dans le développement de la région. N'oublie pas qu'ils y sont installés depuis cinq générations, affirma Anne, le regard brillant, elle aussi.

— Qui sait ? Tu pourrais aussi découvrir l'origine de la fortune des Whitaker... Ils ont peut-être gagné beaucoup d'argent en passant de l'alcool en fraude pendant la Prohibition, renchérit Buck, avant d'avaler son verre d'eau d'une traite.

— Ouais... Mon ancêtre serait un trafiquant d'alcool. C'est génial ! commenta Paige en lançant un regard en coin à Victoria.

Celle-ci eut un soupir exaspéré.

— Si tu as terminé ton repas, Paige, tu peux sortir de table.

— Non, j'attends le dessert, rétorqua l'adolescente sans broncher.

Elle se tourna vers Anne.

— Tu as l'intention d'écrire un livre ?

Oubliant un instant la conduite de Paige, Victoria se concentra sur Anne, elle aussi.

— Comment ? Vous écrivez un livre ? lui demanda-t-elle, un brin de méfiance dans la voix.

— Je ne suis pas sûre de vouloir me lancer dans un projet aussi ambitieux, mais j'aimerais écrire quelque chose sur le delta. C'est un endroit unique en son genre, et il est si chargé d'histoire…

— Ah, je comprends… Tu vois Tallulah comme une sorte de Peyton Place, ou un « Dallas » miniature, avec ses scandales, ses secrets et ses rumeurs, intervint Claire d'une voix légèrement pâteuse.

— Non, ce n'est pas tout à fait ma vision. Mais mon métier m'a rendue curieuse, et comme le journal existe depuis très longtemps, ses archives sont conséquentes. J'ai l'impression de me lancer dans une chasse au trésor.

Elle sourit à Paige.

— Si tu as envie de te joindre à moi, tu seras la bienvenue, Paige. Tu risques d'apprendre des choses intéressantes au cours de l'aventure.

— Je ne demande pas mieux. Si je pouvais découvrir un truc comme un meurtre ou un viol commis par mes ancêtres, ça serait rudement intéressant, répondit l'adolescente.

— Paige ! Encore une remarque de ce genre, et tu files dans ta chambre, trancha Victoria.

Paige poussa un soupir exagéré en roulant les yeux au ciel, puis elle revint à Anne.

— J'ai pourtant du mal à croire que tu aies envie de fourrer le nez dans des tas de vieux documents poussiéreux.

— La faute en revient à mon père. Il voue une passion sans borne au delta et à ses habitants.

— Nous avons tous été très surpris quand Franklin s'est installé ici et a acheté *L'Observateur*, observa Victoria.

— Moi la première. Et j'ai été carrément stupéfaite quand il m'a annoncé qu'il avait rencontré une femme charmante et qu'il avait l'intention de l'épouser, rétorqua Anne.

Paige lança un coup d'œil à Victoria.

— Tante Beady… Grand-mère a failli avoir une attaque quand elle a appris ce mariage.

— C'est faux, Paige. Ne sois pas ridicule.

— Je voudrais un autre verre de vin, dit Claire à Miriam qui apportait une pile d'assiettes pour le dessert.

Paige secoua ses mèches orange.

— Tu n'en as pas besoin, maman.

— Je n'ai pas dit que j'en avais besoin, répondit Claire.

Ignorant sa femme et sa fille, Pearce s'adressa à Anne.

— Personnellement, je suis ravi que tu travailles à *L'Observateur*. J'ai approché ton père à plusieurs reprises pour lui demander de participer à ma campagne. Maintenant, entre un article de fond qui me sera favorable et le soutien que Buck nous apportera, mon adversaire n'a plus aucune chance. Adieu, Jack Breedlove, et bon vent !

— Tu peux toujours rêver, murmura Claire, tandis que Miriam emplissait son verre de vin.

Pearce se tourna vers elle, l'air mauvais.

— Pardon ?

— Tu peux toujours rêver, répéta Claire en articulant

soigneusement chaque mot. Ce qui veut dire que tu rêves de voir Buck ou Franklin soutenir ta campagne, alors qu'ils ne le feront pas, mon cher mari.

— Notre fille a raison, Claire. Tu as trop bu, martela Pearce, furieux.

Avec un pâle sourire, Claire leva son verre et avala une gorgée.

— Je vais éclairer ta lanterne, Pearce, car tu n'as vraiment pas l'air de comprendre. Franklin Marsh ne s'abaissera jamais à te soutenir politiquement, à moins que tu ne découvres un moyen de l'y obliger. Malheureusement pour toi, je pense que Franklin est capable de supporter beaucoup de pression sans plier pour autant, ce qui n'est pas le cas de la plupart des gens qui t'entourent et que tu forces à se ranger dans ton camp.

Pearce eut un rictus.

— Tu es ivre, ma pauvre Claire. Ce qui signifie que tu parles pour ne rien dire depuis deux bonnes heures.

Anne lança un coup d'œil à Buck. Ce dernier arborait un air des plus neutres en fixant avec insistance le verre de vin qu'il faisait doucement tourner entre ses doigts. Pourtant, il fallait que quelqu'un intervienne d'urgence pour éviter que ce dîner de famille ne se transforme en champ de bataille !

Elle sursauta quand Victoria fit tinter son verre à l'aide d'une cuiller.

— Miriam, je crois qu'il est temps d'apporter le dessert.

— Oui, madame.

— Donnez-moi un autre verre de vin, Miriam, demanda Claire.

— Jamais de la vie ! Tu as intérêt à te tenir tranquille si tu ne veux pas que je t'envoie faire une cure de désintoxication à coups de pied au cul ! siffla Pearce entre ses dents.

— Cela suffit ! trancha Victoria d'un ton péremptoire. Je

ne tolère pas que l'on parle ainsi devant moi ! Claire, Pearce a raison. Tu as trop bu, ce soir. Si tu ne peux pas te maîtriser, il vaut mieux que tu quittes la table.

Une lueur de défi dans les yeux, Claire regarda Anne.

— N'est-ce pas que j'ai dit la vérité ? Ton père ne prendra jamais part à une campagne politique aussi sordide.

A la surprise générale, ce fut la voix calme et mondaine de Joël Tanner qui s'éleva.

— Désolée, Claire, mais je ne peux laisser passer une telle phrase. La campagne de Pearce n'a rien de sordide.

— Inutile de nier les faits, Joël, rétorqua Claire.

Ce fut Anne qui prit la parole, cette fois, dans un effort désespéré pour calmer le jeu.

— J'ignore la position de mon père sur cette campagne, mais je peux vous assurer qu'il ne m'a donné aucune directive pour diriger mon article. Pour connaître son opinion, il faut s'adresser directement à lui.

— Tu pourrais tenter de l'influencer, et lui rappeler que nous faisons partie de la même famille, non ? insista Pearce.

Avec un bruit soudain, Paige repoussa sa chaise.

— Fiche-lui la paix, tu m'entends ? Et fiche la paix à ma mère !

L'adolescente se leva et fit face aux regards stupéfaits des autres membres de la famille.

— Qu'est-ce que vous avez tous, bon sang ? Pas étonnant que tante Anne et oncle Buck ne viennent jamais à Belle Pointe ! Ils n'ont pas envie de voir une bande de cinglés agressifs comme vous ! Si seulement j'avais un endroit où aller, je ficherais le camp d'ici tout de suite !

Les joues enflammées sous son maquillage pâle, elle se tut et demeura sur place, tremblante de colère.

— Assieds-toi, Paige ! aboya Pearce.

— Paige, je…

L'adolescente se couvrit les oreilles de ses mains.

— Je ne veux pas t'écouter, maman ! Tu dis n'importe quoi quand tu es ivre. Et ne t'inquiète pas, papa, je vais m'en aller.

Les yeux brillant de larmes contenues, elle regarda les adultes autour d'elle, l'un après l'autre.

— Nous sommes censés former une famille, figurez-vous. Mais nous nous conduisons comme des pensionnaires dans un asile de fous. Si nous vivons ensemble, c'est parce que nous ne pouvons pas faire autrement…

Du revers de la main, elle essuya ses larmes et poursuivit d'une voix rageuse :

— Vous pouvez me punir et m'obliger à rester dans ma chambre pendant un mois, ou bien me forcer à aller travailler chez Franklin Marsh pendant dix ans, je m'en fous ! J'ai dit ce que j'avais à dire, et maintenant, je vais sortir, et tant pis pour l'orage !

Sur ce, elle se précipita hors de la pièce.

Dans le silence choqué qui s'ensuivit, Anne lança un regard autour d'elle, s'attendant à ce que quelqu'un s'élance à la poursuite de Paige. Or, Claire se couvrait le visage de ses mains, Pearce fulminait et Victoria affichait un air choqué et glacé. Quant à Buck, il demeurait impassible.

Anne se leva.

— Je vous prie de m'excuser, murmura-t-elle.

Elle traversa le salon d'un pas pressé. Il était silencieux et vide, comme elle s'y attendait. Son instinct la poussa vers l'entrée. Quand elle ouvrit la porte, l'air froid et humide de la nuit la fit frissonner. Paige se trouvait contre le pilier du porche et semblait à deux doigts de s'élancer sous la pluie.

L'affaissement de ses épaules et le désespoir absolu que reflétait son visage émurent Anne jusqu'aux larmes. Maintenant qu'elle avait assisté à un « repas de famille » à Belle Pointe, elle éprouvait une immense compassion pour sa nièce.

Elle referma doucement la porte de la maison et s'avança sous le porche.

— Cela t'ennuie si je te tiens compagnie quelques instants ?

De ses mains, Paige essuya ses joues mouillées de larmes. Puis elle haussa les épaules.

— Je suppose que tu as besoin d'air frais, toi aussi, marmonna l'adolescente.

— Oui. Mais je préférerais rester au sec.

— Il n'est pas question que je rentre.

— On pourrait se tenir plus près du mur, suggéra Anne. Comme ça, le toit nous abriterait davantage.

Voyant que Paige demeurait silencieuse — au moins, elle ne refusait pas la proposition —, Anne la prit par la taille et l'attira à elle.

— Alors ? On est mieux ici, pas vrai ? lui glissa-t-elle à l'oreille.

Paige renifla.

— Ouais…

Elle fit une moue, à la fois triste et ironique.

— Toi qui voulais tant connaître les Whitaker, je parie qu'après cette unique soirée, tu vas les fuir jusqu'à la fin de tes jours.

Anne sourit.

— Tu sais comment nous sommes, nous autres journalistes… Quand nous flairons une histoire intéressante, nous ne reculons devant rien.

— N'essaie pas de me réconforter, Anne. Ce dîner a été horrible, non ?

— Disons que ça a failli mal tourner une fois ou deux, mais dans l'ensemble, j'ai beaucoup appris.

— Ça ne fait qu'empirer de jour en jour, je te jure ! Ma mère s'enivre, mon père devient méchant, et ma grand-mère se prend pour la reine d'Angleterre ! Je ne peux plus les supporter…

L'adolescente se mit à sangloter, la tête sur l'épaule d'Anne.

— Je ne veux plus vivre ici avec eux… Je ne veux plus voir ma mère se détruire… Si elle continue à boire, mon père va la faire enfermer !

Anne tendit un mouchoir en papier à Paige, tout en pensant que Claire avait besoin d'une cure de désintoxication, mais ce n'était pas le moment de le dire.

— J'aimerais bien te donner un conseil pour changer la situation, mon chou, mais pour l'instant, je n'en ai pas, dit-elle gentiment, quand elle sentit Paige se calmer.

— Ce n'est pas un conseil qu'il me faudrait, mais un miracle, murmura celle-ci, désabusée.

Elle s'écarta pour regarder sa tante dans les yeux.

— Tu sais ce qu'il y a de drôle, dans cette horrible histoire ? Figure-toi que le Dragon passe son temps à critiquer mes manières ou ma façon de parler, à me répéter que je ne dois jamais oublier que je suis une Whitaker — comme si c'était un privilège qui me propulse à un mètre au-dessus du commun des mortels !

Paige renifla et eut un rictus amer.

— Imagine un peu que ton père ou tante Beady aient assisté au dîner. Ils nous estimeraient bien au-dessous des autres, et non au-dessus. Des « pauvres Blancs », des minables, voilà ce que nous sommes ! Ça ferait flipper le Dragon si elle m'entendait, et pourtant c'est la vérité…

La rage contenue dans la voix de Paige serra le cœur d'Anne.

Sous l'emprise d'une telle colère, l'adolescente était capable de tout. L'idée la fit frissonner. Il fallait désamorcer cette bombe en puissance, et vite.

— As-tu essayé au moins une fois de dire ce que tu ressens à ta mère ou à ta grand-mère ?

— Tu veux rire ? Comment parler à ma grand-mère ? Je me demande parfois si elle n'est pas un robot. A croire que ce n'est pas du sang qui coule dans ses veines ! Quant à ma mère, elle est lamentable… Vraiment lamentable.

D'une main légère, Anne lissa l'une des mèches orange fluo de Paige et la glissa derrière l'oreille bardée d'anneaux en métal.

— Pourtant, je sais que ta mère t'aime et qu'elle s'inquiète pour toi, murmura-t-elle.

— Eh bien, elle a une drôle de façon de le montrer, gémit l'adolescente en étouffant un sanglot.

Elle se moucha et reprit, la voix plus claire :

— Ce soir, quand j'ai appris l'arrivée d'oncle Buck, j'étais folle de joie. C'est vrai, on voit partout des photos de lui en train d'aider les enfants malades, les handicapés, les jeunes des banlieues… C'est un héros moderne, quoi. J'ai souvent rêvé qu'il venait à Belle Pointe et qu'il se débrouillait pour arranger tous ces problèmes familiaux.

Paige s'interrompit, se moucha de nouveau et regarda Anne bien en face.

— Ce soir, il n'a rien dit quand mes parents se lançaient des injures à la tête, et ça m'a rendu malade. Pourquoi est-ce qu'il n'est pas intervenu ?

Anne passa un bras autour des frêles épaules de sa nièce.

— Je ne peux pas répondre pour lui, mon chou. Mais à mon avis, Buck est resté trop longtemps loin de Belle Pointe. Je ne vois pas comment il s'y prendrait pour vous réconcilier tous.

— Je suis ici, maintenant, intervint une voix dans leur dos.

Anne se détourna et distingua la silhouette de Buck dans la pénombre du porche.

Il s'approcha de Paige.

— Désolé, fillette. Tu as l'impression que je t'ai laissée tomber, n'est-ce pas ?

Les yeux brillant de larmes, Paige s'écarta.

— Inutile de t'excuser. Après tout, tu te fiches de ce qui se passe ici. Je n'aurais pas dû parler de mon rêve.

De nouveau, Buck fit un pas vers elle.

— Paige…

Elle esquiva sa main tendue et se tourna vers Anne.

— S'il voulait vraiment s'occuper de nous, il serait venu plus souvent, non ? La dernière fois, c'était il y a trois ans, gronda-t-elle, amère.

Avant que Buck puisse ouvrir la bouche pour répondre, elle se glissa vivement derrière lui et fila dans la maison.

Buck et Anne sursautèrent en entendant la porte claquer.

Comme son mari faisait mine d'aller à la poursuite de sa nièce, Anne le retint par la manche.

— Laisse-la.

Elle le vit hésiter, puis acquiescer, admettant en son for intérieur que le moment où il aurait pu aider Paige était passé.

— Viens. Il est temps de partir, dit-il simplement en la prenant par le coude.

Il ne leur fallut que quelques minutes pour prendre congé des autres membres de la famille et rejoindre le 4x4 sous une pluie qui refusait de s'arrêter. Ils sortirent à petite vitesse de la propriété dans un silence complet.

— Tu sembles sous le choc, commenta Buck, après avoir lancé un coup d'œil aux traits figés et au regard fixe de sa femme.

— Quoi ?

Comme si elle émergeait d'une transe, Anne cligna les paupières et se tourna vers lui, un peu hébétée.

— Je t'avais pourtant prévenue… Il ne faut pas s'attendre à passer une soirée confortable et chaleureuse, quand on va dîner chez les Whitaker.

— Tu as raison. Mais il me semble que les deux ou trois fois où je les ai vus, l'ambiance n'était pas aussi pénible. Il y avait tellement d'hostilité, ce soir…

Buck tourna à gauche et emprunta la route qui menait à Tallulah.

— Je suppose qu'ils sont tous sous pression. Pearce est pris par sa campagne. Il ne veut pas l'admettre, mais c'est loin d'être gagné. Ma mère a l'exploitation à gérer, et pour la première fois de sa vie, elle se trouve seule au moment de planter le coton. Quant à Claire…

Il s'interrompit, les sourcils froncés.

— C'est quoi, son problème ?

— Tu la connais depuis bien plus longtemps que moi. Tu dois avoir une idée, non ?

Anne n'avait guère l'intention de mentionner la fixation que Claire faisait sur Jack Breedlove.

— A mon avis, quand on vit avec Pearce, on doit sombrer un jour ou l'autre dans l'alcool pour pouvoir le supporter, marmonna Buck.

Ils observèrent un long silence. Ce fut Buck qui le rompit.

— Pas étonnant que Paige ait pété les plombs.

— C'est pour elle que je m'inquiète. Elle est rongée par la colère et minée par la peur, d'où son accoutrement bizarre, ses cheveux orange, ses piercings et ses tatouages. C'est sa manière de dire : « Regardez-moi, j'existe ! » Et elle risque de franchir un nouveau palier dans peu de temps.

Buck s'arrêta devant la maison des Marsh et coupa le contact.

— Des tatouages ? demanda-t-il, incrédule, en se tournant vers Anne.

Elle ébaucha un léger sourire.

— Il vaut mieux que tu n'en saches pas davantage.

— Bon sang…

De nouveau, ils plongèrent dans un silence pensif. Anne se sentait plus proche de Buck qu'elle ne l'avait été depuis longtemps. En dépit — ou à cause — du chaos qui régnait à Belle Pointe, ils semblaient former de nouveau un couple. Leur départ de Saint Louis était sans doute une bonne idée… Malheureusement, c'était la perte de leur bébé qui en avait été la cause.

Avec un soupir, Anne ouvrit sa ceinture de sécurité.

— Il est tard. Je vais dormir.

Avant qu'il ait pu faire un geste pour l'en empêcher, elle ouvrit la portière et sortit du 4x4. Comme il était gêné par ses béquilles, il lui fallut une bonne minute pour s'extirper du véhicule et rejoindre Anne.

— J'aimerais t'inviter à venir dans le pavillon de chasse avec moi, mais je crains d'essuyer un refus, et ce soir je ne veux pas souffrir davantage.

D'un geste vif, il passa sa béquille droite sous son aisselle gauche, et il glissa sa main ainsi libérée derrière la nuque de sa femme.

— Tu sens bon, murmura-t-il en humant avec délices le parfum de sa chevelure.

— J'espère surtout que je n'empeste pas le tabac. Claire a grillé cigarette sur cigarette, pendant que nous bavardions. Je me demande même si je ne vais pas prendre une douche avant de me coucher.

— Je ne veux pas t'imaginer en train de te déshabiller ou de te coucher — sauf si tu m'invites dans ton lit, dit Buck, la voix soudain rauque.

Il la pressa contre lui, et elle s'abandonna quelques secondes à son étreinte. La sensation de ce corps d'athlète, ferme et musclé, lui plaisait infiniment, inutile de le nier. Ce serait si facile de lui ouvrir la porte et de l'entraîner dans sa chambre ! Beatrice et son père seraient ravis de les voir ainsi réconciliés, d'autant qu'ils avaient toujours apprécié Buck.

Non, décida-t-elle. Pas ce soir. C'était trop tôt.

Elle s'écarta brusquement de Buck, ouvrit son sac et en retira une clé. Il accepta de bonne grâce sa volte-face.

— Tu as songé à louer une voiture ? lui demanda-t-il, en s'adossant à l'un des piliers du porche pour soulager son genou.

— Non, pas encore. J'avoue que j'ai profité de celle de Beatrice, ces derniers temps.

— Je vais m'en occuper dès demain.

— Buck, je…

— Tu as besoin d'avoir ta propre voiture, Anne. Beatrice est trop généreuse et discrète pour t'en faire la remarque, mais elle travaille et son véhicule lui est nécessaire.

— Tu as raison, admit-elle.

— Alors, permets-moi d'en louer une pour toi. Je n'en fais pas une affaire d'homme, sois tranquille. Mais Tallulah est une ville trop petite pour avoir une agence de location, et il est inutile que tu perdes du temps à passer des coups de fil à droite et à gauche alors que tu as un article à écrire.

Une fois de plus il avait raison. Elle sourit, mi-amusée, mi-agacée. Il connaissait ses points faibles par cœur.

— D'accord. Fais comme tu veux.

Dans la pénombre, à peine éclairée par la petite lanterne du porche, il tendit la main pour lui caresser la joue.

— Oh, Anne, si seulement c'était vrai !

Du pouce, il suivit le contour de ses lèvres. De nouveau, elle éprouva une merveilleuse sensation, à la fois excitante et familière. Celle du désir. Vaguement, elle se dit qu'il était temps de rentrer dans la maison. Mais Buck lui prit le menton entre deux doigts, et se pencha vers elle. D'instinct, elle entrouvrit les lèvres, prête à accueillir son baiser.

Il aurait voulu se maîtriser davantage, l'embrasser avec plus de légèreté… Impossible. Le corps en feu, il l'étreignit avec force, il la serra contre lui de façon à ce qu'elle sente son sexe durci, et il lui prit les lèvres avec passion. Il voulait qu'elle se souvienne de leurs nuits blanches, de leurs chairs embrasées, de leurs sens exacerbés quand ils faisaient l'amour jusqu'au petit matin. Il fallait qu'elle se rende compte du temps qu'elle perdait dans son lit solitaire, et qu'elle ait envie de retrouver leur merveilleuse relation. Il approfondit leur baiser et l'entendit gémir sous ses lèvres. Ses doigts dérivèrent vers sa gorge ronde, bientôt suivis par sa bouche. De nouveau, elle eut un petit gémissement extasié. Les mots n'étaient peut-être pas son fort, mais il savait communiquer autrement, songea-t-il avec satisfaction.

Il se redressa, aspira une grande bouffée d'air, et lui chuchota à l'oreille :

— Allons chez moi.

— Non… Je n'avais pas prévu cela.

Le souffle court, elle le repoussa des deux mains.

— Désolée, Buck.

Pourtant, elle était tentée. Terriblement tentée, se dit Buck en la contemplant. Mais maintenant, la balle était dans son camp. Quand ils feraient de nouveau l'amour ensemble, ce serait elle qui l'y inciterait. Il ne la harcèlerait pas. Ce soir, il dormirait seul. Après une douche glacée.

Avec un immense effort de volonté, il relâcha son étreinte. Sans le regarder, elle ouvrit rapidement la porte. Juste avant de la franchir, elle se retourna.

Buck la contemplait, les sourcils froncés, les traits crispés. Le portrait de l'homme frustré.

Elle s'éclaircit la gorge.

— Je crois que tu devrais accepter la proposition de ta mère, Buck. Occupe-toi de la plantation pendant que tu es ici.

Il la regarda d'un air agressif.

— Ah oui ? Et pourquoi le ferais-je ?

— Tu as fait tout ce que tu as pu pour laisser Belle Pointe derrière toi, mais tu l'aimes encore, c'est évident. Puisque tu ne peux pas jouer, autant profiter de la saison pour faire quelque chose dont tu as toujours rêvé : planter le coton.

Ils se dévisagèrent longuement, elle à demi éclairée par la lumière de l'entrée, lui dissimulé dans la pénombre du porche.

— Je te demande d'y réfléchir, en tout cas. D'accord ?

L'instant d'après, elle avait refermé la porte sur elle, le laissant seul dans la nuit.

10.

— Tu sembles bien lugubre, pour quelqu'un qui revient d'une soirée en famille.

La voix de Beatrice, douce et paisible, s'éleva dans le salon.

— Oh ! Tu m'as fait une de ces peurs ! s'exclama Anne, la main sur la poitrine, en apercevant sa belle-mère assise sur le canapé, un livre à la main.

Elle fit tomber ses escarpins l'un après l'autre avant de s'avancer sur l'épais tapis du salon. Sous son crâne, les événements de la soirée dansaient une sarabande à lui donner le vertige. Le dîner avec les Whitaker lui avait ouvert les yeux. Jamais elle n'avait vu une famille en proie à de tels conflits. Elle était encore sous le choc. Quant au baiser de Buck, dont le goût flottait sur ses lèvres, elle préférait le chasser de son esprit. Il l'avait toujours fait fondre sur place. Reprendre avec lui une relation sexuelle alors que leur couple était en déroute ne ferait que compliquer la situation.

— Je suis désolée de t'avoir fait peur, chérie. Je croyais que tu m'avais aperçue par la baie vitrée.

Beatrice posa son livre et ôta ses lunettes.

— Comment s'est passé le dîner ?

— Oh, j'ai passé une soirée des plus intéressantes, et le mot est faible… Franchement, je commence à penser que Buck a raison de garder ses distances. Sa famille est incroyable.

Anne fit mine de se diriger vers sa chambre.

— Eh… Tu ne peux pas aller te coucher après m'avoir mis l'eau à la bouche ! Je vais être dévorée de curiosité toute la nuit, se lamenta Beatrice.

Elle se leva.

— Je vais faire du thé, et tu vas tout me raconter.

Anne rit doucement.

— J'avoue qu'une tasse de thé me ferait plaisir. Et peut-être qu'en racontant par le menu cette fameuse soirée à quelqu'un de neutre, je comprendrai comment j'ai réussi à y survivre.

— Mon chou, j'ignore si je serai vraiment neutre, mais je sais écouter.

Sur ce, Beatrice se dirigea vers la cuisine d'un pas enthousiaste. Pieds nus, Anne la suivit.

Tout en accomplissant le rituel de la préparation du thé dans la jolie cuisine de sa belle-mère, Anne se rendit compte de la rapidité avec laquelle elles avaient sympathisé, toutes les deux. En fait, il existait même une certaine complicité entre elles, comme si elles se connaissaient depuis toujours. Anne avait pleuré longtemps la disparition prématurée de sa mère adoptive, mais elle n'aurait pu choisir une belle-mère plus agréable que Beatrice.

Elles bavardèrent à bâtons rompus tout en posant les tasses, le sucre et le lait sur la table en pin ciré.

— J'ai conseillé à Buck d'accepter l'offre de sa mère et de travailler à Belle Pointe pendant qu'il se trouve dans les parages, annonça Anne.

Beatrice la fixa, stupéfaite.

— Qu'est-ce qu'il a répondu ?

— Je crois qu'il avait bien envie de me dire de m'occuper

de mes affaires. J'admets que ce n'était guère le moment de lui donner un conseil, car il était plutôt… frustré.

— C'était avant qu'il t'embrasse, ou après ? Il m'a semblé qu'à ce moment-là, vous n'aviez pas du tout l'air frustrés. C'était plutôt le contraire, observa paisiblement Beatrice.

Anne réprima un fou rire.

— Oh… Tu nous as épiés ! lança-t-elle en feignant un air de reproche.

— Non, mais tu as oublié les deux larges baies vitrées qui sont devant la maison. Je me trouvais tout près de l'une d'elles sur le canapé. Evidemment, j'aurais dû me douter que vous ne me verriez pas, étant donné que vous n'aviez d'yeux que l'un pour l'autre, dit Beatrice avec un sourire entendu.

Anne poussa un soupir.

— Nous n'avons jamais eu de problème sexuel dans notre couple. Notre relation est minée par d'autres soucis.

— Au moins, vous avez pu parler, ce qui est un bon début. S'embrasser n'est pas mauvais non plus…

Anne secoua la tête, de nouveau souriante.

— Je crois que mon père a épousé une romantique pur jus.

— Vous vous aimez tous les deux, c'est visible. D'après ce que tu m'as dit, Buck commence à ouvrir son cœur et à accepter de partager ses sentiments, commenta Beatrice d'une voix douce, en remuant les morceaux de sucre qu'elle avait plongés dans son thé.

— *Certains* de ses sentiments, rectifia Anne.

Les sourcils froncés, elle contempla longuement les fleurs roses qui ornaient sa tasse en fine porcelaine.

— Je suis certaine qu'il en dissimule encore beaucoup. Buck a un aspect sombre qu'il refuse de laisser remonter à la surface.

— Puisque tu crois en ton couple, et que Buck est quelqu'un de bien, tu peux te permettre de lui donner encore un peu de temps, suggéra Beatrice.

Anne ébaucha un sourire.

— J'espère que tu ne fais pas payer tes consultations un prix exorbitant.

— Non. J'exigerai simplement que vous veniez nous voir plus souvent, Buck et toi, une fois que vous vivrez de nouveau ensemble.

L'air de Beatrice se fit grave. Elle posa ses coudes sur la table et regarda Anne bien en face.

— Tu as vu Claire, je suppose ?

— Oui.

— Comment va-t-elle ?

Ravie d'échapper à une discussion de sa vie privée, Anne raconta à Beatrice l'impression que lui avait faite sa belle-sœur.

— Claire semble fragile, derrière son comportement excentrique et provocant, conclut-elle.

— Voilà une observation perspicace, de la part de quelqu'un qui ne l'a pas vue depuis des années, souligna Beatrice.

— Mais elle n'a pas hésité à me parler d'elle avec franchise. Je ne la crois pas heureuse, entre Pearce et Victoria.

— J'avoue que je m'inquiète pour elle. Naturellement, son comportement rejaillit sur Paige, qui ne va pas bien non plus, comme tu as pu t'en rendre compte. Claire a-t-elle bu, ce soir ?

— Eh bien…

Comme Anne hésitait à répondre, Beatrice hocha la tête.

— D'accord, j'ai compris. Je suppose que Paige a réagi violemment. Elle ne supporte pas de voir sa mère ivre.

Anne décrivit la scène qu'avait faite l'adolescente à la fin du repas.

— Paige a une mère qui boit, un père habité par un ego monumental, une grand-mère des plus rigides... Comment pourrait-elle supporter tout cela sans exploser de temps à autre ? Elle n'a que quinze ans, dit-elle en se versant une seconde tasse de thé.

Beatrice se leva, très agitée, et se mit à arpenter le salon.

— Cette ambiance est malsaine ! Combien de temps encore leur faudra-t-il avant d'admettre que Claire ne peut pas jouer son rôle d'épouse et de mère alors que Victoria régit tout à sa place ?

— Le nom des Whitaker est ce qu'il y a de plus important pour Victoria. Paige l'a rappelé ce soir, mais elle refuse de se soumettre à l'autorité de sa grand-mère. En fait, elle se révolte contre un mode de vie qu'elle juge hypocrite et pervers.

— Elle s'habille en noir, elle teint ses cheveux en orange fluo et elle se maquille outrageusement en signe de rébellion, renchérit Beatrice.

D'un mouvement impatient, elle se tourna vers Anne.

— Excuse-moi. Je devrais garder mon opinion pour moi à propos de Claire et de Paige, mais cela m'est difficile, car je sais à quel point elles sont malheureuses, toutes les deux...

— Je sais. Claire apprécie beaucoup l'influence positive que tu exerces sur Paige, dit Anne avec douceur.

Un silence tomba entre les deux femmes. Anne passa pensivement le bout de son doigt sur le bord de sa tasse avant de lever la tête.

— Tu savais que Jack Breedlove avait été le premier amour de Claire, quand ils étaient au lycée ?

— Comment l'as-tu appris ?

— C'est Claire qui m'en a parlé.

— Oui, j'étais au courant.

Anne n'en était guère surprise. Beatrice semblait connaître intimement tous les habitants de Tallulah.

— Elle m'en a parlé avec beaucoup d'émotion. Tu crois qu'ils s'aiment encore ?

— Il faudrait que tu poses la question à Jack.

— Je suis une excellente journaliste, mais je n'ai pas l'intention de l'interroger sur ce sujet, d'autant que j'ai suffisamment d'informations pour rédiger mon article.

Beatrice s'approcha de la table.

— Il était très amoureux d'elle. Mais les parents de Claire, Bert et Madeline Schofield, qui se sont retirés maintenant en Floride, avaient une position sociale importante. Bert était le président d'une banque, et Madeline connaissait le tout-Tallulah. Bref, ils se trouvaient en haut de l'échelle sociale…

— Et Jack, lui, se trouvait tout en bas, acheva Anne. Buck m'a dit qu'ils avaient obligé Claire à rompre avec lui.

— Effectivement. Ensuite, Jack s'est engagé dans l'armée.

Beatrice prit sa tasse et s'approcha de l'évier pour la rincer. Puis elle se retourna.

— Adolescente, Claire a fait les quatre cents coups. Son imagination et son audace n'avaient pas de limite. A côté de ce qu'elle a fait subir à ses parents, Paige est une petite fille modèle. D'ailleurs, entre les gènes de sa mère et ceux de son père, il n'est pas étonnant qu'elle se montre un tantinet rebelle.

En entendant Beatrice parler de gènes, Anne se souvint d'une question qu'elle désirait poser à sa belle-mère.

— J'aimerais te demander quelque chose, mais c'est très personnel…

Beatrice n'hésita qu'une fraction de seconde.

— Vas-y. Je te répondrai si j'en ai envie.

— J'ai beaucoup réfléchi au sujet de ma fausse couche, de

mon patrimoine génétique que je ne connaîtrai jamais, des réticences de Buck à assumer une paternité, de mon âge et de mon horloge biologique… Et je me suis dit que je n'aurais peut-être jamais d'enfant.

Anne essuya du plat de la main quelques miettes tombées sur sa robe noire. Levant la tête, elle regarda Beatrice dans les yeux.

— Toi, tu n'as jamais eu d'enfant et tu sembles plutôt satisfaite de ta vie. As-tu des regrets ? Aurais-tu souhaité avoir un enfant malgré tout ?

Anne se rendit compte tout de suite de sa gaffe. Le doux visage de Beatrice s'était crispé, son teint était livide.

— Je t'en prie, excuse-moi…

— Non, ce n'est rien. Tu m'as prise au dépourvu, voilà tout.

Désolée, Anne se mordit la lèvre. Même si elle ne s'était pas mariée plus jeune, Beatrice avait pu attendre un enfant. Peut-être avait-elle avorté, ou bien avait-elle confié le bébé à un service d'adoption ? Pourquoi diable avait-elle pénétré sur un terrain aussi privé, aussi intime ?

— Franchement, je regrette ma question, et j'espère que tu me pardonneras. Je suis dans une telle confusion ! Je ne suis pas sûre que Buck veuille un enfant un jour, et si nous restons ensemble je risque de ne jamais être mère… Même s'il souhaitait avoir un bébé, je ne ferais peut-être que des fausses couches car je peux avoir un problème d'ordre génétique, mais je n'en serai jamais certaine et…

Anne arrêta son monologue quand Beatrice s'assit près d'elle et posa une main sur la sienne.

— Ta question n'avait rien d'indiscret, et je vais y répondre.

Elle baissa la tête, réfléchit quelques secondes, puis leva les yeux et croisa le regard d'Anne.

— Tu voudrais savoir si une femme peut être heureuse même si elle n'a pas d'enfants ? Ma réponse est oui. Il existe d'autres paramètres dans la vie d'une femme : un couple solide, une carrière, des amis, des voyages, les enfants de son entourage... Tout cela, tu peux l'avoir, Anne, dit-elle avec un sourire encourageant.

— Mon couple n'est pas un modèle de solidité.

— Mais tu peux le renforcer. Buck semble en avoir très envie, en tout cas.

Comme Anne ouvrait la bouche, Beatrice balaya ses éventuelles protestations d'un geste de la main et s'empressa de poursuivre :

— Ton mari est si décidé à maintenir votre relation qu'il t'a suivie jusqu'ici, l'endroit au monde où il déteste venir. Il sait pourquoi tu l'as quitté, et pourtant, il n'a pas l'air d'agir comme un homme déterminé à ne jamais avoir d'enfant.

— Je ne veux pas qu'un bébé soit la condition de notre réconciliation. S'il n'a pas envie de fonder une famille, il ne sera jamais un bon père.

— Je crois que Buck tombera amoureux de son enfant au premier regard, répondit paisiblement Beatrice.

— C'est ce que j'ai cru, moi aussi. Mais je n'oublierai jamais la façon dont il a réagi quand je lui ai annoncé que j'étais enceinte. Il était tellement furieux ! J'avais cessé de prendre la pilule sans le prévenir, mais je pensais qu'à la nouvelle d'une prochaine naissance, il me le pardonnerait aussitôt. J'étais si heureuse d'attendre ce bébé que j'aimais déjà de tout mon cœur ! Comment supporterais-je l'idée de ne plus jamais connaître un tel bonheur ?

La voix d'Anne se brisa. Elle essuya les larmes qui perlaient à ses yeux avec une serviette en papier.

— Tu seras heureuse de nouveau, Anne, je te le promets. Et cesse d'imaginer que tes gènes sont défectueux, c'est absurde, dit fermement Beatrice.

— J'ai commencé des recherches sur Internet. Je veux retrouver la trace de mes parents biologiques. Même si Buck et moi nous parvenons à sauver notre couple, j'ai besoin de connaître mon hérédité.

Beatrice repoussa sa chaise et se leva.

— Une soirée avec les Whitaker, cela suffirait à faire craquer n'importe qui. Il est tard, et tu as besoin d'une bonne nuit. Les soucis que tu m'as confiés finiront par se résoudre d'eux-mêmes, tu verras.

Elle se tut un instant, comme si elle pesait chacun des mots qu'elle s'apprêtait à prononcer.

— Quant à la seconde partie de la question que tu m'as posée tout à l'heure, celle qui concernait les regrets… Bien sûr que je regrette de ne pas avoir élevé un enfant. Quelle femme au monde pourrait affirmer le contraire ?

Chaque jour, Claire conduisait Paige au lycée. C'était une mission à laquelle elle n'avait jamais failli, quel que soit l'état de la météo — ou de sa santé. Ni la neige ni le brouillard — ni la gueule de bois — ne l'en avaient empêchée jusqu'ici. Mais la veille au soir, elle avait fait très fort. Elle avait avalé verre après verre, sans pouvoir s'arrêter. Si les vapeurs de l'alcool embrumaient son cerveau, lui brouillaient le teint et empâtaient encore sa bouche, les reproches qu'elle se faisait pesaient comme une chape de plomb sur son cœur.

Elle s'était pourtant promis de se limiter à trois verres de vin au cours du repas, en sortant de sa chambre pour rejoindre le reste de la famille dans le salon. Trois minutes en présence de Victoria avaient suffi à lui faire rompre cette promesse. Lorsque Buck et Anne étaient arrivés, trempés de pluie, elle se trouvait déjà sous l'emprise de l'alcool. Heureusement, d'ailleurs, car lorsque Paige avait fait son apparition en haut de l'escalier, accoutrée comme une apprentie vampire, elle avait supporté le choc grâce à l'action apaisante du champagne. Une fois à table, elle avait perdu tout contrôle sur sa consommation de vin. De toute façon, il était beaucoup trop tard pour se conduire comme une future épouse de sénateur.

Quand Paige, assise près d'elle, se pencha pour glisser un CD dans le lecteur et que le son d'un rap déchaîné emplit l'habitacle, elle s'agrippa désespérément au volant de la Jaguar.

— Baisse le volume, Paige ! gémit-elle.

— C'est le genre de truc qu'il faut écouter à plein régime, grommela Paige en croisant les bras.

— J'ai la migraine !

— Tu veux rire, Claire ? C'est une méga gueule de bois que tu as, rectifia sa fille.

Les nerfs à vif, Claire pressa sur un bouton et le silence se fit dans la voiture.

— Je t'ai déjà dit mille fois de ne pas me parler ainsi. Il nous reste huit kilomètres à faire. Est-ce qu'on pourrait se tolérer l'une l'autre quelques minutes de plus ?

— Je n'ai pas le choix.

Paige lança un regard vers la vitre.

— Mais toi, tu as le choix. Tu pourrais demander à quelqu'un d'autre de me conduire. Puisque personne ne tient compte de mon avis, je suis coincée avec une mère super agressive, que je le veuille ou non…

Claire poussa un soupir.

— D'accord. Je m'excuse. C'est ce que tu attendais, non ? Tu es furieuse contre moi à cause d'hier soir. Je suis désolée de t'avoir fait honte. Cela ne se reproduira pas, je te le promets.

Paige leva les yeux au ciel.

— C'est une promesse que tu tiendras jusqu'à la prochaine fois ! Je t'en prie, épargne-moi ce genre de serment. Regarde ton problème en face, maman. Tu bois trop.

L'adolescente se tourna vers sa mère, les yeux emplis de colère et d'angoisse.

— Papa va se débrouiller pour persuader le Dragon de t'envoyer dans une clinique et t'y enfermer, le temps d'une cure de désintoxication. Tu crois que ça m'amuse ?

Claire pressa la pédale de l'accélérateur pour dépasser un tracteur.

— Ton père croit qu'il est un personnage très important, mais il n'a aucun pouvoir sur moi. Je n'irai pas en cure. Je n'en ai pas besoin.

— Tu te trompes. Il peut te faire hospitaliser s'il le souhaite. Quant au Dragon, tu sais qu'elle roule pour Pearce le Magnifique et qu'elle ne lui refuse jamais rien, affirma Paige avec calme.

Elle lança un coup d'œil dans le rétroviseur extérieur.

— Tu as intérêt à ralentir… Il y a une voiture de police derrière nous.

En effet, un regard suffit à Claire pour confirmer la nouvelle : elle avait la police à ses trousses.

— Bon sang, marmonna-t-elle.

La police venait de mettre son gyrophare en action, apparemment exprès pour elle. Après un appel de phares, Claire dut se rendre à l'évidence. En soupirant, elle se gara sur le bas-côté.

— Quelle merveilleuse manière de commencer la semaine ! Désolée, Paige…

— C'est ta faute, alors ne te plains pas.

L'adolescente se dévissa le cou pour regarder dans la direction des policiers.

— Chouette... Je n'ai jamais vu un flic de près, déclara-t-elle, de l'excitation dans la voix.

— Garde ton admiration pour quelqu'un qui le mérite, lâcha Claire, désabusée.

Elle se pencha vers la boîte à gants, l'ouvrit et en extirpa les papiers de la voiture.

— Prends mon permis de conduire dans mon sac ; il se trouve à tes pieds, dit-elle à sa fille.

En se redressant, elle aperçut dans le rétroviseur extérieur de la Jaguar le policier qui se rapprochait. En fait, elle n'en voyait que le torse, revêtu de la chemise bleue réglementaire. Puis elle entendit un petit coup sur sa vitre, qu'elle baissa à contrecœur.

— Tu me sembles bien pressée ce matin, Claire.

Le son à la fois si familier et si lointain de cette voix la fit sursauter. Jack... Le cœur battant la chamade, elle parvint à ébaucher un sourire. Quand elle leva les yeux vers lui, ses lèvres s'entrouvrirent d'elles-mêmes. Oh, comme elle connaissait cette bouche charnue, ces pommettes saillantes et cette fossette qui se creusait juste au milieu du menton ! Il portait des lunettes noires, mais elle devinait la teinte exacte de ses prunelles — un vert jade, celui qui caractérise l'herbe au début du printemps. Grand, les épaules carrées, le ventre plat, il semblait aussi musclé que lorsqu'il disputait des compétitions sportives au lycée.

— Bonjour, Jack, parvint-elle à articuler.

Il se pencha davantage afin de voir qui se trouvait sur le siège du passager. Claire huma les effluves de son eau de toilette. Grands dieux, après toutes ces années, il portait toujours la même… Les souvenirs qui remontaient d'un coup à la surface de sa mémoire lui donnèrent le vertige.

— En route pour l'école, je suppose ?

— Exact.

L'accoutrement bizarre de Paige ne semblait lui faire aucun effet.

— Vous n'avez pas bouclé votre ceinture de sécurité, observa-t-il simplement.

— Oh…

Du haut de ses quinze ans, Paige n'hésitait pas à répondre vertement à sa mère, sa grand-mère, voire à ses professeurs. En revanche, il lui suffit d'un regard au visage déterminé du commissaire de police de Tallulah pour comprendre qu'elle avait intérêt à se taire et à exécuter ses ordres.

— Ton permis, Claire. S'il te plaît.

Cette dernière le lui tendit et s'obligea à fixer le pare-brise devant elle, le temps de se ressaisir.

— Tu as sûrement des choses plus importantes à faire que de donner des contraventions, marmonna-t-elle.

— Pas si la conductrice traverse une zone scolaire à plus de cent à l'heure, dit-il en sortant un calepin.

Stupéfaite, elle se tourna vers lui.

— Cent ? Tu es sûr ?

Il la regarda droit dans les yeux.

— Tu crois que je t'arrêterais pour moins que cela ?

Elle rougit comme une gamine, ouvrit la bouche, se rappela soudain la présence de sa fille et se ravisa. Incrédule, Paige les observait sans perdre une miette de leur conversation.

— Dépêche-toi de me donner cette contravention, Jack, murmura Claire.

Paige se pencha afin de dévisager le policier.

— Bonjour, je m'appelle Paige. Je suis la fille de Claire.

Ecoutez, c'est vrai qu'elle roulait trop vite, mais ce n'était pas sa faute. On était en train de se disputer, justement, à cause de ma ceinture de sécurité. D'ailleurs, elle n'arrête pas de répéter qu'elle finira par m'étrangler si je ne mets pas cette foutue ceinture.

Claire poussa un soupir exaspéré.

— Paige…

— Ravi de te rencontrer, Paige. Je suis Jack Breedlove, le commissaire de police de cette ville. Ne t'inquiète pas, je ne suis pas en train de verbaliser ta mère pour le port de la ceinture.

Il griffonna sur le calepin, puis signa et détacha la feuille avec soin.

— Pour quoi, alors ? demanda Paige.

Comme Jack ne lui répondait pas — ou pas assez vite à son goût —, elle ajouta, l'air sombre :

— Personne ne votera pour toi si tu passes ton temps à donner des contraventions. Tu devrais faire un effort pour plaire aux gens.

Claire tenta de la faire taire en lui lançant un regard mauvais, mais elle poursuivit sans broncher :

— Je ne dis que la vérité.

Jack Breedlove réprima un sourire.

— Je tiendrai compte de ta remarque, Paige.

Il tendit le papier à Claire.

— Ce n'est pas grave. Mon père s'arrangera pour faire sauter la contravention, déclara Paige avec assurance.

Très calme, Jack fourra le calepin dans sa poche.

— Dans ce cas, je te prierai de me le faire savoir. Cela me permettra d'ajouter ce genre d'agissement illégal à la longue liste des raisons pour lesquelles il ne faut pas voter pour lui. Cette liste se trouve dans les brochures qui vont être distribuées pendant ma campagne.

— Je plaisantais. Vous auriez pu vous en rendre compte, grommela Paige, furieuse d'avoir été piégée.

Ignorant la remarque, Jack s'adressa à Claire.

— Ce n'est pas une contravention que je t'ai donnée, mais un avertissement qui va être enregistré dans notre ordinateur central. Si tu es de nouveau arrêtée pour excès de vitesse, ton amende sera doublée.

— Oh…

L'air passablement éberlué, Claire examina la feuille de papier qu'il lui avait donnée. Inutile d'essayer de la lire, elle savait d'avance qu'elle n'en comprendrait pas un traître mot, dans son état. Entre sa gueule de bois monumentale et cette rencontre inopinée avec son premier — et seul — amour, il y avait de quoi la faire chavirer.

— Merci. Je ne conduis pas aussi vite d'habitude, mais il y avait ce tracteur, et puis nous étions en retard, alors…

Elle s'interrompit et regarda enfin Jack droit dans les yeux.

— A quoi bon me justifier ? Je n'ai pas d'excuse, marmonna-t-elle.

Toujours penché vers elle, il bougea légèrement pour peser sur sa jambe valide. Visiblement, il avait envie de prolonger la conversation.

— J'ai aperçu Buck il y a deux jours dans le parking du supermarché mais je n'ai pas pu lui parler ; il semblait pressé, et je l'étais aussi. D'après ce qu'Anne m'a dit, sa blessure l'empêchera de jouer la saison prochaine.

— C'est vrai. Il est plutôt mal en point.

— Au moins, cela donnera aux habitants de Tallulah l'occasion de le voir en chair et en os. Combien de temps va-t-il rester ici ?

— Pourquoi voulez-vous le savoir ? Vous allez lui demander de soutenir votre candidature ? intervint Paige.

— Paige, tu veux bien te taire ? marmonna Claire.

De nouveau, Jack retint un sourire. Il s'adressa directement à l'adolescente.

— J'imagine que Pearce fait de son mieux pour obtenir le concours de son frère ?

— Mon père ne l'a pas encore, mais comme Buck fait partie de la famille, il va bien être obligé de l'aider.

Paige se pencha encore un peu plus pour dévisager Jack.

— Même si mon père ne réussit pas à convaincre oncle Buck, il croit qu'il vous battra quand même, affirma-t-elle.

Cette fois, Jack éclata de rire.

— C'est ce que nous verrons, fillette !

Le rire de Jack chamboula Claire de la tête aux pieds. Elle en oublia de respirer. Comme elle était encore vulnérable à son charme et à son magnétisme ! Brusquement, elle se souvint de l'année de ses seize ans. A l'époque, Jack était sa seule raison de vivre.

Comme s'il avait deviné ses pensées, Jack tourna vers elle ses prunelles vert jade.

— J'ai été heureux de te revoir, Claire, après tout ce temps, dit-il d'un ton très calme.

— Et j'espère que nous nous reverrons bientôt.

Claire se mordit la lèvre. Les mots lui avaient échappé. Ils étaient sortis tout droit de son cœur, et non de son cerveau.

— Pourquoi ? Il y a eu du changement dans ton univers ? Tu penses que j'y serai le bienvenu, maintenant ?

Les yeux fixés sur lui, elle demeura silencieuse un long moment. Les mots qu'elle n'avait pu dire toutes ces années dansaient une sarabande effrénée sous son crâne et se bloquaient dans sa gorge. Finalement, craignant de dire quelque chose qu'elle ne pourrait retirer, elle tourna la clé de contact et fit démarrer la Jaguar. De toute façon, à quoi serviraient les mots, entre Jack et elle ? Il était trop tard, bien trop tard, pour reprendre leur relation.

Paige suivit Jack des yeux tandis qu'il rejoignait son collègue qui l'attendait dans le véhicule de police.

— Tu le connais bien, maman ?

— Bien sûr, comme tout le monde. Il est le concurrent de Pearce, non ? Son visage est affiché partout en ville, répondit Claire d'une voix blanche.

Le cœur battant, les mains agrippées au volant, elle tentait désespérément de se concentrer sur la route.

— Tu sais très bien ce que je veux dire. Tu as eu une histoire avec lui, n'est-ce pas ? rétorqua Paige, implacable.

— Tallulah est une petite ville, et tous les habitants ont des histoires entre eux, marmonna Claire.

Elle lança un coup d'œil à sa fille.

— Attache ta ceinture de sécurité, bon sang de bonsoir !

— Ooh… Je l'avais oubliée.

Paige boucla sa ceinture, pensive. Comme Victoria, sa mère ne jurait jamais. Si elle venait de le faire, c'est qu'elle avait été bouleversée — par Jack, bien entendu.

— Qu'est-ce qu'il voulait dire quand il t'a demandé si ton univers avait changé et s'il y serait le bienvenu ?

— Il faisait sûrement allusion au fait que Pearce et lui sont des adversaires politiques.

— Non. C'était beaucoup plus personnel.

Claire savait que sa fille était capable de la harceler jusqu'à ce que sa curiosité soit satisfaite. Mieux valait lui donner une version révisée et édulcorée de sa relation avec Jack. D'ailleurs, c'était de l'histoire ancienne… Quel mal y aurait-il à la révéler à Paige ?

— J'ai rencontré Jack au lycée. Il se trouvait dans la classe de Buck. Nous sommes sortis ensemble plusieurs fois. Voilà, tu sais tout, maintenant.

— Non, on est loin du compte. Combien de temps ça a duré, entre vous ?

— Un moment.

— Hmm…

L'adolescente posa un doigt sur ses lèvres et fronça les sourcils, ressemblant tout à coup à Victoria, à la grande surprise de Claire.

— Mais il n'appartenait pas à ta classe sociale… En tout cas, c'est ce que tes parents ont pensé, n'est-ce pas ?

Paige était d'une perspicacité effrayante pour son âge, songea Claire avant de lui répondre.

— Sa mère élevait seule ses enfants. Elle travaillait nuit et jour pour les nourrir. Dès qu'il a pu, Jack a travaillé, lui aussi, pour payer ses études et contribuer à l'éducation de ses frères et sœurs. Ils appartenaient à la classe ouvrière et c'étaient des gens merveilleux.

Paige dévisagea longuement sa mère.

— Il te plaisait vraiment, dit-elle avec une douceur inhabituelle.

Claire poussa un soupir.

— C'était il y a très, très longtemps…

— Connaissant Bert et Madeline, je parie que tu sortais avec lui en cachette.

— Paige…

— D'accord, « grand-père » Bert et « grand-mère » Madeline, rectifia l'adolescente. Dans leur genre, ils sont aussi collet monté que le Dragon. Un type comme Jack Breedlove ne pouvait pas faire partie de leur univers. Votre relation a dû leur faire une peur bleue !

Une fois de plus, Paige devinait juste. A seize ans, elle était tombée éperdument amoureuse de Jack. Un engouement qui avait horrifié ses parents. Ils ne voyaient que son statut social, sans apprécier son éthique, sa fierté, son honnêteté. Comme elle refusait de rompre et qu'elle se débrouillait pour sortir avec lui malgré leur interdiction, ils avaient fini par l'envoyer dans un pensionnat en Virginie, où ils l'avaient enfermée plusieurs mois sans qu'elle ait le droit de recevoir une lettre ou un coup de fil.

— Notre relation a été très brève, dit Claire à sa fille.

— Combien de temps ?

— Un an.

Paige était du genre acharnée. Quand elle tenait un filon, elle refusait de le lâcher. Sa curiosité mise en appétit par leur rencontre avec Jack, elle ne cesserait de la harceler que lorsqu'elle lui aurait arraché un maximum de confidences, songea Claire, exaspérée.

— Inutile de me poser davantage de questions, car il s'agit d'un passé révolu, Paige. D'ailleurs, nous voilà arrivées. Beatrice viendra te chercher, puisque tu dois travailler au journal aujourd'hui. Je te récupérerai à 5 heures pile ; tu as intérêt à m'attendre devant la porte de *L'Observateur*.

Paige ôta sa ceinture de sécurité.

— Ton histoire est super intéressante, Claire. Beady ne me l'avait jamais racontée. J'ai bien l'intention de lui extorquer d'autres détails tout à l'heure, déclara Paige avant de se tourner vers la banquette arrière pour y prendre son sac à dos.

— Je te le répète, c'est du passé. Je t'interdis d'en discuter avec Beatrice ! siffla Claire entre ses dents.

Paige sauta hors de la Jaguar. Une fois sur le trottoir, elle se pencha vers sa mère par la vitre entrouverte.

— Si c'était vraiment si lointain, tu ne serais pas aussi chamboulée.

— Paige…

— A tout à l'heure.

En sifflotant, l'adolescente fila vers l'entrée du lycée.

11.

Buck s'était levé à l'aube. Ce matin, il avait des visites à faire. Quand il revint au pavillon quelques heures plus tard, il était légèrement en retard pour sa séance de rééducation. Il s'approcha des marches qui menaient à la porte d'entrée avec la circonspection d'un chasseur confronté à un nid de serpents venimeux. Appuyé sur sa canne, il se mit en devoir de les gravir lentement quand il aperçut Ty qui l'attendait sous le porche.

— Je sais que je suis en retard, inutile de me le reprocher… Je viens de faire quelque chose que tu vas apprécier, pour une fois ! grommela-t-il.

Ty ne badinait pas lorsqu'il travaillait avec Buck. Ce dernier l'accusait même de lui faire subir la torture, au cours de certaines séances. Mais les résultats étaient là : l'état de son genou s'améliorait de jour en jour. L'ennui, c'est que cela n'impressionnait guère Ty, qui ne relâchait pas la pression sur son unique patient.

En quelques enjambées, Ty rejoignit Buck. Il glissa un bras sous l'aisselle de celui-ci et l'aida à se propulser jusqu'au sommet des marches.

— Et maintenant, tu peux me dire ce que je dois apprécier ? demanda-t-il à Buck, tandis qu'ils pénétraient dans la maison.

— Primo, j'ai rendu visite à ton père, annonça Buck.

Il posa sa canne sur la console de l'entrée et se dirigea vers la salle de rééducation tout en continuant à parler.

— Je voulais entendre de sa bouche ce qui s'était passé exactement, à Belle Pointe. Apparemment, c'est encore plus sérieux que ce que tu m'avais raconté.

Ty fit la grimace.

— Pearce aime jouer les durs, murmura-t-il.

Buck sourit.

— Possible, mais j'ai un plan.

— Oh, oh… Tu prenais cet air-là quand tu t'apprêtais à laminer un adversaire !

Buck ôta sa veste et la lança sur l'un des appareils dont Ty prétendait qu'ils accompliraient des miracles, mais qui, jusqu'à présent, n'avaient réussi qu'à le faire souffrir.

— J'ai trouvé un remplaçant pour Will Wainwright, déclara-t-il d'un ton satisfait.

Ty lui lança un regard dubitatif.

— Et c'est… ?

— Oscar Pittman.

Ty éclata de rire.

— C'est génial ! Absolument génial !

Buck sourit d'une oreille à l'autre.

— Ton père saura diriger l'exploitation à la perfection.

Pendant une bonne minute, les deux hommes rirent de bon cœur en se regardant l'un l'autre, comme deux gamins venant de réussir un coup fabuleux.

Ty fut le premier à retrouver son sérieux.

— Il y a quand même un point noir, dans ton plan. Et même deux : Pearce et ta mère.

— Ils sont bien trop occupés l'un et l'autre : Pearce par sa campagne électorale, qu'il juge prioritaire par rapport à la plantation, et ma mère par sa santé. Elle ne l'avoue pas, mais physiquement, elle ne tiendra pas si elle se retrouve seule pour gérer l'exploitation. Ils ont donc besoin tous les deux d'un homme compétent, et cet homme-là, c'est ton père.

— Tu crois que tu auras assez d'autorité pour l'imposer ?

Buck hocha la tête.

— Ne t'inquiète pas, ça va se faire. J'ai horreur des coups bas. Pearce a intérêt à rétablir au plus vite la situation qu'il a créée.

Ty dévisagea longuement son ami.

— D'accord. Je te crois.

Puis il se leva et lui asséna une bonne claque sur l'épaule.

— Et maintenant, allonge-toi sur la table. Tu viens de sauver ta peau en faisant la seule chose qui pouvait m'empêcher de t'infliger une punition à cause de ton retard !

Buck obtempéra en jurant tout bas. Une fois sur la table, il se prépara à la pression des doigts de fer, qui se mirent à malaxer sa chair avec acharnement.

— Je pensais que tu me laisserais tranquille, histoire de me remercier, gémit-il.

— Je t'ai laissé tranquille hier.

— C'était dimanche !

— Justement. Dieu se repose le dimanche et moi aussi. Ainsi, nous sommes tous les deux en forme le lundi.

Buck ignorait dans quelle forme se trouvait Dieu, mais il savait que Ty, lui, avait profité de son repos, à en juger par la force avec laquelle il lui massait le genou.

Les yeux clos, il tenta de s'évader mentalement dans d'autres sphères — une technique qu'il avait mise au point au cours des années pour l'aider à supporter la souffrance et les blessures diverses qui sont le lot des athlètes.

— Détends-toi, vieux. Pense à ta jolie femme, murmura Ty.

Buck ébaucha un sourire, pour la première fois depuis qu'il s'était allongé sur cette maudite table.

— Nous avons passé la soirée ensemble, hier.

Le visage d'Anne, sa silhouette tout en courbes et le son de sa voix ne le quittaient pas.

Avec une douceur inhabituelle, Ty lui fit exécuter des mouvements de rotation du genou.

— Tu devrais te sentir mieux, dans ce cas.

— Toi, je parie que tu pensais au sexe. Nous avons dîné ensemble, c'est tout.

— Au moins, c'est un progrès.

— Le dîner était à Belle Pointe, ajouta Buck.

— Ah…

— Tu ne vas pas croire ce qu'Anne m'a dit, quand je l'ai laissée sur le pas de sa porte.

— C'était avant ou après que tu tentes de la séduire ?

Buck rit doucement.

— C'est vrai que j'ai essayé, et j'ai failli réussir ! Mais comme si cela ne lui suffisait pas de m'avoir chamboulé de la tête aux pieds, Anne m'a suggéré d'accepter la proposition de ma mère et d'aller travailler à Belle Pointe.

— Anne est une femme intelligente, affirma Ty, en mettant davantage de pression sur le genou de Buck.

Celui-ci crispa les mâchoires. La douleur atteignait son seuil de tolérance.

La sueur au front, il lança un coup d'œil à son thérapeute.

— Pourquoi dis-tu cela ?

— Parce que je suis de son avis.

Il lança une serviette en éponge à Buck.

— Tu sais qu'on a raison. Tu en meurs d'envie, mais tu es trop têtu pour l'admettre.

— J'ai dû louper le paragraphe de ton CV indiquant que tu as passé un diplôme de psychologie, grommela Buck en s'épongeant le front avec la serviette.

— Vois les choses comme elles sont. Tu es immobilisé ici et tu t'ennuies. Tu ferais mieux d'apporter ton aide, au lieu de perdre ton temps.

— Je rends à Oscar sa place, c'est une façon d'aider.

Ty lui jeta un regard entendu.

— Ta mère sera bien obligée d'accepter que papa remplace Will, mais tu pourrais faciliter la transition. Tu sais d'avance qu'elle va être sur son dos toute la journée, et qu'elle va essayer d'interférer et de remettre en question les décisions qu'il prendra… Bref, elle va lui mener la vie dure. Puisque ce n'est pas elle qui a pris l'initiative de le recruter de nouveau, elle va tenter de lui faire regretter de ne pas être resté à l'accueil du supermarché.

Ty ne put s'empêcher de sourire en ajoutant :

— Mais elle n'a aucune chance de réussir.

Buck se redressa.

— Oscar est un dur. Il saura se débrouiller.

Ty soupira.

— Bien sûr, mais réfléchis un peu, Buck. Au fond de toi, n'as-tu pas envie de te plonger les mains dans la boue du delta ? Au lieu de te trouver coincé entre ces quatre murs, je suis certain que tu préférerais regarder les petites pousses bien vertes jaillir du sol ! Regarde-moi dans les yeux et dis-moi que tu n'as aucun changement à apporter dans l'exploitation avant la saison de plantation…

— Si j'ai des idées, j'en ferai part à Oscar, grommela Buck.

Ty secoua la tête.

— Je sais que tu es devenu un champion à la force du poignet, et que tu t'es consacré corps et âme à ta carrière. Mais je sais aussi que tu n'as pas cessé d'échafauder des plans pour Belle Pointe. Tu es le seul à pouvoir aider la plantation à sortir de la stagnation, pour qu'elle fasse une entrée fracassante dans le XXIe siècle grâce à l'adoption de nouvelles techniques. Ces techniques, tu les as apprises pendant tes études, Buck. Aujourd'hui, tu as une chance de les mettre en œuvre.

— Je retire ce que j'ai dit tout à l'heure, Ty. Tu n'es pas un psychologue, mais un représentant de commerce, mon vieux, marmonna Buck, l'air furieux.

Il s'assit pour réfléchir, la serviette autour de la nuque et une bouteille d'eau à la main.

— Je mentirais si je t'affirmais que je n'ai pas pensé à la plantation, toutes ces années. Si tu savais comme cela me tente, parfois…

— Mais tu risques de trop aimer le travail de planteur, au point de ne plus faire attention à ton genou, c'est cela ? Ce qui impliquerait le risque de ne pas jouer la saison prochaine. Et là, ce serait la fin de ta carrière. Que deviendrais-tu, sans le base-ball ?

En entendant Ty énumérer ses peurs avec la plus grande netteté, Buck sentit une sueur froide lui couler dans le dos.

— Si tu continues, tu vas faire des projets pour moi. Servir de coach aux juniors de Tallulah, par exemple, dit-il en affectant un ton léger.

— Bonne idée. Surtout si mon enfant se trouve parmi les juniors, rétorqua Ty en aidant Buck à descendre de la table.

« Ou le mien. » A cette pensée, Buck tressaillit. L'obsession d'Anne devait être contagieuse. Pourtant, le dîner de la veille aurait dû le vacciner. En voyant la folie qui régnait dans sa famille, comment pourrait-il avoir envie de fabriquer d'autres petits Whitaker ?

Il s'empressa de chasser de son cerveau la vision de son fils en train de jouer au base-ball dans l'équipe junior de Tallulah.

— On a encore du boulot, non ? grommela-t-il.

Pour une fois, il n'opposa aucune résistance au programme que Ty lui avait fixé.

Ce mercredi-là, Anne attendait devant l'entrée d'un restaurant à proximité du jardin municipal de Tallulah, quand Buck, qui roulait à petite vitesse en cherchant un magasin, l'aperçut. Il se gara aussitôt, baissa sa vitre et arbora son plus beau sourire.

— Bonjour, jolie dame. Il est près de midi. Puis-je vous inviter à déjeuner ?

— Excuse-moi, mais j'ai rendez-vous.

Buck, qui ouvrait sa portière pour sortir du 4x4, suspendit son geste, les traits figés.

— Avec qui ?

— Beatrice. Papa se joindra peut-être à nous.

Soulagé, Buck se redressa de toute sa taille et marcha vers elle. Même avec l'aide d'une canne, il bougeait avec une souplesse surprenante.

— Je vois que l'état de ton genou s'améliore.

— Ty fait des miracles. Encore quelques séances, et il m'obligera à faire un jogging matinal… s'il ne m'a pas achevé d'ici là.

Buck lança un coup d'œil à un vendeur de journaux et fouilla dans sa poche pour y récupérer des pièces de monnaie.

— C'est la dernière édition de *L'Observateur*. Je suppose que ton article y est publié ?

— L'encre est à peine sèche !

Elle déglutit avec peine.

Buck lui sourirait-il encore, après avoir lu les lignes qu'elle avait rédigées concernant son frère ?

— Bonjour à vous deux. J'essayais justement de soutirer à Anne une invitation à me joindre à vous pour le déjeuner, dit-il d'un ton jovial, tandis que Beatrice et Franklin venaient vers eux.

Le visage de Beatrice s'éclaira.

— Buck, je suis si contente de te voir ! Comment va ce genou ?

— Je ne peux pas me plaindre ; du moins, pas en public, plaisanta-t-il, en faisant tourner sa canne à la façon d'un meneur de revue.

Il plia le journal de manière à le tenir sous son aisselle et serra la main de Franklin.

— Bonjour, Franklin. Je tente d'apitoyer ma femme en lui rappelant que puisque je prépare moi-même mes repas, je ne mange pas toujours à ma faim. En fait, je n'ai rien avalé depuis hier soir, ajouta-t-il en se tournant vers Anne, le regard implorant.

A la vue de ces prunelles veloutées, teintées d'ambre et d'or, elle sentit son cœur se liquéfier. Satisfait de son effet, Buck revint à Franklin.

— Ce restaurant prépare-t-il toujours les meilleurs beignets de tomate du Mississippi ?

Beatrice ne put s'empêcher de rire devant les efforts évidents que Buck déployait pour déjeuner avec eux.

— Absolument !

— Nous n'avons pas encore eu l'occasion de bavarder depuis ton arrivée à Tallulah. Nous serions ravis de partager ce repas avec toi, déclara Franklin, toujours chaleureux.

Soudain gêné de ne pas lui avoir demandé son avis, il se tourna vers Anne.

— Bien sûr, c'est à toi de décider…

Anne leva les yeux au ciel.

— Pourquoi compliquer les choses ? Nous n'allons pas rester dehors toute la journée.

Sur ce, glissant son bras sous celui de Beatrice, elle pénétra dans le restaurant.

Le repas, agrémenté des fameux beignets de tomates vertes, fut joyeux. Buck fit rire Anne et ses beaux-parents à plusieurs reprises en leur racontant certaines histoires drôles ayant émaillé sa vie de sportif. Il avait un charme fou et savait en faire bon usage, songea Anne en l'observant. Elle-même était en train de craquer quand il lui posa une question qui la fit sursauter.

— Es-tu enfin tombée sur un secret de famille soigneusement dissimulé par les Whitaker, en fouillant dans les archives du journal ?

— Je ne sais pas s'il s'agit de secrets, mais j'ai découvert quelques faits intéressants. Et je ne pense pas que tu en serais fier.

Le regard rivé au sien, elle but une gorgée de thé glacé.

— Sais-tu qu'une partie des terres de Belle Pointe — quatre cents hectares environ — appartenait à la famille de Beatrice ?

Loin de prendre l'air coupable auquel elle s'attendait, Buck semblait sincèrement ahuri.

— Non, je l'ignorais…

Il lança un coup d'œil à Beatrice, qui lissait nerveusement sa serviette en papier du plat de la main.

— Etais-tu au courant, Beady ? Cela a dû se passer bien avant la guerre de Sécession, car c'est à cette époque que Buchanan Whitaker a acheté ses premières terres. C'est lui qui a fondé Belle Pointe, expliqua-t-il en souriant.

— Alors ? Qu'en dis-tu ? demanda Anne à Beatrice.

Cette dernière poussa un petit soupir.

— Il s'agit d'une histoire ancienne, ma chérie.

— Mais elle est bien plus récente que Buck ne le pense, protesta Anne.

Comme Beatrice se taisait, elle eut un mouvement d'impatience et se tourna vers son mari.

— Cela s'est passé en 1989. Ces hectares appartenaient à Harvey Jones. Il avait un arriéré d'impôts qu'il ne pouvait payer, et John Whitaker lui a prêté l'argent nécessaire. Malheureusement, ils sont décédés tous les deux cette année-là, à quelques semaines d'intervalle. Les Whitaker possédaient donc une hypothèque sur les terrains de Harvey. Ils se sont empressés de faire valoir leur droit et d'acquérir pour une bouchée de pain ces terres qui auraient dû revenir à Beatrice, l'unique héritière de Harvey. C'est pour cela que depuis 1989, la plantation de coton se fait sur trois mille hectares, au lieu de deux mille six cents précédemment.

— C'est vrai ? demanda Buck, éberlué, en regardant Beatrice.

— Evidemment que c'est vrai ! s'emporta Anne, tandis que sa belle-mère se torturait manifestement l'esprit pour trouver une réponse diplomatique. Inutile de tenter de justifier ce qui s'est passé, les faits sont là : il s'agit d'une mainmise pure et simple sur ces terrains, ajouta Anne, péremptoire.

Elle secoua la tête et demanda à Beatrice :

— Je n'arrive pas à comprendre comment cela a pu vous arriver… Qui était Harvey Jones ? Ton père ou ton grand-père ?

Buck posa une main sur celle de sa femme.

— Un instant, s'il te plaît, Anne. Laisse-moi poser les questions, d'accord ?

— Vas-y.

Elle retira sa main, mais avec douceur. Beatrice se redressa et sortit enfin de son mutisme.

— Non. Je vais vous raconter ce que je sais. Ensuite, vous pourrez me poser des questions, si vous le souhaitez.

Comme chacun acquiesçait, elle reprit :

— Ce qu'Anne vient de vous dire est exact. En revanche, quand elle a découvert ces faits dans les journaux de l'époque, elle n'a pu lire dans aucun article à quel point mon père, Harvey Jones, était têtu et orgueilleux. En vieillissant, il est tombé malade à plusieurs reprises, mais au lieu de demander de l'aide pour payer ses frais médicaux, il a tout simplement négligé de payer ses impôts pendant plusieurs années de suite. Bien sûr, il a également ignoré les mises en demeure de l'administration. Au bout du compte, la somme des amendes et des intérêts dépassait de loin le montant de sa fortune.

Elle haussa les épaules.

— C'est alors que son ami John Whitaker lui a accordé un prêt.

— Mais il avait de la famille… Toi, plus une demi-douzaine de cousins, vivant dans la même région. Vous aviez tous de l'argent. Pourquoi ne lui en avez-vous pas prêté ? demanda Anne.

— Ses cousins auraient pu le faire, mais mon père était trop fier pour s'adresser à eux. Quant à moi…

Beatrice toussota.

— Il aurait préféré se pendre plutôt que de me demander de l'aide. J'ignorais totalement sa situation. Nous étions brouillés.

Il devait y avoir une bonne raison pour cela, se dit Anne. Un jour ou l'autre, elle interrogerait Beatrice à ce sujet. Plus elle apprenait à connaître sa belle-mère, plus cette dernière la fascinait.

Buck repoussa son assiette.

— Mon père est mort en 1989. Ce qui s'est passé à propos de ces terrains a dû avoir lieu dans les mois qui ont suivi son décès. Je suis convaincu que papa n'aurait jamais mis la main sur ces terres de cette façon. Je n'ai jamais été au courant de cette histoire. Je sais que ce n'est pas une excuse, mais au nom des Whitaker, je te demande pardon, Beatrice.

Celle-ci prit la main de Buck.

— La transaction était légale. Tu n'es responsable de rien, Buck.

— Si, je le suis. Après la mort de papa, j'ai tourné le dos à tout ce qui touchait Belle Pointe de près ou de loin. J'aurais pu m'éloigner de ma famille sans pour autant négliger mes responsabilités, en tant qu'actionnaire de l'exploitation.

Il but quelques gorgées de thé glacé.

— Mais maintenant, je suis là, et dès que mon genou me le permettra, je vais m'occuper d'un certain nombre de choses. Il est probable que Pearce ne s'en rendra même pas compte. C'est à peine si j'existe, pour lui.

— Tu te trompes. A mon avis, tu vas vite découvrir que ton frère aîné est jaloux de toi dans de nombreux domaines, affirma Franklin.

Buck lui lança un coup d'œil incrédule.

— Donne-moi un exemple.

— Eh bien, ta célébrité, pour commencer. C'est la raison pour laquelle il se lance dans la politique. Cela fait des années qu'il te voit sous les feux de la rampe. Qui ne rêverait pas de connaître un jour la vie d'un homme riche et célèbre, d'un grand champion adulé par les foules ?

— Mais Pearce a toujours méprisé le sport ! D'ailleurs, il est terriblement maladroit.

— Ce n'est pas une question de logique, Buck. Il s'agit d'une bonne vieille rivalité entre frères.

Franklin se pencha vers Buck.

— Au fond de lui, Pearce sait que ta réussite vient de ton travail personnel, tandis que lui, il est resté dans le confort de Belle Pointe et a profité des avantages que lui procure le nom des Whitaker. Pour résumer, tu es un gros poisson qui nage dans un très grand étang, tandis que Pearce est un gros poisson dans une toute petite mare.

Franklin se redressa et ébaucha un sourire en voyant le rouge monter aux joues de Buck.

Beatrice prit la parole.

— J'aimerais ajouter un mot à propos du transfert des terres des Jones. La vie nous joue parfois de drôles de tours. Figurez-vous que la maison familiale, qui aurait pu être perdue comme les terrains, a été rachetée par Franklin. D'ailleurs, il se demande parfois si je ne l'ai pas épousé pour vivre dans cette maison, dit-elle avec un sourire.

— Désolée, mais je ne vois pas les choses ainsi. Il faut…

Anne n'eut pas le temps de terminer sa phrase.

Pearce venait de faire une apparition remarquée dans le restaurant. Les traits crispés, les sourcils froncés, il marcha vers leur table au pas de charge. Toutefois, il ébaucha un sourire commercial, qui n'allait pas jusqu'à ses yeux, quand il vit que certains clients le reconnaissaient et le saluaient.

— Ah, vous voici enfin… Puisque je fais partie de la famille, vous ne verrez pas d'inconvénient à ce que je me joigne à vous ?

— Désolé, Pearce. Nous avons terminé, déclara Buck avec le plus grand calme.

Ignorant ce commentaire, Pearce salua Franklin et Beatrice d'un bref hochement de tête.

— J'en ai pour une minute.

Il s'empara de l'une des chaises de la table voisine, qui était libre, s'assit face à Anne et posa un exemplaire de *L'Observateur* sur la table.

— Qu'est-ce que tu vises, au juste ? Tu veux ma peau, n'est-ce pas ? siffla-t-il entre ses dents.

— Je suppose que tu fais allusion à mon article ?

Les lèvres de Pearce s'étirèrent en un sourire carnassier, découvrant ses dents blanchies.

— Tu appelles ça un article, ma chère belle-sœur ? Moi, je l'appellerais plutôt une entreprise de démolition.

— Vraiment ?

Buck déplia le journal qu'il avait acheté et chercha des yeux l'article d'Anne.

— Page 3. Heureusement que ce n'est pas en première page. J'imagine que je dois te remercier, Anne ? ricana Pearce.

C'était exactement ce genre de remarque et ce ton sarcastique qui avaient influencé Anne.

— Qu'est-ce qui te gêne exactement, dans cet article ? demanda-t-elle à son beau-frère.

— Tu devrais plutôt me demander ce qui ne me gêne pas ! Tu m'as fait croire qu'il s'agissait d'écrire un portrait honnête, dans lequel tu mettrais en valeur ma personnalité, mes objectifs, et tout ce que je me propose d'accomplir pour aider mes concitoyens. Alors, quand j'ai ouvert le journal, j'ai été stupéfait de voir que tu as rédigé un double portrait. Tu me compares à mon adversaire, Jack Breedlove, qui apparaît comme un messager du ciel, alors que tu écris à mon propos des tas de mensonges pour me noircir ! aboya Pearce.

Le souffle court, le regard injecté de sang, il fixa Anne qui ne broncha pas.

— Quels sont ces mensonges, Pearce ?

— Il y en a partout ! A croire que tu souhaites que les électeurs me prennent pour le clone de Saddam Hussein ! Avec une belle-sœur de ton genre, je n'ai pas besoin d'ennemis !

Buck posa son journal sur la table, repoussa sa chaise et s'empara de sa canne.

— Allons discuter ailleurs, Pearce.

Comme il tentait de se lever, la main de son frère s'abattit sur son bras et s'y accrocha, telle la serre d'un oiseau de proie.

— Je peux dire tout ce que j'ai sur le cœur ici, Buck. D'ailleurs, je me demande si tu n'as pas ajouté ton grain de sel à ce maudit article. Ou si tu n'as pas carrément poussé ta femme à le rédiger !

Buck baissa les yeux sur la main de son frère qui lui agrippait le bras, puis il releva la tête et soutint son regard sans ciller. Pearce ôta sa main.

— Ce torchon risque de briser ma carrière. J'exige des excuses publiques, déclara-t-il.

— Des excuses pour quoi, exactement ? Tu ne m'as toujours pas indiqué mes erreurs éventuelles, intervint Anne, très calme.

Elle plia posément sa serviette, la plaça à côté de son assiette vide.

— Je te recevrai dans mon bureau si tu souhaites continuer cette conversation, Pearce.

Un rictus mauvais à la bouche, il la dévisagea durement.

— Tu travailles pour Jack Breedlove, n'est-ce pas ?

Anne poussa un profond soupir.

— Je suis une journaliste indépendante, Pearce.

— C'est ça… Comme toutes ces fouines qui pullulent dans les médias. Comment ces fouille-merde pourraient-ils être neutres ?

— Cela suffit. Nous partons, déclara Buck.

Il posa sur la table une liasse de dollars, se mit debout et prit le coude de sa femme. D'un même mouvement, Beatrice et Franklin repoussèrent leurs chaises et se levèrent.

Pearce les regarda.

— Je suppose que je dois partir aussi, dit-il en se levant à son tour.

Sans quitter son frère des yeux, il ajusta sa veste, vérifia son nœud de cravate.

— J'irai te voir au pavillon de chasse. Tu auras intérêt à répondre à mes questions, grommela-t-il.

— Cela ne s'est pas si mal passé, dit Anne, une fois dehors.

Buck fit la grimace.

— Je n'ai pas encore lu ton article en entier, mais d'après les premières lignes, tu sembles décrire mon frère comme un pauvre type et Jack Breedlove comme quelqu'un de bien.

— Nous risquons de recevoir un certain nombre de critiques, c'est évident, commenta Franklin d'une voix paisible. Mais Anne est journaliste et je respecte ses idées. Si elle a décidé de faire un double portrait, c'est parce qu'elle estimait que cela rendrait l'article plus vivant.

— Eh bien, elle a réussi, murmura Beatrice avec un sourire en coin.

— Jack Breedlove propose un excellent programme, qui plaira à beaucoup de gens, expliqua Anne. De plus, Jack est lui-même un exemple à suivre. Il est issu d'une famille pauvre. Ses études, il les a faites grâce à une bourse, tout en travaillant pour gagner de l'argent et payer l'éducation de ses jeunes frères et sœurs. Il a servi dans l'armée et a été blessé au combat. Aujourd'hui, il assume de lourdes responsabilités en tant que commissaire de Tallulah.

— Il t'a dit tout cela au cours de votre première rencontre ? demanda Buck, perplexe.

Elle sourit.

— Non. J'ai mené ma propre enquête. Rien n'a été plus facile. Il me suffisait de prononcer son nom, et les gens se répandaient en louanges sur lui. Je ne suis pas voyante, mais je peux te garantir que c'est Jack qui va gagner ces élections.

— J'imagine que tu n'as entendu personne affirmer que mon frère est quelqu'un de bien, dit Buck à mi-voix.

Un peu gênée, elle hésita une fraction de seconde.

— Non.

Buck poussa un soupir résigné.

— Les Whitaker ne sont plus des héros, aujourd'hui.

Beatrice posa une main sur le bras de Buck.

— Si tu penses à ces fameux terrains qui ont été transférés à Belle Pointe, c'est de l'histoire ancienne… Inutile de perdre du temps à ce sujet. D'ailleurs, en y réfléchissant, on peut dire qu'ils sont toujours dans la famille.

Elle offrit à Buck un sourire radieux.

— Grâce à Franklin je vis dans la maison familiale, et toi, tu es l'un des héritiers de Belle Pointe. Ainsi, quand Anne et toi vous aurez des enfants, ils seront aussi les héritiers des terres des Jones.

Il y eut un silence. Franklin toussota.

— Je vais te reconduire à ta boutique, Bea.

Buck les regarda s'éloigner, bras dessus bras dessous, et se tourna vers Anne.

— Elle a peut-être raison.

— Tu parles des terrains ? Ma belle-mère est une optimiste irréductible… Et nous n'avons pas d'enfant.

— Pas encore.

Laissant Anne bouche bée, il se détourna et marcha vers sa voiture.

12.

Après ce déjeuner mouvementé, Buck se rendit au tribunal afin de vérifier la légalité du transfert des terres qui appartenaient aux Jones avant d'être rattachées au domaine de Belle Pointe. Quand il en sortit, il avait l'air sombre et les traits crispés. Il s'engouffra dans son véhicule et prit la route qui menait à la plantation. Il fallait qu'il voie sa mère, et vite.

Victoria se trouvait dans sa roseraie. Elle posa le sécateur dans son panier en apercevant Buck, et attendit qu'il s'approche d'elle tout en l'observant.

— Ton genou semble aller de mieux en mieux, dit-elle en ôtant ses gants. Tu pourras te passer de ta canne, bientôt.

— Je le ferai quand Ty me le dira.

Il lança un coup d'œil vers un banc de bois, niché sous un superbe chèvrefeuille.

— J'aimerais te parler.

— D'accord.

Victoria retira ses gants, qu'elle rangea près de son panier. Puis elle alla s'asseoir sur le banc, le dos bien droit. Buck prit place auprès d'elle. Un instant, ils contemplèrent le jardin dont Victoria s'était toujours occupée avec le plus grand soin. Dans un mois, les premiers bourgeons de roses apparaîtraient… Buck se souvenait de l'odeur des fleurs s'épanouissant sous le soleil

— un parfum qui avait imprégné son enfance et qui flottait encore parfois dans ses narines. Pourtant, le jardin lui était interdit. Il s'attirait les foudres de sa mère si, par inadvertance, une balle écrasait l'une des roses hybrides dont elle était si fière.

— Quand comptes-tu retrouver ta forme normale ? lui demanda Victoria.

— Je ne sais pas. Je crois que je pourrai marcher sans canne très bientôt, mais cela ne signifie pas que mon genou sera complètement rétabli pour autant.

Il observa une libellule en train d'atterrir sur l'un des buis taillé en boule avant de reprendre :

— C'est pour cela que je suis venu te voir, maman. J'ai réfléchi à ta proposition et je pense que je peux t'aider.

Elle lui lança un coup d'œil surpris.

— Tu viens de m'annoncer que ton genou n'est pas rétabli. Tu sais qu'ici, le travail est très physique et que les journées sont longues. C'est un labeur exigeant et modeste, alors que toi, tu es habitué à gagner ta vie en jouant au base-ball de temps à autre, au milieu de fans enthousiastes.

— Si tu souhaites que je retire mon offre, tu n'as qu'à continuer…

Inutile de rappeler à sa mère que c'était elle qui l'avait poussé vers le base-ball et l'avait obligé à en faire sa carrière, ni à souligner que la concurrence entre sportifs de haut niveau était rude, et que l'entraînement était bien plus exigeant que ne le serait jamais le travail d'un planteur de coton.

— J'avais cru comprendre que tu avais besoin d'aide pour la saison. Je me trompe ?

— Non. Le départ soudain de Will Wainwright nous pose un problème, et la situation est grave, mais pas désespérée. Je peux me débrouiller pour gérer la propriété sans lui.

— Et sans Pearce, qui t'aide énormément, j'en suis sûr, dit Buck d'un ton ironique.

— C'est vrai.

Buck se mordit la lèvre pour ne pas rire. Sa mère, éternelle manipulatrice, tentait de le convaincre qu'elle lui faisait une faveur en lui permettant de l'aider.

— J'ai certaines conditions à poser, la prévint-il.

— Pourquoi ? Tu envisages d'apporter des changements importants ?

— Je souhaite recruter et licencier qui je veux et quand je le veux. Je serai le chef du personnel, et j'aurai les livres comptables à ma disposition.

— Et moi, je veux que l'on discute ensemble des mesures que tu as l'intention de prendre avant leur mise en application. Rappelle-toi que lorsque tu seras parti, Pearce et moi nous devrons continuer à assumer les changements que tu auras pu faire, ou bien nous perdrons du temps et de l'énergie à les annuler.

— Si tu penses que ma gestion risque d'être un tel désastre, pourquoi diable m'as-tu demandé de l'aide ?

— Nous ne nous attendions pas du tout au départ de Will. Le remplacer va nous prendre un peu de temps. Toi, tu connais bien la plantation, le personnel t'apprécie, tu es un Whitaker et tu te trouves ici au bon moment. C'est donc une opportunité qu'il serait absurde de laisser passer.

Victoria examina un instant ses ongles, puis leva les yeux et ajouta :

— J'avoue que ton refus m'a déçue.

Oh, il faudrait qu'il se souvienne de cette phrase…, songea Buck. De toutes celles que sa mère lui avait dites, c'était celle qui ressemblait le plus à un compliment.

— Dans ce cas, laisse-moi faire les choses à ma guise. Je

ne te promets pas de discuter avec toi chaque mesure que je m'apprête à prendre.

— D'accord, mais n'oublie pas que tu n'es ici que pour quelque temps.

— Entendu. Maintenant, je t'annonce ma première décision : je vais recruter Oscar Pittman.

Victoria détourna les yeux.

— C'est Pearce qui a décidé de se séparer d'Oscar. C'est avec lui que tu dois discuter de son retour.

Buck secoua la tête.

— Pearce se consacre à sa campagne électorale. Inutile de le déranger. De toute façon, la politique, c'est ce qui lui convient le mieux.

Victoria fronça les sourcils.

— Tu fais erreur en pensant qu'il est incapable de gérer Belle Pointe. Son seul problème, c'est qu'il a trop à faire en ce moment, et cela l'empêche de passer suffisamment de temps dans la plantation.

— Je ne pense pas qu'il est incapable, maman, je l'affirme. Et ce n'est pas une simple question d'emploi du temps. D'ailleurs, tu le sais aussi bien que moi.

Buck lança un regard au loin, vers un tracteur en train de labourer les terres. Il n'avait pas plu depuis des semaines, et l'engin avançait lentement, laissant derrière lui un nuage de poussière. Le métier de planteur dépendait du climat et de nombreux autres facteurs que l'homme ne maîtrisait guère.

Il se tourna vers sa mère. Offusquée par la façon dont Buck venait d'insulter Pearce, elle gardait un visage de marbre.

— J'ai déjeuné avec Anne, son père et sa belle-mère, aujourd'hui. J'ai appris que Beatrice était la fille de Harvey Jones.

— Inutile de me le rappeler. Figure-toi que je connais Beatrice depuis l'enfance.

— Dans ce cas, tu te rappelles aussi que Harvey cultivait environ quatre cents hectares de coton.

— A quoi veux-tu en venir, Buck ?

— Quand il est mort, il était endetté jusqu'au cou. Tu l'ignorais ?

D'un geste méticuleux, Victoria ôta une brindille égarée sur la manche de sa veste.

— C'était de notoriété publique.

— Comme il ne pouvait pas payer ses impôts, il a emprunté de l'argent à un certain John Whitaker, qu'il considérait comme son ami. Le résultat, c'est que Belle Pointe détenait une hypothèque sur la propriété de Harvey. Quatre cents hectares de riches terres du delta. De plus — le hasard est bien fait —, ces terres étaient voisines de celles de Belle Pointe.

— Je comprends maintenant quel est ton objectif, Buck. Il est vrai que John a prêté cet argent à Harvey, qui était aussi stupide que têtu. Il aurait pu demander cette somme à Beatrice, ou à n'importe quel membre de sa famille. Ce ne sont pas les Jones qui manquent, dans la région… Harvey était un citoyen respecté et avait bonne réputation en ville : voilà pourquoi l'administration s'est montrée aussi patiente envers lui. Personne n'a compris pourquoi il avait accumulé un tel retard dans le paiement de ses impôts.

D'un mouvement impatient, Victoria secoua légèrement la tête.

— Peut-être que Pearce et toi, vous auriez pu lui laisser un peu de temps, au lieu d'exiger le remboursement du prêt que papa lui avait accordé. Vous saviez qu'il ne pouvait pas payer tout de suite, et vous avez annexé ainsi les quatre cents hectares. Grands dieux, nous avons assez de terres, à Belle Pointe. Mais non, il en faut toujours plus…

— Est-ce Beatrice qui t'a raconté toutes ces balivernes ? demanda Victoria avec hauteur.

— Non. C'est ma femme qui m'a expliqué cette affaire, qu'elle a découverte en lisant les archives de *L'Observateur*, rétorqua Buck, l'air sévère.

— Nous n'avons commis aucun délit. Ces terres ont été ajoutées à celles de Belle Pointe de façon parfaitement légale, affirma Victoria, sur la défensive.

— Le processus peut être légal sans être juste pour autant, maman. Le seul point positif dans toute cette histoire, c'est que Beatrice vit désormais dans la maison où elle est née, celle de ses ancêtres. Je ne sais pas comment Franklin a pu l'acheter, mais je suis bien content qu'il l'ait fait.

— Je la lui ai vendue, quelques jours après son arrivée à Tallulah.

Pensif, Buck demeura silencieux un instant. Quelle coïncidence… A peine en ville, Franklin rachète la maison des Jones, puis il rencontre Beatrice et l'épouse quelques mois plus tard.

Il ouvrit la bouche, mais il se ravisa. Inutile d'indiquer à sa mère qu'il avait l'intention de rendre à Beatrice l'acte de propriété des quatre cents hectares. Mieux valait se montrer discret au lieu d'agiter un chiffon rouge sous le nez de Pearce et de Victoria.

Celle-ci se redressa sur le banc, prenant soin de maintenir sa capeline en paille sur ses genoux afin que le mouvement ne la fasse pas basculer.

— A mon tour de poser des questions. Sais-tu pourquoi Anne fouille dans les archives du journal de son père avec un tel intérêt ?

Buck chassa du bout de sa canne une guêpe un peu trop entreprenante, avant de répondre calmement.

— Sans doute éprouve-t-elle de la curiosité, une qualité indispensable dans son métier… Ou bien elle a hérité de son père une passion pour la région du delta. En fait, j'ignore quelle est sa motivation.

— Je préférerais qu'elle suspende ses recherches pour le moment. Bien sûr, comme elle fait partie de la famille, son métier est intéressant pour nous, surtout pour Pearce. Elle peut devenir son porte-parole dans la presse locale. Dommage que le journal de Franklin ne paraisse qu'une fois par semaine.

Buck se mordit la lèvre. A l'évidence, sa mère n'avait pas lu la dernière édition de *L'Observateur*. Il imaginait d'ici sa réaction.

— Toutefois, je vois un danger à fouiller le passé. Lorsqu'on les sort de leur contexte, certains événements risquent d'être mal compris. Il faut éviter tout ce qui pourrait gêner Pearce dans sa campagne.

— Si je comprends bien, tu ne souhaites pas que les électeurs apprennent la façon dont il a annexé les terrains de Harvey Jones. Ou dont il a flanqué Oscar à la porte. Tu ne voudrais pas non plus qu'ils sachent que la paie de nos ouvriers est inférieure au salaire minimum.

Victoria se leva.

— J'ai essayé de te faire entendre la voix de la raison, Buck. Malheureusement, tu aimes compliquer les choses, comme d'habitude. Pourquoi veux-tu voir la vie en noir et blanc ? Je n'ai pas à m'excuser d'avoir récupéré les terres du vieux Jones, ni des décisions prises pour gérer au mieux la plantation. Je compte sur toi pour éviter que ta femme ne commette des erreurs en mettant les pieds là où il ne faut pas dans les affaires de la famille.

— Les Whitaker ne sont pas les seuls à avoir fait l'histoire de cette région, maman. Et Anne n'est pas du genre à perdre son temps à fouiller dans des archives pour aérer notre linge sale.

Il se leva à son tour, avec difficulté.

— Franchement, tu n'es pas la seule à s'inquiéter de ce qu'Anne risque de découvrir à notre sujet. Quand j'ai appris la manière dont nous avons traité les Jones, j'ai eu honte de notre conduite et j'ai présenté mes excuses à Beatrice. J'aurais certainement dû me tenir davantage au courant de ce qui se passait à Belle Pointe, au cours de ces dernières années.

La brise l'avait décoiffé. D'un geste impatient, il releva une mèche qui lui tombait sur le front.

— Inutile de dire à Anne de cesser ses recherches. Cela ne ferait que l'inciter encore davantage à se plonger dans les archives. J'ignore la raison de son intérêt, mais l'histoire de Tallulah semble la passionner.

— Alors, contente-toi de lui rappeler que ce sont les médias qui font et défont les campagnes électorales.

— Je lui en parlerai, répondit Buck en se dirigeant vers le portail en fer forgé qui marquait l'accès à la roseraie.

Devant la grille, il se retourna et regarda sa mère.

— Je commencerai à travailler ici dans deux ou trois jours. Avec Oscar.

— Pour cela, il te faudra l'approbation de Pearce, lui lança-t-elle.

Il la fixa avec intensité.

— Non, maman. Je travaillerai comme je l'entendrai, aux conditions que je t'ai indiquées. Je n'ai pas l'intention de me soumettre aux caprices de Pearce. Que ce soit bien clair entre nous.

Il la vit se débattre dans ses contradictions intérieures. Elle avait besoin de son aide, ce qui l'horripilait manifestement. Elle pensait que si elle lui cédait sur un point, elle devrait s'incliner sur tous les autres. Elle le voyait désormais comme une menace pour Pearce, car s'il menait à bien la saison de plantation, la position dominante de son frère aîné serait contestée. Elle regrettait de toute évidence que Pearce, trop occupé par la politique, ne puisse gérer la situation. Si l'urgence n'avait pas été aussi forte, Victoria n'aurait jamais consenti à cette discussion, Buck en était certain. Après avoir observé les diverses expressions de son visage qui trahissaient son dilemme, il la vit se redresser.

Les lèvres pincées, elle acquiesça d'un bref hochement de tête.

— J'espère que tu auras au moins la courtoisie de me passer un coup de fil pour me prévenir de ton arrivée, dit-elle d'un ton sec.

— Bien entendu.

Il s'empressa de se détourner afin de lui dissimuler sa satisfaction. Il avait une telle envie de ce travail ! Les heures seraient longues et dures pendant la période des semis. Puis le calme reviendrait jusqu'au moment de la défoliation. Ensuite, il faudrait attendre que la récolte arrive à maturation, et ce serait l'effervescence de la cueillette. L'alternance de ces périodes d'activité et de calme relatif ressemblait à celles qui émaillent une saison de base-ball, songea Buck, un sourire aux lèvres, avant de reprendre la route.

Sa bonne humeur ne dura pas longtemps. Il poussa un juron en apercevant la luxueuse berline de son frère garée devant le pavillon de chasse. Bon sang, sa mère n'avait guère attendu avant de donner l'alarme ! Dommage qu'il n'ait pu entendre leur conversation : d'un côté, Victoria avertissait Pearce que Buck venait travailler à Belle Pointe avec Oscar, de l'autre, Pearce fulminait à cause de l'article d'Anne.

En visualisant la scène derrière son volant, il ne put s'empêcher d'éprouver un certain amusement. Après s'être extirpé de son véhicule, il franchit les quelques pas qui menaient aux premières marches. L'idée de les gravir toutes — vingt-six jusqu'au porche — le faisait souffrir d'avance. Il avisa Pearce qui s'était installé dans l'un des fauteuils à bascule, une bière à la main, un cigare dans l'autre.

— Je pensais qu'à cette heure-ci, tu serais en train de serrer des mains et d'embrasser des bébés ! lui lança-t-il avant d'entreprendre l'escalade du perron en s'aidant de sa canne.

Il espérait que son frère, qui adorait pérorer, ne s'apercevrait pas de sa faiblesse. Effectivement, Pearce s'empressa de lui répondre.

— J'ai des volontaires qui font cela très bien. Nous ne sommes qu'au début de la campagne, je me réserve pour le sprint sur la dernière ligne droite.

Pearce se leva. Du talon de sa botte, il écrasa son cigare sur la terrasse et lança sa canette dans un massif d'azalées. Buck ravala son indignation devant la grossièreté de ses manières.

— Pour l'instant, j'ai des choses plus urgentes à faire, figure-toi. Par exemple, effacer la mauvaise impression que ce maudit article d'Anne risque de donner à mon sujet. Nous allons coller des affiches un peu partout avec mon visage en gros plan. Dans certains quartiers de la ville, le seul Whitaker que les gens connaissent, c'est toi. Il est temps qu'ils sachent que j'existe, moi aussi ! gronda-t-il en posant la main sur son torse.

— Hmm…

Devinant la suite, Buck fit une pause sur la douzième marche.

— J'ai pris rendez-vous avec une agence de publicité demain matin. Je veux que tu m'accompagnes. Ils vont tourner un clip pour me présenter au grand public, et ta présence à mes côtés attirera les gens. Ils vont se concentrer sur l'aspect familial.

J'ai déjà prévenu Claire. La règle est simple : elle se montre sous son meilleur jour et elle sourit. Evidemment, avec Paige, ce n'est pas gagné d'avance. Je veux qu'elle s'habille normalement et qu'elle porte une perruque si nécessaire. Et qu'elle se débarrasse de tout ce métal dans ses oreilles ! Il faut qu'on ait l'air d'une famille à la fois normale et spéciale. Les électeurs doivent s'estimer heureux que je me présente et que j'aille travailler pour eux à Jackson, une fois élu. C'est là que tu vas intervenir…

— Tu peux répéter ?

Pearce bomba le torse et fixa son frère d'un regard perçant.

— Je veux que tu fasses partie du tournage. Ils vont commencer par des scènes avec ma jolie femme, ma gentille petite fille, ma superbe propriété… Ta présence sera la cerise sur le gâteau. Un champion de base-ball dans la famille, c'est génial pour séduire les foules.

Buck acheva de gravir les marches en s'appuyant de plus en plus lourdement sur sa canne. Soit Victoria n'avait pas eu le temps d'appeler Pearce, soit ce dernier estimait que sa campagne était bien plus importante que la gestion de Belle Pointe, ce qui était probable. Toutefois, Pearce n'était pas du genre à accepter que son cadet empiète sur son domaine. Epuisé, Buck se laissa tomber sur la balancelle installée sous le porche et posa sa canne près de lui.

— Les spots télévisés sont très chers. N'est-ce pas un peu tôt pour dépenser tout cet argent, alors que les primaires sont encore loin ?

— Exact. Mais la plume empoisonnée de ta femme va faire des dégâts. Je suis bien obligé de contrecarrer les idioties qu'elle a écrites. C'est toi qui vas payer pour elle, en tournant ce spot.

Pearce se frotta les mains.

— Bon, l'affaire est conclue. Passe demain matin à Belle Pointe, vers 9 h 30, d'accord ? L'équipe de tournage va débarquer à 8 heures, mais ils vont commencer par faire le tour de la propriété et s'occuper de Claire.

— Je viens tout juste de Belle Pointe, Pearce. Maman ne t'a pas appelé ?

Pearce lança un coup d'œil au petit mobile attaché à sa ceinture et haussa les épaules.

— Elle a essayé de me joindre, mais j'étais en train de discuter avec les types de l'agence de publicité. Je n'ai pas encore écouté mes messages. Pourquoi ?

— Comme Will s'en va et que tu consacres le plus clair de ton temps à ta campagne, elle a besoin d'aide. Elle m'a demandé de travailler à la plantation pour la saison.

— Je parie que tu lui as répondu d'aller voir ailleurs.

— Non. J'ai accepté.

Pearce demeura bouche bée, avant d'articuler à mi-voix :

— Tu plaisantes ?

— Pas du tout. Elle m'a rappelé que je devais passer un certain temps dans la région, que je savais cultiver le coton, que j'étais un Whitaker, et qu'elle avait besoin de quelqu'un… Elle a fini par me convaincre.

— Merde !

Pearce se mit à arpenter la terrasse d'un pas de hussard.

— Depuis quand maman a-t-elle besoin d'aide ? Elle est capable de gérer Belle Pointe et le Pentagone d'une poigne de fer et en même temps ! Ne lui cède pas, Buck. Est-ce que tu sais seulement l'emploi du temps qu'elle t'obligera à suivre ? Il te faudra te lever à l'aube et travailler dix à douze heures d'affilée. De plus, tu risques d'avoir des problèmes avec la main-d'œuvre. La gestion du personnel est un job à plein temps. Tu n'auras aucun loisir et tu ne pourras pas être à mes côtés pendant ma campagne électorale. Tu as tout intérêt à refuser, Buck.

— Je pense que je pourrai m'en tirer avec l'aide d'Oscar Pittman. Je vais le recruter. Il sera mon bras droit, rétorqua ce dernier, impassible.

Pearce s'immobilisa et pâlit brusquement.

— Il n'en est pas question !

— Oh, si. Oscar a passé la plus grande partie de sa vie à cultiver le coton sur les terres de Belle Pointe, il me semble donc qualifié pour le poste. D'ailleurs, je lui en ai déjà parlé.

Buck mit la balancelle en mouvement avec douceur.

— En ce moment, il travaille dans un supermarché... Tu étais au courant ?

— Je me fiche bien de savoir où il travaille ! Je l'ai flanqué à la porte de Belle Pointe, et je ne veux pas revoir sa sale peau de Noir chez moi ! C'est un type à problèmes, un agitateur qui ne pense qu'à son salaire.

— Oscar est le meilleur mécanicien de tout le Mississippi. Belle Pointe lui doit de l'argent. Il a travaillé chez nous pendant plus de trente ans en étant sous-payé. Je lui ai donné une augmentation, et son recrutement est l'une des conditions que j'ai posées avant d'accepter de gérer l'exploitation à la place de Will. Maman a accepté. C'est donc une affaire conclue, Pearce.

Ce dernier se campa devant Buck, les poings sur les hanches, et lui jeta un regard mauvais.

— Pour qui te prends-tu ? Tu n'as pratiquement pas mis les pieds à Belle Pointe et tu as ignoré le reste de la famille, ces quinze dernières années. Aujourd'hui, tu es une star du base-ball, et tu crois que ça te donne le droit de dicter tes conditions ?

— Non. Je crois que maman m'a demandé de faire ce travail et que j'ai le droit de le mener à a façon.

Les deux frères se défièrent du regard un long moment.

— Tu oublies qui est le chef, petit frère. Que ce soit à Tallulah ou à Belle Pointe, rien ne se passe sans mon autorisation. Alors, bas les pattes !

— Je n'ai pas eu l'impression que notre mère avait besoin de ton autorisation, rétorqua Buck avec le plus grand calme.

— Eh bien, elle se trompe ! Soigne ton genou et retourne dare-dare à Saint Louis avec ta femme. Ne t'inquiète pas, ceux qui savent cultiver le coton s'occuperont de la plantation.

— Dans ce cas, tu ne seras pas étonné de ne pas me voir à tes côtés, pendant le tournage de ton spot publicitaire.

Pearce jura tout bas, puis de plus en plus fort, tout en fixant son frère d'un air furibond. Ce dernier demeura imperturbable. Incapable d'en supporter davantage, Pearce lui tourna le dos, descendit les marches deux par deux et s'engouffra dans sa luxueuse berline. Un sourire inconscient aux lèvres, Buck le regarda démarrer sur les chapeaux de roues, en propulsant des jets de graviers autour du véhicule. Il était grand temps que Pearce comprenne qu'il ne pouvait plus manipuler son frère cadet, comme il l'avait fait si souvent au cours de leurs jeunes années.

13.

Anne avança lentement entre les étagères métalliques sur lesquelles étaient stockées les archives de *L'Observateur*. Elle passait en revue les différentes années quand l'une d'elles attira son regard. L'année où Buck avait reçu son diplôme universitaire. Comme le carton était placé sur l'étagère la plus haute, elle partit à la recherche du vieil escabeau de bois, un peu bancal, qu'elle avait aperçu en pénétrant dans la pièce.

Deux minutes plus tard, elle tentait de maintenir son équilibre sur l'échelon le plus élevé de l'escabeau. En ouvrant le carton, elle n'y trouva aucune microfiche. Il ne contenait que de vieux numéros de *L'Observateur*. Une fois de plus, elle se demanda pourquoi certains cartons renfermaient une microfiche, tandis que d'autres ne conservaient que les journaux.

— 1986 devait être un bon cru, murmura-t-elle en prenant le carton.

Maintenant, il lui fallait descendre les marches sans les mains, puisqu'elle tenait le carton qui pesait un certain poids.

Son équilibre était si précaire qu'elle allait renoncer quand elle entendit des pas s'approcher de l'escabeau.

— Papa ? Tu veux bien m'aider, s'il te plaît ?

Elle n'eut pas le temps de baisser le regard pour s'assurer qu'il s'agissait de Franklin. Lorsque deux mains solides lui enserrèrent la taille, elle sut aussitôt qu'elles n'appartenaient pas à son père.

— Pose ce carton. Je vais le prendre moi-même, lui enjoignit Buck.

Une fraction de seconde plus tard, il la fit glisser contre lui, le plus lentement possible. Aussitôt, une onde de chaleur intense les envahit, comme chaque fois qu'ils se touchaient. Puis elle sentit les lèvres de Buck sur sa nuque.

— Que fais-tu au sous-sol ? s'enquit-elle, tout en tentant de lui résister.

— Je te cherchais.

Il la relâcha à regret et s'empara du carton encore posé sur l'étagère du haut.

— Ton bureau était vide, alors j'ai pensé que tu te trouvais ici…

Il secoua la tête en contemplant la série d'étagères en métal qui s'alignaient dans la salle.

— J'avoue que j'ai du mal à comprendre pourquoi tu passes ton temps dans un endroit pareil. Où dois-je poser ce carton ?

Anne aperçut la canne accrochée à l'une des étagères.

— Tu n'es pas censé mettre du poids sur ton genou, Buck.

— Raison de plus pour me dire où m'en débarrasser.

— Sur cette table, là-bas. Fais attention, le fond du carton risque de craquer. J'ai répandu toute l'année 1969 sur le sol, hier.

— Je croyais que ton vrai travail, tu le faisais dans ton bureau ?

— Ne t'inquiète pas, je ne me cache pas au sous-sol… Papa ne m'a pas encore virée du journal, même si certains abonnés le lui ont suggéré. Apparemment, ma présentation des deux candidats principaux dans un même article a suscité de nombreuses réactions.

Il lui lança un regard perçant.

— Si tu te sens menacée, préviens-moi aussitôt, dit-il d'une voix tendue.

— Je ne risque rien, Buck. Et je peux me débrouiller toute seule, merci.

Du revers de la main, elle épousseta le couvercle du carton, rendant ainsi la date plus lisible.

— 1986 ? Pourquoi cette année-là ? demanda Buck.

— Pourquoi pas ?

Elle n'avait pas l'intention de lui révéler que si elle l'avait choisie, c'était à cause de lui. Sans répondre, elle commença à sortir un premier paquet de journaux.

— Si j'étais toi, je regarderais directement la rubrique des sports, lui suggéra-t-il en ébauchant un sourire.

— Si tu crois y voir ton nom écrit en toutes lettres, c'est inutile. Il se trouve ici, sur la première page.

Du doigt, elle désigna le titre : « Notre équipe a gagné. Le nom de Whitaker commence à briller dans le monde du base-ball. »

Buck haussa les épaules en s'efforçant de prendre un air modeste.

— Ce jour-là, il devait y avoir des nouvelles plus importantes que la victoire de l'équipe de base-ball du lycée, non ? dit-elle en réprimant un sourire.

Il lui lança un regard incrédule.

— Nous avons battu l'équipe de Spring Valley, une ville de plus de dix mille habitants ! C'était des joueurs chevronnés. Leur défaite a surpris tout le monde.

Elle secoua la tête et leva les yeux au ciel.

— D'accord… Je ne vais pas me bagarrer pour si peu. Puisqu'on parle de toi, comment se passe ta thérapie ?

— Bien. Ty est un vrai pro. Je n'aurais pu mieux choisir.

Comme Anne, penchée au-dessus de la table, commençait à trier les journaux en fonction de leur date de parution, il en profita pour jeter un coup d'œil sur les dates mentionnées sur les cartons autour de lui.

— Le père de Ty travaillait à l'accueil d'un supermarché, ces derniers temps.

Elle leva les yeux, surprise.

— Je croyais qu'il était employé comme mécanicien à Belle Pointe ? Tu m'avais dit que Ty avait été ton compagnon de jeu pendant toute ton enfance.

— C'est vrai.

Quelque chose, dans la voix de Buck, alerta Anne. Elle se redressa pour le dévisager.

— Oscar a été viré par Pearce.

Buck se mit à arpenter le couloir délimité par les étagères en métal.

— Le père de Ty était un excellent mécanicien, il entretenait nos engins à la perfection et si l'un d'eux tombait en panne, il se débrouillait pour le réparer dans les meilleurs délais. Quant Ty m'a raconté ce qui s'est passé, j'ai eu du mal à le croire.

— Quel était le motif de son renvoi ?

— Les heures supplémentaires des ouvriers s'étaient accumulées, et Pearce a décidé de les payer comme s'il s'agissait d'heures normales. Oscar a jugé ce procédé injuste, et l'a dit à voix haute. Pearce l'a renvoyé illico en l'accusant de monter les hommes contre lui.

En son for intérieur, Anne était heureuse de voir Buck s'intéresser de nouveau aux affaires de Belle Pointe, et de démontrer son intégrité en n'hésitant pas à se démarquer de la conduite de sa famille. L'annexion des terres de Harvey Jones l'avait rendu furieux, et le renvoi injustifié d'Oscar semblait avoir le même effet.

— Mais toi, tu ignorais cette histoire, murmura-t-elle prudemment.

— Si je l'avais sue, j'aurais pris un avocat pour défendre Oscar et je l'aurais payé de ma poche pour qu'il fasse un procès à ma famille, gronda-t-il.

Anne fut surprise par la violence de la réaction de Buck. Puisqu'il était actionnaire de Belle Pointe, sa famille aurait dû le mettre au courant de ce qui se passait dans la plantation, non ? Ou bien Buck avait-il mis une telle distance entre lui et eux, afin de se protéger émotionnellement, qu'il avait préféré ignorer leurs agissements ?

— J'essaie de comprendre ce qui s'est passé. Ta mère t'a empêché de jouer un rôle dans l'exploitation, mais elle a dû t'envoyer des rapports financiers régulièrement, puisque tu fais partie de la famille.

— J'en ai reçu, mais je ne les ai jamais lus. De toute façon, le renvoi d'Oscar n'y serait pas mentionné. Quant aux chèques qu'elle m'a adressés, je ne les ai pas touchés.

Elle le fixa, éberluée.

— Tu les as déchirés ?

Buck se concentra sur le bout de ses bottes.

— Ils sont transférés automatiquement à une œuvre de charité.

— Ah…

Juste après leur mariage, ils avaient connu une période de vaches maigres. Pourtant, Buck avait préféré se serrer la ceinture plutôt que d'accepter de l'argent provenant de sa famille. Le ressentiment qu'il abritait devait être bien plus profond qu'elle ne le pensait.

— Que comptes-tu faire, maintenant ?

Du bout de sa canne, Buck repoussa un carton poussiéreux pour l'aligner sur les autres.

— Suivre tes conseils.

— Mes conseils ? répéta-t-elle, de plus en plus surprise.

— Tu m'as suggéré d'accepter la proposition de ma mère. Il m'a semblé qu'en effet, la seule façon dont je pourrais changer les choses consistait à travailler dans la plantation. Après le déjeuner, je suis passé à Belle Pointe et j'ai annoncé à ma mère que je l'aiderai, en y mettant certaines conditions… qu'elle a admises à contrecœur.

Il eut un large sourire avant d'ajouter :

— Je commence dans deux jours.

Anne sourit à son tour.

— Laisse-moi deviner… Tu as exigé le retour d'Oscar Pittman.

— Je suis passé le voir et je l'ai recruté pour remplacer Will.

— Donc, la seconde condition concerne les terrains de Harvey Jones…

— Je rendrai le titre de propriété à Beatrice dès que j'aurai déniché un juriste honnête dans le coin.

Anne cligna les paupières, au comble de l'étonnement.

— Tu vas vraiment le faire ?

— Oui. Sinon, je rembourserai l'hypothèque sur mon propre argent. La plantation ne déboursera pas un centime.

— Non, elle perdra seulement quatre cents hectares… Mais tu as raison d'agir ainsi, Buck.

Il s'approcha d'elle et la regarda avec intensité. Le sourire d'Anne s'envola tandis que ses sens s'enflammaient. Ce regard, elle le connaissait. Quand il posa les mains sur sa taille, elle sentit son rythme cardiaque s'accélérer d'un coup. Instinctivement, elle se pressa contre lui, heureuse de retrouver la force, la fermeté, mais aussi la douceur de ce corps qu'elle aimait tant.

La virilité de Buck faisait surgir en elle tout ce qu'elle avait de plus féminin.

Il allait l'embrasser. Elle savait qu'en acceptant ce baiser, elle lui permettrait de franchir l'une des barrières dont elle s'était si soigneusement entourée ces derniers temps. Elle avait vécu des semaines horribles à tenter de surmonter son chagrin et sa souffrance, à tâcher de sauver ce qui pouvait encore l'être dans leur relation. Elle leva les yeux.

— Buck…

Comme s'il comprenait exactement ce qui se passait en elle, il la tint simplement serrée contre lui et enfouit son visage dans sa chevelure. Elle s'abandonna à son étreinte. Il ne l'avait pas tenue ainsi depuis une éternité…

— Mon amour, murmura-t-il, avant de poser ses lèvres sur son cou.

Il lui mordilla le lobe de l'oreille et la sentit frissonner entre ses bras. Encouragé par sa réaction, il traça de sa bouche une traînée incandescente jusqu'à la pointe de son décolleté. Elle avait l'intention de le repousser, mais son corps la trahit et un gémissement de plaisir s'échappa de ses lèvres entrouvertes. Le souffle de Buck se fit plus rapide. Ses doigts firent sauter les boutons de son chemisier, ses paumes se glissèrent sous son soutien-gorge, le relevant suffisamment pour qu'en se penchant, il puisse poser ses lèvres sur ses seins. Avec avidité, il les taquina de la langue, en prit une pointe dans sa bouche, tandis qu'Anne se ployait, la tête renversée, haletante de désir, remerciant le ciel de lui accorder ce moment de pure sensualité qui, l'espace de quelques secondes, lui faisait oublier la souffrance d'avoir perdu son bébé.

— Viens avec moi, Anne. Allons au pavillon, chuchota Buck entre deux baisers passionnés.

Elle sentit le sexe de Buck pressé contre le sien.

— Tu m'as tellement manqué, lui glissa-t-il à l'oreille.

Il lui avait manqué, lui aussi. A Tallulah, Buck se montrait sous un aspect différent, qui lui plaisait infiniment plus que la star vivant dans une bulle luxueuse, entourée de son équipe et de ses fans. S'ils rentraient à Saint Louis, il reprendrait automatiquement cette personnalité-là. Elle savait que le base-ball, c'était toute la vie de Buck. Il n'était venu jusqu'ici que pour la revoir. Avant de reprendre leur relation, elle devait s'assurer qu'elle aurait la force de renouer avec cette façon de vivre et que cela suffirait à la satisfaire.

Les mains sur les bras de son mari, elle fit un pas en arrière.

— Non, Buck. Désolée…

Il s'immobilisa, le souffle court, en proie à un désir violent. Puis il la relâcha lentement et poussa un profond soupir.

— Comment pouvons-nous sauver notre relation si nous ne sommes pas ensemble, Anne ?

— Pour toi, être ensemble, cela signifie automatiquement avoir une relation sexuelle, n'est-ce pas ?

Il émit un grognement frustré.

— Pourquoi emploies-tu ces mots ? Moi, j'appelle cela faire l'amour. Je t'aime toujours.

— Peu importe comment tu l'appelles, ce n'est pas ainsi que nous sauverons notre couple.

Il aspira une grande bouffée d'air et la regarda dans les yeux.

— Très bien. Alors nous ferons l'amour, mais sans protection.

Elle se mordit la lèvre sous le coup de l'émotion. Voilà qu'il lui offrait ce qu'elle n'avait cessé de souhaiter de tout son cœur pendant des années…

Il lui fallut quelques secondes avant de pouvoir articuler un mot.

— En d'autres termes, tu serais d'accord pour avoir un enfant parce que c'est le moyen de me faire reprendre la vie commune…

— Non ! Non, ce n'est pas du tout ça…

— Explique-moi ce que tu veux, alors.

Il se détourna un instant et demeura silencieux, en réfléchissant aux paroles qu'il allait prononcer.

— Notre relation est intense, et je sais qu'elle peut être durable. Aujourd'hui, tu connais ma famille, tu as vu comment les Whitaker se comportent. Je ne veux pas échanger ce que nous avons pour former une famille qui leur ressemble… Maintenant, tu peux le comprendre, non ?

— Comment pourrais-je te convaincre que si nous avions des enfants, nous ne deviendrions pas comme eux ? A croire qu'il s'agit d'un gène défectueux, transmissible et inévitable !

Il croisa son regard.

— Je pense simplement qu'il vaut mieux ne pas prendre le risque.

Elle replia l'un des journaux posés sur la table sans même l'avoir parcouru.

— Dans ce cas, tu peux constater comme moi que nos points de vue diffèrent radicalement à ce sujet. Il nous faut réfléchir pour savoir si nous pouvons être heureux ensemble en dépit de cela, lâcha-t-elle avec calme.

Elle s'attendait à ce qu'il explose de colère. L'expérience lui avait appris que lorsque Buck souffrait de frustration sexuelle, il avait les nerfs à vif. L'homme qui avait accueilli la nouvelle de sa paternité avec fureur, celui qui avait pris le volant et envoyé son coupé sport dans un fossé lui aurait sans doute fait une scène.

Mais de nouveau, Buck la surprit. Adossé au mur et appuyé sur sa canne, il semblait à la fois bouleversé et déçu.

— J'ai poussé le bouchon un peu loin, murmura-t-il d'un ton timide.

— En m'offrant de faire l'amour sans protection si je venais avec toi dans le pavillon de chasse ? Oui, je crois que tu es allé trop loin.

— Ce qui veut dire que je vais dormir seul ce soir, c'est cela ?

Elle ne put s'empêcher de sourire devant son air de gamin perdu. Pour la première fois depuis leur séparation, elle se prit à espérer qu'ils finiraient par résoudre leurs problèmes. Oui, l'espoir qu'elle ressentait était ténu, plus fragile qu'un fil de soie, mais au moins il existait.

Pour dissimuler son sourire, Anne se détourna et fit mine de lire les gros titres du journal étalé devant elle.

— Oui, c'est cela. A moins que tu ne t'achètes un chat ou un chien, rétorqua-t-elle.

Tout en parcourant les gros titres de ces anciens numéros, elle poursuivit leur conversation comme si leur interlude passionné n'avait pas eu lieu.

— Qu'est-ce qui te fait croire que ta mère et ton frère vont céder à tes exigences et accepter les changements que tu envisages de faire à Belle Pointe ?

Buck haussa les épaules.

— Pearce devra consacrer tout son temps à la politique, il ne pourra que ronchonner… D'ailleurs, c'est ce qu'il a fait hier, quand il est venu me voir au pavillon de chasse. Quant à ma mère, elle s'efforcera de me mettre des bâtons dans les roues, mais j'en ai l'habitude. Et je n'ai jamais refusé une bonne bagarre.

Une goutte de sueur froide perla au front d'Anne quand elle

songea aux bouleversements à venir. Son père avait raison. Qu'il en soit conscient ou non, le formidable succès de Buck en tant que sportif de haut niveau lui donnait une confiance en lui, un sentiment qui avait failli être étouffé par sa mère lorsqu'elle l'avait évincé de la plantation, quinze ans plus tôt. Comme elle aurait aimé être une petite souris derrière une chaise, pour assister au moment où Victoria comprendrait enfin que son fils n'était pas un pantin qu'elle pouvait manipuler à son gré !

Elle ébaucha un sourire amusé tout en retirant du carton le journal suivant. Il s'agissait d'un numéro paru en septembre 1986. Son sourire s'effaça devant la photo affichée en première page, celle d'un groupe de chasseurs en vêtements de camouflage. Incrédule, elle lut le gros titre qui s'étalait juste au-dessus :

« Un homme d'affaires tué au cours d'une partie de chasse. »

Au milieu du groupe se tenaient trois Whitaker : John, Pearce, et, entre eux, Buck, à peine sorti de l'adolescence.

Voyant l'air troublé d'Anne, Buck se pencha pour voir le journal.

— Qu'est-ce que…

Sa voix s'étrangla quand il aperçut la photo.

— Merde, lâcha-t-il à mi-voix.

Anne se tourna vers lui.

— Quelqu'un a été tué, alors que ta famille était présente ? Pourquoi ne m'as-tu jamais parlé de cette histoire ?

Buck se passa une main sur le menton, ombré par une barbe de deux jours.

— Pourquoi l'aurais-je fait ? Il s'agit d'une sale affaire, et c'est un souvenir que je n'aime pas évoquer.

Anne secoua la tête.

— L'article indique que la victime s'appelait Jim Bob Baker, et qu'il avait quarante ans. Comment se fait-il que Pearce et toi, vous chassiez en compagnie d'hommes beaucoup plus âgés ? Je n'ai jamais compris la tradition qui consiste à donner des armes à de tout jeunes gens.

— Les hommes des cavernes chassaient déjà, Anne. C'est sans doute le sport le plus ancien qui existe. Tu penses que c'est une pratique barbare, mais je te garantis que ce n'est pas le cas ici, dans le delta.

— Je sais, admit-elle.

Elle tapota le papier jauni du journal, l'air perplexe.

— Si un homme a été tué au cours d'une partie de chasse à laquelle tu participais, cela a dû te traumatiser… Tu étais si jeune ! Il est étrange que tu n'y aies jamais fait la moindre allusion.

— C'est du passé. Laisse les morts en paix, Anne.

Elle le dévisagea longuement.

— Voilà un bon exemple de nos problèmes de couple, Buck. Je suis en train de découvrir des fragments de ta vie que tu n'as cessé de me dissimuler parce que, selon toi, ils n'ont aucune importance. Or, je sais que c'est faux. Tu détestes les armes et tu déclines toutes les invitations à aller à la chasse. Tu as même refusé d'accompagner des amis qui partaient faire un safari en Afrique. Maintenant que j'ai ce journal sous les yeux, je comprends pourquoi.

Elle le regarda droit dans les yeux.

— Il est temps de me mettre au courant, Buck.

Il hésita. Elle crut qu'il allait refuser. Contre toute attente, il poussa un profond soupir, se cala un peu plus contre l'étagère pour soulager son genou, et, le regard fixé sur le sol, il se mit à parler.

— J'avais dix-sept ans et Pearce en avait vingt. Nous avions appris à chasser dès notre plus jeune âge. La palombe ou le chevreuil, peu importait. C'était une activité évidente pour nous, qui ne consistait pas uniquement à tuer du gibier. Non, c'était une façon de vivre entre hommes, pendant une saison.

Il hocha la tête, comme s'il se rappelait ces souvenirs de jeunesse avec une certaine tendresse, et reprit d'une voix calme.

— Cette année-là, à l'ouverture de la chasse, je faisais équipe avec mon père et Pearce, lui, se trouvait avec Jim Bob Baker. Pour des raisons de sécurité, papa insistait toujours pour associer un jeune avec un chasseur expérimenté. Baker était un homme d'affaires, il vendait des machines à égrener le coton, et Belle Pointe était l'un de ses meilleurs clients. C'est pour cela que papa l'avait invité. Ces parties de chasse comportaient à la fois un aspect sportif et un aspect social, ne l'oublie pas.

Buck se tut un instant. Fascinée par son récit, Anne ne le quittait pas des yeux.

— La veille de la chasse, nous avons mangé et bu plus que de coutume. En général, nous préparions des grillades sur le barbecue et nous arrosions le repas de pas mal d'alcool. Ensuite, ceux qui le souhaitaient prolongeaient la soirée en jouant au poker. Les autres allaient se coucher. Comme tu le sais, il y a un certain nombre de chambres dans le pavillon de chasse...

— Non. Je n'y suis jamais allée.

Il eut un rire bref.

— Il te suffit de me le demander et je t'y emmène tout de suite. Tu peux prendre tes affaires et y loger. Nous occuperons des chambres séparées.

Il leva les mains.

— Tu as ma parole.

Elle secoua la tête.

— Continue ton histoire, je t'en prie.

— Le lendemain, nous sommes partis à l'aube. Je me trouvais avec mon père et Pearce était avec Baker, comme prévu. Les oiseaux étaient si nombreux que nous avons atteint notre quota pour la journée en peu de temps. En fin de matinée, la plupart des chasseurs avaient décidé de retourner au pavillon pour déjeuner. Mais Pearce et Baker, eux, n'étaient pas rentrés.

Le regard de Buck se posa un instant sur le journal encore étalé sur la table.

— Nous avons entendu Pearce hurler, puis nous l'avons vu courir vers le pavillon. Je me suis précipité à sa rencontre. Il semblait bouleversé, ce qui ne lui arrivait pratiquement jamais. Il nous a expliqué qu'il y avait eu un accident, que Baker se trouvait dans une clairière, près du fleuve, et qu'on lui avait tiré dessus.

Buck poussa un soupir.

— Parmi les chasseurs se trouvaient deux médecins. Ils ont aussitôt suivi Pearce, qui nous a montré le chemin jusqu'à l'endroit où gisait Baker. Grands dieux, tu n'imagines pas la scène… Il était couvert de sang…

Perdu dans ses souvenirs, Buck avait le regard flou, lointain.

Anne posa une main sur sa poitrine.

— Oh, Buck, tu n'avais que dix-sept ans !

— Je n'ai pas assisté à son agonie. Lorsque nous nous sommes approchés, Baker était déjà mort. Il n'y avait plus rien à faire.

Du bout de sa canne, il tapota machinalement ses chaussures de tennis.

— Apparemment, il s'était tué avec son propre fusil, ajouta-t-il à mi-voix.

— Mais comment cela a-t-il pu arriver ? Je croyais que Baker était un chasseur expérimenté…

— D'après ce que nous a dit Pearce, il a voulu franchir une barrière et au lieu de tendre son fusil à mon frère, il l'a gardé avec lui pendant qu'il tentait de passer par-dessus… Il a dû faire un faux mouvement et le coup est parti. Le canon se trouvait tout près de sa gorge. Il s'agissait d'un fusil de gros calibre, et je te garantis que ça peut faire des dégâts.

Anne ignorait presque tout des aspects techniques des armes à feu. En revanche, son esprit de journaliste était en ébullition.

— La chasse était terminée. Il n'avait pas mis le cran de sûreté, avant de rentrer au pavillon ? Surtout avant de grimper sur une barrière ? Même moi, je sais ce genre de chose, Buck ! protesta-t-elle, incrédule.

— Il l'avait oublié. C'est ce que tout le monde en a déduit.

Ils demeurèrent silencieux.

— D'après le journal, il s'agissait d'un accident. Y a-t-il eu un doute sur la cause de sa mort ? demanda finalement Anne.

Buck lui lança un regard étrange.

— Pourquoi poses-tu cette question ?

Elle haussa légèrement les épaules.

— Je ne sais pas vraiment… Je suis journaliste, j'ai de l'intuition, et ton expression me rend perplexe.

Il s'assit sur la table, épuisé à la fois physiquement et émotionnellement.

— Ce que je vais te dire, je ne l'ai jamais confié à personne. La veille de la chasse, je ne me suis pas couché en même temps que les autres. Je suis resté sous le porche, allongé sur la balancelle, pour regarder les étoiles… A dix-sept ans, on a le droit d'être un peu romantique. J'ai entendu un bruit de voix, qui venait d'un petit chemin qui coupe à travers bois et permet d'accéder au pavillon quand on est à pied. Nous étions nombreux, cela me semblait normal que certains d'entre nous soient sortis pour bavarder. Mais le son des voix était déplaisant. Il s'agissait de deux hommes qui se lançaient des insultes à la tête.

Buck se pencha, les coudes sur les genoux, et fronça les sourcils comme si ces souvenirs le troublaient encore.

— Je n'entendais que des bribes de la discussion et des jurons bien sentis, mais j'ai pu reconnaître les voix. L'une appartenait à mon frère, l'autre à Baker.

— Pourquoi se disputaient-ils ?

— Il s'agissait d'argent. D'un contrat avec Belle Pointe, pour des égreneuses. Et d'affaires personnelles qui…

Il se tut brusquement.

— … qui ? insista Anne.

Buck secoua la tête.

— Cela n'avait pas vraiment de sens, et puis c'était…

— … personnel, acheva Anne pour lui.

Buck ne comprenait-il pas qu'en refusant de lui raconter cette partie des événements, il la blessait autant que s'il ne lui en avait rien dévoilé ? S'il lui faisait confiance, il devait tout lui dire. Mais il était clair que Buck ne voyait pas les choses ainsi.

— La police est venue, puis l'officier chargé de l'instruction. Ensuite, les médias se sont emparés de l'affaire : la télévision, les journaux…

Il lui coula un regard en biais.

— Cela a été mon premier contact avec les journalistes. Plutôt négatif, je l'avoue.

— Qu'est-ce que t'a répondu Pearce, quand tu lui as dit ce que tu avais entendu ?

— Il m'a expliqué que Baker et lui s'étaient réconciliés le matin, au cours de la partie de chasse. Et il m'a dit d'oublier cette histoire. Ce que j'ai fait, ajouta Buck en regardant Anne dans les yeux.

— Comment cela, tu l'as fait ?

Buck lança un coup d'œil à sa montre, saisit sa canne et se redressa, en prenant soin de ne pas peser sur son genou.

Voyant qu'il n'avait guère l'intention de lui répondre, Anne se campa devant lui.

— Un homme est mort, Buck. Et il est mort dans des circonstances on ne peut plus suspectes. Comment peux-tu oublier ce genre de chose ?

Il s'éloigna à pas lents vers l'escalier.

— J'ai loué une voiture pour toi. Une Mercedes. Le même modèle que le coupé que tu conduis à Saint Louis. J'ai pensé que cela te serait plus facile.

— Merci. Mais au moins, dis-moi que tu as eu une discussion avec ton père à propos de cette partie de chasse.

Buck s'arrêta au pied de l'escalier, les yeux fixés sur la crosse de sa canne, l'air pensif.

Puis il leva la tête et soutint le regard de sa femme.

— Je l'ai fait. J'ai vu que la mort de Baker le perturbait beaucoup. Je crois que pour lui, quelque chose, dans l'histoire de Pearce, ne collait pas. Mais j'ai eu l'impression qu'il n'avait pas envie de voir ses soupçons se confirmer.

Sans quitter Anne des yeux, il poursuivit :

— J'ai hésité à lui raconter que j'avais entendu Pearce et Baker se disputer la veille. Je voulais choisir mes mots, car je savais que chacun d'eux aurait une importance considérable. Avant que j'ouvre la bouche, il s'est lancé dans un discours sur notre responsabilité envers le nom des Whitaker. D'après lui, ce n'était pas seulement une question de terres, ni même de générations — c'était aussi le fait que beaucoup de gens comptaient sur nous dans la région. Un scandale n'affecterait pas uniquement Belle Pointe, car ses conséquences seraient très dures pour tous nos employés. En tant que descendant des Whitaker, mon premier devoir était de protéger les membres de notre communauté dans le delta, et ce devoir était prioritaire par rapport à tout le reste.

Anne le contempla, bouche bée.

— Ainsi, il savait… Il avait deviné ce que tu voulais lui dire, murmura-t-elle, stupéfaite.

Buck baissa la tête.

— J'ignore ce qu'il savait exactement. Nous n'avons plus jamais abordé le sujet. Je suis reparti à l'université et j'ai tenté de ne plus penser à cette histoire. Ne crois pas que cela m'a été facile. J'avais une tonne d'excuses : je ne voulais pas blesser mon père, ni salir le nom des Whitaker, ni ouvrir une boîte de Pandore. De plus, je suis bien obligé d'avouer que Pearce étant mon frère, le scandale pouvait rejaillir sur moi. A l'époque, je visais une bourse pour continuer le base-ball, et je ne voulais pas que l'on m'associe à un…

Sa voix se brisa. Non, il ne voulait pas prononcer ce mot.

— A un suspect accusé de meurtre, articula Anne avec clarté.

Comme il demeurait silencieux, l'air sombre, elle reprit :

— Tu ne m'as pas expliqué pour quel motif il aurait accompli une telle horreur.

— Je l'ignore…

De nouveau, il préféra se taire. Elle le dévisagea un moment, certaine du contraire. Quelques instants plus tôt, il avait admis avoir entendu quelque chose à propos « d'affaires personnelles », qu'il avait refusé de lui révéler. Le ferait-il maintenant ?

— En fait, j'ai l'impression que cela concerne ma mère, murmura-t-il.

— Ta mère ? répéta-t-elle, stupéfaite. Mais pourquoi ?

— A cause d'un commentaire de Baker. Je n'en ai jamais parlé jusqu'à ce jour.

Il croisa son regard.

— J'ai entendu Baker dire à Pearce : « Si je parle, ta mère sera punie comme elle le mérite. »

— Buck… Tu crois que ton père était au courant de ce qu'avait pu commettre sa femme ?

— Nous ne le saurons jamais.

Sur ce, il se détourna et entreprit de gravir l'escalier qui débouchait dans le hall. Elle le suivit des yeux, encore sous le choc de ce qu'elle venait d'apprendre.

— Cette histoire est ahurissante, Buck…

Il s'arrêta sur une marche, lui lançant un regard sombre.

— Je te l'avais pourtant dit, Anne. Je suis issu d'une famille complètement tordue. Tu me crois, maintenant ?

Beatrice et Paige arrivèrent au siège du journal quelques minutes après le départ de Buck. Pendant que Paige descendait l'escalier dans un bruit de bottes militaires, Anne s'empressa de replier le journal dont la une concernait le fameux accident de chasse, et de le ranger hors de la vue de l'adolescente.

— On a rencontré oncle Buck qui sortait d'ici. Qu'est-ce qu'il a ? Il semblait vraiment bizarre, déclara cette dernière.

— N'oublie pas tes bonnes décisions, Paige. Pas de questions personnelles ! lui rappela Beatrice, en descendant à son tour les marches, mais avec la plus grande prudence.

Arrivée en bas, elle plissa le nez et agita sa main devant son visage.

— Tu es dans un nuage de poussière, Anne !

— C'est le prix à payer pour faire resurgir le passé, répondit la jeune femme en lançant un regard autour d'elle.

Beatrice la dévisagea avec attention.

— Peut-être arrivons-nous à un mauvais moment ? Paige est censée classer des documents, mais elle peut aussi bien travailler en haut, dit Beatrice.

Paige se glissa entre les deux femmes. Elle se tourna vers Anne, les yeux brillant de curiosité.

— J'avais raison, hein ? Je parie que Buck était très énervé

à cause de quelque chose que tu as découvert ! Eh bien, la semaine risque d'être passionnante… D'abord ma mère, et ensuite ma tante.

— Paige, appela Beatrice en lui lançant un regard sévère.

Imperturbable, Anne posa le couvercle sur le carton posé sur la table.

— J'ai une tâche pour toi, Paige. Tout à l'heure, j'ai voulu prendre un carton, mais le fond a craqué et tous les documents se sont répandus sur le sol dans la deuxième allée. Pourrais-tu me chercher un carton neuf, s'il te plaît ?

— Oui, mais vous ne voulez pas entendre toutes les deux pourquoi ma mère a pété les plombs ce matin ?

— Pas vraiment, murmura Beatrice.

— Pourtant, rien que d'y penser, ça me donne la chair de poule, insista Paige.

— Je parie que c'est une affaire très personnelle, dit Anne en réprimant un sourire amusé.

Paige tapota sa lèvre inférieure du bout du doigt en faisant mine de réfléchir.

— Hum… Une histoire d'amour, c'est très personnel ?

— Evidemment ! s'exclamèrent en chœur les deux femmes.

Paige sourit, enchantée d'avoir captivé leur intérêt.

— Je plaisantais. En fait, cela est arrivé quand maman était au lycée…

— C'est sa vie privée, affirma Beatrice d'un ton péremptoire.

Elle fit un clin d'œil à Paige.

— Les documents qui sont éparpillés sur le sol de la deuxième allée ne vont pas sauter tout seuls dans le carton.

— Je vais les ramasser, promis. Dans une minute.

L'adolescente s'approcha de la table et s'assit sur le bord, exactement comme son oncle l'avait fait un peu plus tôt.

— Bon, voilà l'affaire. Claire me conduisait à l'école, et elle a été arrêtée pour excès de vitesse.

Tout en balançant ses jambes dans le vide, Paige attendit la réaction de son public. Comme Anne et Beatrice demeuraient silencieuses, elle poursuivit sans sourciller.

— Devinez qui l'a arrêtée ?

— La police, je suppose, répondit Beatrice, l'air neutre.

— Jack Breedlove, annonça Paige avec emphase.

Baissant la voix, elle ajouta sur le ton de la confidence :

— C'est lui, l'ancien amour de maman.

— Et alors ? lâcha Beatrice, imperturbable.

Paige sauta de la table et se campa devant elle, les mains sur les hanches.

— Beady, tu le savais ! Evidemment, tu es au courant de tout ce qui s'est passé à Tallulah !

Elle fit volte-face et contempla Anne.

— Maman et Jack sont sortis ensemble pendant une année entière !

— Ah ? Ça ne se fait plus de sortir ensemble pendant un an, maintenant ? demanda Anne, la voix douce et teintée d'ironie.

Paige secoua ses mèches orange avec un brin d'agacement.

— Claire m'a fait cette confidence parce que j'ai vu à quel point elle était troublée par sa rencontre avec Breedlove. Et je l'ai harcelée jusqu'à ce qu'elle me dise la vérité… Si seulement vous l'aviez vue, quand elle a pété un câble parce que Breedlove lui a parlé en se penchant vers elle !

— En général, les gens deviennent nerveux quand ils sont arrêtés par la police, souligna Anne.

— Je te promets que ce n'était pas de la nervosité… C'était beaucoup plus que cela ! Faut dire que Breedlove ressemble à Brad Pitt, alors je la comprends. Il est rudement sexy, ce type. Ils ont bavardé, et puis Claire a dit : « Bon, donne-moi cette amende, Jack », d'un ton cassant. Alors il la lui a donnée, mais elle a rougi jusqu'aux oreilles quand il lui a dit : « Ce n'est pas une amende. C'est juste un avertissement, Claire. »

— Elle a dû être soulagée, murmura Beatrice.

Paige haussa une épaule.

— Oui… Mais ensuite, il lui a dit : « J'ai été très heureux de te revoir, Claire, après tout ce temps. » C'est vraiment bizarre, non ?

Comme son auditoire ne réagissait pas, Paige poursuivit :

— Et elle a répondu : « Moi aussi, Jack. J'espère que nous nous reverrons bientôt. »

Paige lança un coup d'œil aux deux femmes, un peu déçue par l'air impassible qu'elles arboraient.

— Breedlove a ajouté : « Pourquoi ? Il y a eu des changements dans ton univers ? Tu crois que j'y serai le bienvenu, maintenant ? » A ce moment-là, Claire est devenue blanche comme un linge, je vous le jure !

— Cesse d'appeler ta mère par son prénom, l'admonesta Beatrice.

— D'accord.

L'adolescente inspira un grand coup avant de lâcher sa bombe, qui, elle l'espérait, ferait son effet.

— Alors voilà la question que je me pose, maintenant : Jack Breedlove est-il mon vrai père ?

Elle avait visé juste. Anne et Beatrice la fixèrent, abasourdies.

— Bien sûr que non ! Tu sais parfaitement qui est ton père, répondit Beatrice, outrée.

Paige sauta de la table et grimpa sur le vieil escabeau pour atteindre une pile de cartons neufs pliés. Elle en prit un, tout en continuant avec le plus grand naturel une conversation qui prenait un tour de plus en plus étonnant.

— Pourtant, maman a eu un comportement bizarre en le voyant… Je me demande si c'est Pearce qui a provoqué leur rupture ?

Beatrice, qui se préparait à partir, s'arrêta au pied de l'escalier.

— Non, ce sont les parents de Claire. Elle n'avait que seize ans et ils l'ont envoyée en pension très loin d'ici. Jack Breedlove ne peut pas être ton père, car il s'est engagé dans l'armée. Il se trouvait au Koweit quand Claire était enceinte. Tu peux faire le calcul toi-même.

— Tu connais toute l'histoire, alors ? Tu sais que mes grands-parents ont rejeté Jack parce qu'il ne faisait pas partie de la bonne société ! Ils ont coupé ma mère de tous ses amis en l'expédiant le plus loin possible… La pauvre, elle a dû souffrir un max !

Paige se tut, pensive, avant de lancer sa deuxième bombe :

— Je crois que ma mère aurait été plus heureuse avec Jack Breedlove.

Beatrice croisa le regard d'Anne avant de répondre avec douceur :

— Il vaut mieux s'abstenir de tirer des conclusions hâtives, Paige. Les apparences sont parfois trompeuses.

— Peut-être. Mais ma mère est malheureuse, ça se voit comme le nez au milieu du visage.

— Il faut que je file, ma boutique m'attend. Anne, ne fais pas la cuisine ce soir, je t'en prie. Je me sens coupable quand je rentre pour mettre les pieds sous la table, lança Beatrice avant de s'éclipser.

Demeurée seule avec l'adolescente, Anne pria tout bas pour que Paige ne relance pas la conversation sur les affaires de cœur de sa mère. Le ciel l'entendit, car Paige se trouva un autre centre d'intérêt. Pleine de bonne volonté, elle s'était agenouillée sur le sol pour rassembler les documents et les journaux tombés du carton, dans la seconde allée, quand elle s'exclama, les yeux fixés sur la première page d'un ancien exemplaire de *L'Observateur* :

— Regarde, Anne… Cet article raconte l'histoire d'un garçon de Tallulah qui a été tué au cours de la guerre au Viêt-nam. Dommage. Il avait l'air super mignon, d'après sa photo.

Anne lança un vague coup d'œil au journal dont le papier était jauni par les années.

— Cette guerre a fait bien trop de victimes, dit-elle en soupirant.

— Rudy Baker, vingt et un ans, annonça Paige.

Elle se pencha pour mieux examiner le visage du jeune soldat.

— Curieux… J'ai l'impression de l'avoir déjà vu, alors que c'est impossible.

Anne l'écoutait d'une oreille distraite. Pour l'instant, et en dépit de l'interruption théâtrale de Paige et de son récit concernant Claire, elle accordait toute son attention à l'accident de chasse qui avait eu lieu en 1985. Non seulement il pouvait s'agir d'un meurtre, mais en plus, Buck avait entendu cette remarque à propos de Victoria qui devait « recevoir la punition qu'elle méritait »… L'événement avait suffisamment traumatisé Buck pour que ce morceau de phrase, attrapé au vol, le tourmente encore, même après toutes ces années. Elle comprenait de plus en plus pourquoi son mari avait décidé de garder ses distances avec sa famille, et elle ne pouvait s'empêcher de lui donner raison.

Buck croyait que sa mère détenait un secret suffisamment important pour que Pearce décide de commettre un crime, afin que ce secret ne soit jamais dévoilé. Du moins, c'était une hypothèse plausible. Voilà qui avait de quoi exciter les cellules grises de n'importe quel journaliste, et les siennes en particulier…

Ce soir-là, tandis qu'elle se glissait entre ses draps, Anne songea au nom du jeune citoyen de Tallulah qui avait été tué au Viêt-nam. Rudy Baker… Etait-il apparenté à Jim Bob Baker, celui qui était mort pendant qu'il chassait en compagnie de Pearce ? Les yeux clos, elle se promit de mener des recherches dans cette direction avant de sombrer dans un sommeil profond.

14.

Ces derniers temps, les dîners à Belle Pointe semblaient une affaire de femmes. Paige en était enchantée, car lorsque son père était présent au repas, il monopolisait la conversation. On n'entendait plus que sa voix et parfois celle du Dragon… Mais Claire ne semblait guère s'en soucier. D'ailleurs, que se passait-il dans la tête de sa mère ? Cela faisait cinq jours qu'elle n'avait pas touché à l'alcool. Pour une fois, allait-elle tenir sa promesse ? En la regardant, Paige croisait les doigts sous la table.

L'inquiétude n'empêcha pas l'adolescente de se servir une bonne portion de légumes et d'y ajouter deux grosses cuillerées de gratin de maïs. Pas question de toucher au poulet rôti, même si le fumet qu'il dégageait la faisait saliver.

— Que se passe-t-il ? Tu es malade ? demanda sa mère, en voyant qu'elle ne se servait pas de viande.

— Non. Je suis végétarienne.

Avec un petit rire, Claire haussa les sourcils.

— Depuis quand ?

— Depuis que j'ai lu un article sur la nutrition, cet après-midi. Sais-tu que si tu ne manges aucune nourriture d'origine animale, tu peux ajouter six ans à ton espérance de vie ? Paraît que c'est démontré scientifiquement, affirma l'adolescente.

— Je ne voudrais pas vivre aussi longtemps si je devais me passer d'un bon steak jusqu'à la fin de mes jours, rétorqua Claire avant d'avaler avec appétit une bouchée de poulet.

— En tout cas, pas question que j'abandonne, même si ce n'est que mon premier jour, affirma Paige, tout en louchant sur l'assiette de sa mère.

— D'où te vient cette nouvelle lubie ? s'enquit Claire.

— Je te l'ai dit, j'ai lu un article dans un vieux numéro de *L'Observateur* que j'étais en train de classer. Je trouve ce boulot très intéressant, maintenant que je travaille avec Anne. Les journalistes écoutent le pouls de la communauté… Ils savent tout ce qui s'y passe, et grâce aux archives, ils peuvent découvrir tous les détails de son passé. C'est super !

— Tu « écoutes le pouls de la communauté » ? répéta Claire, amusée par cet accès d'enthousiasme, bien rare chez sa fille.

— Oui.

— Alors, raconte-nous quelque chose d'intéressant.

Avant de répondre, Paige prit le temps de mâcher soigneusement le brocoli qu'elle venait de porter à sa bouche. D'après l'article sur la nutrition, la mastication était une fonction très importante de l'organisme humain.

— J'ai choisi ma future carrière, déclara-t-elle avec emphase, une fois le brocoli avalé.

— Et c'est quoi ?

— Le journalisme. Il faut de l'audace et de l'intelligence, et ce sont mes deux qualités les plus évidentes, dit l'adolescente en faisant fi de toute modestie. Et puis on voyage partout, et on est au courant dès qu'un événement arrive.

— Je connais au moins une personne qui fait ce métier et qui possède ces qualités, déclara Claire. Je ne veux pas citer son nom, mais peut-être es-tu influencée par son exemple ?

Les sourcils légèrement froncés, le dos bien droit sur sa

chaise, Victoria se tourna vers Claire et intervint pour la première fois dans la conversation, empêchant ainsi Paige de répondre à sa mère.

— Je suppose que c'est à Anne que tu fais allusion ? J'avoue que son article m'a beaucoup déçue. Je me demande si elle peut être un exemple pour Paige.

L'adolescente s'empressa de défendre sa nouvelle idole.

— Elle est l'incarnation de la parfaite journaliste. J'adore farfouiller dans tous ces vieux journaux avec elle.

Victoria posa son couteau sur le bord de son assiette et regarda sa petite-fille.

— Que cherche-t-elle, exactement ?

— Des informations sur la famille.

Paige fixa la corbeille contenant des petits pains tout chauds.

— On peut manger du pain, quand on est végétarienne ?

— Je suppose, dit Claire en souriant.

Victoria tendit la corbeille à Paige.

— Quel genre d'information ? insista-t-elle.

— Tout ce qui concerne les Whitaker et Belle Pointe. Et ça ne manque pas, croyez-moi, déclara l'adolescente, avant de mordre à belles dents dans l'un des deux pains dont elle venait de s'emparer.

Comme elle s'apprêtait à ajouter quelque chose, Victoria la réduisit au silence d'un geste de la main.

— Ne parle pas la bouche pleine.

Paige avala quelques gorgées de thé glacé. Malgré les recommandations de Victoria, elle refusait obstinément de boire du lait.

— Anne ne lit pas seulement les articles sur oncle Buck. Elle regarde tout ce qui a été écrit sur nous, et elle pose des tas de questions.

— Je t'interdis de parler de la famille avec elle ! gronda celle que Paige surnommait le Dragon.

— C'est Beady qu'elle interroge, grand-mère. Beady connaît sur le bout des doigts toute l'histoire de Tallulah et de ses habitants.

Paige se tourna vers sa mère, l'air soudain très excitée.

— Beady savait même que toi et Jack vous étiez amants, dans votre jeunesse !

Claire faillit s'étrangler dans son verre de thé.

— Paige ! Qu'est-ce que tu racontes ? lança-t-elle, horrifiée.

— Mais elle a définitivement écarté l'hypothèse selon laquelle Jack serait mon père, poursuivit Paige, implacable.

— Oh, mon Dieu…, gémit Claire, la voix faible.

L'adolescente sourit d'une oreille à l'autre.

— Je plaisantais, maman.

Victoria lança un regard glacial à Claire.

— Qu'est-ce que c'est que cette histoire ?

— C'est un tissu d'absurdités, je vous assure. Paige, si tu ne peux pas te conduire correctement, je préfère que tu quittes la table, dit Claire en adoptant pour une fois un ton ferme.

Paige attira à elle le grand bol contenant une salade composée. Ça, au moins, c'était un mets dont elle pouvait user et abuser !

Après s'être servie copieusement, elle poursuivit son monologue avec entrain.

— Où est-ce que j'en étais ? Ah, oui… Tante Anne qui farfouille dans des cartons pleins d'archives… Franchement, il n'y a pas de quoi avoir la chair de poule, Granny. Ces vieux journaux l'intéressent parce qu'elle a épousé oncle Buck, et que son père est lui-même amoureux de la région, jusqu'à écrire un livre sur son histoire.

Paige s'interrompit, le temps que Miriam lui verse une nouvelle rasade de thé glacé.

— Tante Anne croit que je ne remarque pas ce qu'elle lit, mais elle se trompe. Je suis bien obligée de le savoir, puisque c'est moi qui classe tous les documents, qui range les cartons à leur place, et qui m'occupe des archives que ce vieux prof a léguées au journal avant de pousser son dernier soupir !

— Tu as peut-être la fibre du journalisme, finalement, dit Claire, amusée.

— Tante Anne a interrompu sa carrière parce qu'elle avait épousé oncle Buck et qu'elle devait voyager sans cesse avec lui. Peut-être que c'est pour ça qu'elle s'est installée chez son père alors qu'oncle Buck habite dans le pavillon de chasse. Elle en a assez d'être une carpette.

— Une carpette ? répéta Claire sans comprendre.

— Ouais, tu sais, une jolie fille sans cervelle qui fait les quatre volontés de son mari. Les champions en raffolent, car c'est le genre de femmes qui les suivent comme des caniches. Le souci, c'est que tante Anne est intelligente et qu'elle veut travailler. Je crois qu'elle veut aussi avoir un bébé. Elle est tout émue chaque fois qu'elle en voit un…

— Ce ne sont que des suppositions, Paige. Tu n'as pas intérêt à mettre le nez dans les affaires d'Anne et de Buck. Ton oncle t'écorcherait vive s'il savait que tu colportes des rumeurs à propos de leur couple, affirma Claire.

Paige hocha la tête.

— Je sais. Je ne dirai rien, promis. Je les aime bien tous les deux.

Victoria se tamponna les lèvres du bout de sa serviette.

— Puisque tu sais tant de choses, tu pourras peut-être m'indiquer la raison pour laquelle Anne rassemble toutes ces informations sur notre famille.

—

L'air pensif, Paige acheva de mastiquer sa dernière feuille de salade avant de répondre.

— Je crois qu'elle va vraiment écrire un livre sur nous. Et elle va tout raconter !

Claire réprima un fou rire en entendant le ton théâtral adopté par sa fille.

— Que veux-tu qu'elle dise que le monde ne sache déjà ? Tout ce qui s'est passé chez les Whitaker a été imprimé noir sur blanc dans les journaux. Nous n'avons aucun secret, ma chérie.

— Ce n'est pas ce que pense tante Anne.

Paige fit signe à Miriam de lui apporter le pudding aux bananes qui tenait lieu de dessert. Ce n'était pas parce qu'elle était devenue végétarienne qu'elle devait renoncer au sucre. Après s'être servie, elle regarda tour à tour sa mère et sa grand-mère et lâcha, avec le plus grand sérieux :

— En fait, elle est convaincue que tout le monde cache des secrets, et les Whitaker en particulier.

Anne allait sortir de la maison quand elle entendit une voiture s'approcher, puis se garer devant le porche. Beady avait dû oublier quelque chose… Quand elle ouvrit la porte d'entrée, elle s'aperçut que la silhouette qui émergeait du véhicule était celle de Victoria Whitaker.

— Bonjour, Anne. J'espère que je ne vous dérange pas, dit celle-ci avec un sourire poli.

— Entrez, je vous en prie.

Victoria grimpa les marches sous le regard admiratif de sa belle-fille. Ce matin, elle incarnait l'archétype d'une propriétaire sudiste. D'une simplicité raffinée, sa tenue se composait d'un pantalon en lin blanc, d'un chemiser de soie ivoire et d'une veste en coton bleu marine, impeccablement taillée. Elle franchit le seuil de la porte en laissant flotter derrière elle les effluves d'un subtil parfum de gardénia.

Anne la fit entrer dans le salon et lui offrit une tasse de café.

— Non, merci. J'avais une course à faire en ville. Je sais que j'aurais dû vous prévenir avant de passer…

— L'un des avantages du métier de journaliste, c'est la souplesse des horaires, répondit Anne en souriant.

— J'avoue que je suis surprise par l'enthousiasme avec lequel vous vous êtes replongée dans votre ancienne carrière, alors que vous allez bientôt retourner à Saint Louis avec Buck. Autant l'admettre tout de suite, je suis déçue par votre article sur Pearce. Vu que vous faites partie de la famille, je m'attendais à plus de loyauté de votre part, Anne.

Anne éprouva un certain soulagement. Elle avait craint que Victoria ne se montre plus dure.

— Pourriez-vous préciser votre point de vue ? Pearce m'a dit on ne peut plus clairement qu'il n'appréciait pas mon article, le jour de sa parution. Il m'a même reproché d'avoir donné de fausses indications, sans toutefois m'indiquer de quoi il s'agissait.

Victoria rejeta l'argument d'un geste de la main.

— C'est la façon dont vous avez rédigé l'article qui ne nous plaît guère. Il ne fallait pas placer Pearce et Jack Breedlove côte à côte.

Le nez de Victoria se plissa de dégoût.

— Je ne suis pas venue ici pour vous expliquer comment faire votre travail. J'ai autre chose à l'esprit.

Un clignotant rouge s'alluma aussitôt dans la tête d'Anne. Perchée sur le bord de sa chaise, elle tendit l'oreille.

— Paige m'a raconté que vous utilisiez les archives de

L'Observateur comme source d'information, et que vous faisiez des recherches sur Belle Pointe et sur les Whitaker.

Anne fut déçue. Mais qu'espérait-elle, au juste ? Un scandale, une rumeur sulfureuse ? C'était absurde d'imaginer ce genre de chose dans la bouche de sa belle-mère.

Elle ébaucha un sourire.

— C'est vrai. Entre les archives et Paige, j'ai de quoi écrire un véritable roman.

Victoria saisit la balle au bond.

— Et vous avez l'intention de l'écrire ?

Anne rit doucement.

— Je plaisantais. L'idée de chercher un éditeur ou de faire une tournée de promotion m'intimide. J'estime que cela me causerait plus de soucis que de satisfactions. Mais ça m'amuse beaucoup de lire les petites histoires des habitants de la région, et de Tallulah en particulier.

— Mais pourquoi vous intéressez-vous tellement à Belle Pointe ? insista Victoria.

Anne examina pensivement ses ongles avant de répondre.

— Au début, c'était un jeu. Je lisais les archives simplement parce que, depuis l'enfance, le delta du Mississippi me fascinait. Sans doute ai-je été influencée par mon père, qui a fini, lui, par écrire un livre sur le sujet, comme vous le savez. Or, il se trouve que Buck est l'un des représentants de la cinquième génération des Whitaker. Quand une famille a de telles racines dans une région, elle y laisse une trace quasiment indélébile.

Anne s'interrompit. Les yeux fixés sur Victoria, elle hésita une fraction de seconde, puis se lança.

— J'ai été adoptée. Vous le saviez peut-être ?

— Non, murmura sa belle-mère, en s'efforçant de dissimuler sa surprise.

— Je suis enfant unique, et comme telle, j'ai toujours rêvé

d'avoir une famille nombreuse, avec une ribambelle d'oncles, de tantes et de cousins. A cet égard, j'estime que Buck a eu de la chance.

— Je ne crois pas qu'il serait d'accord avec vous, rétorqua Victoria d'un ton sec.

Devant l'attitude prudente de Victoria, la curiosité d'Anne redoubla. Sa belle-mère n'était pas le genre de femme à lui rendre visite pour le seul plaisir de parler de la pluie et du beau temps.

— J'admets que la région est intéressante d'un point de vue historique. Le livre de votre père présente le delta sous ses différents aspects, en respectant ce que les gens d'ici ont de bien et de moins bien. Au moins, il ne nous critique pas du début jusqu'à la fin, comme certains autres auteurs, déclara Victoria du ton qu'elle prendrait pour faire une conférence.

Elle se pencha légèrement vers Anne, le regard intense.

— Mais enfin, pourquoi accordez-vous un tel intérêt à ma famille ?

« Ma » famille, et non « notre » famille… Cela signifiait-il que sa belle-mère ne la jugeait pas digne d'être une Whitaker ? se demanda Anne, un peu interloquée.

— Au risque de me répéter, je n'écris pas un livre en ce moment, Victoria. Si je lis toutes ces archives, c'est simplement parce que la région me plaît, et il se trouve que Belle Pointe en est l'une des plus belles plantations.

Où sa belle-mère voulait-elle donc en venir ? Agacée de tourner autour du pot, elle décida de poser la question directement.

— Je ne saisis pas très bien le but de votre visite, Victoria.

— Pearce mène une campagne électorale. Tallulah est une ville de province, mais les choses peuvent aussi bien dégénérer ici qu'à Washington. C'est juste une question d'échelle.

Nous y voilà… Il s'agissait donc de Pearce, le fils chéri.

— Quand les informations sont sorties de leur contexte, les malentendus arrivent vite. Si les ennemis de mon fils mettaient la main sur certaines informations, ils pourraient l'anéantir. Inutile de te décrire les conséquences.

— Je n'ai aucune intention de nuire à mon beau-frère, croyez-moi.

— Pourtant, vous venez de le faire en rédigeant cet article.

— Je n'ai rien écrit de négatif sur Pearce, protesta Anne.

— Mais vous avez réussi à le dénigrer en rédigeant un portrait beaucoup plus élogieux de son adversaire. Anne, je suis venue vous demander de ne plus rien écrire de tel sur Pearce… Et d'oublier vos recherches dans ces fameuses archives, du moins jusqu'à la date de l'élection.

Anne demeura un instant sous le choc.

— Comment ? Vous exigez que j'interrompe mon travail ?

Comme Victoria ne répondait pas, elle poursuivit le plus calmement possible, en dépit de la frustration qu'elle ressentait.

— Vous craignez que je ne découvre certaines choses qui pourraient s'avérer embarrassantes pour Pearce, surtout si elles tombent aux mains de ses adversaires, qui risqueraient alors de s'en servir pour détruire son image ? C'est bien cela ?

Le visage de Victoria demeura impassible.

— Buck m'a parlé des quatre cents hectares qui appartenaient à Harvey Jones et qui ont été rachetés par Belle Pointe. Voilà bien l'exemple d'une affaire parfaitement légale qui pourrait, si on le souhaitait, être mal interprétée, lâcha-t-elle du bout des lèvres.

— Vous n'aimeriez pas voir cette affaire s'étaler à la une des journaux en ce moment, ce qui est compréhensible. Je suppose qu'il existe d'autres… événements qui pourraient s'avérer gênants ?

Victoria se leva et toisa Anne sans sourire.

— Vous êtes la femme de Buck. A ce titre, il est de votre devoir de protéger le nom de la famille. J'espère que vous vous rappellerez que vous en faites partie, si vous continuez à fouiller dans le passé de Tallulah, de Belle Pointe et des Whitaker, déclara-t-elle sèchement.

Ah… Voilà que maintenant, Victoria la reconnaissait comme un membre de la famille.

— Je m'en souviendrai.

Mais ce n'était pas pour cela qu'elle accepterait de dissimuler des scandales, et il devait y en avoir un sous roche. Sinon, Victoria ne se serait jamais abaissée à lui faire cette demande.

Après avoir mis un point final à son prochain article pour *L'Observateur* — qui n'avait pas trait à la campagne électorale, celui-là —, Anne décida de passer voir Beatrice dans sa boutique. Elle appréciait son esprit équilibré et pragmatique, et se sentait de plus en plus en confiance avec elle.

Après avoir lancé un coup d'œil au visage crispé d'Anne, quand celle-ci franchit le seuil de sa boutique, Beatrice appela aussitôt son assistante pour la prier de prendre en charge les clients éventuels. Puis elle fit signe à sa belle-fille de la suivre.

Le bureau de Beatrice consistait en une pièce minuscule dont le sol était sol jonché de boîtes, de rouleaux de papier d'emballage, de rubans et d'accessoires en tous genres. Il y avait, sur sa table de travail, un chaos de dossiers, de documents en vrac, de factures et de listes d'échantillons… Comment parvenait-elle à diriger sa boutique avec autant d'efficacité et de succès, dans un pareil tourbillon ? Pour Anne, cela tenait du mystère.

Beatrice s'affaira autour de la bouilloire électrique posée sur un petit comptoir le long d'un mur. Quelques instants plus tard, elle repoussa une pile de papiers pour déposer sur un coin de table une tasse de thé à l'intention d'Anne. Elle garda la sienne en main, faute de place.

— Et maintenant, dis-moi ce qui a effacé ton air joyeux de ce matin. Il s'agit de Buck ? demanda-t-elle simplement.

— Non. De Victoria.

En quelques mots, elle raconta l'essentiel de la visite qu'elle avait reçue dans la matinée.

— C'est tout juste si elle ne m'accuse pas de chercher un scandale pour nuire à son précieux Pearce. C'est absurde ! conclut-elle.

— Victoria n'a jamais été très psychologue, commenta paisiblement Beatrice, après avoir mis deux sucres dans sa tasse de thé.

Trop agitée pour rester assise, Anne se leva pour arpenter le sol, mais en vain. Elle pouvait à peine se déplacer entre les cartons.

— Tu sais quoi ? Elle n'a fait qu'attiser ma curiosité, finalement. Au lieu d'arrêter mes recherches, je vais les approfondir, car maintenant, je suis convaincue qu'elle me cache quelque chose qu'il ne faut surtout pas que je découvre !

Le dos calé contre le dossier matelassé d'une chaise, Beatrice observa la jeune femme qui tournait comme un derviche au milieu de l'espace confiné de la pièce.

— Essaie de comprendre le point de vue de Victoria. Belle Pointe, c'est sa vie, ni plus ni moins. Tu surgis brusquement de nulle part et tu commences à fureter dans le passé des Whitaker. J'ignore ce que tu risques de révéler, mais elle a le droit de s'inquiéter. Quelle famille n'aurait pas de secrets, au bout de cinq générations nées dans la même propriété ?

Anne, qui tournait dans tous les sens une petite boîte de bois peint en faisant mine de l'examiner, la reposa soudain et vint s'asseoir sur le tabouret qui se trouvait face à Beatrice.

— Tu as peut-être raison. Puisque tu as connu Victoria sur les bancs de l'école, peux-tu me raconter quelque chose à son sujet qui m'aiderait à mieux la cerner ? Franchement, c'est la personne la plus arrogante que je connaisse.

Beatrice hocha la tête.

— Je vais tenter de te décrire sa jeunesse… Cela te permettra sans doute de comprendre son attitude possessive envers Belle Pointe et le nom des Whitaker. N'oublie pas que son père était mécanicien dans l'exploitation, et que sa mère y travaillait comme femme de chambre. En épousant John Whitaker, elle a eu accès d'un coup à l'élite de la société du delta. Elle n'a pas envie qu'on menace, d'une façon ou d'une autre, son statut social.

Anne demeura pensive pendant quelques instants.

— J'y ai réfléchi. En observant les couches sociales dans la région, j'ai constaté qu'il y avait un abîme entre les nantis et les plus défavorisés. Je me demande, par conséquent, si John a réussi à obtenir l'approbation de ses parents pour épouser Victoria, ou bien s'ils s'aimaient avec une telle passion qu'ils ont décidé de faire fi de toutes les oppositions… Les commentaires ont dû aller bon train, à l'époque, non ?

— Les gens sont toujours prompts à faire circuler les rumeurs, murmura Beatrice, le regard soudain lointain.

— C'est exactement ce que je souhaite savoir ! Quand j'étais au lycée, si une fille s'embarquait dans une pareille aventure, elle devenait le sujet de toutes les discussions. Allons, Beatrice, raconte-moi ce que vous pensiez, à l'époque, toi et tes petites camarades ?

Un sourire s'ébaucha sur le doux visage de Beatrice.

— Voilà que tu te mets à ressembler à Paige. Nous serions

toutes les deux en train de lui faire la leçon, non, si elle tentait de rallumer les braises d'un ancien scandale ?

— Je ne répéterai pas un mot de ce que tu voudras bien me confier. Secret professionnel, c'est promis.

Les yeux brillant de curiosité, Anne se pencha vers sa belle-mère.

— Alors, il s'agit d'un scandale ?

Beatrice poussa un petit soupir.

— Disons que le sujet était plutôt brûlant. Victoria ne se trouvait pas dans ma classe, puisqu'elle est de trois ans mon aînée. Mais je me souviens très bien d'elle. D'ailleurs, je parie que personne, à l'école, n'a pu l'oublier. Elle avait une beauté naturelle, avec ses grands yeux ambrés, sa chevelure blond foncé et sa silhouette sexy. Elle n'était pas aussi mince que maintenant, et elle avait des courbes exactement là où il le fallait. Les garçons n'avaient d'yeux que pour elle. Mais elle a cessé de s'intéresser à eux le jour où elle a rencontré Rudy Baker. Elle avait seize ans, à l'époque.

— Rudy Baker, répéta Anne, en cherchant dans sa mémoire pourquoi ce nom lui semblait familier.

— L'oncle de Rudy tenait un bar, un vrai « saloon », très populaire. On y jouait de la country music presque tous les soirs. Le samedi, il y avait foule.

Beatrice croisa le regard railleur d'Anne et elle haussa légèrement les épaules.

— Je suppose que l'ambiance était plutôt sage, si on la compare à celle des bars ou des clubs de nuit d'aujourd'hui. Mais dans les années soixante, on considérait les habitués comme des voyous. Mon père m'aurait écorchée vive s'il avait su que je fréquentais ce genre d'établissement.

— Parce qu'il y avait de la musique, que la bière coulait à flots… Et quoi encore ? demanda Anne, passablement amusée.

— On devait sans doute y fumer de la marijuana. Je te le répète, j'avais l'interdiction formelle d'y aller. C'est là que Rudy Baker avait décidé de faire carrière comme musicien et chanteur. Rudy était grand, bien bâti, et terriblement séduisant avec ses cheveux noirs, son regard sombre et sa façon de bouger très sexy. Vickie Hinton — que tu appelles Victoria aujourd'hui—, était folle de lui.

— Que s'est-il passé ? Elle a épousé John Whitaker en 1965, j'ai trouvé leur photo de mariage dans les archives, dit Anne, suspendue aux lèvres de Beatrice.

— Rudy a été appelé sous les drapeaux et envoyé au Viêt-nam. Il est mort au combat.

Anne fronça les sourcils.

— Attends un peu… Paige m'a lu un article sur un jeune homme de Tallulah qui a été tué au Viêt-nam. Il y avait une photo de lui.

— Il s'agit de Rudy, car il a été le seul appelé dans toute la région.

Anne avala le reste de sa tasse de thé.

— Il me semble que l'homme qui est mort dans un accident de chasse chez les Whitaker s'appelait aussi Baker, murmura-t-elle.

Beatrice acquiesça.

— En effet, Jim Bob Baker était le frère cadet de Rudy. Il possédait une partie de la société qui fabrique les égreneuses de coton à Tallulah. Toute la ville a été attristée par ces deux décès. Deux fils morts trop jeunes, cela fait beaucoup pour une famille.

— Y a-t-il eu des rumeurs à propos de cet accident de chasse ?

— Que veux-tu dire ?

— J'ai également découvert cette histoire dans les archives.

Buck ne me l'avait jamais racontée, ce qui m'a semblé étrange. Mais il n'avait que dix-sept ans à l'époque, et c'était Pearce qui se trouvait directement impliqué. Quand je lui ai dit que j'étais au courant de cette affaire, ça l'a bouleversé. Je crois que c'est un des liens avec Belle Pointe et son passé qu'il a tenté d'oublier le plus possible.

Anne poussa un soupir frustré avant de poursuivre :

— Il déteste parler de tout ce qui le touche personnellement. Comme s'il craignait qu'un jour, je me serve de ces informations contre lui ! C'est vraiment agaçant…

— S'il n'a jamais eu une relation de confiance avec sa mère, il a sans doute du mal à se fier à une femme, même s'il s'agit de celle qu'il a épousée, dit Beatrice avec sagesse.

Anne acquiesça.

— C'est bien possible.

Elle s'agita sur son siège, l'air intrigué.

— Tu ne m'as pas dit pourquoi Victoria, qui était folle amoureuse de Rudy Baker, a épousé John Whitaker alors que Rudy venait tout juste de partir pour le Viêt-nam ?

— J'ignore si Rudy était l'amour de sa vie, mais elle avait certainement un gros béguin pour lui, au point qu'elle ne regardait même plus les autres garçons.

— Mais dès qu'il s'est éloigné, elle est sortie avec John… C'est étrange, non ?

— Elle le connaissait depuis toujours, puisque Benny Hinton, son père, travaillait à la plantation. Elle avait un côté garçon manqué et elle passait du temps à Belle Pointe. Elle adorait conduire les gros engins que Benny entretenait. Mais personne n'a jamais su si elle avait eu une relation romantique avec John avant de surprendre tout le monde par leur mariage éclair.

— Je vois… John est étudiant à l'université et il revient chez lui pour l'été. La fille d'un employé, une gamine qu'il a toujours connue sans jamais la voir vraiment, s'est transformée en une superbe jeune fille, une vraie sirène. Elle est appétissante comme un fruit défendu. Ils batifolent ensemble, un peu, beaucoup, à la folie… C'est une histoire vieille comme le monde.

Beatrice sourit.

— Tu pourrais devenir romancière, au lieu d'être journaliste. Je vois bien où tu veux en venir, mais je ne suis pas sûre que les choses se soient passées comme tu les décris, et ce n'est pas Victoria qui nous le dira.

— Les amoureux surprennent tout le monde en annonçant leur mariage, qui est béni par la naissance de Pearce, quelques mois plus tard. Combien de mois, exactement ?

— Je n'en ai aucune idée. John et Vickie ont vécu deux ans près de l'université de Duke après leur mariage. Pearce est né là-bas.

— Ce qui a facilité les choses, murmura Anne.

Beatrice se leva tout à coup.

— Même si ce scénario est exact, il appartient au passé. Attendre un enfant hors des liens du mariage n'était pas une chose banale, à l'époque. Si je t'ai raconté ces faits, c'est pour que tu comprennes que les gens peuvent commettre des erreurs qui ont parfois des conséquences imprévisibles. Si cela a été le cas pour Victoria, elle a eu la chance de rencontrer John Whitaker, et non de tomber sur un homme irresponsable, ou, pire, sur quelqu'un qui ne pouvait pas l'épouser en raison de… certaines circonstances.

Surprise par ce discours et par l'agitation soudaine de Beatrice, Anne se sentit vaguement gênée.

— Bien sûr. Je n'ai rien à reprocher à Victoria dans ce domaine, il s'agit de sa vie privée. Mais elle est si fière d'elle-même et de son statut social !

— Elle l'a bien mérité, non ? C'est elle qui a repris l'exploitation après la mort de John. Depuis, Belle Pointe n'a pas cessé de prospérer.

— Et si c'est ainsi que les choses se sont passées, je l'envie d'avoir été enceinte tout de suite. Pour moi, un bébé, c'est un cadeau du ciel, quelles que soient les circonstances.

Voilà, c'était dit. Anne avait prononcé les mots sur lesquels pesait une telle charge émotionnelle : « enceinte », « bébé »…

— Dès que vous aurez remis votre couple sur pied, tu attendras un enfant, toi aussi, Anne, répondit Beatrice avec douceur.

Anne se leva à son tour.

— Je n'en sais rien. Il m'a fallu du temps pour concevoir, après avoir arrêté la pilule. J'ai besoin de savoir si j'ai un problème d'ordre génétique. Mon horloge biologique avance à grands pas.

— Une fausse couche, cela peut arriver à n'importe quelle femme bien portante. N'en fais pas une obsession, je t'en prie.

Anne secoua ses mèches.

— Il faut que je retrouve la trace de mes parents naturels, marmonna-t-elle avec obstination.

— A quoi cela te servira-t-il, si ton couple reste bancal ?

— Nous verrons à ce moment-là.

Anne se dirigea vers la porte.

— Merci d'avoir eu la gentillesse de partager ces informations avec moi. Cela m'aidera à mieux comprendre l'attitude de ma belle-mère, même si je ne pense pas avoir beaucoup d'atomes crochus avec elle. A ce soir, Beatrice.

Buck se gara sur le parking du commissariat. S'il rendait visite à Jack Breedlove, ce n'était pas dans un but politique, mais par respect pour le bon vieux temps. Avec Jack et Ty, ils avaient pratiqué le sport avec passion durant des années, avalé bon nombre de bières, et passé pas mal de nuits blanches à faire la fête.

L'intérieur du bâtiment ressemblait à celui de n'importe quel autre commissariat d'une ville de l'importance de Tallulah. Mêmes murs peints d'une couleur hésitant entre le crème et le beige, même odeur — un mélange de café et de mégots, en dépit du panneau « interdit de fumer » accroché en évidence à l'entrée. Le jeune homme roux qui se trouvait derrière le bureau d'accueil ne se détourna guère quand la porte s'ouvrit. Mais lorsqu'il leva enfin la tête et qu'il reconnut Buck, ses yeux s'élargirent d'un coup.

Il se leva d'un bond. Grand, maigre, la coupe en brosse révélant des oreilles rouge vif, il articula d'une voix mal assurée :

— Monsieur Whitaker… Puis-je vous aider ?

Avec un sourire, Buck lança un coup d'œil au petit carton épinglé sur la poitrine du jeune homme.

— Bonjour, Daniel. Je souhaiterais voir le commissaire Breedlove.

— Bien sûr, monsieur. Le commissaire se trouve dans son bureau. Je vais vous montrer le chemin.

Il fit trois pas, puis, au grand étonnement de Buck, il s'arrêta brusquement, se précipita vers le bureau et farfouilla fiévreusement dans les papiers étalés sur le comptoir. Finalement, il mit la main sur une petite affiche concernant la campagne électorale de Jack Breedlove et la tendit à Buck.

— Puis-je avoir un autographe, monsieur ? demanda-t-il, les joues cramoisies.

— A Tallulah, tout le monde m'appelle Buck. Surtout les policiers, répondit Buck en souriant de plus belle.

Il griffonna son nom en appréciant l'humour de la situation.

Voilà qu'il signait l'affiche de la campagne électorale de l'adversaire de Pearce !

— Oh, merci… Buck.

Le document à la main, Daniel le précéda le long d'un couloir aux murs ternes, tout en parlant d'une voix surexcitée.

— J'ai assisté à votre match, l'année dernière, quand vous avez enfoncé Chicago. Vous croyez que les Jacks vont renouveler l'exploit, cette année ?

— Sans aucun doute.

En fait, le doute était considérable, mais cette fois, c'était le problème de Schrader. Buck constata avec un certain étonnement qu'il ne se sentait plus aussi malheureux en songeant qu'il allait manquer la saison.

— Nous y voici, annonça Daniel.

Il frappa sur la porte et l'ouvrit sans même attendre de réponse. En souriant jusqu'aux oreilles, il lança fièrement :

— Voilà une visite à laquelle vous ne vous attendiez pas, chef !

Assis devant son ordinateur, Jack n'offrait que son profil au visiteur. Il prit le temps de fermer l'écran avant de se tourner vers le nouveau venu. Son visage s'éclaira à la vue de Buck. Il se leva et lui tendit la main, l'air radieux.

— Bon sang, Buck ! Cela fait un bout de temps que j'attends ta visite. Sinon, j'aurais été capable de t'arrêter juste pour avoir l'occasion de te dire bonjour !

Buck sentit son sourire s'élargir.

— Je suis heureux de te revoir, Jack.

— Et moi donc ! Assieds-toi.

Toujours souriants, les deux hommes s'installèrent sur deux fauteuils voisins.

— Comment se passe ta campagne ? demanda Buck, après avoir posé sa canne près de lui.

— Sans problème.

— Voyons, Jack…

— D'accord. Nous savons tous les deux qu'il faudrait un miracle pour battre un Whitaker ! Si Walter Birdsong ne s'était pas retiré, le siège de sénateur serait resté entre de bonnes mains. Maintenant qu'il est libre, Pearce a décidé de l'obtenir envers et contre tout. Je crois que je peux apporter autant que lui à notre région. En fait, je peux lui apporter beaucoup plus, surtout si je suis aidé par la femme d'un ami, ajouta-t-il avec un clin d'œil.

Avant que Buck puisse intervenir pour souligner qu'il n'avait eu aucune influence sur l'article d'Anne, Jack se pencha vers une pile de documents posés sur sa table de travail. Il en saisit un et le tendit à Buck.

— Lis-le, il s'agit de mon programme. J'aimerais connaître ton avis. Bien sûr, je ne te demanderai pas de te déclarer en ma faveur, car je suppose que tu dois te montrer loyal envers ton frère.

Buck s'abstint de relever la remarque.

— Je n'aurais jamais cru que tu te lancerais dans la politique, Jack. Comment réagiras-tu si les gens apprennent que nous avons fait les quatre cents coups dans notre jeunesse ? Si j'avais eu un adolescent dans notre genre, je l'aurais ligoté au pied de son lit et j'aurais fait examiner son patrimoine génétique en craignant d'y découvrir le gène de la folie ! Nous étions vraiment cinglés, à l'époque… Nous avons eu de la chance de ne pas nous faire enfermer dans une prison ou de nous retrouver à l'asile. Et de nous en sortir vivants, par-dessus le marché ! Un vrai miracle…

Jack rit doucement.

— Heureusement, la plupart des gens n'ont pas des souvenirs aussi précis que les nôtres. C'est vrai que Ty, toi et moi, nous formions un joyeux trio. Quand je pense à toutes ces folies que nous avons commises, dit-il en secouant la tête.

— Aujourd'hui, te voilà commissaire de police. Avoue que nous vivons dans un pays tolérant, remarqua Buck en riant.

Ils demeurèrent silencieux tous les deux, le sourire aux lèvres, en se rappelant le bon vieux temps. Puis Buck remua sur son siège et joua avec le pommeau de sa canne.

— Pearce va tout faire pour te discréditer, Jack. Il n'a guère apprécié l'article d'Anne, qu'il estimait en ta faveur. Il envisage sûrement une riposte.

— Je suppose qu'il va chercher à me traîner dans la boue, répondit Jack avec philosophie.

— D'un autre côté, il a des raisons de te craindre, murmura Buck, songeur.

Jack se trouvait avec lui dans le pavillon de chasse, lors de l'accident mortel survenu à Jim Bob Baker. Buck savait que Jack entretenait certains doutes sur la version que Pearce avait donnée des faits. Bud Breedlove, l'oncle de Jack, était l'adjoint du commissaire, à l'époque. Jack avait suivi étape par étape le déroulement de l'enquête, jusqu'à ce que la police confirme la thèse de l'accident. Ensuite, Buck était retourné à l'université et Jack avait brusquement décidé de s'enrôler dans l'armée.

— Comment va ton genou ? Je connais ce genre de problème, c'est assommant. Tu te crois guéri, tu te remets à marcher normalement, et tout à coup, ton genou cède de nouveau…

Buck acquiesça.

— Je sais.

— Si c'est le cas, est-ce que tu reviendrais t'installer ici ? s'enquit Jack.

Voyant que son ami fronçait les sourcils, il se pencha vers lui.

— La région a besoin de gens comme toi, Buck. Non seulement tu serais utile à Belle Pointe, qui bénéficierait enfin d'une gestion saine et moderne, mais tu le serais aussi à Tallulah. Tu pourrais certainement aider la ville grâce à ton charisme et à ta générosité.

Buck eut un goût amer dans la bouche. Les gens lui demandaient souvent de l'argent, mais il ne s'attendait pas à cela de la part de Jack. Déçu, il fit mine de se lever, mais son ami l'en empêcha d'un geste de la main.

— Loin de moi l'idée de te demander de l'argent, Buck. J'imagine que tu es entouré d'un certain nombre de parasites. Le message que je souhaite te transmettre est le suivant. Il y a à Tallulah des jeunes sportifs doués qui n'auront peut-être jamais l'opportunité de développer tous leurs talents. Mais s'ils avaient un coach de ta pointure, leur situation et leurs espoirs seraient tout autres. Je te dis cela au cas où ta blessure t'obligerait à renoncer à ta carrière actuelle.

Buck se laissa aller contre son dossier, stupéfait.

— Bon sang, Jack, j'ai l'impression que Pearce n'à qu'à bien se tenir ! Avec des discours comme celui-là, tu pourrais réussir dans la politique ou dans la religion. Quelques mots de plus, et je risque de te serrer la main et de m'engager à ton service !

Un large sourire aux lèvres, Jack lança un coup d'œil au genou blessé de Buck.

— Comme tu ne peux pas partir de la ville avant d'être guéri, cela me laisse encore un peu de temps pour te travailler au corps.

Les deux hommes se levèrent d'un même mouvement.

— J'ai encore une question, dit Jack au moment d'ouvrir la porte de son bureau pour raccompagner Buck.

— Laquelle ?

— Comment va Claire ?

— Je ne vois pas ce qui…

— Je sais qu'elle a un problème avec l'alcool, Buck. Si elle continue à boire, elle finira par blesser ou tuer quelqu'un sur les routes de la région. L'un de mes policiers l'a arrêtée il y a quelques jours. Vu son état, il aurait pu l'envoyer d'office dans une cellule de dégrisement. Par égard pour elle, et parce que je ne voulais pas porter un coup bas à Pearce — ce serait trop facile —, je lui ai demandé de lui donner une simple amende. Mais il faut la surveiller.

Buck se rapprocha de Jack et lui confia à mi-voix :

— En effet, Claire a un problème. Je m'en suis rendu compte samedi soir, lorsque nous avons dîné en famille à Belle Pointe.

Jack acquiesça.

— Pour ne rien te cacher, je l'ai arrêtée moi-même lundi matin pour excès de vitesse dans une zone scolaire. Elle roulait beaucoup trop vite, et j'ai cru qu'elle était ivre. En fait, elle n'avait pas bu. Elle pensait tout simplement à autre chose en conduisant sa fille à l'école. Franchement, elle devient un danger public, Buck.

— Tu as raison. Toutefois, cela me gêne de parler de Claire avec toi, dans la mesure où…

— … où nous sortions ensemble ? C'était il y a plus de quinze ans !

Le regard de Jack se fit lointain, comme s'il se perdait dans ses souvenirs.

— Je ne l'ai jamais revue plus de cinq minutes depuis, murmura-t-il.

Le terrain était miné, songea Buck. Inutile de s'y attarder. Pourtant, il hésitait à partir. L'inquiétude qui se lisait dans le regard de Jack semblait bien réelle.

— Ce sont ses parents qui vous ont séparés. Ils l'ont envoyée dans un pensionnat à l'autre bout du pays, lâcha-t-il, en dévisageant son ami.

Jack eut un rire amer.

— Leur plan a parfaitement fonctionné. Loin des yeux, loin du cœur. Claire ne m'a pas envoyé une lettre, même pas une carte postale. Et elle ne m'a jamais appelé au téléphone.

— Elle n'avait que seize ans. Comment voulais-tu qu'elle s'oppose à la volonté de ses parents ? Tu te souviens des Schofield, n'est-ce pas ? Des gens odieux…, grommela Buck.

— A peine revenue, elle s'est jetée dans les bras de Pearce, si je comprends bien ?

— Elle l'a épousé très vite après son retour, en tout cas. Toi, tu avais disparu sans laisser d'adresse.

— J'ai intégré l'armée. J'avais si peu de choix…

Jack avait exploité au mieux le peu de chances que la vie lui avait offertes. Tandis que Claire, elle, avait fait tout le contraire, songea Buck en regardant son ami.

— J'espère que tu n'es plus amoureux d'elle, Jack. C'est une femme mariée.

— J'ai surmonté l'épreuve.

La réponse était aussi laconique qu'ambiguë. Buck fixa un instant le linoléum qui recouvrait le sol. Puis il leva la tête et croisa le regard de Jack.

— Claire est extrêmement fragile en ce moment, comme tu as pu le constater. Je sais que je n'ai pas le droit de m'immiscer dans ta vie privée, mais si jamais tu lui faisais des avances…

Comme Jack ouvrait la bouche pour protester, Buck l'arrêta d'un geste de la main.

— … elle risquerait de te tomber dans les bras comme un fruit mûr, acheva-t-il.

— Tu me connais assez, Buck. Tu sais que je ne jouerai jamais ce genre de jeu. En revanche, Anne et toi, vous pourriez l'aider, car personne d'autre dans son entourage ne le fera. D'ailleurs, je ne vois pas comment tu refuserais. Tu dois penser à Paige.

Buck se frotta la nuque en soupirant.

— Il faudrait d'abord que Claire admette qu'elle a un problème. A mon avis, la boisson n'est qu'une conséquence, ce n'est pas la cause. Mais je ne peux t'en dire plus. Tu comprends ?

Comment pourrait-il admettre devant Jack que le vrai problème de Claire, c'était Pearce ?

— Je comprends.

— Désolé, Jack. J'espère que je ne t'ai pas vexé. En tout cas, ce n'était nullement mon intention.

— Pas de souci. A bientôt, Buck.

Celui-ci fit quelques pas dans le couloir, puis s'immobilisa soudain et fit volte-face. Lourdement appuyé sur sa canne, il revint dans le bureau de Jack. Son ami n'avait pas bougé d'un iota. Debout près de sa table de travail, il semblait perdu dans un rêve. Il cligna les paupières en voyant Buck devant lui.

— Que se passe-t-il ?

— Tes affiches… Donne-m'en un paquet. Tu pourrais être le bon candidat.

Buck se retrouva dans la rue, un paquet d'affiches indiquant « Votez pour Jack Breedlove » dans une main, sa canne dans l'autre. Il avait plu toute la matinée. Un pick-up passa devant lui, éclaboussant le bas de son jean. C'est à peine s'il le remarqua, tant il était absorbé dans ses pensées.

Ça avait commencé par Ty et son père Oscar, puis il y avait eu Beatrice et les terrains de sa famille, ensuite Victoria et la plantation, et maintenant les problèmes de Claire.

« Prends garde, Whitaker… Tu t'enfonces un peu plus chaque jour. Bientôt, tu seras plongé jusqu'au cou dans la vie du delta ! »

Ce n'était pas la meilleure façon de rester détaché ni d'avoir l'esprit libre afin de partir le plus vite possible, dès qu'Anne et lui auraient repris leur vie de couple. Il avait intérêt à se réfugier dans le pavillon et à ne plus montrer le bout de son nez, même si la terre entière avait besoin de lui et réclamait son aide.

Un vieux camion s'arrêta tout près. Le coude à la fenêtre, son conducteur lui décocha un large sourire. Il ressemblait à s'y méprendre à Daniel, le jeune policier qui l'avait accueilli au commissariat.

— Buck Whitaker ? Mon frère jumeau vient de m'appeler. Je suis venu le plus vite possible. J'ai ma batte de base-ball sur le siège arrière. Vous voulez bien la signer ? J'ai même apporté mon vieux T-shirt fétiche…

Buck réprima un éclat de rire. A quel jeu le destin jouait-il ?

— Donne-moi ta batte et ton T-shirt, dit-il, résigné.

15.

Après s'être inscrite à la bibliothèque de Tallulah, Anne avait commencé à rechercher la piste de ses parents biologiques sur les sites spécialisés. Au bout de deux semaines, la chance ne lui avait pas encore souri. Elle s'était promis, si jamais elle parvenait à retrouver sa mère, de ne pas surgir dans sa vie sans s'assurer que cela n'aurait pas de conséquences néfastes.

Déçue une fois de plus d'avoir passé deux heures devant un écran sans obtenir le moindre résultat, elle sortit de la bibliothèque et revint à pas lents vers le petit immeuble qu'occupaient les bureaux de *L'Observateur*. Encore obnubilée par ses recherches, elle ne remarqua pas tout de suite la voiture garée juste devant la porte. Mais lorsque le conducteur sortit du véhicule, son rythme cardiaque s'accéléra brusquement. Les mèches en désordre, le blouson en cuir patiné et le jean fripé, Buck lui sembla plus séduisant que jamais. Elle tenta de refouler le sourire qui montait jusqu'à ses lèvres et, l'air le plus neutre possible, regarda son mari marcher à sa rencontre — sans l'aide de sa canne.

Il s'approcha d'elle et, avant qu'elle ait pu deviner son intention, il l'embrassa à pleine bouche sans prêter la moindre attention aux passants.

— Bonjour, chérie, murmura-t-il en se redressant.

Il la dévisagea tandis qu'elle s'efforçait de reprendre son souffle.

— Tu es prête à faire une petite balade dans ce joujou ? C'est ta nouvelle voiture.

Les joues en feu, elle articula :

— C'est… C'est une décapotable.

— Elle est sympa, non ? commenta-t-il, en regardant le petit coupé Mercedes à la carrosserie rutilante.

— Tu devais louer le même modèle que celui que je conduis à Saint Louis…

— Non, j'ai dit que je te louerais une voiture de la même marque.

Il sortit une clé de sa poche et l'agita sous le nez d'Anne.

— On y va ?

— J'allais demander à mon père de me ramener chez lui.

— J'ai appelé ton bureau, tout à l'heure, sans succès. Où étais-tu ?

— Oh… J'étais partie faire un tour.

Il hésita, puis finit par se contenter de cette réponse trop vague à son goût. Vu l'état de leur couple, il ne souhaitait pas la harceler avec ses questions.

— Tu n'as pas envie d'essayer ta nouvelle voiture ?

Il lui enlaça les épaules et l'entraîna vers le coupé.

— Tu vas voir, tu vas l'adorer, lui glissa-t-il à l'oreille.

Elle décida d'acquiescer d'un mouvement de tête, au lieu de lui reprocher de ne pas l'avoir consultée avant de la choisir.

Il l'aida à se glisser derrière le volant, puis lui tendit la clé avant de refermer sa portière. Il s'installa ensuite sur le siège du passager, et l'observa tandis qu'elle contemplait les différentes indications du tableau de bord.

— Boucle ta ceinture, chérie.

Elle lui lança un coup d'œil.

— Toi aussi. Inutile de te rappeler ce qui s'est passé la dernière fois que tu l'as oublié, n'est-ce pas ?

— J'étais stupide et en colère. Toi, tu n'es ni l'un ni l'autre, répliqua-t-il promptement, tout en s'exécutant.

Elle démarra et s'inséra en souplesse dans la circulation.

— Où allons-nous ?

— Au pavillon de chasse. J'y ai laissé mon 4x4 pour pouvoir te livrer ce bijou. Il me faut mon véhicule, car je dois me rendre à Belle Pointe demain à l'aube.

Elle haussa les sourcils, perplexe.

— J'y travaille depuis deux semaines et ma mère ne m'a pas encore flanqué à la porte, expliqua-t-il.

Anne eut un léger sourire. Encouragé, Buck poursuivit :

— J'aimerais en profiter pour te faire visiter le pavillon.

— Tu veux m'inviter à admirer tes estampes japonaises, c'est cela ? Tu perds ton temps, Buck.

— Je ne le perds jamais quand je suis avec ma femme, répondit-il du tac au tac.

Elle jeta un regard à l'horloge insérée dans le tableau de bord.

— Je croyais que les cultivateurs travaillaient du lever au coucher du soleil ? Tu as encore deux bonnes heures devant toi avant que la nuit tombe.

— Justement. Je veux que tu voies le soleil se coucher depuis la terrasse du pavillon. Le spectacle est féerique. Quant à l'exploitation, je l'ai remise entre les mains d'Oscar pour la soirée. Tout devrait bien se passer, si ma mère ne cherche pas à s'immiscer dans ses affaires.

— Le problème, c'est que ta mère ne limite pas son terrain de chasse à Belle Pointe. Elle est venue me voir pour me dire à quel point elle était déçue de mon article sur la candidature de Pearce. Elle en a profité pour m'interdire de poursuivre mes recherches dans les archives de *L'Observateur*. D'après elle, en sortant certains faits de leur contexte, je risquerais de saborder la campagne de Pearce.

L'attitude joviale de Buck disparut d'un coup.

— Tu plaisantes ?

Anne secoua la tête et lui raconta la discussion qu'elle avait eue avec Victoria.

— Cela m'incite à penser que je vais découvrir quelque chose d'embarrassant pour Pearce, conclut-elle.

— Ou pour elle-même, murmura Buck.

— En fait, sa visite n'a fait qu'attiser ma curiosité. Et mon intérêt pour ces archives a redoublé, avoua-t-elle.

— Je comprends.

Comme ils atteignaient un carrefour, Buck lui donna les indications nécessaires pour se rendre au pavillon de chasse. Après les avoir suivies, Anne ne put qu'admirer la beauté du paysage à mesure qu'ils se rapprochaient du pavillon. Niché entre des arbres séculaires, au bord d'un méandre du Mississippi, la construction de bois grisé et patiné par les ans s'ornait d'une terrasse offrant un point de vue qui devait s'avérer extraordinaire. Déjà, Anne brûlait d'impatience de se trouver au milieu de ces mangroves, de humer les diverses odeurs de la forêt marécageuse, de toucher le bois poli aux reflets argentés.

— Cet endroit est magnifique, Buck. Je comprends que tu l'aies choisi pour t'y installer.

Il se tourna vers elle.

— Je savais qu'il te plairait. Et il me plairait encore bien davantage si tu y vivais avec moi.

Elle croisa son regard, et revint à la route, les joues roses.

Buck avait saisi toutes les occasions pour la toucher, la caresser et l'embrasser depuis qu'il était arrivé à Tallulah, trois semaines auparavant. En l'entraînant jusqu'ici, il avait sûrement un plan à l'esprit.

— Tu peux garer la voiture, dit-il en lui désignant une place à l'ombre d'un grand chêne.

Une fois qu'ils furent sortis du véhicule, il lui prit la main.

— Viens… On va commencer la visite.

Mais elle s'arrêta devant les marches menant au porche et lui lança un regard étonné.

— Comment as-tu fait pour les grimper, avec un genou blessé ?

— En souffrant le martyre. Il y en a vingt-six et je connais chacune d'elles par cœur. Ces marches présentent un gros inconvénient, je l'avoue, mais cet endroit a aussi un immense avantage : il est suffisamment retiré pour que personne n'ait l'idée de frapper à la porte et de me demander un autographe.

Après avoir fait le tour des différentes pièces, ils regagnèrent la cuisine d'un commun accord.

— Je vais préparer du thé glacé, annonça Anne.

Devant l'air étonné de Buck, elle ajouta avec un sourire :

— C'est une spécialité du Sud que je commence à apprécier.

Elle lança un coup d'œil autour d'elle.

— As-tu fait des courses, depuis que tu es arrivé à Tallulah ? Ou bien te contentes-tu de bières, de chips et de cacahuètes, lorsque tu ne manges pas au restaurant ?

C'était ainsi que Buck survivait lorsqu'il se trouvait à Saint Louis et qu'Anne était absente.

D'un geste théâtral, Buck ouvrit en grand les portes d'un placard. Bouche bée, Anne contempla les provisions impeccablement rangées sur les étagères.

— Du thé, des céréales, du lait, du riz, du muesli… Mais

tu n'as jamais avalé de muesli de ta vie, Buck ! On t'a fait une greffe du cerveau, ma parole !

— J'ai acheté tout ce que tu aimais, en espérant que tu finirais par me retrouver ici.

— Dans la cuisine ? dit-elle avec un léger sourire.

Buck réagit au quart de tour.

— Fais attention, chérie. Tu as devant toi un homme qui a été privé de la compagnie de sa femme pendant longtemps. Si tu continues à me regarder comme ça, je risque de trouver un usage très différent à cette table. Le baiser que je t'ai donné tout à l'heure n'était qu'un hors-d'œuvre destiné à t'ouvrir l'appétit.

L'effet était garanti, mais inutile de le lui dire. Dans ce coin isolé, elle se trouvait seule face au pouvoir de séduction de Buck, plus puissant et plus imprévisible que le cours du fleuve Mississippi.

Elle haussa les épaules.

— Oublions ce thé glacé. Je vais simplement prendre un peu d'eau fraîche, dit-elle pour changer de sujet.

Tandis qu'il cherchait une bouteille dans son réfrigérateur, elle continua à alimenter la conversation.

— Où se trouve ta salle de gym ? Tu ne me l'as pas montrée, pendant la visite.

Il lui tendit une petite bouteille d'eau glacée à souhait.

— A quel genre d'exercice physique es-tu en train de penser ?

Devant l'air exaspéré d'Anne, il éclata de rire.

— D'accord, je te promets de bien me conduire, mais pas pour longtemps… Te voilà prévenue !

Il lui prit la main et l'entraîna vers une pièce, au fond du pavillon, qui était équipée du sol au plafond d'un matériel ultra-sophistiqué. Amusée, elle s'avança vers une machine bourrée d'élastiques, de poids, de sangles, et d'autres gadgets.

Quand Buck se fixait un objectif, il se donnait les moyens d'y parvenir, c'était clair. Apparemment, il disposait de toutes les techniques possibles pour renforcer son genou et retrouver la forme en vue de la saison prochaine.

— Ta thérapie te convient, Buck ? demanda-t-elle.

Elle coula un regard vers les épaules larges, les bras musclés, les abdominaux impeccables de son mari. En fait, il semblait en bien meilleur état qu'à Saint Louis.

— Elle me convient tout à fait. La preuve, c'est que j'ai abandonné ma canne.

Par jeu, il s'approcha d'un espalier, se suspendit à une barre haute et leva ses jambes en équerre. Puis il effectua quelques mouvements en cisaille, apparemment sans le moindre effort. Quand il remit pied à terre, son souffle était parfaitement calme.

— Je me demande ce que tu dirais si je t'avouais que depuis que je suis ici, je rêve parfois d'autre chose que du base-ball ?

Anne, qui portait la bouteille à ses lèvres, suspendit son geste.

— Je serais très étonnée.

— Et je ne te parle pas de faire l'amour avec toi. Ce rêve-là, je l'aurai toujours dans mon cœur.

Il se détourna, s'approcha de la fenêtre et regarda au loin. Comme ils se trouvaient à l'arrière de la maison, la vue ne donnait pas sur le fleuve, mais sur les bois. Une sorte de forêt marécageuse, verte, sombre, paisible.

— Mon accident, nos problèmes de couple, et ce séjour ici m'ont permis de réfléchir à pas mal de choses… Notamment à ce que j'allais faire ces prochaines années.

Tout en l'écoutant avec attention, elle se percha sur un tabouret.

— Dans ce cas, nous sommes deux à nous poser la question.

— Je ne suis pas très fier de ce que je vois dans le miroir quand je me rase le matin. Transformer ma Porsche en épave, dans un accident qui a failli nous coûter la vie, ça a été la dernière bêtise en date. Mais avant, il y a eu la mort de Casey Carlton, dans ma propre maison. Casey était un sportif plein d'avenir, Anne. L'an prochain, il aurait été sacré champion par le public, j'en suis certain.

— Je crois savoir où tu veux en venir, Buck, mais…

Il l'interrompit.

— Non, j'ai besoin de déballer mon sac. Si je l'avais mis au courant des problèmes causés par les stéroïdes, peut-être qu'il serait encore vivant. Les types qui se font du fric dans ce marché noir peuvent se montrer sous un vilain jour. Ceux qui avaient fourni des stéroïdes à Casey le menaçaient vraiment. Si je lui avais parlé, ce jour-là, j'aurais pu éviter le pire. Mais je suis allé dehors boire une bière. Et quand je suis revenu…

Sous le coup de l'émotion, Buck déglutit avec peine.

— … Quand je suis revenu, le corps inerte de Casey flottait dans la piscine.

— D'autres auraient pu éviter cette tragédie, Buck. Ils sont à blâmer, eux aussi.

— Oui, mais c'est chez moi que c'est arrivé. Dans ma propre piscine. Cette mort-là, je l'aurai sur la conscience jusqu'à la fin de mes jours, murmura-t-il, très sombre.

— Je n'avais pas compris que tu te sentais aussi coupable.

Il hocha la tête, le regard lointain.

— Quand je me balade dans Tallulah et que je vois une rue ou un stade portant mon nom, j'ai envie d'arracher les pancartes et de hurler qu'il y a d'autres types en ville qui méritent cet honneur plus que moi.

— Ils sont fiers de toi, Buck. J'estime qu'ils ont raison de donner le nom de leur héros à leurs rues ou à leurs stades. Et s'ils savaient tous les obstacles que tu as dû franchir pour en arriver là où tu te trouves, je suppose qu'ils donneraient ton nom à la ville tout entière ! Buckville... Ça ne serait pas si mal, à la place de Tallulah, non ?

— C'est moche. De plus, je ne me sens pas du tout l'âme d'un héros.

— Cela dépend de ta définition du mot.

Anne posa sa bouteille vide sur le sol.

— Tu te rappelles ce que mon père t'a dit, quand nous avons déjeuné avec Beatrice et lui ? Tu es devenu une star dans un domaine où règne une concurrence enragée. Il faut du courage pour jouer devant des milliers de spectateurs, en connaissant pertinemment les enjeux et les risques du métier.

Immobile près de la fenêtre, il contempla Anne un long moment. Puis il vint s'asseoir à califourchon sur un petit banc proche du tabouret sur lequel elle s'était perchée.

— Quand j'ai décidé de te suivre jusqu'ici, je m'étais fixé deux objectifs : te reconquérir, et me remettre en forme pour pouvoir reprendre la compétition. Je ne pensais pas me retrouver au milieu du bourbier que j'avais laissé derrière moi des années auparavant. Aujourd'hui, non seulement j'ai renoué avec ma famille, qui est encore plus cinglée que je l'imaginais, mais de plus je travaille à Belle Pointe !

— Que croyais-tu ? Que tu pouvais rester passif pendant plusieurs mois d'affilée ? Tu ne l'as jamais fait.

— Je ne croyais rien. Je voulais simplement te rejoindre à Tallulah.

Elle prit cet aveu au sérieux. Buck avait plus d'énergie qu'aucun homme de sa connaissance. Il ne s'arrêtait jamais. A Saint Louis, quand il ne jouait pas au base-ball, il parcourait les terrains de golf, disputait des parties de tennis ou de poker, sortait avec sa bande de copains, tous des sportifs. Il s'amusait avec ses voitures de sport, acceptait de faire la promotion de son équipe, ainsi que des apparitions dans des galas de charité ou des concerts humanitaires. Bref, il était toujours en mouvement.

A quoi aurait-il pu s'occuper, à Tallulah ? Une fois sa séance quotidienne de thérapie achevée, comment comptait-il remplir ses journées ? Finalement, l'offre de Victoria était arrivée à point nommé.

— Je n'apprécie guère la façon dont les choses ont tourné à Belle Pointe depuis mon départ, dit-il, comme s'il avait entendu Anne penser tout haut.

Il croisa brièvement le regard de sa femme.

— Comment ont-ils pu annexer ainsi les terrains de Harvey Jones ? Et flanquer Oscar à la porte, alors qu'il travaillait chez nous depuis si longtemps ?

Les yeux au sol, Buck se frotta la nuque.

— Quand je suis parti, je pensais sincèrement que Pearce dirigerait l'exploitation de façon correcte — à condition que cela ne lui coûte pas un sou.

— Est-ce vraiment Pearce le principal coupable ? Ou bien ta mère, qui semble tout manipuler dans l'ombre ?

— A mon avis, ils sont coupables tous les deux. Mais peu importe… Ce qu'il faut, c'est que la situation change. Mon père doit se retourner dans sa tombe en voyant ce qui se passe. Il aimait passionnément Belle Pointe. Il en connaissait l'histoire sur le bout des doigts, car il avait lu le journal écrit par chaque Whitaker, depuis des générations. Il n'avait pas failli à la tradition. Je me souviens de lui, assis devant son bureau, en train d'écrire soigneusement tous les faits et les chiffres concernant l'exploitation.

— Où se trouvent ces documents maintenant, Buck ?

Elle le suivit des yeux tandis qu'il se levait pour s'approcher de nouveau de la fenêtre. Les archives de *L'Observateur* ne manquaient pas d'intérêt, mais à l'idée de lire tout ce qui avait été écrit pendant un siècle et demi par les ancêtres de Buck, son cœur se mit à battre plus fort.

— Je l'ignore. Ils ne sont pas dans le bureau de ma mère, car je les ai cherchés. Peut-être ont-ils été rangés dans le grenier. De toute façon, ni ma mère ni Pearce ne tiendraient ce genre de journal comme mon père l'a fait. J'adorais le lire. C'est son comptable qui s'occupait des chiffres, et mon père inscrivait tous les événements importants marquant la vie de la propriété, que ce soit dans le domaine familial ou professionnel. Ainsi, il notait, comme ses ancêtres l'avaient fait avant lui, les mariages et les décès des employés, les dates de naissance de leurs enfants, les divorces et les baptêmes… Il avait un côté très paternel. Il prêtait de l'argent sans demander d'intérêt, et il inscrivait la somme dans le journal. Je me rappelle qu'un jour, nous en avons discuté, car j'avais remarqué que la moitié de ces prêts n'étaient jamais remboursés. Il m'a dit gentiment que l'exploitation pouvait se permettre ce genre de dettes.

Anne posa les pieds sur le barreau inférieur de son tabouret. Les coudes sur les genoux et le menton posé sur ses mains, elle réfléchit un instant.

— Il m'est difficile d'imaginer Victoria ou Pearce en train de perpétuer cette tradition, murmura-t-elle.

— Tu as raison. Etant donné tout ce que j'ai appris, depuis que je suis ici, sur leur comportement, je ne serais pas surpris de savoir qu'ils ont harcelé les employés pour qu'ils remboursent leurs dettes, grommela Buck.

Il se campa devant elle, les mains dans les poches arrière de son jean.

— Chaque journal contenait des tonnes d'informations, telles que le rendement des récoltes, les conditions climatiques, la date des premières gelées, l'excès de pluie ou de sécheresse, ainsi que tous les facteurs pouvant affecter la culture du coton. Mon père pouvait comparer ces données à celles qui avaient été notées par d'autres Whitaker au cours des cent cinquante années précédentes.

— Crois-tu que ces informations soient enregistrées sur un ordinateur, maintenant ?

— Celles qui concernent le coton s'y trouvent, mais pas les événements d'ordre familial, ni les commentaires personnels.

Buck s'assit de nouveau à califourchon sur le banc et croisa le regard de sa femme.

— Mon premier geste, quand je me suis retrouvé dans le bureau de ma mère, a été d'allumer son ordinateur, ce qui était normal, car la plantation est divisée en parcelles. J'ai besoin de connaître pas mal de renseignements pour décider du moment de la plantation, qui peut varier en fonction de ces parcelles.

Il se passa une main sur le menton avant d'ajouter :

— Je vais demander à ma mère de me donner les cahiers qui composent le journal de mes ancêtres. J'avoue que je n'ai pas eu vraiment le temps d'y penser jusqu'à présent.

— Tu crois qu'elle sera d'accord ?

— Elle n'a pas le choix.

Anne acquiesça. Buck voulait rectifier les erreurs qu'il avait découvertes dans la gestion de Belle Pointe, concernant notamment Beatrice et Oscar. Très bien. Mais se rendait-il compte du prix à payer ? Il fallait du temps, beaucoup de temps, pour changer une telle situation. Cela impliquait l'abandon de sa carrière de sportif de haut niveau. Pourtant, malgré son sérieux problème au genou, la perte de leur bébé et leurs difficultés de couple, il avait continué à s'accrocher à sa carrière et à se convaincre que le base-ball représentait toute sa vie.

— Tu ne me crois pas capable d'assurer ce coup-là, n'est-ce pas ?

Anne tressaillit. De nouveau, il avait lu dans ses pensées comme dans un livre ouvert.

— Si tu veux vraiment arriver à tes fins, il va falloir que tu t'impliques corps et âme, Buck. Tu risques de dire adieu au base-ball.

— Je sais.

Il lui fit un sourire en coin.

— Il est plus facile de lancer une balle contre les Yankees que d'apporter un changement à Belle Pointe.

— Surtout si tu te trouves à Saint Louis alors que les problèmes à régler sont ici, renchérit Anne.

Son sourire envolé, Buck se tourna vers la fenêtre, le regard redevenu lointain.

— Le souci, c'est que rien ne changera à Belle Pointe tant que ma mère et Pearce dirigeront l'exploitation.

— C'est évident.

Le regard toujours fixé sur l'horizon, il demeura silencieux un long moment. Puis il poussa un soupir et se retourna vers Anne.

— Il est sans doute temps que je mette les pieds dans le plat, murmura-t-il.

En l'entendant, Anne sentit un fol espoir l'envahir. Elle glissa du tabouret, se pencha pour récupérer sa bouteille vide, et se redressa lentement, comme si elle craignait de rompre la magie du moment.

— Admettons que tu décides d'imposer certains changements, et que tu réussisses… Que se passera-t-il quand tu devras réintégrer les Jacks à la saison prochaine ? dit-elle dans un souffle.

— Eh bien, je crois que ce sera le moment de faire un choix.

Il lui prit la bouteille des mains pour la poser sur le rebord de la fenêtre et enlaça ses doigts avec les siens.

— Allons sous le porche. Le soleil va se coucher derrière le fleuve, et c'est un spectacle qu'il ne faut rater pour rien au monde.

Au lieu de choisir l'un des fauteuils disposés sur la terrasse, il entraîna Anne vers la vieille balancelle qui était assez large pour deux. Comme elle lançait un coup d'œil perplexe à la chaîne rouillée, il la rassura.

— L'humidité du fleuve ronge le métal en permanence. Il faut que je remplace cette chaîne, mais j'oublie de m'arrêter chez le quincaillier chaque fois que je vais en ville.

Il posa les mains sur les épaules d'Anne pour l'inciter à s'asseoir sur la balancelle. A la surprise de la jeune femme, il ne vint pas l'y rejoindre. Elle allait exprimer son étonnement quand son regard intercepta la féerie du spectacle qui se déployait devant elle.

— Buck… C'est extraordinaire, chuchota-t-elle, la main sur le cœur.

La boule de feu semblait plonger directement dans les eaux du fleuve, les éclaboussant de rouge, d'orange et de violet tandis que le ciel s'assombrissait de seconde en seconde. Les oiseaux se rassemblaient par dizaines sur les branches des arbres environnants, leurs silhouettes se découpant en ombres chinoises contre l'horizon flamboyant.

Buck, qui avait passé son enfance et son adolescence au bord du fleuve, ne se lassait pas d'admirer cette merveille que la nature renouvelait généreusement chaque soir. Aujourd'hui, il était particulièrement heureux de partager toute cette beauté avec sa femme.

Lorsque la pénombre commença à régner sur le pavillon et ses environs, il se pencha vers elle.

— Est-ce que tu crois encore que la perte de notre bébé ne m'a pas affecté, Anne ?

Il retint son souffle tandis qu'elle hésitait. Depuis des semaines, elle pleurait sur son sort et ruminait de sombres pensées sur l'avenir de leur couple. Maintenant qu'il osait lui poser la question directement, allait-elle répondre qu'elle ne pourrait jamais lui pardonner ? Qu'elle avait pris la décision de se séparer de lui pour de bon ?

— Je ne sais plus, Buck… Ici, à Tallulah, tu te montres sous un jour tellement différent ! J'ai l'impression de te voir chaque fois sous un angle nouveau, et de découvrir des aspects de ta personnalité que je n'aurais jamais soupçonnés. Maintenant, j'ai du mal à savoir qui est le vrai Buck Whitaker, l'homme que j'ai épousé.

Elle donna un léger coup de talon au sol afin de relancer le mouvement de la balancelle.

— Je n'ai jamais cru que la perte de notre bébé t'était indifférente. Tu as du cœur, et la perte de n'importe quel enfant te toucherait.

Il réprima un soupir soulagé.

— En revanche, la façon dont tu as réagi quand je t'ai annoncé que j'étais enceinte m'a profondément blessée.

— Je donnerais beaucoup pour revenir en arrière et changer ma réaction, Anne. Cette erreur-là se trouve en tête de liste, avec la mort de Casey alors qu'il était sous ma garde. Ce sont des fautes que j'ai sur la conscience et j'ignore comment je pourrais les réparer.

— Tu étais dans une telle colère, quand nous sommes partis de ce gala de charité…

— J'étais fou furieux. Je ne saurai jamais si c'est moi qui ai causé ta fausse couche ou non. Mais je remercie le ciel tous les jours de ne pas t'avoir perdue, en plus du bébé. Et je comprends que tu ne supportais plus ma présence, après l'accident.

Anne baissa rapidement la tête, mais il eut le temps d'apercevoir l'éclat des larmes dans ses yeux si bleus.

— Peut-être qu'un homme ne peut pas comprendre cela… Mais perdre son bébé, c'est atroce, pour une femme. Cet enfant, je l'avais tellement rêvé, espéré, voulu… J'étais anéantie et plongée dans un désespoir absolu. Rien ne pouvait me toucher.

— Si j'avais été tué, dans la voiture… Est-ce que cela t'aurait affectée ?

— Tu veux la vérité ? A ce moment-là, je crois bien que non.

Buck demeura silencieux, abasourdi par cet aveu. Son cœur se serra à l'étouffer à l'idée d'avoir perdu l'amour de sa femme. Les doigts enserrant la chaîne au point d'en avoir les jointures blanchies, il parvint à articuler, la voix brisée par l'émotion :

— Et aujourd'hui, Anne ? Cela te toucherait-il ?

Du bout des doigts, elle essuya les larmes qui mouillaient ses joues pâles.

— Oh, Buck… Bien sûr que oui ! Je n'ai jamais cessé de t'aimer, tu sais. Mais je ne ressentais plus rien, cela m'était trop douloureux.

Il relâcha le souffle qu'il avait retenu trop longtemps. Les paumes moites, il vint s'asseoir près d'elle sur la balançoire, saisi par l'envie folle d'enlacer ses épaules et de la presser contre lui. Mais lorsqu'il tenta de glisser son bras derrière la nuque d'Anne, celle-ci éclata en sanglots.

— Je regrette tellement ce qui s'est passé, ma chérie… Il faut me pardonner, je t'en prie.

— J'aimais déjà cet enfant de tout mon cœur… J'aurais voulu mourir avec lui, avoua-t-elle entre deux sanglots.

Il la prit dans ses bras et la tint serrée contre lui. Il lui murmura des paroles tendres et douces, la bouche enfouie dans sa chevelure soyeuse. Pourrait-il jamais alléger la souffrance de sa femme, et la réconforter un peu ? Il aurait tant voulu prendre ce chagrin immense et l'absorber en lui ! Et lui donner un autre bébé… Ce désir fou le stupéfia par sa violence. Pourquoi lui avait-il fallu autant de temps pour retrouver la raison ? N'était-il pas trop tard, maintenant ?

Buck sentit son cœur chavirer quand Anne lui enlaça le cou et pleura doucement, la joue sur son torse. Il lui chuchota à l'oreille des mots incohérents, emplis d'amour, de passion, de regrets et de promesses. Entre ses bras, elle semblait si frêle, si vulnérable… Le parfum qui émanait de son corps souple, tout en courbes et en déliés, lui donnait le vertige. Incapable de résister plus longtemps au désir qui l'embrasait, il saisit le menton d'Anne entre deux doigts et le tourna vers lui afin de laisser courir ses lèvres sur son front, ses joues, son cou.

— Oh, chérie… Je suis si heureux de pouvoir te toucher enfin… Tu ne sais pas à quel point tu m'as manqué !

Lorsqu'il l'embrassa avec une fougue désespérée, il arracha à la jeune femme un gémissement. Il plongea au cœur de cette bouche entrouverte, toute frémissante. Chaque cellule de son corps lui rappelait avec urgence le besoin qu'il avait d'elle. A peine avait-il frôlé le ventre d'Anne que son sexe s'était durci sous son jean. Mais Buck était décidé à prendre tout son temps. Ses lèvres tracèrent un chemin tiède et humide le long de la gorge d'Anne, tandis que ses paumes se faufilaient d'elles-mêmes sous son T-shirt et caressaient tendrement la pointe de ses seins.

Quand il l'entendit gémir de nouveau, il remonta son T-shirt, le fit glisser au-dessus de sa tête et, d'un mouvement rapide, défit la fermeture de son soutien gorge en dentelle arachnéenne. La tête penchée, il aspira une pointe entre ses lèvres avec avidité, comme s'il s'agissait du fruit le plus délicieux de toute la création. Une frénésie s'empara de lui et pendant quelques minutes, toute pensée le quitta. Seul comptait le tourbillon de sensations qui l'assaillaient. Anne avait été et serait toujours la seule femme capable de lui faire perdre la raison.

Les mains plongées dans les mèches échevelées de Buck, elle chercha sa bouche avec une avidité pareille à la sienne. Leur baiser fut ardent, à la limite de la violence. Buck l'interrompit pourtant et, n'écoutant que son instinct de mâle, il la souleva et la plaça à califourchon sur lui. Par chance, elle portait une jupe en coton et non un pantalon. De la paume, il effleura son ventre qui tressaillit aussitôt sous la caresse. Ses doigts glissèrent plus bas, encore plus bas.

Il plongea au cœur de sa féminité.

— Buck…

En gémissant, elle lui prit le visage entre ses mains et l'embrassa à pleine bouche, avec avidité, comme un animal privé de nourriture pendant trop longtemps. Il continua à la caresser jusqu'à ce qu'elle rejette la tête en arrière, les yeux clos, les lèvres entrouvertes, le corps secoué par des spasmes incontrôlables.

Il aurait voulu plonger en elle, encore et encore, et connaître au même instant l'ultime jouissance. Mais ils se trouvaient sous le porche, bien trop loin d'un lit.

Avec un cri rauque, Anne se cabra une dernière fois avant

de s'effondrer sur lui, haletante, le corps vibrant comme un diapason.

Les secondes s'égrenèrent, rythmées par le chant des cigales et des criquets. Peu à peu, le souffle d'Anne se fit plus régulier. Contre son torse, Buck sentit les battements du cœur de la jeune femme se ralentir. Ses lèvres ébauchèrent un sourire satisfait tandis qu'il se laissait bercer doucement dans l'obscurité, sous un ciel constellé d'étoiles, sa femme blottie dans ses bras. Quelque part dans la nuit, une chouette hulula.

— Buck…, murmura enfin Anne, les joues roses, les lèvres gonflées de baisers.

— Ce n'était que le début, lui souffla-t-il à l'oreille.

Il la pressa contre son érection et ferma les yeux. Jamais il n'avait eu autant envie d'elle.

— Nous irons dans ma chambre dès que tu auras repris tes esprits, ajouta-t-il, déterminé à passer la nuit entière à assouvir le désir qu'ils éprouvaient l'un pour l'autre.

Il y eut un silence.

— Non.

Buck interrompit le mouvement de la balancelle.

— Quoi ?

Elle se redressa et fit mine de s'écarter de lui, mais il la retint fermement, les deux mains autour de sa taille.

— Je veux rentrer. Où sont les clés de la voiture ? dit-elle très vite, sans le regarder.

Il lui saisit le menton et l'obligea à croiser son regard.

— Je vais te donner les clés, mais je veux d'abord que tu m'expliques pourquoi nous ne pouvons pas aller à l'intérieur, et poursuivre ce que nous venons de commencer.

Il poussa un petit soupir et reprit, les traits légèrement crispés :

— J'avoue que je me sens plutôt frustré, en ce moment.

— C'est ma faute. Cela n'aurait jamais dû arriver.

Les lèvres d'Anne tremblèrent comme si elle allait éclater en sanglots.

— Tu pouvais m'interrompre à tout moment, si tu le souhaitais, observa Buck.

— Je sais.

Elle se redressa davantage.

— Je devine ce que tu avais en tête, Buck. Tu avais l'intention de faire l'amour sans protection. Tu penses que tous nos problèmes se résoudront comme par magie si je suis enceinte de nouveau.

Elle écarta les mains de son mari, glissa sur le sol et remit de l'ordre dans ses vêtements. Une vague de désir envahit Buck tandis qu'elle tentait de fermer son soutien-gorge avec des gestes trop fébriles pour être précis.

— Attends, je vais t'aider…

Il se mit debout et, d'un mouvement adroit, il agrafa le sous-vêtement.

— Tu as raison sur un point, je te l'accorde, grommela-t-il.

Elle rentra vivement le bas de son T-shirt à l'intérieur de sa jupe.

— J'allais te faire l'amour. Mais il aurait suffi que tu dises un mot à propos d'une protection, et j'aurais sorti un préservatif de ma poche. De nous deux, ce n'est pas moi qui ferais un enfant en secret.

Anne demeura immobile. Lentement, en silence, elle s'adossa à l'une des colonnes du porche. A la vue de ses épaules voûtées, de ses lèvres tombantes et de ses yeux clos, Buck ressentit une envie quasi irrésistible de s'approcher d'elle pour la réconforter.

Pourtant, il y résista. En ce moment, c'était lui la victime, non ? Les semelles scotchées aux lambris de la terrasse et les bras croisés, il la contempla sans mot dire.

— Je nage en pleine confusion, Buck. J'ai besoin de temps. Je ne sais plus ce que je dois faire..., murmura-t-elle d'une voix à peine audible.

— Ou bien tu ne sais plus qui tu es vraiment, dit Buck, les sourcils froncés.

— Justement. Je suis en train de rechercher mes parents biologiques.

— Quoi ? Qu'est-ce que c'est que cette histoire ? demanda-t-il, éberlué.

Elle souleva les paupières pour croiser son regard.

— J'ai travaillé à la bibliothèque, aujourd'hui. Là-bas, je peux aller sur des sites qui aident des enfants adoptés à retrouver la trace de leur famille biologique. Je peux prendre mon temps sans craindre d'être dérangée, tu comprends ?

— Tes parents sont Franklin et Laura Marsh. Ce sont eux qui t'ont nourrie, élevée et aimée.

— J'en suis bien consciente et je les aimerai toujours. Mais j'ai besoin de savoir, Buck.

En proie à des sentiments contradictoires, ce dernier tenta de réfléchir. Il ne voyait guère comment le fait de retrouver ses parents biologiques permettrait à Anne de faire un pas vers lui, afin qu'ils puissent résoudre leurs problèmes de couple. De plus, il ne comprenait absolument pas ce qui l'empêchait de vivre avec lui pendant qu'elle entreprenait ces fameuses recherches. Mais pourquoi serait-il surpris ? Les femmes avaient l'art de compliquer n'importe quelle situation.

— Je vais chercher la clé de ta voiture, annonça-t-il finalement.

— Merci.

Il pénétra dans la maison et récupéra la clé qu'il avait posée sur la console de l'entrée. Puis il sortit et descendit les marches sans même se retourner — et sans faire attention à la douleur qui le lançait au niveau du genou. Sa frustration était telle qu'il ne ressentait rien d'autre. Arrivé au bas du perron, il déclara :

— Il faut que je te montre comment refermer le toit.

— Je suppose que je saurai me débrouiller toute seule. Ton genou doit te faire mal, inutile de le solliciter davantage.

— Ne t'occupe pas de mon genou, d'accord ?

Elle haussa les épaules.

— Comme tu voudras, Buck.

Les mâchoires contractées par la souffrance, il marcha jusqu'au coupé décapotable. Après avoir lancé à sa femme un regard lui indiquant clairement qu'elle n'avait pas intérêt à remarquer sa douleur, il lui ouvrit la portière.

— Monte.

Sans discuter, elle se glissa derrière le volant. Il lui expliqua alors en détail comment faire fonctionner le mécanisme du toit.

— Tu as des questions ?

— Non.

— Alors, démarre. Et à un de ces jours.

Anne ouvrait la bouche pour lui répondre, mais il claqua la portière avec une certaine violence et se détourna. En grinçant des dents, il entreprit de remonter les marches le plus normalement possible. A la treizième, il se retourna. Les feux arrière de la Mercedes formaient une lueur à peine visible derrière les arbres. Dans quelques secondes, Anne tournerait à droite pour emprunter la route qui menait à Tallulah. En jurant tout bas, à bout de forces, il se laissa tomber sur la marche de bois et enfouit son visage dans ses mains.

*
* *

Beatrice s'était couchée et attendait Franklin. Elle l'entendit verrouiller la porte d'entrée, puis se diriger vers le bureau pour éteindre la télévision. Il regardait peu d'émissions et pratiquement aucun film, mais ne manquait jamais les nouvelles du soir. Quelques instants plus tard, il marcha vers la cuisine, où il prit un verre dans un placard. Il y eut ensuite le bruit du réfrigérateur tandis que Franklin emplissait de glace le fond de son verre, avant d'y ajouter de l'eau. Beatrice savait qu'il le poserait sur sa table de chevet en arrivant dans la chambre. Elle savait aussi qu'il n'y toucherait guère durant la nuit. Le verre semblait faire simplement partie d'un rituel. Puis elle entendit son mari éteindre les lumières à mesure qu'il progressait vers leur chambre.

Ses lunettes de lecture perchées sur le nez, elle tenait entre les mains le dernier best-seller de sa romancière préférée. Le livre était ouvert à la page 11, et pourtant elle n'avait aucune idée de ce qu'elle avait bien pu lire au cours des dix pages précédentes. Avec un soupir, elle referma l'ouvrage. Elle le tenait inconsciemment serré contre sa poitrine quand Franklin la rejoignit dans la chambre.

— Si notre voisin ne parvient pas à faire taire son chien, je vais être obligé de l'appeler, déclara-t-il.

Beatrice ouvrit de grands yeux. Elle n'avait même pas entendu le chien aboyer.

— Cela ne servira à rien, Franklin. Notre voisin adore causer des tracas. S'il sait que ça t'ennuie, il entraînera son chien à aboyer toute la nuit. A mon avis, il vaut mieux que tu écrives un petit article à ce sujet.

Franklin rit doucement tout en déboutonnant sa chemise.

— Chérie, je sais que Tallulah n'est pas Boston, mais je refuse de m'abaisser à ce niveau de journalisme.

Beatrice posa son livre sur la table de chevet, sans même

prendre la peine de marquer la page, et elle rangea ses lunettes dans le tiroir.

— Cela te manque ?

— Boston ?

Franklin, qui se dirigeait vers la salle de bains, s'arrêta et se tourna vers elle.

— Les musées et la fraîcheur des nuits d'été me manquent. Mais sûrement pas la neige, la foule, les embouteillages et les impôts locaux !

Il ouvrit la porte et ajouta, avant de disparaître :

— Je suis ravi d'endurer la chaleur, les insectes, et l'humidité du delta, et même les aboiements du chien du voisin, si cela me permet de vivre avec toi, ma chérie.

Sur ce, il entreprit de se brosser les dents avec entrain. Quelques minutes plus tard, vêtu d'un caleçon de soie bleu ciel, il se glissait sous la couette aux côtés de Beatrice. En été comme en hiver, il ne portait qu'un caleçon de soie en guise de pyjama. Avec émotion, elle se souvint de la première fois qu'elle avait vu son corps nu. Franklin avait le don d'apprécier les vestes et les pantalons une taille trop grande, et de choisir des coloris ou des motifs qui n'allaient pas ensemble. En fait, elle le préférait sans vêtements, et de loin. Il avait gardé un corps d'athlète, mince et musclé. Son plus grand regret, c'était de ne pas l'avoir épousé quand elle était encore jeune et belle.

Appuyé sur un coude, il se tourna vers elle et la dévisagea avec intensité.

— Il me semble que quelque chose t'ennuie, chérie.

Allongée sur le côté, elle le regarda à son tour.

— Il s'agit d'Anne, répondit-elle.

Il lança un coup d'œil au petit réveil, sur la table de chevet.

— Elle se trouve sans doute avec Buck. De toute façon, elle a sa clé.

— Et elle est majeure… Non, ce n'est pas à cela que je pensais.

Elle tendit la main et, d'un doigt, suivit le contour des lèvres charnues de son mari. Elle aimait la douceur de sa bouche tout autant que le goût de ses baisers.

— Je ne t'en ai pas parlé, mais Victoria est passée ici pour voir Anne, la semaine dernière. Anne a été bouleversée par leur discussion.

— Qu'est-ce que Victoria lui voulait ? Attends, laisse-moi deviner… Je parie qu'elle n'a pas apprécié l'article d'Anne sur Pearce-le-Magnifique.

— C'est juste. Mais elle semble surtout s'inquiéter des recherches qu'Anne effectue dans les archives du journal.

Avant qu'elle ne retire sa main, Franklin la saisit et posa un baiser sur sa paume. Refusant de la relâcher, il la pressa ensuite sur son cœur.

— Et alors ? Comment Anne a-t-elle réagi ?

— De la façon dont tous ceux qui la connaissent pourraient s'y attendre — sauf Victoria. Son intérêt a redoublé, et son énergie aussi. Elle se demande maintenant ce que sa belle-mère ne veut surtout pas qu'elle découvre.

— Dans ce cas, pourquoi ne passe-t-elle pas plus de temps au sous-sol ? Elle me rend ses articles largement à l'avance, ce qui lui laisse de grands moments de loisir.

Beatrice se redressa, soudain nerveuse.

— Elle ne s'intéresse pas uniquement à son travail et aux secrets de famille des Whitaker, Franklin. Elle a décidé de retrouver ses parents biologiques.

— Ah…

— Mildred Pinkston m'a appelée.

— Mildred ? La bibliothécaire ?

— Apparemment, Anne passe des heures entières devant l'ordinateur de la bibliothèque.

— Hum… Je ne sais pas ce qui me gêne le plus, entre le fait qu'Anne ait besoin d'utiliser un ordinateur extérieur pour surfer sur Internet, ou celui que Mildred se sente obligée de l'espionner et de te rapporter ses faits et gestes.

— C'est le genre de chose qui n'arriverait pas à Boston, n'est-ce pas ? demanda Beatrice avec un sourire en coin.

Franklin eut un petit rire.

— Sûrement pas. C'est à ajouter sur la liste des choses qui me manquent ici.

L'air de Beatrice redevint grave.

— Anne ira jusqu'au bout, Franklin. Elle m'a dit et répété qu'elle craignait que son patrimoine génétique ne soit défavorable à une grossesse. Je lui ai répondu qu'elle n'avait pas à s'inquiéter, mais elle ne m'écoute pas. Elle a l'intention d'ouvrir la boîte de Pandore.

— Elle a toujours eu une tête de mule.

Il lança un coup d'œil à Beatrice et sourit.

— Il se peut que dans ce cas, la génétique soit en cause.

— Un enfant n'est pas entêté à la naissance, il apprend à le devenir. C'est toi qui lui as donné l'exemple, rétorqua Beatrice sans sourciller.

— Je suis raisonnable, mais je ne suis pas entêté, protesta Franklin.

Sa femme poussa un petit soupir.

— Chéri, elle va bientôt te poser des tas de questions… D'ailleurs, je me demande pourquoi elle ne l'a pas déjà fait.

Pensif, Franklin se cala contre son oreiller.

— Son intérêt pour ce genre de recherche ne me surprend guère. Elle a toujours été intriguée par ses origines, et sa fausse couche ne fait qu'attiser sa curiosité naturelle. D'ailleurs, je suis certain que sa mère encourageait cet intérêt.

— Sa mère ?

Il tourna la tête vers Beatrice.

— Laura.

— Et tu sais pourquoi ?

— Laura savait qu'elle ne vivrait pas longtemps à cause de sa maladie. Elle croyait que si la sclérose en plaques devait l'emporter, Anne n'aurait que moi en guise de famille. Aussi a-t-elle été enchantée du mariage d'Anne avec Buck. Il lui semblait que la famille de Buck, qui résidait dans le delta depuis cinq générations, offrirait à Anne de vraies racines et compenserait le vide que lui causerait sa mort. Heureusement, Laura n'a jamais rencontré Victoria et n'a pas eu à composer avec sa fichue personnalité.

Beatrice acquiesça.

— Laura était une sainte, affirma-t-elle.

Franklin se pencha, embrassa sa femme, puis se laissa aller de nouveau contre l'oreiller.

— Pour information, je t'indique que je préfère avoir pour épouse une jolie femme du Sud, sexy et un brin jalouse, plutôt qu'une sainte.

— Je ne suis pas jalouse !

— Qu'est-ce qui te fait croire que je pensais à toi ? Je parlais dans l'absolu, déclara Franklin, impassible.

D'un geste vif comme l'éclair, Beatrice tira à elle l'oreiller de Franklin et le rabattit sur le visage de son mari. Avec un éclat de rire, il se dégagea, saisit sa femme par la taille et la fit rouler sur lui. Elle fit mine de lui résister en se tortillant dans tous les sens. Constatant l'effet que cela produisait sur Franklin, elle s'immobilisa.

— Je t'ai eu, murmura-t-elle, tandis que le rose lui montait aux joues.

— C'est vrai, mon amour.

Il l'étreignit, la serra contre lui, et poussa un soupir satisfait.

— Je suis l'homme le plus heureux du monde, grâce à toi, lui glissa-t-il à l'oreille.

Elle leva la tête.

— J'espère que tu le crois vraiment.

Il la dévisagea longuement, d'un regard empli d'une infinie tendresse.

— Je le crois, chérie.

Avec un petit soupir, elle se laissa aller contre lui et posa la joue sur son torse.

— Que vas-tu dire à Anne, quand elle te mettra au courant de ses recherches ?

— Que souhaites-tu que je lui dise, Bea ?

Elle retint son souffle et n'hésita qu'une fraction de seconde.

— La vérité, Franklin. Dis-lui toute la vérité.

16.

Anne était plongée dans la lecture d'un article d'un vieux numéro de *L'Observateur* décrivant une période de sécheresse dans les années 50 lorsque Claire apparut en haut de l'escalier.

— Je te dérange ?

— Bien sûr que non !

D'un geste de la main, Anne désigna la table jonchée de documents.

— Je suis ravie de cet interlude impromptu.

Au pied de l'escalier, Claire s'immobilisa, les yeux écarquillés.

— Wow ! Paige a raison. Tu as transformé ce bazar en un lieu qui devient presque accueillant !

Vêtue d'un chandail en cachemire couleur des blés mûrs, d'un pantalon noir impeccablement coupé, et de bottes fines à talon, elle fit quelques pas en regardant tout autour d'elle avec émerveillement.

— Mon chou, si tu restes ici, tu vas gâcher tes talents. Une femme capable d'organiser des tonnes de vieux journaux datant d'un siècle devrait passer sur toutes les chaînes de télévision. Bon sang, il y a des tas de gens qui animent des émissions sur la façon de décorer et de ranger sa maison… Tu devrais être la vedette des plateaux !

Anne sourit. Claire avait l'habitude de s'exprimer ainsi, et cela l'amusait.

— Il suffit de s'armer d'un balai et d'une pelle, d'un chiffon et d'un nettoyant liquide, pour parvenir au même résultat.

Claire secoua ses mèches blondes, soigneusement entretenues par un coiffeur de Memphis.

Elle longea les étagères en se penchant vers les étiquettes soigneusement libellées et apposées sur les cartons.

— Ton père ne pourra plus se passer de toi, ici. Comment fera-t-il, quand tu repartiras pour Saint Louis ?

Devant la moue d'Anne, elle rit doucement.

— Voyons, tu sais bien que Buck te harcèlera jusqu'à ce que tu retournes là-bas avec lui. Il sait s'y prendre, et tu finiras par lui céder, tu verras. Et tu seras de nouveau prise dans le tourbillon de sa carrière.

— Nous verrons, murmura Anne.

Claire la dévisagea un instant.

— Je ne sais pas ce qui s'est passé entre vous, mais il a un comportement bizarre depuis quelque temps. Il a l'air de mauvaise humeur et il travaille du matin au soir sans desserrer les dents.

— Je l'ignorais. Je ne l'ai pas vu, ces derniers jours.

En fait, Buck ne lui avait pas fait signe depuis deux bonnes semaines. Pas le moindre coup de fil, pas la plus petite visite. C'était très bien ainsi, ne cessait-elle de se répéter, comme si elle tentait de se convaincre elle-même.

— J'avoue que je me suis trompée sur les délais, reprit Claire. J'aurais parié qu'il ne resterait pas plus de dix jours à Tallulah, et aujourd'hui, cela fait bien cinq ou six semaines qu'il est là.

J'ignore la cause de vos problèmes de couple, mais je suis prête à miser sur votre retour à Saint Louis.

Anne poussa un soupir agacé.

— Est-ce que nous sommes le seul sujet des commérages, en ville ?

— Ce ne sont pas les problèmes de Buck qui préoccupent les gens, mais la façon dont tu t'opposes à lui. N'oublie pas qu'il est l'enfant chéri de Tallulah, le héros du delta. Ils ne comprennent pas ce qui peut se passer dans la tête de la femme qui a eu la chance de l'épouser et qui refuse de lui baiser les pieds tous les matins !

Anne ne put réprimer un éclat de rire.

— Donc, tout est ma faute. Cela ne me surprend guère ! Est-ce que la ville t'a envoyée exprès pour me faire entendre raison et me remettre dans le droit chemin ?

Claire haussa ses fins sourcils blonds.

— Moi ? Tu plaisantes ! Je suis la dernière personne au monde que les gens enverraient pour faire entendre raison à quelqu'un.

Elle passa devant le petit bureau qu'Anne s'était aménagé, un espace net et agréable, et s'adossa contre l'une des étagères en métal.

— C'est incroyable… Le sous-sol était un vrai taudis, on pouvait à peine marcher entre les cartons et les piles de journaux. On dirait que tu l'as transformé d'un coup de baguette magique. Au fond, Buck et toi, vous formez un couple parfait. Il a fait exactement le même travail à Belle Pointe.

— Comment ? Ne me dis pas que l'exploitation se trouvait dans un état aussi lamentable ! Etant donné ce que j'ai entendu au sujet de la poigne de Victoria, j'aurais du mal à le croire.

— Victoria n'a plus la même énergie. Evidemment, elle ne l'admettra jamais, même sous la menace d'une arme à feu.

Pourtant, elle ne semble pas en forme, ces temps-ci, répondit Claire, pensive.

Elle lança un coup d'œil autour d'elle.

— On peut fumer, ici ?

— Désolée, c'est interdit. L'endroit est bourré de cartons et de vieux journaux. La moindre étincelle les transformerait en brasier.

Claire acquiesça.

— Je comprends.

Les mains dans les poches de son pantalon, elle s'approcha des photos accrochées au mur. Derrière les plaques de verre parfaitement époussetées, leur papier avait jauni.

— Où en étais-je ? Ah oui, nous parlions de Victoria et de Belle Pointe. Figure-toi qu'elle refuse de reconnaître que la production a baissé, et la qualité du coton aussi. Ce pauvre Will Wainwright a fait ce qu'il a pu, mais entre les interférences constantes de Victoria — elle appelle cela des « conseils » — et son diabète, il avait peu de chances de réussir. Voilà que Buck nous tombe du ciel, et qu'il est obligé de demeurer un certain temps dans les parages, grâce à toi. De plus, il a fait les études requises pour cultiver le coton et il a les pouces verts… Victoria a sauté sur lui comme un chat affamé sur un malheureux oiseau.

Anne sourit.

— Franchement, il n'est pas si malheureux que cela. Victoria a pu le persuader aisément de l'aider, car il allait finir par s'ennuyer ferme, sans le base-ball.

— Il aurait pu s'occuper de toi.

— A condition que j'aie du temps libre. Comme tu le vois, j'ai d'autres chats à fouetter.

Avec un petit rire entendu, Claire se détourna. Les mains derrière le dos, elle s'intéressa aux photos qui couvraient les murs.

L'une d'elles représentait un groupe posant devant la Chambre de Commerce de Tallulah. La photo était datée de 1975.

— Tiens, il y a John Whitaker dans ce groupe. C'est amusant, je trouve que Buck lui ressemble de plus en plus.

En effet, Buck était le portrait vivant de son père, au point qu'Anne aurait pu reconnaître John sans avoir besoin de lire son nom sous la photo.

— Et voici Victoria... C'est la seule femme du groupe. Elle a été la présidente de la Chambre pendant des années. Elle vient tout juste de se retirer.

— J'ai été étonnée par le nombre de photos des Whitaker qui se trouvent dans nos archives, commenta Anne.

Claire acquiesça et passa à la photo suivante.

— Qui est ce jeune homme en uniforme ? J'ai l'impression de l'avoir déjà vu quelque part.

— Paige m'a dit la même chose quand elle a vu son portrait dans l'un de nos vieux journaux. Il a été tué pendant la guerre du Viêt-nam. Apparemment, c'est le seul soldat mort au combat que Tallulah ait eu à déplorer.

Claire se pencha pour lire le nom indiqué sous le portrait.

— Rudy Baker... C'est curieux, je pensais que...

Elle se tut, secoua la tête et fit mine de s'intéresser à une autre photo, celle de l'inauguration de la Bibliothèque Whitaker.

— La famille est si importante dans la région que *L'Observateur* conserve pieusement tous ses faits et gestes. Sais-tu que Paige se passionne désormais pour son histoire familiale ? demanda Anne, d'un ton amusé.

Claire se tourna vers elle.

— Justement. Je suis venue ici pour te parler de ma fille. Je souhaite te remercier très sincèrement de tout ce que tu fais pour elle. Depuis qu'elle travaille avec toi, son attitude a beaucoup changé… J'ignore quel est ton secret, mais je t'en prie, ne change rien.

Anne sourit.

— Je ne fais rien de spécial, mais nous nous entendons bien. J'avoue qu'au début, elle était un peu…

— Rebelle. Appelle les choses par leur nom. Oh, elle est loin d'être un ange ! Au début, elle affirmait que son travail ici ressemblait à une séance de torture. Aujourd'hui, je crois qu'elle viendrait de toute façon, même si elle n'y était pas obligée. Elle a pris goût à ces vieux journaux, elle mène ses propres recherches, et elle t'admire par-dessus le marché.

— Ta fille est brillante, Claire. Elle a de l'avenir.

Claire eut un sourire ému.

— Dommage qu'elle soit aussi provocatrice. Sais-tu ce qu'elle a dit, l'autre soir pendant le dîner ?

Sachant que Paige adorait choquer son entourage, Anne préféra ne pas deviner.

— Elle m'a demandé si Jack Breedlove était son père biologique, lui confia Claire.

— Je parie que tout le monde a eu la chair de poule en attendant ta réponse ! s'exclama Anne en riant.

Elle imaginait Victoria, les yeux écarquillés, la bouche tremblante d'indignation.

— Au moins, Paige n'a pas posé la question directement à Jack. C'est une chance ! Figure-toi qu'il m'a arrêtée l'autre jour pour excès de vitesse, et pendant que nous échangions quelques mots, Paige a tout de suite deviné que… que…

— … Que vous vous connaissiez, intervint doucement Anne.

Claire regarda sa belle-sœur dans les yeux.

— Oui. Et lorsque tu es venue dîner avec Buck à Belle Pointe, j'avais trop bu et j'ai dit des choses qui ont pu te choquer. Je tiens à t'assurer que je n'ai pas de liaison avec Jack.

Anne cligna les paupières.

— Mais je n'ai jamais cru que tu en avais une !

Claire eut un petit rire nerveux.

— Tu penses que je bois trop, n'est-ce pas ?

— Eh bien…

— Pearce veut m'envoyer dans un établissement spécialisé. Ce n'est pas pour m'aider, mais pour m'empêcher de nuire à son image politique. Je n'ai aucune intention de me faire enfermer, Anne. Je me suis inscrite en cachette chez les Alcooliques Anonymes. Depuis, je n'ai pas bu une gorgée d'alcool. Je sais qu'il me faudra du temps, beaucoup de temps, avant de retrouver le respect et la confiance de mon entourage — notamment de Paige. Mais je suis déterminée à poursuivre mes efforts.

— C'est une excellente nouvelle.

Claire poussa un léger soupir, comme si elle venait d'accomplir une mission qui lui coûtait.

— Merci de m'avoir écoutée, Anne.

— Les amis sont là pour ça, répondit celle-ci en souriant.

Elle suivit des yeux sa belle-sœur qui montait les marches d'un pas plus léger, puis referma son ordinateur portable en secouant la tête. Comprendrait-elle jamais ce qui poussait les gens à prendre des décisions importantes de façon aussi soudaine ? A son tour, elle grimpa allègrement les quelques marches qui la séparaient du rez-de-chaussée. Les bureaux étaient vides, à l'exception de celui de son père, qui téléphonait. Il agita la main en la voyant passer. Quand elle sortit dans la rue, elle aperçut Claire qui semblait l'attendre.

— Puis-je te reconduire ? demanda celle-ci. Ou bien tu…

Elle s'interrompit, l'air stupéfaite. Anne suivit son regard et vit une silhouette masculine adossée à la portière d'un véhicule de police, à quelques mètres de là. Celle de Jack Breedlove.

Claire se ressaisit rapidement et s'approcha de lui d'un pas dansant.

— Eh bien, commissaire, qu'est-ce que j'ai fait cette fois ? Je me suis mal garée ?

— Absolument. Mais comme tu avais oublié tes clés sur le contact, j'ai pris la liberté de la changer de place.

— Quoi ?

Devant l'air indigné de Claire, Jack ébaucha un sourire.

— Doucement, Claire. Je ne l'ai pas envoyée à la fourrière, tu pourrais me remercier.

A quelques pas derrière eux, Anne observa la scène d'un œil intrigué. Claire et Jack ressemblaient à deux félins qui tentaient de s'approcher tout en restant sur leurs gardes. Non, Claire ne lui avait pas menti. Ces deux-là n'entretenaient pas de liaison secrète. Mais elle aurait parié sa plus jolie paire de boucles d'oreilles qu'ils en éprouvaient la tentation.

Quand elle s'éloigna vers son coupé Mercedes, aucun des deux ne remarqua son départ.

A l'exception de ses deux heures de thérapie quotidienne, Buck passait son temps à Belle Pointe. Levé à l'aube, il y travaillait sans relâche sous le soleil et dans la poussière, et sans ménager son genou blessé, qui se rappelait à lui avec brutalité, lorsqu'il rentrait au pavillon de chasse pour effectuer ses exercices sous la férule de Ty. Ensuite, abruti de fatigue et de douleur, il n'avait plus l'énergie suffisante pour penser à la frustration que lui causait Anne, la femme la plus têtue qu'il ait jamais rencontrée. Cela faisait deux semaines qu'il ne l'avait pas vue, et il s'était juré que ce serait elle, désormais, qui ferait le premier pas.

A Belle Pointe, les membres du personnel étaient enchantés de travailler sous ses ordres. Quant à Victoria, elle avait adopté une attitude discrète qui ne lui ressemblait guère, mais qui avait l'immense avantage de ne pas entraver ses efforts. Non seulement elle n'avait jamais manifesté l'opposition à laquelle il s'attendait, mais elle avait même fini par lui laisser carte blanche, ou presque. Il ne cherchait pas à comprendre son comportement, car toutes les tentatives qu'il avait entreprises en ce sens au cours des trente-sept années de sa vie s'étaient soldées par un échec. Victoria resterait sans doute pour lui une énigme jusqu'à la fin de ses jours.

Chaque matin, en arrivant à Belle Pointe, il était surpris de constater à quel point l'exploitation lui avait manqué. Parfois, il se glissait derrière le volant de son 4x4 et il roulait le long des chemins pierreux délimitant les terres des Whitaker, en imaginant tous les changements qu'il apporterait à Belle Pointe s'il y demeurait suffisamment longtemps. Toutefois, il savait qu'il devrait quitter la région et retourner à Saint Louis avant la fin de la récolte. Désormais, il lui fallait constamment se rappeler que sa vie, c'était le base-ball, et non le coton.

De retour après une journée exténuante, Buck était assis sous le porche en sirotant une canette de soda, l'esprit absorbé dans ses pensées, lorsqu'il entendit le moteur d'une voiture remontant l'allée qui menait au pavillon. Oubliant son genou douloureux, il se mit aussitôt debout en espérant qu'il s'agissait d'Anne. Mais au lieu du coupé Mercedes, ce fut une grosse et luxueuse berline noire qui se gara devant le perron.

— Merde, grommela-t-il.

La portière s'ouvrit. Pearce sortit du véhicule et s'étira longuement en poussant un soupir. Puis il alluma un cigare, en prenant tout son temps. Apparemment, il ne tenait pas rigueur à son frère de leur dernière dispute.

Contrairement à Buck, il était tiré à quatre épingles. Il menait sa campagne électorale en costume sombre, chemise blanche et cravate bleu clair. Le contraste entre les deux frères était saisissant. D'un côté, Pearce, frais et fringant, aussi pimpant que s'il venait de se lever, de l'autre, Buck, épuisé dans un jean sale et un T-shirt mouillé de sueur. L'aîné avait sans doute hérité de sa mère un aspect toujours impeccable, tandis que le cadet possédait l'élégance naturelle et nonchalante de son père.

L'air las, Buck se laissa retomber dans son fauteuil à bascule, résigné à écouter Pearce lui vanter les mérites de sa campagne et le harceler afin d'obtenir son soutien.

Pearce se campa au bas des marches et lui lança d'une voix de stentor :

— Je viens de voir ta femme au volant d'un joli coupé sport !

Il jeta un coup d'œil en direction du fleuve, l'air pensif.

— Bon sang, qu'est-ce qu'elle fabrique à cette heure-ci ? Elle devrait te rejoindre ici, au lieu de filer dans la direction opposée, non ?

Buck tressaillit, touché par le nouveau coup bas que son frère venait de lui décocher. Que diable faisait cette tête de mule en ce moment ? Et pourquoi Pearce en savait-il davantage que lui sur Anne ?

— Il se fait tard, Pearce. Qu'est-ce que tu me veux ? grommela-t-il, passablement agacé.

— Oh… On est de mauvaise humeur, à ce que je vois !

Pearce monta les marches avec une lenteur calculée.

— Tu sais, quand un gars du Sud épouse une fille du Nord, ça finit toujours par poser un problème. Ces filles-là sont têtues et elles réfléchissent trop. Dans un couple, elles veulent porter la casquette. C'est un truc que je ne tolérerais pas. Moi, j'ai épousé une jolie fille du pays, élevée à l'ancienne. Peut-être que tu aurais dû en choisir une de chez nous, Buck.

— Je vais me répéter. Qu'est-ce que tu me veux, exactement ? Es-tu venu uniquement pour discuter de la personnalité de ma femme ?

Pearce rejoignit son frère sous le porche. Il prit son cigare entre deux doigts et exhala un nuage de fumée.

— Tu es vraiment de fort méchante humeur, constata-t-il avec un sourire ironique.

Il s'adossa à l'un des piliers, face à Buck.

— Figure-toi que je n'aurais pas fait la route à cette heure-ci si tu daignais répondre au téléphone. Je tombe chaque fois sur ton répondeur. Je me suis dit que j'avais une chance de te voir si je passais ici en fin de soirée. Je suppose que tu as appris à te défiler, à force d'être assiégé par les journalistes.

Buck haussa les épaules.

— Si tu voulais vraiment me voir, tu n'avais qu'à venir à Belle Pointe. J'y travaille dès l'aube.

— Possible, mais puisque tu ne loges pas dans la maison, je n'ai pas envie de faire des kilomètres à travers champs pour te dénicher.

Buck termina d'un trait sa canette de soda et la posa sur le sol.

— Tu devrais être content que quelqu'un fasse le boulot, puisque Will Wainwright est parti.

— Ce maudit coton sera planté et récolté, que tu surveilles les ouvriers ou non. Ils sont assez nombreux, bon sang… Mais notre chère mère a décidé qu'il fallait un Whitaker à tout prix pour gérer l'exploitation. Et toi, évidemment, tu t'es trouvé là au bon moment et tu as saisi l'occasion au vol. Je pensais que tu avais un peu plus de bon sens !

Buck ne broncha pas. Impassible, il soutint le regard furibond de son frère.

— Tu as autre chose à me dire, Pearce ?

Ce dernier exhala une autre bouffée de son cigare. Ses mains tremblaient d'une colère contenue.

— Oui, deux choses. Primo, il paraît que tu as rendu visite au commissaire de police. Je sais que vous êtes des amis d'enfance. J'espère que tu n'es passé le voir que pour parler du bon vieux temps.

— Nous avons évoqué le passé, c'est vrai.

— Quoi d'autre ?

Un léger sourire étira les lèvres de Buck.

— Je crois qu'il a mentionné sa campagne électorale, dit-il nonchalamment, sachant que cela ne ferait qu'attiser la colère de son aîné.

En effet, ce dernier faillit perdre le reste de son sang-froid.

— Et cela te fait rire ? gronda-t-il.

Il pointa le bout de son cigare vers Buck.

— J'ai une question à te poser. Pourquoi cherches-tu à éviter ton propre frère, alors que tu prends le temps de passer au bureau de mon adversaire ? Tu sais que cela va donner l'impression que Breedlove est ton candidat préféré ! Tu peux me dire pourquoi tu as fait ça, Buck ?

— Crois-moi ou non, mais j'avais envie de voir Jack parce qu'il était mon meilleur ami quand j'étais gamin. Je ne suis pas responsable de la façon dont les gens vont interpréter ma visite, et je m'en fiche.

— Je t'interdis de le revoir, compris ?

Dans son agitation, Pearce frappa du plat de la main le rebord de la balustrade et fit une grimace de douleur.

— Je veux que tu mettes fin aux rumeurs selon lesquelles tu

soutiens sa campagne, et que tu participes à la mienne de façon active et visible ! lança-t-il en arpentant la terrasse.

Buck allongea sa jambe blessée. Son genou, trop sollicité durant la journée, le faisait horriblement souffrir.

— Nous en avons déjà discuté, Pearce. Tu vois bien que je suis loin d'être rétabli. Il est hors de question que je prenne le risque d'abîmer un peu plus mon genou.

— Pourtant, cela ne t'empêche pas d'inspecter nos champs de coton !

— J'en fais le tour au volant d'un pick-up, tu le sais fort bien.

Voyant que Buck ne changerait pas sa position d'un iota et qu'il perdait son temps, Pearce s'efforça de se ressaisir.

— Dans ce cas, viens me voir demain au bureau, nous discuterons d'une autre forme de collaboration. Tu pourrais passer quelques coups de fil à tes relations. Tu connais des gens importants et bourrés de fric, dit-il d'une voix plus calme.

Il lança un coup d'œil à la porte entrouverte.

— D'ailleurs, autant en discuter tout de suite en buvant une bière dans la cuisine. Il vaut mieux battre le fer quand il est chaud.

Buck se mit debout, non pour entraîner son frère à l'intérieur, mais pour lui signifier que la discussion était close.

— Il est tard et je suis fatigué, Pearce. Autant te le dire tout de suite, je ne ferai jamais ce que tu me suggères. Je ne suis pas du genre à appeler des amis pour leur demander de l'argent, figure-toi. De plus, je suis bien trop occupé en ce moment pour penser à ta campagne.

— Ah oui ? Et à quoi occupes-tu tes journées, tu peux me le dire ? Tu ne joues même plus au base-ball !

D'un geste brutal, Pearce lança le bout de son cigare au

bas des marches. Les étincelles décrivirent un arc de cercle rougeoyant dans la pénombre.

En soupirant, Buck lui tourna le dos et poussa la porte. Un jour ou l'autre, il lui faudrait mettre les points sur les i. Pearce devrait comprendre que non seulement il ne ferait pas campagne pour lui, mais qu'il n'approuvait même pas sa candidature. Pas ce soir, cependant. Après les remarques que Pearce avait faites sur Anne, il ne voyait pas de quoi il pourrait parler avec son frère, si ce n'est de la pluie et du beau temps. Et encore…

Comme il s'apprêtait à pénétrer dans le pavillon, Pearce lui saisit le bras.

— Attends. Je ne t'ai pas encore parlé du second motif de ma venue.

Buck s'immobilisa, les yeux fixés sur la main de Pearce agrippée à son bras. Dans la pénombre, ce dernier ne pouvait que ressentir la réaction de son cadet, mais ce fut suffisant pour qu'il relâche aussitôt son étreinte.

— C'est au sujet d'Anne, dit-il.

— Si tu oses prononcer le nom de ma femme encore une fois ce soir, Pearce, je te garantis que…

— Non, non… Il faut juste que je te raconte quelque chose.

Buck se campa devant lui, les bras croisés sur son torse athlétique.

— Quoi ?

— Il paraît que ta femme s'est découvert une passion pour l'histoire de Tallulah.

— Et alors ?

— Est-ce qu'elle écrit un livre à ce sujet ?

— C'est possible, si elle a choisi un thème spécifique.

— Quel genre ?

— Je l'ignore. La région du delta la fascine depuis son enfance.

Pearce hocha la tête.

— Comment procède-t-elle, pour faire ses recherches ?

— Voyons, Pearce, elle travaille pour un journal. Les archives sont à sa disposition nuit et jour, et elle est curieuse, comme tout journaliste qui se respecte. Il est évident qu'elle ne va pas se priver de cet avantage. C'est quoi, ton problème ?

— Je suis plongé jusqu'au cou dans la politique, et je n'ai pas envie de donner des munitions à mon adversaire pour qu'il s'en serve contre moi, déclara Pearce, les sourcils froncés et l'air grave.

Buck dévisagea longuement son frère à la lueur de la lanterne accrochée sous le porche, qu'il venait d'allumer.

— Je ne vois pas quel est le rapport avec Anne, lâcha-t-il avec calme.

Pearce baissa les yeux un instant, comme s'il réfléchissait avec soin aux mots qu'il allait prononcer. Puis il se redressa et croisa le regard de son frère.

— Est-elle au courant de l'accident qui a eu lieu à la chasse ?

Dans les branches d'un arbre tout proche, il y eut un remue-ménage. Une chouette, une femelle sans doute, devait s'inquiéter du bruit que faisaient Buck et Pearce, et s'agitait sous les feuilles dans l'espoir de chasser ces intrus.

— Alors ? Anne sait-elle ce qui est arrivé à Baker, oui ou non ? insista Pearce.

— Oui. L'accident était relaté sur la première page d'un des vieux journaux étalés sur son bureau.

— A-t-elle posé des questions ?

Buck fixa son frère.

— Bien sûr qu'elle en a posé. Je crois t'avoir dit qu'elle est journaliste, non ?

Pearce se passa une main derrière la nuque, l'air absorbé.

— Il s'agit d'un passé lointain. J'espère que tu le lui as fait comprendre.

Comme Buck se taisait, il poursuivit d'une voix urgente :

— J'ai des ennemis partout. Des gens qui adoreraient sortir cette vieille histoire des archives, la révéler au grand jour et en profiter pour me distancer dans la course au Sénat.

Buck continua de dévisager son frère pendant un moment, puis, sa décision prise, il se campa bien droit et plongea son regard dans celui de Pearce.

— Puisque c'est toi qui as abordé le sujet, je vais en profiter pour évoquer ce qui s'est passé la veille de la mort de Jim Bob Baker.

— C'est du passé, je te l'ai dit… Inutile de revenir là-dessus, affirma Pearce en détournant les yeux.

— Il s'agit de la discussion que tu as eue avec lui à propos d'un contrat d'égrenage pour le coton de Belle Pointe, continua Buck, comme s'il n'avait pas entendu les protestations de son frère.

Il entendit Pearce grincer des dents dans le silence du soir avant de grommeler :

— Il exigeait des prix exorbitants.

— Je m'en fiche. Ce qui m'a préoccupé pendant les années qui ont suivi cet accident, c'est ce qu'il a dit à propos de notre mère.

Pearce releva soudain la tête, le regard aux aguets, comme un animal qui flaire le danger.

— Je ne m'en souviens pas.

— Dans ce cas, je vais te rafraîchir la mémoire. Il a dit une phrase du genre : « Si je parle, ta mère va enfin avoir la punition qu'elle mérite. » Que voulait-il dire, exactement ?

— Je ne me rappelle pas, je te le répète. Et puis nous avions tous trop bu, toi comme les autres, d'ailleurs. Comment veux-tu te fier à des souvenirs embrumés par la boisson ?

— Réponds à ma question, Pearce, insista Buck, imperturbable.

Pearce adopta un air dégagé.

— Je me suis disputé avec Jim Bob parce qu'il nous escroquait sur les prix d'égrenage du coton. Il avait conclu un accord bien trop profitable pour lui avec papa. Je lui ai dit qu'avec moi, cela ne passerait pas. Nous n'avons pas parlé de maman.

— Je ne te crois pas.

— Tu me prends pour un menteur ? gronda Pearce, l'air mauvais.

Buck soutint son regard sans sourciller.

— J'ai simplement dit que je ne te croyais pas.

Les deux frères se firent face un instant. Pearce haussa les épaules.

— Tu peux croire ce que tu veux. Moi, je sais ce qui s'est passé.

— Et moi, je sais ce que j'ai entendu ! J'ignore encore ce que signifiait la phrase de Jim Bob à propos de notre mère. Je n'avais que dix-sept ans à l'époque et je ne m'entendais pas avec maman, mais je ne souhaitais pas qu'on lui nuise. Comme tu refusais de m'expliquer ce qu'avait voulu dire Jim Bob, j'ai voulu en parler à papa, mais il m'a fait un long sermon en me rappelant l'importance de protéger le nom des Whitaker. Alors, j'ai laissé tomber l'affaire. Aujourd'hui, je suis déterminé à obtenir une réponse. Je n'ai aucune intention de m'en servir contre notre mère, mais j'irai jusqu'au bout. Tu n'as pas intérêt à te mettre en travers de mon chemin, cette fois !

— Je te répète ce que je t'ai dit à l'époque, Buck. Oublie cette histoire. Je suis en campagne électorale et tous les regards se tournent vers moi, bon sang ! Si tu t'amuses à sortir de vieux squelettes du placard, on risque un désastre. Je veux ce siège de sénateur, et je l'aurai, compris ? Ensuite, je viserai Washington. Est-ce que tu te rends compte de ce que cela signifie ?

Tournant le dos à son frère, Pearce arpenta la terrasse, l'air très agité.

— J'admets que cette nuit-là, nous nous sommes disputés, Jim Bob et moi. Mais c'était à propos du contrat d'égrenage avec Belle Pointe et rien d'autre. Ce genre de dispute, nous aurions pu l'avoir à n'importe quel moment. Le hasard a fait qu'il est mort le lendemain. Si tu t'étais mis à raconter ce que tu avais entendu, tu aurais provoqué un vrai scandale.

— C'est exactement l'argument que tu as utilisé pour me faire taire, Pearce. Tu ne fais que répéter tout ce que tu m'as dit à l'époque. Ce qui m'intéresse, c'est la phrase de Jim Bob concernant notre mère. Pourquoi t'agites-tu ainsi ? Et pour quelle raison refuses-tu de me répondre, en prétendant qu'il n'a jamais parlé de maman ? Il était ivre, ce soir-là, et il a laissé échapper une phrase. J'ignore ce qu'elle signifie, mais toi, tu le sais, et je crois dur comme fer que c'était le vrai sujet de votre dispute.

— Je ne m'en souviens pas, martela Pearce avec entêtement.

Il se tourna vers Buck.

— Si tu veux remuer la boue, tu risques fort d'être éclaboussé, toi aussi. Un scandale concernant les Whitaker, ou simplement ma propre personne, t'affectera automatiquement. Y as-tu réfléchi ?

Pearce eut un rictus mauvais en fixant son frère.

— A mon avis, tu n'as pas intérêt à courir ce risque, poursuivit-il. Tu as déjà eu quelques remous autour de toi, d'après ce que j'ai lu dans la presse. Les Jacks ont finir par penser que tu leur causes trop de problèmes, alors que tu es en fin de carrière.

— Est-ce que tu me menaces ? demanda Buck d'une voix posée.

— Appelle ça comme tu veux. En tout cas, je te conseille vivement d'en parler à ta femme. Si elle s'amuse à écrire un autre article comme celui qu'elle vient de rédiger, je commencerai à penser que vous voulez soutenir la campagne de Jack Breedlove. Cela, je ne le permettrai pas.

Buck pencha la tête de côté, perplexe.

— Tu peux répéter ?

— Tu m'as parfaitement compris. Si elle refuse de pondre un article en ma faveur, elle n'écrira plus rien du tout. Si tu ne peux pas l'en empêcher, c'est moi qui le ferai.

— On voit que tu ne connais pas Anne. Plus tu chercheras à lui mettre des bâtons dans les roues, plus elle défendra sa liberté d'expression. Tu as peut-être l'habitude de contrôler Claire, mais tu n'y arriveras pas avec Anne. Elle est faite d'un autre bois.

— Je veux qu'elle cesse de fourrer son nez dans les affaires de la famille ! Elle n'a rien à y faire, bon sang ! lança Pearce avec colère.

Buck ne broncha pas.

— Ma femme fait partie de la famille. Si tu veux la décourager, tu t'y prends mal. Réfléchis un peu, Pearce. Entre tes tentatives d'intimidation et les visites inopportunes de maman pour essayer de la dissuader, Anne est désormais convaincue que les archives de *L'Observateur* recèlent un secret que vous ne voulez surtout pas qu'elle découvre. D'ailleurs, j'en suis certain, moi aussi.

Les yeux étincelant de fureur, les poings serrés et les mâchoires crispées, Pearce prit un air menaçant.

— Tu débarques après avoir ignoré Tallulah pendant quinze ans d'affilée, pendant lesquelles tu te la coulais douce en jouant à la vedette devant tes fans… Aujourd'hui, tu te débrouilles pour t'insinuer à Belle Pointe et tu prétends changer les choses. Le comble, c'est que maman te laisse faire. Je me demande ce que tu as bien pu lui raconter pour qu'elle te cède, mais je parie que tu lui as débité une série de mensonges !

— Elle pense que j'aime Belle Pointe, et que je suis prêt à me défoncer pour gérer l'exploitation au mieux. Nous savons tous les deux que tu as toujours accordé la priorité à tes propres intérêts, répondit calmement Buck.

— C'est ça… Et maintenant, tu t'apprêtes à flanquer ma campagne en l'air et à salir le nom des Whitaker à cause d'une phrase que tu crois avoir entendue il y a quinze ans ! Tu penses vraiment que je vais te regarder faire en croisant les bras ?

Pearce eut un rire dur.

— Hé, mon cher petit frère, tu crois que tu as connu des galères et que tu as avalé des couleuvres dans ta carrière, mais tu n'as encore rien vu ! Si tu oses te mettre en travers de mon chemin, ça risque d'être sanglant.

Les yeux lançant des éclairs, Buck se redressa et haussa les épaules.

— Eh bien, qu'est-ce que tu attends ? Je suis prêt. Déterre donc la hache de guerre… grand frère !

17.

Une fois débarrassé de la présence de Pearce, Buck se précipita pour prendre une douche et enfiler des vêtements propres. Puis il s'engouffra dans son 4x4 et mit le cap vers la maison des Marsh. Le fait que Pearce juge Anne capable de nuire à sa campagne l'inquiétait. Quand son frère se mettait en fureur, il devenait dangereux. Buck en avait fait l'expérience, et il n'avait pas l'intention de faire courir à Anne le moindre risque. Il sonna à la porte des Marsh avec une certaine impatience, espérant que ce serait sa femme qui lui ouvrirait. Il lui avait dit et répété qu'il regrettait infiniment d'avoir mal réagi à l'annonce de sa grossesse. Il lui semblait qu'elle pourrait faire preuve d'un peu moins d'entêtement, désormais, et manifester un peu de bonne volonté pour sauver leur couple. Quand la porte s'ouvrit enfin, ce fut Franklin, et non Anne, qui lui fit face.

— Buck… Quelle bonne surprise ! Je suis ravi de te voir ici, mon garçon !

Une paire de lunettes de lecture sur le nez, un doigt marquant la page du magazine qu'il tenait entre ses mains, Franklin s'effaça pour laisser passer son gendre.

— Il était grand temps que tu viennes nous rendre visite, tu sais, ajouta-t-il d'une voix chaleureuse avant d'appeler Beatrice. Chérie ! Nous avons un invité de marque !

Un brin gêné, Buck pénétra dans la maison.

— Je suis désolé de venir à cette heure tardive… J'espère que je ne vous dérange pas.

— Pas le moins du monde. Il paraît que tu t'occupes du coton à Belle Pointe. Comment te débrouilles-tu ?

— Pas trop mal. Mais pour l'instant, je suis en guerre contre des nuisibles. J'ai beau les tuer par millions, ils reviennent toujours plus nombreux attaquer les cultures.

Le regard pétillant, Franklin sourit d'une oreille à l'autre.

— Tu parles comme un vrai agriculteur, fiston. Et moi qui croyais que tu vivais pour le base-ball !

La phrase fit tressaillir Buck. Il n'avait pas beaucoup pensé aux Jacks, ces derniers temps.

— Anne est-elle ici ? Il faut absolument que je lui parle, dit-il en lançant un coup d'œil vers l'escalier menant aux chambres.

— Tu viens de la manquer.

Franklin se tourna vers Beatrice, qui les rejoignait tout en s'essuyant les mains sur son joli tablier en coton blanc imprimé de fruits.

— Sais-tu où Anne est partie ? Buck a besoin de la voir.

Avant de répondre, Beatrice se dressa sur la pointe des pieds pour embrasser la joue de Buck.

— Comment va ton genou ?

— En fin de journée, il a tendance à se rappeler à moi de façon désagréable, admit-il.

— J'imagine que Ty n'apprécie guère tes horaires de travail à Belle Pointe, dit-elle, un léger reproche dans la voix.

Y avait-il un habitant en ville qui ne s'occupait pas de sa santé ou de sa vie privée ? se demanda Buck, agacé.

— Non. Il ne cesse de me faire des observations, comme…

« Comme ma femme », avait-il failli dire. Or, il venait de s'en rendre compte, Anne ne lui faisait plus aucune observation.

— Euh… En fait, je me demandais si tu savais où se trouve Anne ?

— Oui… Elle est partie récupérer son ordinateur portable qu'elle a oublié à son bureau. Je pense qu'elle a pris son téléphone. Il faut l'appeler pour qu'elle t'ouvre la porte, sinon…

Buck fronça les sourcils.

— Comment ? Elle est seule, là-bas ?

— Eh bien… Oui.

— Mais il est plus de 10 heures. Les immeubles de bureau sont déserts, à cette heure-ci, et il n'y a pas de gardien. Je trouve cela beaucoup trop risqué, pour une jeune femme seule, de s'aventurer ainsi.

Franklin s'éclaircit la voix.

— En fait, j'ignorais qu'elle souhaitait retourner au bureau. Elle ne m'a pas dit où elle allait, et j'ai supposé qu'elle… Qu'elle se rendait chez toi, dit-il à mi-voix.

Buck avait déjà la main sur la clenche de la porte d'entrée.

— Je vais la rejoindre. Pendant ce temps, tentez de l'appeler. Depuis combien de temps est-elle partie ?

— Oh, dix minutes à peine, répondit Beatrice.

— Dites-lui de verrouiller les portes avant que je n'arrive ! Je frapperai trois coups deux fois de suite pour qu'elle m'ouvre.

Il avait déjà franchi le seuil quand il se retourna.

— S'il vous plaît, ajouta-t-il.

— Je vais l'appeler tout de suite, promit Beatrice.

Il ne l'entendit pas, car il marchait à grands pas vers sa voiture. Son genou ne guérirait jamais à ce rythme, songea Beatrice. Mais elle sourit en le voyant démarrer sur les chapeaux de roues. Manifestement, son gendre était déterminé à mettre un point final à la rébellion d'Anne. Ces deux-là n'allaient pas tarder à se réconcilier.

Elle lança un coup d'œil à Franklin, qui arborait un air médusé.

— Je crois qu'il est temps, hein ? dit-il.

— Oh, oui, murmura Beatrice en souriant, avant de s'emparer du téléphone.

Buck fit la route en six minutes chrono. Il se gara près du coupé Mercedes d'Anne, le seul véhicule dans le parking désert. Il claqua la portière et jura tout bas en s'avançant vers l'immeuble de *L'Observateur*, déterminé à sermonner Anne. Elle avait fait preuve d'une réelle inconscience en venant toute seule ici, en pleine nuit.

Ses jurons redoublèrent quand il vit que la porte, loin d'être verrouillée, n'était même pas fermée. Furieux, il la poussa du plat de la main et s'apprêtait à faire une scène à sa femme quand la fumée le prit à la gorge. Une fumée âcre, épaisse, qui lui piquait déjà les yeux.

Une vague de terreur l'envahit.

Le cœur battant la chamade, il traversa les pièces le plus vite possible en dépit de sa jambe blessée, cherchant du regard le foyer de l'incendie. En vain.

Et Anne ? Où se trouvait-elle, bon sang ?

La fumée l'enveloppait. Il toussa, et faute de mieux, saisit le bas de sa chemise pour se protéger le nez et la bouche.

A grands cris, il appela sa femme.

Il n'obtint aucune réponse. Toutes les lumières étaient éteintes. Le feu avait dû faire sauter le compteur principal. L'angoisse le saisit tout entier. Avec peine, il se dirigea vers l'escalier. Anne était venue chercher son ordinateur portable, qui se trouvait dans la salle des archives. Pourtant, elle ne serait jamais descendue au sous-sol d'un immeuble en feu…

D'une main tremblante, il composa le numéro des urgences sur son téléphone cellulaire. En attendant que quelqu'un décroche, il appela de nouveau :

— Anne ?

— Oh, Buck… Je suis en bas, avec Paige ! Elle est blessée. Nous avons besoin d'aide.

— Ici le 911. Que se passe-t-il ? demanda une voix calme à son oreille.

— Je suis au siège du journal *L'Observateur*. Il y a le feu ! Quelqu'un est blessé… Dépêchez-vous, je vous en prie !

Sans attendre la réponse, il fourra le téléphone dans la poche de son pantalon et descendit au sous-sol. Son genou endurait le martyre, mais son attention était trop accaparée par le danger que courait sa femme.

En bas, la fumée s'épaississait et la salle était si obscure qu'on n'y voyait goutte. Buck se baissa au maximum pour éviter le plus possible que la fumée ne l'étouffe, et avança en appelant de nouveau sa femme. Il n'avait encore repéré aucune flamme indiquant un départ d'incendie.

— Par ici, Buck… Nous sommes ici ! indiqua Anne.

Il changea d'angle et se laissa guider par la voix de sa femme. Dans sa progression, il se heurta de plein fouet à l'une des étagères métalliques qui lui entailla le front. Réprimant un gémissement de douleur, il suivit leur alignement en s'aidant des mains et parvint au fond de la salle. Là, il aperçut la lueur rougeâtre de flammes assez basses, qui semblaient maîtrisables. Le danger ne venait donc pas du feu, mais de l'inhalation de la fumée.

Et Anne qui se trouvait là depuis plus longtemps que lui… De longues minutes qui pouvaient finir par l'asphyxier. Affolé, il ouvrait la bouche pour l'appeler de nouveau quand le miracle se produisit : il l'aperçut pratiquement à ses pieds, agenouillée sur le sol, tenant dans ses bras la forme d'un corps inerte. Paige.

Il mit aussitôt un genou au sol.

— Est-ce qu'elle…

— Elle est à moitié asphyxiée. Il faut qu'on la sorte de là, Buck. J'ai essayé, mais je n'arrive pas à repérer l'escalier et…

— Je sais où il est, affirma-t-il.

Il lui pressa l'épaule, dans un geste de réconfort.

— Il faut suivre la ligne de ces étagères. Elles aboutissent au pied de l'escalier. Ne te mets pas debout. Baisse la tête et rampe pour demeurer le plus possible sous la fumée.

— Et Paige ?

— Je vais la porter.

Il se pencha et souleva l'adolescente. Elle pesait moins que certains des poids que Ty l'obligeait à soulever — mais sans se servir de son genou blessé. Là, il n'avait pas le choix.

— Allons-y !

Juste avant de se redresser, il aspira de grandes bouffées d'air, puis il se leva et marcha en prenant soin de garder les étagères à sa gauche. La lueur des flammes ne leur procura bientôt plus de lumière. En espérant de tout son cœur qu'il finirait par parvenir au bas de l'escalier, il s'éloigna de la dernière étagère métallique et s'enfonça à l'aveuglette dans l'épais nuage de fumée noire. Il fit un pas, puis un autre, encore un autre — et se heurta à une rampe en fer forgé.

— Par ici ! cria-t-il à Anne qui tentait de le suivre au plus près.

Elle se glissa devant lui, grimpa les marches en tâtonnant — pas question de poser la main sur la rampe brûlante… — et ouvrit la porte donnant sur les bureaux.

Paige dans les bras, Buck la franchit et enjoignit à Anne de la refermer aussitôt, afin d'éviter tout appel d'air.

Il aspira de l'air et toussa violemment. La douleur de son genou devenait insupportable. Dehors, une sirène hurla. La porte d'entrée s'ouvrit d'un coup et une voix d'homme résonna :

— Il y a quelqu'un ?

— Ici ! Nous sommes à l'arrière... L'incendie a démarré au sous-sol, lança Buck, la gorge à vif et la voix enrouée.

Quelques secondes plus tard, deux pompiers, une torche à la main, se matérialisèrent devant eux. Derrière, on devinait dans la fumée épaisse les silhouettes de deux autres hommes équipés pour se battre contre le feu.

Ils entendirent une autre sirène, celle de l'ambulance, cette fois. Buck s'avança vers la sortie en portant son précieux fardeau. Une fois dehors, il eut tout juste le temps de déposer Paige sur la civière que deux ambulanciers venaient de sortir du véhicule, avant de s'adosser au mur de l'immeuble, à bout de forces et de souffrance. Anne lui offrit son épaule pour lui éviter de s'effondrer.

Ils observèrent tous deux l'infirmier qui posait avec douceur un masque à oxygène sur le petit visage blême de l'adolescente. Un instant plus tard, ils l'entendirent tousser, puis ils la virent se débattre et tenter d'arracher son masque. L'infirmier l'en empêcha et se pencha vers elle pour lui parler.

— Elle a une blessure à la tête, murmura Anne.

Elle voulut prévenir l'infirmier, mais un crissement strident de pneus l'en empêcha. Une silhouette sauta hors de la Jaguar qui venait de s'arrêter à quelques mètres.

— Paige... Oh, non, Paige !

L'air hagard, les bras tendus, Claire se précipitait vers sa fille. Derrière elle, un véhicule de police s'arrêta dans un clignotement de lumière bleue. Jack Breedlove en sortit et, après avoir lancé un coup d'œil au groupe assemblé devant l'ambulance, il pénétra dans l'immeuble.

— Paige, ma chérie, mon bébé ! scanda Claire en s'approchant de sa fille allongée sur la civière.

— Maman !

A la vue de sa mère, l'adolescente éclata en sanglots.

Claire interrogea avec anxiété l'infirmier.

— Est-elle blessée ? A-t-elle été brûlée ?

— Je ne l'ai pas encore examinée, madame. Mais…

— Tout va bien, maman. Le feu était trop loin de moi pour pouvoir me brûler. Je me suis évanouie à cause de la fumée, intervint Paige en reprenant ses esprits. J'ai dû me cogner la tête contre un meuble quand les lumières se sont éteintes. Je n'ai repris conscience que lorsque Buck m'a emportée vers l'escalier. Je m'en voulais parce que je savais que son genou le faisait souffrir, mais je savais aussi que j'étais incapable de me tenir debout, et encore moins de marcher…

— J'aimerais comprendre ce que tu fabriquais dans la salle des archives à cette heure de la nuit, grommela Buck.

Après avoir lancé un coup d'œil à sa femme, il ajouta :

— Toi aussi.

— Anne ne savait pas que je me trouvais au sous-sol du journal, protesta Paige d'une voix faible.

— Je voulais récupérer mon ordinateur, expliqua Anne.

Avec tous ces gens autour d'elle, inutile de dire pourquoi elle y tenait tant. L'incendie donnait une tout autre dimension à la soirée, qui aurait pu tourner à la tragédie si Buck n'était pas arrivé à temps pour sauver Paige… Et elle-même dans la foulée.

Accompagné de l'un des pompiers, Jack Breedlove s'approcha d'eux.

— Nous avons éteint l'incendie. Sykes va vous donner l'état des lieux, annonça-t-il.

Le pompier ôta son casque et se passa une main sur son visage noirci par la fumée.

— Nous avons pu limiter les dégâts. La fumée était plus importante que le feu. Nous en saurons davantage quand le jour se lèvera, car nous ne voyons pas grand-chose pour l'instant.

— Je vais faire mettre les scellés sur la porte de l'immeuble. Sykes, tu vas lancer une enquête pour rechercher la cause de l'incendie, n'est-ce pas ?

— Pour sûr, chef.

Le pompier se tourna vers Anne.

— Dites à votre père que nous avons essayé de ne pas trop arroser, pour préserver les archives. En fait, ce sont les étagères en métal qui les ont protégées, mais ce sont elles aussi qui ont produit toute cette fumée toxique.

— Tu as une idée de ce qui a pu provoquer le départ de feu ? demanda Jack.

Il se tenait debout près de Claire. Très près.

Sykes hocha la tête, l'air grave.

— A mon avis, quelqu'un a mis le feu intentionnellement. Un travail d'amateur, d'après les indices que j'ai repérés, mais l'intention était bien de brûler les bureaux.

Le visage de Jack se crispa.

— Quels sont les indices ?

— On s'est servi d'un accélérateur. Il fait trop sombre pour voir quoi que ce soit, mais on peut détecter l'odeur du produit. Les étagères en métal ont joué le rôle de retardateur, c'est pour cela qu'il y avait plus de fumée que de flammes, mais le feu pouvait prendre le dessus d'un moment à l'autre.

Le pompier se tourna vers Paige.

— Vous avez eu de la chance de vous en tirer, mademoiselle. Buck est arrivé juste à temps pour vous secourir.

— Heureusement qu'Anne l'a vue dans ce maudit sous-sol, observa Buck, le visage sombre.

Quand il arborait cet air-là, Anne savait qu'elle pouvait s'attendre à une scène en règle. Buck semblait ignorer la peur, car chez lui, elle se transformait aussitôt en colère. Dès qu'ils se retrouveraient en tête à tête, il allait la mettre sur le gril.

Paige lança un coup d'œil gêné à sa mère.

— Je sais bien que tu vas me punir, mais je devais y aller, maman. J'avais une bonne raison pour venir ici, je te le jure.

— Aucune raison au monde ne pouvait t'obliger à te trouver dans un immeuble désert à cette heure de la nuit, affirma Claire d'un ton sévère.

L'adolescente tenta d'ôter la sangle de sécurité qui la maintenait sur la civière.

— Je voudrais me mettre debout, murmura-t-elle.

— Pas avant qu'on ne t'ait examinée de la tête aux pieds, protesta sa mère.

Paige retrouva aussitôt sa mine habituelle de gamine têtue.

— Mais je t'ai dit que j'allais bien…

— Ecoute un peu ta mère, Paige, lui enjoignit Jack d'un ton qui ressemblait étrangement à celui de Buck.

A la surprise générale, au lieu de répliquer vertement, Paige garda le silence. Son regard alla de sa mère à Jack, puis revint à Claire.

— Je croyais que tu étais partie à Memphis pour faire du shopping.

— C'est pour cela que tu t'es permis de filer hors de la maison sans te faire voir par Miriam, l'accusa Claire.

— Miriam dormait devant la télévision quand je suis partie, et je parie qu'elle n'a pas bougé d'un poil, rétorqua Paige, la langue bien pendue en dépit de sa faiblesse.

— Comment es-tu arrivée jusqu'ici ? Et que fabriquais-tu au sous-sol ? lui demanda Buck.

— Je voulais mettre les différents cahiers du journal des Whitaker à l'abri dans les archives. Je savais que je devais les emporter à la sauvette, parce que personne à Belle Pointe, ma mère exceptée, ne voulait qu'Anne puisse les consulter. Alors je les ai rangés dans une sacoche et je me suis cachée à l'arrière du pick-up d'Oscar Pittman. Je suis descendue au feu rouge, à deux rues de l'immeuble. Il ne s'est jamais douté que j'ai fait la route avec lui.

Claire secoua la tête, l'air affolé d'une poule qui aurait couvé un caneton.

— Je vais t'étrangler dès que nous serons à la maison, affirma-t-elle.

Jack fronça ses épais sourcils.

— Si je comprends bien, tu te trouvais dans l'immeuble avant le départ du feu.

— Oui. J'étais en train de chercher un endroit pour y dissimuler ces fameux cahiers et que personne ne tombe dessus avant Anne. Tout à coup, j'ai entendu une sorte d'explosion. J'étais tout au fond de la salle des archives et j'ai fait de mon mieux pour protéger les documents, car je savais que s'ils étaient brûlés, la famille ne me le pardonnerait pas.

— Oh, chérie… Tu aurais pu mourir ! s'exclama Claire.

— Voyons, maman, tu vois bien que je m'en suis remise.

— Mais tu as vraiment risqué ta vie, Paige. Et tu as risqué celle d'Anne par-dessus le marché. La fumée t'avait asphyxiée et Anne ne parvenait pas à trouver la sortie. Toutes les deux, vous auriez pu mourir ce soir, déclara Buck d'un ton grave.

Les épaules de Paige s'affaissèrent d'un coup.

— Je suis désolée.

Jack se pencha vers Claire.

— Il faut que je parle à Sykes. Si les infirmiers estiment que Paige est en assez bon état pour rentrer chez elle, je vous reconduirai toutes les deux. Tu es trop secouée pour prendre le volant.

Il se tourna vers Anne.

— J'aimerais vous poser quelques questions, Anne, mais cela peut attendre demain. Pourriez-vous passer au commissariat dans la matinée ?

— Bien sûr. Maintenant, je voudrais appeler mon père pour…

— Je l'ai fait. Il va arriver d'un instant à l'autre avec Beatrice. Quand il a appris qu'un incendie s'était déclaré dans ses bureaux et que sa fille avait failli y laisser sa peau, il a sauté dans sa voiture avant que j'aie eu le temps de finir ma phrase ! annonça Jack.

Anne secoua la tête, perplexe.

— Je n'arrive pas à y croire… Qui aurait intérêt à détruire les archives de *L'Observateur* ? Ce sont les mémoires de la région qui disparaîtraient pour toujours ! Qui pourrait vouloir cela ? Et pourquoi ?

— Nous en discuterons plus tard, répliqua Buck. Il y a une voiture qui vient vers nous, ce doit être ton père. Sinon, Jack va lui coller une amende pour excès de vitesse. En plus, il vient de brûler le feu rouge.

Anne poussa un long soupir.

— La nuit risque d'être longue, murmura-t-elle.

— Je peux me débrouiller pour qu'elle te semble plus courte, lui glissa Buck à l'oreille.

Il s'était rapproché d'elle sans qu'elle s'en aperçoive. Les joues soudain plus roses, elle aspira une grande bouffée d'air et s'apprêta à faire face à son père et à Beatrice.

Sa belle-mère fut la première à s'élancer vers elle pour la serrer dans ses bras. Anne fut surprise de voir que Beatrice semblait bouleversée, et qu'elle tremblait de tous ses membres.

— Oh, Anne… J'ai eu si peur, en apprenant cette catastrophe ! Jamais je n'aurais dû te laisser partir…

Anne secoua la tête.

— Je suis désolée de t'avoir inquiétée. Tallulah est une petite ville paisible et je m'y sens à l'aise. Je ne pensais pas qu'en allant au bureau si tard je courais le moindre danger. Paige et moi, nous avons eu une chance folle que Buck ait décidé de passer au journal.

D'ailleurs, elle n'avait pas encore eu le temps de lui demander ce qui l'avait poussé à venir ce soir-là chez les Marsh pour lui parler, alors qu'il ne lui avait pas donné signe de vie au cours des quinze derniers jours.

Beatrice relâcha doucement son étreinte et s'écarta d'un pas pour que Franklin puisse prendre à son tour sa fille dans ses bras.

La gorge nouée, Anne se laissa aller contre le large torse de son père. Il ne lui ferait jamais le moindre reproche, mais elle savait qu'il était aussi bouleversé que Beatrice.

— Nous t'aimons tellement, ma chérie, chuchota-t-il.

— Je sais, papa. Je suis désolée…

— Tu n'aurais pas pu attendre jusqu'à demain pour prendre ton ordinateur ?

Pour un reproche, le ton était bien trop doux.

— Si. J'aurais dû attendre, papa.

Elle baissa les yeux, incapable de supporter son regard aimant et encore inquiet. Comment pourrait-elle lui expliquer le désir qui l'avait saisie, depuis quelque temps, de retrouver la trace de ses parents biologiques ? Rien ne l'empêcherait de mener à bien cette recherche.

Après avoir serré Anne une fois de plus contre lui, Franklin se tourna vers sa femme.

— Il faut que j'aille discuter de cet incendie avec Sykes, le chef des pompiers. Beatrice, tu pourrais reconduire Anne ? Je suis sûr que quelqu'un pourra me raccompagner un peu plus tard.

— Je me charge d'Anne, intervint Buck en se tournant vers sa femme. Nous avons besoin de parler en tête à tête, tous les deux. Si cela ne vous ennuie pas, je la déposerai chez vous ensuite. Si tu es d'accord, bien entendu, Anne…

Sans laisser à Anne le temps d'ouvrir la bouche, Beatrice répondit à sa place.

— C'est parfait. Je vais voir Paige avant de m'en aller. Cette gamine a pas mal d'explications à nous donner, à mon avis.

Elle ne put s'empêcher de poser un autre baiser sur la joue d'Anne et de l'étreindre une dernière fois avant de s'éloigner.

Buck saisit aussitôt le coude de sa femme.

— Nous allons prendre ma voiture, si tu n'y vois pas d'inconvénient. Viens, elle est garée près de la tienne, dit-il en l'entraînant vers son véhicule. Tu veux bien qu'on aille au pavillon de chasse ? demanda-t-il, tout en lui ouvrant la portière.

Elle leva le menton.

— Je te préviens, j'ai entendu assez de reproches pour la soirée.

Il leva les mains en signe de dénégation.

— Je ne t'en ferai aucun, promis.

Elle lui lança un coup d'œil perçant. Quand elle l'avait vu se précipiter à son secours, ce soir, elle avait été folle de joie. Toutefois, elle se rappelait aussi qu'il l'avait soigneusement évitée, ces deux dernières semaines.

— Est-ce que tu pourrais me parler sans me faire de discours sur mon entêtement, mon inconscience ou ma témérité ?

De nouveau, il écarta les mains.

— Pas de discours, c'est juré.

La balle était dans son camp. Elle hocha la tête et se glissa sur le siège du passager.

Cela faisait quelques minutes qu'ils roulaient en silence quand Buck se tourna vers elle, l'air inquiet.

— Ça va, chérie ?

— J'ai mal à la gorge à cause de la fumée, mais à part ça, je vais bien, assura-t-elle.

— Je pense avoir de quoi te soigner. Une potion contre un certain nombre de bobos que je garde précieusement au réfrigérateur. Mais je te préviens, ce n'est pas du vin !

— Merci. Je me débrouillerai pour passer la nuit sans boire une goutte d'alcool.

Il lui lança un regard en biais.

— Pour passer la nuit agréablement, j'ai une meilleure idée que le vin, murmura-t-il.

Elle se tourna vers lui.

— Et moi qui croyais que tu avais quelque chose d'urgent à me dire ?

— Je plaisantais, Anne. J'avais besoin de me retrouver en tête à tête avec toi, et nous voilà enfin tous les deux seuls, au cœur de la nuit.

— Buck, qu'est-ce que tu as à me dire ? insista-t-elle.

— Je préfère discuter une fois que nous serons dans le pavillon.

Devant l'air fermé de son mari, Anne se garda de le harceler. Elle tenta de se concentrer sur la route et le monde extérieur, à peine visible dans l'obscurité, alors qu'au fond d'elle-même, elle n'avait qu'une envie : se blottir contre Buck, ressentir la fermeté de son corps, sa chaleur, sa force. Elle venait de prendre brusquement conscience de la fragilité de la vie. Elle avait bien failli perdre la sienne dans ce sous-sol enfumé, cette nuit. Il aurait été affreux de mourir sans s'être réconciliée avec son mari... Tandis qu'elle s'efforçait de porter secours à Paige et de trouver la sortie, elle avait éprouvé une tristesse infinie à l'idée de tout ce qu'elle ne vivrait jamais avec Buck si elle mourait asphyxiée. L'angoisse était encore là, au creux de son ventre.

— Où est passé ton satané ordinateur ? lui demanda soudain Buck, empruntant le chemin qui menait au pavillon de chasse.

La voix de son mari la tira abruptement de ses sombres pensées.

— Quoi ?

— Tu es bien venue chercher ton ordinateur portable, ce soir, non ?

— Oh, oui... Mais je l'ai carrément oublié quand j'ai vu le feu qui se propageait au sous-sol.

D'un geste familier, elle repoussa d'une main sa chevelure en arrière, et plissa le nez.

— Mes cheveux sentent la fumée. Il faut que je prenne une douche.

— Si tu veux. Je dois avoir un T-shirt propre à te prêter.

Anne s'efforça de ne pas s'attarder sur la vision qui se présentait : elle, nue sous la douche, et Buck tout près, un T-shirt dans les mains.

— J'espère que Paige ne souffre pas d'un traumatisme crânien, murmura-t-elle.

Buck se gara devant le pavillon et coupa le moteur.

— Cela m'étonnerait. Elle est bien trop vive pour cela. J'en ai eu quelques-uns, je sais de quoi je parle.

Anne ouvrit la portière du véhicule avant que Buck, ralenti par sa blessure, ne puisse le faire lui-même. En revanche, il l'aida pour sauter à terre. Elle réprima un soupir quand elle sentit les lèvres de son mari lui effleurer légèrement la tempe. Tout à coup, les larmes lui brouillèrent la vue et sa gorge se serra à l'étouffer. Maintenant qu'ils se trouvaient si près l'un de l'autre, seuls dans cette nature déserte baignée par la lumière de la lune, elle se sentait envahie par une émotion si intense qu'elle fut sur le point de fondre.

Et c'est ce qui se passa.

— Oh, Buck, j'ai eu si peur de ne jamais te revoir..., chuchota-t-elle, les larmes ruisselant sur ses joues.

Il la prit dans ses bras et demeura silencieux un instant.

— J'ai bien cru que j'allais avoir une crise cardiaque, quand j'ai vu ce mur de fumée devant moi alors que je devinais que tu te trouvais au sous-sol.

— Je ne sais même plus pourquoi j'ai voulu te quitter, admit-elle d'une voix faible.

Elle sentit les lèvres de Buck s'étirer en un sourire sur son front.

— Je vais t'aider. Tu m'as reproché d'être ronchon, de mauvaise humeur, égoïste... Et tu trouvais que je jurais trop souvent.

— ... Et que tu avais la tête dure et un comportement négatif, ajouta-t-elle.

Il eut un rire enroué qui chatouilla l'oreille d'Anne.

— Chérie, j'adore ce moment romantique sous la lune, mais il va falloir qu'on aille à l'intérieur.

Il l'étreignit encore une fois avant de s'écarter. Puis, glissant son bras autour de sa taille, il s'attela à la tâche. Malgré lui, il dut s'appuyer à plusieurs reprises sur l'épaule d'Anne, car ce soir, il avait sérieusement malmené son genou. Les vingt-six marches fatidiques furent plus que jamais pénibles à gravir.

— Ty ne va pas être content, quand il verra ton genou demain, dit-elle pendant qu'il ouvrait la porte.

— Il ne vient pas demain, car il doit participer à un séminaire de deux jours à Memphis. Quand il rentrera, mon genou se portera comme un charme, affirma Buck.

Il saisit l'une des cannes qui se trouvaient dans un grand porte-parapluie en cuivre, près de la porte.

Anne croisa les bras sur la poitrine, hésitante.

— De quoi souhaites-tu discuter, Buck ?

Il la dévisagea longuement, puis, sans un mot, il marcha vers la cuisine en s'aidant de la canne.

— D'abord, tu vas avaler un peu de ma fameuse potion. Ensuite, nous irons dans le salon pour parler, déclara-t-il.

Après avoir sorti du réfrigérateur une bouteille de verre fumé, il emplit un verre du liquide qu'elle contenait et le tendit à Anne.

Elle fronça le nez en contemplant la substance visqueuse, d'une couleur vert épinard.

— J'espère que ce n'est pas aussi mauvais que ça en a l'air, murmura-t-elle, perplexe.

— Il y en avait des litres à la maison. Tu n'en as jamais goûté ? lui demanda-t-il, surpris.

— Non. Moi, je n'ai pas besoin de potion magique pour me sentir en forme. C'est toi, le sportif de haut niveau.

Il hocha la tête.

— Viens, suis-moi dans le salon.

Le verre à la main, elle lui emboîta le pas. Elle l'observa tandis qu'il se laissait tomber sur le canapé et qu'il posait sa jambe avec précaution sur le tabouret bas placé devant lui. Les yeux fixés sur son visage aux traits creusés, elle vit la crispation de douleur qu'il ne put retenir, quand il souleva légèrement la jambe pour glisser un coussin sous son genou. Elle reconnaissait sans peine ses habitudes : grincer des dents et souffrir en silence. Ne jamais se plaindre.

Déterminée à le soulager, elle posa son verre sur la table

basse et se dirigea vers la chambre qu'elle avait aperçue par la porte restée entrouverte. Là, elle pénétra dans la salle de bains adjacente, ouvrit l'armoire à pharmacie et vit aussitôt ce qu'elle cherchait : un analgésique contenant un somnifère. Elle secoua la tête. Non, elle connaissait suffisamment Buck pour savoir qu'il refuserait d'avaler ce genre de médicament tant qu'il ne lui aurait pas dit ce qu'il avait sur le cœur. Elle tendit la main vers un flacon d'aspirine. Elle ne put s'empêcher de trembler en faisant tomber un à un les cachets dans sa paume. Si Buck avait tant de mal à lui parler ce soir, c'est qu'il s'apprêtait à lui annoncer de mauvaises nouvelles. En revanche, il souhaitait les partager avec elle. Et cela, c'était une bonne nouvelle.

18.

Quand Anne revint dans le salon, les cachets d'aspirine dans une main, un verre d'eau dans l'autre, elle trouva Buck carrément allongé sur le canapé, sa jambe blessée reposant sur l'un des accoudoirs. Sans protester, il prit les deux cachets d'aspirine et les avala.

A son tour, elle avala d'un trait le liquide vert vif qui emplissait son verre. Le goût n'était pas si mauvais, finalement, mais elle n'en demanderait pas une seconde rasade.

Puis elle s'installa face à lui, dans un fauteuil.

— Parle-moi. C'est ta dernière chance.

— Le problème, c'est que je ne sais pas comment aborder le sujet. J'ai beau le retourner dans tous les sens dans ma tête, c'est toujours aussi moche.

— A ce point-là ?

— A toi de t'en rendre compte.

D'un geste las, il se passa la main dans les cheveux. Il avait l'air d'un animal piégé et Anne devinait que sans son genou blessé, il serait en train d'arpenter le sol comme un fauve en cage.

— Pearce est venu me voir hier soir, assez tard. Ces derniers temps, j'ai tout fait pour l'éviter, car je n'ai pas envie de participer à sa campagne. Quand il me laisse un message, je ne le rappelle pas.

— Pourquoi est-ce que tu ne lui dis pas franchement que tu n'as pas l'intention de le soutenir ?

— J'y ai pensé… Mais chaque fois, l'idée de la loyauté envers la famille m'en empêche. C'est ridicule, n'est-ce pas ? Je crains de donner à mon frère et à ma mère l'impression que je les trahis.

Il soupira et se massa la nuque, pensif.

— De plus, je crois désormais que c'est Jack Breedlove, et non Pearce, qui sera le meilleur représentant des habitants de la région.

— Je suis d'accord, affirma Anne.

Il lui lança un coup d'œil.

— A ce sujet, est-ce que tu as vu comment Jack regardait Claire, ce soir ?

— Comme s'il mourait d'envie de la prendre dans ses bras et de disparaître dans la nuit ? Oui, je l'ai lu dans ses yeux. Et je suis certaine que Claire est prête à tomber amoureuse de lui pour la seconde fois. D'ailleurs, je pense qu'elle n'a jamais cessé de l'aimer, Buck.

— A mon avis, cela vaut aussi pour Jack. Bon sang, Anne, Claire est mariée !

— Mariée et malheureuse, ajouta Anne.

— Avec un penchant pour l'alcool par-dessus le marché. Tout ce qu'il faut pour aller droit au désastre.

— Elle ne boit plus depuis deux semaines, et elle a bien l'intention de rester sobre, lui annonça Anne en se calant contre son dossier.

— Comment le sais-tu ?

— Elle est passée me voir au journal cet après-midi, pour me parler de Paige et de son changement de comportement. Elle voulait me remercier, car elle pense que j'ai influencé sa fille dans le bon sens. Mais d'après moi, c'est la nouvelle attitude de Claire qui a pesé dans la balance. Figure-toi qu'elle fait partie des Alcooliques Anonymes.

Buck la fixa, bouche bée.

— Tu plaisantes ?

— Non, et j'espère que je ne trahis pas une confidence en te le disant. Pearce cherche depuis longtemps à l'expédier dans un établissement spécialisé pour une cure de désintoxication, mais elle refuse d'y aller et elle a décidé de se débrouiller toute seule pour résoudre son problème… Mais je suppose que ce n'est pas d'elle que tu souhaitais me parler ?

— Non. Pearce voulait savoir ce que tu recherches avec tant d'ardeur dans les archives de *L'Observateur*. Il pense que si tu découvres quelque chose, tu risques de mal l'interpréter.

— Donc, c'est qu'il y a bien un secret dissimulé dans ces vieux journaux. Sa mère m'a fait une visite pour le même motif, ne l'oublie pas.

Buck hocha la tête, le regard lointain.

— Il a fini par me demander si tu avais lu le compte rendu de l'accident de chasse.

— Je comprends qu'il n'ait pas envie d'avoir son nom mentionné dans un accident aussi tragique. Mais puisque c'était un accident, les électeurs se montreront compréhensifs.

— Je crois bien que je suis le joker dans son jeu de cartes, murmura Buck. Comme je n'ai pas dit tout ce que je savais au moment de l'accident, Pearce a peur que je ne décide de parler maintenant. Et de te mettre au courant par la même occasion. Il le craint d'autant plus qu'il se doute bien que je ne ferai pas campagne avec lui.

Les sourcils froncés, Anne le dévisagea avec étonnement.

— Donc, tu m'as demandé de venir ici pour me dire quoi

au juste ? Que Pearce craint que je ne découvre quelque chose à son sujet, et que je le révèle dans un prochain article ? Ou bien que ton frère souhaite que tu me persuades de cesser mes recherches ?

Elle s'interrompit et claqua des doigts.

— C'est cela, évidemment ! Tu es censé me suggérer un autre genre d'occupation pendant que je suis à Tallulah. Faire de la poterie, peut-être ? Ou bien du patchwork ? Ou alors, travailler dans la boutique de Beatrice…

Anne s'obligea à se calmer en inspirant et en expirant lentement. Puis elle articula, en détachant chaque syllabe :

— Ecoute-moi bien, Buck. Personne — tu m'entends ? Personne ne m'empêchera d'exercer mon métier de journaliste, ni de fouiller dans ces archives.

Il y eut un long silence. Le regard au loin, perdu dans la nuit sans lune qui enveloppait le pavillon et ses environs de son manteau obscur, Buck poussa un long soupir.

— Ce n'est pas si simple, Anne. Malheureusement, je soupçonne le pire.

Il se tourna pour la regarder dans les yeux.

— Après la visite de Pearce, je suis allé chez Franklin malgré l'heure tardive pour te demander de te montrer prudente et discrète. Non pas parce que je m'inquiète de ce que tu pourrais découvrir, mais parce que mon frère semblait assez fou pour commettre… une bêtise, acheva-t-il à mi-voix.

Il baissa la tête, comme s'il ne pouvait supporter plus longtemps le regard clair de sa femme.

— Une bêtise qui ressemblerait à un accident, ajouta-t-il dans un souffle.

Anne écarquilla les yeux.

— Tu veux dire que… que ce serait Pearce en personne qui

aurait mis le feu au sous-sol du journal, ce soir ? Pour détruire les archives ?

— Pearce se trouvait à une soirée de charité, lui rappela Buck d'une voix neutre.

Il fallut quelques instants à Anne pour comprendre.

— Bon sang… Il a chargé quelqu'un d'autre de mettre le feu, murmura-t-elle.

— Vu l'enjeu, il a sans doute envoyé l'un de ses seconds couteaux.

Anne eut l'air horrifié.

— Mais sa fille aurait pu mourir !

— Et ma femme. Il aurait assisté à l'enterrement avec une mine défaite, et aurait parfaitement joué son rôle pour réconforter Claire — et m'assurer de sa sympathie.

Buck se laissa aller contre le dossier, les yeux clos.

— Ce ne sont pas des paroles en l'air. Il l'a déjà fait, chuchota-t-il, la voix brisée.

Anne comprit aussitôt.

Jim Bob Baker.

Trop agitée pour demeurer immobile, elle se leva d'un bond. Les bras croisés sur la poitrine, elle se campa devant son mari. Elle s'efforçait de regarder la situation avec le plus de logique possible.

— Comment sais-tu tout cela, Buck ?

— Je n'ai que des soupçons, mais ils sont suffisamment étayés par la réaction qu'a eue Pearce hier, quand je lui ai parlé du commentaire qu'avait fait Baker sur notre mère.

— Il disait qu'elle n'aurait que ce qu'elle méritait, ou une phrase de ce genre…

— « Si je parle, ta mère n'aura que la punition qu'elle mérite. »

— Et tu ignores à quoi il faisait allusion.

— Oui. Pearce affirme qu'il ne se souvient pas du tout de cette phrase. Je n'en crois pas un mot. Il prétend que Baker escroquait Belle Pointe, mais cela n'avait rien de nouveau. Mon père était au courant et ne s'était jamais opposé aux contrats d'égrenage si lucratifs pour Baker. Pearce ne l'aurait jamais tué pour cela.

— Tu es convaincu que ton frère a assassiné Baker ?

— J'ai de sérieux motifs pour le penser. Hier soir, il m'a vraiment menacé. Et pour bien le souligner, il a parlé de toi. Peu après son départ, le feu prend au sous-sol du journal, où sont entreposées les archives. A quelques minutes près, elles auraient été complètement détruites. Toi et Paige, vous…

Trop ému pour continuer, Buck se prit la tête dans les mains.

— Bon sang, Anne… Mon frère aurait tué sa propre fille ! C'est de la démence !

— Moi, j'appelle cela un crime. Buck, il faut que tu ailles en parler à Jack Breedlove.

Il croisa son regard.

— Que veux-tu que je lui raconte ? Je n'ai pas la moindre preuve de ce que j'avance. Si je me trompe, je risque de détruire la campagne de Pearce. Je n'ai guère envie qu'il gagne, mais je ne veux pas non plus être l'instrument de son échec. Il faut que je mène mon enquête et que je trouve des indices matériels, Anne.

— Ta mère pourrait…

Elle secoua la tête et se ravisa.

— Non, elle ne dira jamais rien qui puisse nuire à Pearce, même de loin. Tu as raison. C'est à toi de rassembler des preuves.

— Tu pourrais m'aider.

— Moi ? Et comment ?

— Ton métier t'a appris à regarder au-delà des évidences. De plus, j'ai confiance en toi et je ne peux compter sur personne d'autre.

— Bon, alors si je suis ta dernière chance…

Buck se redressa, exaspéré.

— Il n'y a pas si longtemps, tu m'as reproché de ne pas avoir confiance en toi. A l'époque, je t'ai dit que c'était faux, et aujourd'hui, en te racontant toute cette histoire, je pense que je te donne la preuve de la plus grande confiance qu'un homme puisse avoir en une femme — et tu n'es toujours pas satisfaite ?

Le silence tomba dans la pièce.

— Je n'aurai jamais le dernier mot avec toi, Anne, lâcha Buck, résigné.

Le cœur d'Anne chavira devant son air défait. Brusquement, elle comprit que leur relation s'était transformée. Buck lui-même avait changé. Un autre équilibre s'était créé dans leur couple, entre sa grossesse et sa fausse couche, son départ pour Tallulah et la façon dont Buck l'avait suivie pour tenter de la ramener à Saint Louis. Désormais, il se montrait plus attentif à ce qu'elle souhaitait, au lieu de se concentrer aveuglément sur ce qu'il voulait.

Elle prit place tout près de lui et posa une main sur la joue de son mari. Il la couvrit aussitôt de la sienne.

— On se chamaille pour rien… Tu me confies un secret et moi, je m'efforce de te trouver des arrière-pensées. Je suis désolée, Buck.

Celui-ci lui prit la main, la retourna et posa ses lèvres sur la paume.

— Tu me manques terriblement, Anne. Je ne sais plus comment te convaincre que nous devons travailler ensemble à restaurer l'harmonie dans notre couple. Nous ne pouvons pas le faire en restant chacun de notre côté, tu comprends ?

Elle demeura silencieuse, l'air pensif.

— D'accord, finit-elle par murmurer.

Il la dévisagea, immobile.

— D'accord pour quoi ?

— Nous allons restaurer notre couple et nous le ferons ensemble, affirma-t-elle.

Il la scruta de nouveau, légèrement incrédule.

— Et nous dormirons ensemble aussi ?

Comme elle ne répondait pas tout de suite, il s'empressa d'ajouter :

— Zut… Oublie ce que je viens de dire. Je vois bien que tu n'es pas encore prête à…

En souriant, elle pressa un doigt sur ses lèvres pour le faire taire.

— Franchement, Buck, est-ce que tu crois que nous pourrions vivre ensemble dans ce pavillon et dormir dans des chambres séparées ?

Il plongea son regard dans le sien.

— C'est une question piégée, non ?

En éclatant de rire, elle se jeta dans ses bras. Surpris, il hésita une fraction de seconde avant de la serrer contre lui. Avec un gémissement qui venait de son cœur, il pressa sa bouche au creux de son cou.

— Je rêve, n'est-ce pas ? chuchota-t-il.

— Non.

Avec des mouvements prudents, par égard pour sa jambe blessée, elle s'installa à califourchon sur lui.

— Ton genou te fait mal ? lui demanda-t-elle, inquiète.

— Quel genou ? rétorqua-t-il avec un petit rire enroué.

Sans le quitter des yeux, elle se balança doucement. A travers le jean, elle sentait l'érection de Buck.

De ses mains, il lui encadra le visage.

— Ce que nous commençons, nous devrons le finir, cette fois. Je ne m'arrêterai pas, Anne.

— J'espère bien que non, répondit-elle paisiblement.

Il glissa la main dans l'une des poches de son jean et en retira un préservatif.

— Je ne veux pas de malentendu entre nous, déclara-t-il en le lui montrant.

Elle haussa les sourcils.

— Depuis combien de temps te promènes-tu avec ça ?

— Depuis le jour où je suis arrivé à Tallulah pour te retrouver.

Après avoir posé le minuscule sachet sur l'accoudoir, il entreprit de défaire, avec des gestes assez lents qu'elle pouvait interrompre à tout moment, les boutons du chemisier d'Anne. Il le fit glisser de ses épaules, puis il ôta le bouton de son pantalon.

— Veux-tu que nous restions ici ? Nous pouvons aller dans ma chambre, si tu le souhaites…

Sa voix résonnait étrangement dans la pièce. Une voix de gorge, basse et enrouée.

Sans répondre, elle se leva, se débarrassa de son jean, et fit glisser une bretelle de son soutien-gorge. La gorge sèche, le souffle court, le regard assombri par le désir, Buck l'observait. Anne enleva enfin son soutien-gorge et fit glisser son slip, centimètre par centimètre, le long de ses jambes. Une rougeur diffuse monta vers les joues de Buck, tandis que ses prunelles mordorées viraient au noir. Quand il lui ouvrit les bras, elle s'installa de nouveau à califourchon sur lui. Il l'embrassa avec une avidité de prédateur, sa langue plongeant dans la bouche de sa femme, l'explorant avec fougue. Elle lui rendit ses baisers avec la même ardeur.

Comme elle avait hâte de retrouver le goût de ses lèvres et de sa peau ! Enivrée par ce tourbillon de sensations à la fois familières et sans cesse renouvelées, elle se demanda pour quelle raison elle avait bien pu se punir au point de se refuser un tel plaisir pendant des semaines.

Buck s'écarta légèrement pour couvrir la poitrine de sa femme de baisers brûlants avant d'entrouvrir les lèvres sur l'un de ses seins, dont il taquina la pointe du bout de la langue. Incapable de se retenir, elle poussa un gémissement rauque et elle sentit le sourire de Buck se dessiner sur sa peau.

Il releva la tête.

— Pas ici, murmura-t-il.

Il la repoussa avec douceur et la fit s'allonger sur le tapis. Quand il se coula sur elle, il avait ôté son jean. Chair contre chair, ils demeurèrent quelques instants immobiles pour savourer ce moment si longtemps attendu. Puis Buck se redressa sur ses avant-bras et plongea en elle avec un cri étouffé.

— Je t'aime, Anne…

Immobile, cabré au-dessus d'elle, tremblant sous l'effort qu'il faisait pour se maîtriser, il la regarda. Refusant de prononcer les mots qu'il attendait, Anne se cambra pour l'inciter à bouger. En vain.

Il se pencha pour lui glisser à l'oreille :

— Dis-le-moi. Je veux l'entendre de ta bouche, Anne.

Elle se mit légèrement de côté pour le regarder à son tour. Comment pouvait-elle parler, ou même penser, quand le désir embrasait chaque cellule de son corps ?

Elle eut un rire étranglé.

— C'est du chantage.

— L'important, c'est que ça marche.

Elle aurait voulu se débattre, mais au plus profond d'elle-même, elle sentit une brusque envie de lâcher prise.

— Eh bien, ça marche, parce que maintenant je peux te le dire. Je t'aime, Buck, lui confia-t-elle dans un souffle.

C'était vrai, il le lisait dans ses prunelles si bleues. Elle l'aimait. Elle lui avait pardonné.

Il trembla de soulagement et se sentit vaguement étourdi, comme un prisonnier qu'on vient de libérer de ses fers. Après des semaines de frustration, il ne pouvait attendre une seconde de plus pour assouvir l'appétit qu'il avait d'elle. Il l'embrassa à pleine bouche, avec une passion violente, et entama cette danse aussi ancienne que l'humanité, ce balancement dont le rythme est le secret de chaque couple. A l'unisson, parfaitement ajustés l'un à l'autre, Buck et Anne s'abandonnèrent totalement à leur jouissance. Leurs cris de plaisir résonnèrent au même moment dans le grand salon plongé dans l'obscurité.

La peau luisante de sueur, les cheveux emmêlés, le souffle haletant, ils demeurèrent inertes un long moment. Buck glissa sur le côté, la joue posée contre la nuque de sa femme.

Quelque part dans la nuit, une chouette ulula.

— Elle vit dans le coin, articula Buck, d'une voix somnolente.

— Qui ?

— La chouette.

— Ah…

— Elle a fait son nid dans un arbre tout près de la maison, et elle est très possessive avec ses petits, ajouta Buck.

— Je la comprends.

Il sourit contre la nuque d'Anne.

— Comment va ton genou ? demanda-t-elle.

— Je le saurai quand j'essaierai de me relever.

Elle le dévisagea, soudain anxieuse.

— C'est à ce point ?

De nouveau, il sourit.

— Non, tout va bien. Et ça ira encore mieux quand nous serons dans mon lit.

Ils se redressèrent d'un même mouvement. Buck se tourna vers sa femme.

— Tu restes avec moi cette nuit, n'est-ce pas ?

— Oui. Mais il faut que j'appelle mes parents.

Elle se mordit la lèvre.

— C'est curieux, j'en suis venue à considérer Beatrice comme ma mère, alors que je la connais depuis peu.

Il s'adossa au canapé et lui enlaça les épaules.

— Normal. Beatrice t'aime, cela se voit tout de suite. Quand elle est arrivée devant les bureaux du journal, ce soir, elle était aussi angoissée que Laura aurait pu l'être.

— Pourtant, je me sens coupable d'être aussi proche d'elle, Buck.

— Je crois que ta mère serait heureuse de cette relation. Et qu'elle n'apprécierait pas du tout le fait que tu te sentes coupable.

— C'est vrai. Ma mère avait du cœur, elle était très généreuse.

Anne réfléchit quelques instants.

— Beatrice s'est montrée d'une grande gentillesse envers moi. Je suppose qu'elle aime tellement mon père qu'elle ne peut qu'aimer sa fille. De plus, comme elle n'a jamais eu d'enfant, elle a tendance à reporter son amour maternel sur moi. Et sur Paige.

Buck émit un grognement.

— Quand je pense à ce que cette fichue gamine a risqué — et

au danger qu'elle t'a fait courir par la même occasion — j'ai bien envie de l'enfermer dans le grenier de Belle Pointe pendant quelques années !

— Dans ce cas, il faudrait que tu m'y enfermes aussi. Même si Tallulah est une petite ville tranquille, je n'aurais pas dû me rendre dans un immeuble désert, seule et à une heure aussi tardive.

— Non. Toi, tu restes avec moi.

Il se pencha pour poser un baiser à la base du cou de sa femme.

— Pourquoi Paige a-t-elle eu l'idée bizarre de voler ces documents pour te les remettre ? Si tu me les avais demandés, je t'aurais emmenée à Belle Pointe pour que tu puisses y jeter un coup d'œil.

— En fait, nous n'en avons jamais discuté, Buck. Sais-tu seulement où ils se trouvaient ?

— J'avoue que non.

Elle secoua la tête.

— De toute façon, je ne pense pas que ta mère aurait accepté de bon cœur de me les remettre… Elle a déjà fait plusieurs tentatives pour me décourager de fouiller dans le passé des Whitaker.

— Tant pis pour elle. Tu es ma femme, donc tu es une Whitaker. C'est un fait qu'elle ne peut pas nier.

— Non, mais Victoria est très jalouse de tout ce qui concerne sa famille et Belle Pointe. Elle ne m'a pas encore admise comme une vraie Whitaker, observa Anne.

— Dans ce cas, je ne vois qu'une solution. Il faut que nous ayons un enfant. Là, elle sera forcée d'accepter la réalité.

Anne lui coula un regard en biais.

— Un enfant ?

Il soutint son regard sans broncher. Comme elle continuait à le dévisager en silence, il lui suggéra d'une voix pleine de tendresse :

— On pourrait même s'y employer tout de suite…

19.

Buck se leva à l'aube, en prenant garde à ne pas réveiller Anne. Il passa quelques coups de fil avant de sortir de la maison. La journée s'annonçait riche en événements..., songea-t-il, serrant les dents à mesure qu'il descendait ces vingt-six satanées marches.

Le soleil commençait tout juste à pointer à l'horizon lorsqu'il se gara devant la maison principale du domaine de Belle Pointe. Il comptait bien trouver Pearce en plein sommeil. A l'idée de le tirer du lit, un rictus ironique lui étira les lèvres. Cela lui donnerait un certain avantage vis-à-vis de son grand frère. Ce qui n'était pas négligeable, car la confrontation risquait d'être dure.

La porte d'entrée n'était pas verrouillée, comme il s'y attendait. Il l'ouvrit et traversa la grande entrée au sol de marbre en se dirigeant vers l'escalier monumental. A peine avait-il posé le pied sur la première marche que sa mère apparut derrière lui. Vêtue d'un peignoir bleu ciel, elle portait une tasse de café dans une main et un journal dans l'autre.

— Buck ! Tu es bien matinal... Comment va ta femme ? Je suis étonnée de voir que tu l'as laissée seule.

— Tu es donc au courant de l'incendie ?

— Bien sûr. Tout le monde est au courant, à Tallulah. Je suppose qu'elle va bien, sinon tu ne serais pas ici.

Elle fronça les sourcils en remarquant son pied posé sur la marche.

— Où vas-tu ?

Avant de répondre, Buck leva la tête et tendit l'oreille. Tout semblait silencieux, là-haut. Parfait. Il se tourna vers sa mère, désigna du menton la tasse de café.

— J'aimerais bien emporter un demi-litre de café chez moi, lorsque je redescendrai.

— Tu n'auras qu'à aller voir Miriam dans la cuisine. Mais tu n'as pas répondu à ma question. Je ne vois pas ce qui te pousse à te rendre chez ton frère à cette heure-ci.

Cela faisait des années qu'il n'avait pas vu sa mère ainsi, les cheveux défaits, sans maquillage et en peignoir. Il lui sembla qu'elle avait vieilli d'un seul coup. La pâleur de son teint était accentuée par ses cernes sombres et ses lèvres décolorées. Vaguement, il se demanda si elle n'était pas malade. Non, de toute évidence, elle avait simplement passé une nuit blanche.

— Je vais lui rendre une petite visite, maman.

— Je te l'interdis. Il doit encore dormir, rétorqua Victoria, scandalisée.

— Je sais. En fait, cela m'arrange, répondit-il paisiblement en grimpant les marches.

— Buck ! Reviens immédiatement ! lui lança sa mère.

Trop tard. Il venait d'atteindre le palier. Il se dirigea vers la double porte qui marquait l'entrée de l'aile gauche de la maison, qu'occupaient Pearce et sa famille. Buck ne s'y était rendu qu'une seule fois pour visiter les lieux. A l'occasion de son mariage, Pearce avait fait rénover l'aile du sol au plafond, et y avait même ajouté une pièce à l'arrière de la maison, altérant ainsi le dessin original de la demeure. Heureusement, il n'avait pas osé toucher à la façade. John Whitaker avait dû se retourner dans sa tombe... Buck s'était toujours demandé pourquoi Victoria avait accepté que Pearce fasse ces travaux, elle qui s'acharnait à conserver l'aspect historique de Belle Pointe.

Buck commença par traverser un salon élégamment décoré avant de se trouver face à une autre porte à deux battants. Celle de la chambre à coucher. Sans frapper, il l'ouvrit d'un geste large et pénétra dans la pièce.

Seul, Pearce se trouvait sous les draps en lin épais du grand lit, et il dormait à poings fermés. Où diable était passée Claire ? se demanda Buck. Elle ne partageait sans doute plus le lit conjugal depuis belle lurette, et ce n'était pas lui qui l'en blâmerait.

Le tapis en haute laine étouffa le bruit de ses pas quand il se dirigea vers la fenêtre. D'un geste vif, il tira les rideaux. Aussitôt, un flot de lumière crue éclaira la pièce.

En poussant un grognement, Pearce se tourna pour éviter cette soudaine clarté.

Claire se matérialisa sur le seuil de la porte. Coiffée, habillée et maquillée, elle arbora un air à la fois surpris et amusé en voyant Buck dans la chambre.

— Que se passe-t-il ? demanda-t-elle à voix basse.

Un doigt sur les lèvres, Buck lui fit signe de se taire. Puis il s'approcha du lit, tendit la main et saisit le luxueux édredon en satin damassé qu'il souleva d'un seul coup. Nu de la tête aux pieds, Pearce se retourna, l'air furieux. Quand il aperçut Buck, il cligna les paupières comme s'il n'en croyait pas ses yeux.

— Qu'est-ce que tu fiches ici ? aboya-t-il.

Buck se campa devant lui, les bras croisés.

— Claire, il vaut mieux que tu sortes de la pièce, car ce que j'ai à dire à mon frère n'est pas agréable, dit-il sans se retourner.

— Fous-moi le camp, Buck ! Claire, je t'interdis de bouger ! hurla Pearce, fou furieux.

Buck haussa les épaules et s'adossa à l'armoire — une antiquité, en chêne sculpté.

— Comme tu voudras. Mais tu risques de regretter de ne pas avoir eu cette conversation en tête à tête.

— De toute façon, je n'ai pas l'intention de discuter dans ma chambre. D'ailleurs, comment es-tu entré ?

— Par la porte. Et nous allons discuter, Pearce. Il en est grand temps, répondit Buck, impassible.

Pearce dévisagea son frère. Ce qu'il lut dans le regard de Buck l'incita à obtempérer.

— Claire, va m'attendre en bas, siffla-t-il entre ses dents.

Celle-ci avait pris place sur le coffre de bois précieux qui se trouvait au bout du lit.

— Oh, ne faites pas attention à moi. Je meurs d'envie d'entendre ce que vous allez dire.

— Cela ne te regarde pas, gronda Pearce sans quitter son frère des yeux. Buck, fais-la partir, ajouta-t-il.

Buck saisit avec douceur la main de sa belle-sœur.

— Viens, Claire. Pearce a raison. Cela doit avoir lieu entre lui et moi. Aie la gentillesse de me faire du café, et je te rejoindrai dans quelques minutes dans la cuisine.

— J'y compte bien.

Après un dernier coup d'œil plein de curiosité aux deux frères qui se jaugeaient comme des adversaires prêts au combat, Claire sortit de la pièce.

Pearce s'assit au bord du lit.

— Je me sens mal à l'aise… J'ai besoin d'aller pisser et d'enfiler un pantalon.

Buck secoua la tête avec impatience.

— Figure-toi que ma femme s'est trouvée mal à l'aise, hier

soir, pendant qu'elle était piégée au sous-sol de l'immeuble dans lequel on avait allumé un incendie ! Et ta fille qui gisait inconsciente sur le sol, au bord de l'asphyxie, elle devait être plutôt mal à l'aise, elle aussi !

Buck saisit un pantalon en toile plié sur une chaise et le lança à son frère avant de poursuivre :

— Anne et Paige ont survécu, mais il s'en est fallu d'un cheveu.

Pearce, qui s'apprêtait à enfiler le pantalon, suspendit son geste et fronça ses épais sourcils.

— Attends un peu... Qu'est-ce que tu insinues, au juste ?

— Rien que la vérité. Donne-moi la preuve que tu n'es pas un cinglé avec des manies de pyromane !

— C'est toi qui es fou, mon vieux. Depuis que tu es arrivé ici, tu n'arrêtes pas de me chercher des poux. J'en ai assez, tu comprends ? Hier soir, je participais à un gala de charité. Quelqu'un m'a dit qu'il y avait le feu dans les bureaux de *L'Observateur*, mais on m'a prévenu ensuite que l'incendie était éteint et qu'il n'y avait pas eu de victimes. J'ignorais que Paige et Anne se trouvaient là-bas, je ne l'ai appris qu'en rentrant chez moi.

Buck eut un sourire sarcastique.

— Tu as été déçu, j'imagine ?

Pearce, qui enfilait son pantalon, le regarda avec stupéfaction.

— Comment cela ? Tu veux dire que j'étais déçu de voir que ma fille s'en était tirée ? Non, mais tu me prends pour qui ?

Le regard de Buck demeura insondable, mais ses lèvres esquissèrent un rictus amer.

— Justement, j'essaie de le savoir. A la mort de Jim Bob Baker, je t'ai accordé le bénéfice du doute. Maintenant, je me demande quel genre de coups bas tu as pu faire depuis. Des sales trucs que j'aurais pu empêcher, si j'avais dit ce que je savais, à l'époque…

— Et moi, je me demande si ton cerveau n'a pas été déglingué par ton dernier traumatisme !

Au comble de l'exaspération, Pearce se mit à arpenter la pièce.

— Tu dis n'importe quoi ! Figure-toi que je suis une personnalité respectée, dans cette ville. Je vais être élu sénateur et dans quatre ans, je siégerai à Washington. Ce n'est pas toi qui vas foutre en l'air ma carrière, Buck !

— Tu as failli tuer ma femme, espèce de salaud !

Le regard plein d'éclairs, Pearce se retourna pour faire face à son frère.

— Tu mens ! Et si tu t'amuses à raconter cette histoire autour de toi, ma campagne est fichue. Ressaisis-toi, bon sang !

Il s'arrêta un instant et ébaucha un pâle sourire, comme s'il tentait de faire entendre raison à un gamin de quatre ans un peu trop frondeur.

— N'oublie pas que nous sommes frères, Buck. Nous sommes tous les deux des Whitaker. C'est un fait dont tu dois tenir compte.

— Qu'est-ce que tu cherchais à détruire, dans ces archives ? insista Buck, implacable.

— Ça suffit ! hurla Pearce, en perdant de nouveau son sang-froid.

Il parvint à reprendre ses esprits et reprit, plus calme.

— Ecoute-moi bien : je n'ai rien voulu détruire et je n'ai voulu tuer personne, d'accord ? C'est vrai que ta femme est une emmerdeuse, mais je n'irais pas la tuer pour autant. Quant à Paige… Bon sang, Buck, tu délires ou quoi ? Paige est ma fille, je suis son père… Qu'est-ce qui te prend ? Pourquoi me poursuistu après m'avoir ignoré — ainsi que Belle Pointe — pendant quinze ans ?

— Aujourd'hui, je suis ici. Tu as franchi les limites de mon territoire en mettant ma femme en danger. J'ai l'intention de te le faire payer très cher.

Pearce se laissa tomber sur le lit.

— Comment est-ce que je pourrais te convaincre que tout ça est faux ? A mon avis, tu es devenu paranoïaque. Je sais que Claire est à moitié cinglée, mais toi… Je n'aurais jamais cru cela de toi, Buck. Je te le dis et je te le répète : je n'ai rien à voir avec cet incendie !

— Je vais te rafraîchir la mémoire, Pearce. Tu es venu me voir, au pavillon de chasse, pour savoir quel était l'objectif qu'Anne poursuivait en fouillant dans les archives du journal. Tu m'as demandé de lui faire cesser immédiatement ses recherches. Ce sont tes propres mots, Pearce. Quand j'ai refusé, tu m'as menacé et tu m'as dit que je le regretterais. Eh bien, j'aurais beaucoup regretté de perdre ma femme dans l'incendie !

Buck grinça des dents et serra les poings avant de poursuivre :

— Si tu veux me nuire auprès des Jacks, ne t'en prive pas. Mais n'oublie pas que quand on lance de la boue sur les autres, on risque d'être éclaboussé soi-même. C'est toi-même qui me l'as dit.

Buck ressentit une vague de nausée à l'idée que son propre frère pût tenter de détruire sa carrière. Mais ce n'était rien en comparaison de ce qui aurait pu arriver à Anne et à Paige.

— Je n'ai pas encore de preuves tangibles, mais je suis venu pour te prévenir que j'allais en chercher, par tous les moyens possibles. Et je les découvrirai, je te le garantis ! Quant à ton siège de sénateur, je veillerai à ce que tu n'aies aucune chance de l'obtenir.

Sur ce, Buck tourna les talons et sortit de la pièce, laissant derrière lui son frère écumant de rage.

Quand Pearce déboula dans le hall quelques minutes plus tard, Victoria l'attendait de pied ferme.

— Qu'est-ce qui s'est passé ? demanda-t-elle, en le voyant marcher vers la porte.

— Ce salaud m'accuse d'avoir mis le feu aux bureaux de *L'Observateur* hier soir ! Comme si je me souciais de tous ces vieux papiers que Franklin Marsh garde comme un bouledogue !

Il glissa une main dans la poche de sa veste et débita une série de jurons.

— Cet idiot m'a mis la tête à l'envers. J'ai oublié la clé de la voiture…

Au pied de l'escalier, il cria :

— Claire ! Apporte-moi mes clés !

— Il n'est pas question que tu partes sans m'en avoir dit davantage, intervint Victoria, très ferme.

— Je n'ai rien d'autre à ajouter. J'ignore ce qui a déclenché l'incendie, bon sang de bonsoir !

Il lança un coup d'œil vers l'escalier, attendant visiblement Claire. Celle-ci apparut soudain dans le hall. Elle venait de la cuisine.

— J'aimerais bien qu'on me dise ce qui se passe, déclara-t-elle.

Après avoir lancé un regard à la ronde, elle demanda :

— Où est Buck ? Il est parti ?

— Va rejoindre Paige, Claire, ordonna Victoria.

Avec surprise, elle vit que sa belle-fille, loin de porter un peignoir comme d'habitude à cette heure-ci, était habillée de pied en cap : tailleur impeccable, escarpins à talons et jolies boucles d'oreille. A l'évidence, elle s'apprêtait à sortir.

— Où vas-tu ? Il est encore très tôt. Où se trouve Paige ?

— Sous la douche. Je lui ai proposé de la laisser dormir ce matin, étant donné la nuit qu'elle vient de passer, mais elle a tellement de choses à raconter à ses copines qu'elle préfère que je l'emmène à l'école. Je voulais parler à Buck… Savez-vous s'il est parti ? insista-t-elle.

— Je l'ignore. Il est arrivé ce matin à une heure indécente et s'est précipité là-haut sans aucune considération pour son frère. Je ne sais pas quelle mouche l'a piqué depuis qu'il est arrivé à Tallulah.

— Il se prend pour une superstar, voilà tout, déclara Pearce, la voix enrouée par une colère qu'il contenait avec peine. Il est peut-être un héros à Saint Louis, mais à Belle Pointe, il n'est rien, absolument rien. D'ailleurs, je veux qu'il quitte dès ce soir le pavillon de chasse, et qu'il ne mette plus les pieds dans la propriété.

— Ce que tu viens de dire est stupide, affirma Claire d'une voix posée. Buck est chez lui, ici, autant que toi. De plus, son départ ne t'avancerait guère. Sans lui, nous étions dans de sales draps. Heureusement qu'il a repris le job de Will et qu'il a supervisé la plantation ! Par ailleurs, il est vraiment un héros. Je te rappelle qu'il a sauvé la vie d'Anne et de notre fille hier soir, et que tu peux lui être reconnaissant.

Pearce et sa mère la fixèrent, ébahis. Victoria fut la première à se ressaisir.

— Ce n'est pas ton affaire, Claire. Va plutôt rejoindre Paige en haut, lui enjoignit-elle d'un ton sec.

— Paige va avoir seize ans, et elle n'a pas besoin de moi pour s'habiller, Victoria, répliqua Claire du tac au tac.

Puis elle se tourna vers Pearce.

— Pourquoi Buck t'a-t-il accusé d'avoir mis le feu dans le sous-sol de *L'Observateur* ?

— Il a dit une connerie, c'est tout. Mais c'est le genre de connerie qui peut démolir ma campagne. Je parie qu'il est venu à Tallulah pour salir mon nom, foutre en l'air ma campagne et offrir sur un plateau d'argent le poste de sénateur à Jack Breedlove.

Claire haussa les épaules.

— C'est ridicule, Pearce. Buck ne s'est jamais intéressé à ta campagne. D'ailleurs, il ignorait que tu briguais ce poste quand il est arrivé ici. Il n'est venu que pour une seule raison : se réconcilier avec Anne. A croire que tu es obsédé par l'idée d'une vendetta entre vous deux !

— C'est bel et bien une vendetta, grommela Pearce.

Il fronça les sourcils.

— Rends-toi utile, Claire. Va me chercher les clés de ma voiture.

D'un geste nonchalant, elle prit des clés dans l'un des bols en porcelaine posés sur une console de bois ancien.

— Les voilà.

Elle les lui lança avec désinvolture. Il les attrapa au vol, puis la fixa avec stupéfaction.

— Tu veux autre chose ? Une tasse de café ? Du thé ? Un peu d'arsenic, peut-être ? lui demanda-t-elle, sarcastique.

Il secoua la tête.

— Tu as perdu la tête, ma parole ! Mais qu'est-ce qu'ils ont tous, ce matin ? Je dois être la seule personne encore saine d'esprit dans cette fichue maison !

Claire soutint son regard sans broncher.

— Je suis parfaitement saine de corps et d'esprit, Pearce. Et je suis sobre, dit-elle avec le plus grand calme.

Elle le contempla encore un moment avant d'ajouter, l'air grave :

— Je suppose que le moment est mal choisi, mais je ne

crois pas qu'il y ait un moment opportun pour dire ce que je vais te dire.

— Crache le morceau, bon sang, Claire ! J'ai autre chose à faire que t'écouter.

— Je demande le divorce, Pearce.

Après avoir échangé quelques phrases des plus désagréables avec Claire, Pearce quitta la maison en claquant la porte. Voyant que Victoria ouvrait la bouche pour ajouter son grain de sel, Claire décida d'affirmer encore un peu plus son indépendance.

— Avec tout le respect que je vous dois, Victoria, je regrette de vous dire que ma décision ne vous regarde pas. Je ne changerai pas d'avis. J'ai déjà consulté un avocat.

— Cela me semble prématuré, observa Victoria en portant une main à son front.

Claire s'aperçut du léger tremblement qui agitait sa main. Les sourcils froncés, elle dévisagea sa belle-mère avec une certaine inquiétude. Le choc de la nouvelle risquait-il d'affecter Victoria au point de provoquer une attaque ?

— Vous allez bien ? demanda Claire.

— Parfaitement bien. Si tu ne veux pas écouter la voix de la raison, tu peux au moins me dire pourquoi tu es si bien habillée à cette heure matinale ? Je suppose que ce n'est pas simplement pour conduire Paige à l'école, rétorqua Victoria.

Claire tenta de dévier la conversation.

— Je n'ai pas l'impression que vous vous portez aussi bien que vous le dites. En fait, Miriam pense la même chose.

Claire fit un pas sur le côté pour examiner le visage de sa belle-mère à la lumière du soleil.

— Vous êtes très pâle, et vous avez des cernes sombres sous les yeux. Que se passe-t-il, Victoria ?

— Rien du tout !

Victoria releva le menton et défia sa belle-fille du regard.

— Figure-toi que j'ai soixante ans, et que je n'ai subi aucun traitement pour masquer le poids des années, voilà tout ! Par ailleurs, j'estime que Miriam a fait preuve d'indiscrétion en te parlant de ma santé, et je lui en ferai le reproche ce matin même.

— Vous n'allez quand même pas la mettre à la porte pour une simple remarque, au bout de trente ans de bons et loyaux services ? ironisa Claire.

Connaissant sa belle-mère, mieux valait ne pas insister. Elle adoucit sa voix pour lui demander :

— Je vous en prie, ne faites aucun reproche à Miriam. Elle vous aime et elle s'inquiète pour vous. D'ailleurs, je constate qu'elle n'a pas tort, lorsque je vous vois aussi pâle. Et vous avez maigri.

— Je pèse le même poids depuis quarante ans. Quant à mon teint, je crois que tu m'as très rarement vue sans maquillage. De plus, tu viens de m'annoncer une horrible nouvelle, et tu souhaiterais que cela me mette du rose aux joues ? demanda Victoria d'un ton sarcastique.

Claire était loin d'être convaincue. Elle savait par expérience que sa belle-mère ne lui ferait aucune confidence si elle ne le souhaitait pas.

— Je vous prie de m'excuser, Victoria, je ne souhaitais pas être indiscrète. Mais j'avoue qu'en vous voyant donner carte blanche à Buck pour exploiter la plantation, alors que vous étiez constamment sur le dos de Will, et accepter de reprendre Oscar que Pearce avait renvoyé, j'ai eu des doutes. Maintenant, si vous m'affirmez que tout va bien, je suis prête à reconnaître que j'ai mal jugé la situation.

Avec un sourire, Claire s'apprêta à sortir de la maison.

— Un instant, Claire. Tu ne m'as pas dit où tu allais. Tu

sais que j'aime savoir où tu te trouves, au cas où il y aurait une urgence.

— Je vais parler à Buck. Ensuite, je conduirai Paige au collège, comme d'habitude.

— Comment comptes-tu la punir, pour avoir fugué hier soir ?

— Elle n'a pas le droit de quitter la maison, sauf pour se rendre au lycée, et ce pendant un mois. De plus, elle doit abandonner son look de vampire et s'habiller comme une lycéenne normale. Quand elle va descendre, vous serez enchantée de voir qu'elle ne porte pas de noir.

Victoria fit la moue.

— Cela ne ressemble pas à une vraie punition.

— Pour elle, c'est très dur. Elle va s'ennuyer à mourir. De plus, je parie qu'après avoir passé un mois en sa compagnie, vous serez bien contente que je ne l'aie pas punie plus longtemps.

Claire hésita avant de se lancer à l'eau.

— En fait, pour vous éviter ce genre de torture, j'ai pris des mesures pour louer un appartement où Paige et moi allons nous installer. Toutefois, il ne sera pas disponible avant trois semaines.

Après avoir lancé cette nouvelle bombe, Claire tenta de s'éclipser. Victoria l'arrêta d'une main de fer.

— Une minute… Tu as l'intention de rentrer ici, après avoir déposé Paige ?

Claire poussa un soupir. Manifestement, il était impossible d'échapper à la perspicacité de sa belle-mère.

Très calme, elle se campa devant Victoria.

— J'ai l'intention de me rendre au quartier général de Jack Breedlove pour lui apporter mon soutien. Je vais y travailler ce matin en tant que bénévole.

Victoria tressaillit et ôta vivement sa main du bras de Claire, comme si un serpent l'avait mordue.

— Tu plaisantes, j'espère ?

— Pas le moins du monde.

— Il n'est pas question que tu ailles là-bas. Je te l'interdis. Est-ce que tu te rends compte…

Loin d'être déstabilisée par le courroux de sa belle-mère, Claire la coupa.

— Je pense sincèrement que Jack est l'homme de la situation, Victoria. Il est loyal et intègre, et il représentera au mieux les intérêts de la communauté, et non ceux d'une petite élite. Vous savez aussi bien que moi que Pearce a des obligations envers des groupes financiers puissants. A la différence de Jack, Pearce ne se présente à cette élection que pour s'en faire un tremplin, car il vise le Sénat à Washington.

Le visage crispé, Victoria tremblait d'indignation.

— Qui t'a mis cette idée en tête ? La priorité de Pearce, c'est Belle Pointe. Une fois élu sénateur local, il pourra contribuer à la prospérité de la région. Il n'est pas question qu'il parte pour Washington. Comment pourrait-il tourner le dos à son héritage ?

— Si c'est vraiment ce que vous croyez, je me permets de vous conseiller d'en discuter avec lui, et le plus tôt possible.

Claire ouvrit la porte. La main encore sur la clenche, elle se retourna vers sa belle-mère.

— Pendant que vous y êtes, demandez-lui donc des explications sur l'incendie. Je ne pense pas que celui qui a mis le feu cherchait à nuire à Paige et à Anne, car il ignorait sans doute qu'elles s'y trouvaient. Mais il avait certainement l'intention de détruire les archives du journal. Buck croit que c'est Pearce qui a fait le coup.

En refermant la porte de la grande maison familiale, Claire

se sentait euphorique. Sa discussion avec Pearce et Victoria, l'annonce de son intention de divorcer, tout cela la soulageait d'un poids énorme. Comme elle aurait aimé voir Jack et lui raconter la bataille qu'elle venait de remporter ! Toutefois, elle avait décidé de mener la procédure de divorce indépendamment de toute relation qui pourrait se développer entre eux.

Elle descendit les marches du perron en bondissant comme une gazelle, et aperçut Buck qui discutait avec Oscar, près de la grange qui servait de remise pour les machines agricoles.

Elle éprouvait une certaine culpabilité de ne pas avoir pris le parti d'Oscar quand Pearce avait décidé de le renvoyer sans préavis. Bien sûr, elle n'aurait convaincu ni son mari, ni sa belle-mère, mais au moins, elle aurait fait preuve d'intégrité. Buck avait eu parfaitement raison de le reprendre dans son équipe. C'était l'un des changements salutaires qu'il était en train d'apporter à Belle Pointe.

— Tu as laissé ton frère écumant de rage et ta mère au bord de l'apoplexie. Je suis venue te remercier, Buck.

Il se tourna vers elle en riant.

— Comment va Paige ?

— Tu pensais que j'allais aussi te remercier de lui avoir sauvé la vie ?

Les yeux brillant de joie, elle secoua la tête.

— Bon d'accord, je t'en suis follement reconnaissante. Mais la scène que tu as faite ce matin est une vraie réussite. Je ne me suis jamais autant amusée que depuis le jour où Pearce a appris que son concurrent pour le siège de sénateur se nommait Jack Breedlove !

En prononçant ces derniers mots, le sourire et le regard de Claire s'adoucirent. D'un mouvement spontané, elle se jeta dans les bras de Buck.

— Merci d'avoir porté secours à ma petite fille, Buck. Je serais morte de chagrin si elle avait perdu la vie dans cet incendie.

— Je sais, murmura-t-il, très ému.

Il s'écarta, lui prit les mains et la regarda de la tête aux pieds.

— Tu es rudement bien habillée, ce matin ! Si c'est le genre de vêtements que tu portes pour conduire Paige à l'école, cela ne m'étonne pas que Jack t'ait arrêtée, l'autre jour, sous le prétexte d'un excès de vitesse.

Avec un éclat de rire, elle se dégagea et pivota sur elle-même.

— Tu aimes cet ensemble ? Tant mieux, car je me suis dit que j'allais être le point de mire au quartier général de Jack, ce matin. Tu te rends compte ? Une Whitaker qui vient soutenir la campagne de Breedlove !

Il l'écouta avec stupéfaction, en se demandant si elle parlait sérieusement.

— Allons boire un café dans la grange, il y a une machine qui fait un très mauvais jus, mais on n'a pas le choix. Maman m'avait promis une tasse de café, mais comme je les ai tous rendus fous furieux, je n'y ai pas eu droit. Il faut qu'on discute, toi et moi.

Claire lança un coup d'œil à sa montre.

— D'accord. Paige sera ici dans une dizaine de minutes.

— Parfait. Suis-moi.

Il l'entraîna vers un coin de la grange, dans lequel il s'était aménagé une sorte de bureau. Après avoir installé sa belle-sœur sur une chaise au confort relatif, il s'assit sur le bout de la table de bois solide qui lui servait pour travailler.

Il toussota.

— Si je comprends bien, tu vas soutenir Jack. Dans ce cas,

l'état de choc dans lequel se trouve ma mère n'a pas été entièrement causé par ton mari.

— Il ne sera plus mon mari dans peu de temps, car j'ai décidé de demander le divorce.

— Bon sang… Claire…, articula Buck, abasourdi.

— Je vais épouser Jack.

Les yeux de Buck s'écarquillèrent encore davantage.

— C'est… C'est assez rapide, bredouilla-t-il.

Elle eut un rire de gorge.

— Il ne le sait pas encore. Pour l'instant, il s'efforce de me reprocher notre rupture, quand nous étions plus jeunes.

— Si je me rappelle bien les choses, tu lui as fait faux bond le soir du bal qui concluait la remise des diplômes.

— C'est parce que mes parents m'avaient enfermée à clé dans ma chambre, qui se trouvait au deuxième étage de la maison. Si je tentais de sortir par la fenêtre, c'était la mort assurée.

— Sans blague ? Ils t'ont vraiment enfermée ?

Claire hocha la tête, l'air soudain grave.

— Pour eux, il n'était pas question que je sorte — et encore moins que je me marie — avec un homme qui n'appartenait pas à leur classe sociale. Comme ils avaient compris que notre relation n'était pas juste un flirt sans conséquence, ils m'ont expédiée illico dans un horrible établissement, à des milliers de kilomètres, pour terminer mes études. J'étais si jeune, à l'époque, que je les ai laissés faire. Quand je suis revenue, Jack était parti.

— Cela s'est passé il y a quinze ans, Claire. Vous avez changé, tous les deux. Je t'en prie, ne prends pas de décision à la hâte, suggéra Buck.

— Tu crois que j'ai tort de me séparer de ton frère ? Tu le soupçonnes d'avoir commis un acte criminel, et tu voudrais que je reste avec lui ? demanda-t-elle, indignée.

Buck leva les mains en signe d'apaisement.

— N'oublie pas que ce ne sont que des soupçons. Et j'ignore ce qui se passe exactement dans votre couple… Tout ce que je te suggère, c'est de ne pas agir sur un coup de tête.

— Tu me dis cela parce que tu sais que Pearce est dangereux quand on lui résiste.

Claire eut un faible sourire avant de poursuivre :

— Je le connais mieux que toi, Buck. Crois-moi, je sais ce que je fais. Je pars, et j'emmène Paige avec moi.

Elle se leva et frappa légèrement du plat de la main la surface de la table, comme si l'affaire était réglée. Puis elle se pencha vers Buck, le front plissé.

— J'ai autre chose à te dire, Buck. Je crois que Victoria ne va pas bien.

Il fronça les sourcils. Il pensait exactement la même chose.

— Pourquoi penses-tu cela ? Elle t'a parlé de sa santé ?

— Non, mais elle n'a pas l'air en forme. Quand je le lui ai dit, elle l'a nié, bien entendu. Mais j'ai de bons yeux et je sais observer. Le souci, c'est qu'elle refusera toujours qu'on éprouve de la compassion pour elle, même sur son lit de mort.

Buck regarda au loin, vers les champs de coton qui semblaient s'étendre à l'infini. Claire avait-elle raison ? Il fallait qu'il le sache. Elle était le chef de famille, leur doyenne, et ils avaient tous le droit de savoir si elle allait bien.

Après avoir suivi le regard de Buck, Claire se tourna vers lui.

— Il y a tant de choses que tu pourrais faire ici, Buck… A Belle Pointe comme à Tallulah.

Il lui lança un regard méfiant.

— Tu en as parlé à Jack ?

— A Jack ? Non, pas du tout.

— A Ty, alors ?

Elle secoua ses cheveux blonds.

— Non plus. Mais Ty connait sûrement des tas de gamins dans la région qui pourraient profiter de ton exemple en tant que dieu du stade, mais aussi en tant que simple individu.

Buck émit un grognement.

— Je vois deux problèmes à cela. Primo, Pearce ne sera pas élu sénateur local, car je pense que Jack sera bien meilleur dans ce poste, et je ferai tout pour qu'il gagne… quand l'occasion s'en présentera, ajouta-t-il en voyant le visage de sa belle-sœur s'illuminer d'un coup.

— Wow…

— Et à ce moment-là, je ne vois pas comment Pearce pourrait s'écarter et me laisser empiéter sur son territoire — c'est-à-dire Belle Pointe. Secundo, ma vie est à Saint Louis. Tu sais que si je suis venu ici, c'est uniquement pour Anne. Mon genou est en train de guérir, et je devrais revenir bientôt sur les terrains de base-ball. Je suis sportif professionnel et pas planteur de coton.

Elle le regarda droit dans les yeux.

— En es-tu bien sûr, Buck ?

Il eut un petit rire et se frotta la nuque d'un geste presque nerveux.

— Disons que le base-ball était toute ma vie, jusqu'à ce que je me retrouve ici pour sortir la plantation d'une situation calamiteuse. J'avoue que je ne sais plus dans quelle direction aller, maintenant, avoua-t-il.

Claire hocha la tête avec compassion. Puis elle demanda à brûle-pourpoint :

— Sais-tu si c'est Pearce qui a mis le feu ?

— Bon sang… Je croyais que la porte était fermée, quand je lui ai sauté dessus, ce matin ! Tu as entendu notre discussion ?

— Tu croyais que j'allais obéir gentiment et descendre dans la cuisine préparer du café, alors que je savais que vous discutiez de choses graves, tous les deux ? Pas question ! J'avais le droit d'écouter aux portes. Après tout, j'ai failli perdre ma fille, dans cet incendie !

Le regard de Buck se fixa au loin, sur un engin qui avançait au ralenti entre les parcelles cultivées.

— Je connais bien Pearce. Quand nous étions enfants, je savais toujours s'il mentait ou non. Avec le temps, il a peaufiné sa technique. Aujourd'hui, je sais que ce n'est pas sa main qui a allumé l'incendie. Je pensais que c'était celle d'un de ses sbires… Mais maintenant, je n'en suis plus si sûr.

— Tu as raison. Je connais Pearce, moi aussi. Mais si ce n'est pas lui, qui a commis ce crime ? Et pourquoi ? Cette personne était-elle déjà à l'œuvre au sous-sol, quand Paige y est descendue ? Ou bien était-elle repartie, après avoir terminé ses préparatifs ?

Claire secoua la tête, perplexe.

— Paige n'a rien vu, rien entendu. Ces archives concernent l'histoire de Tallulah et de la région. Qu'est-ce qui ennuie tant quelqu'un pour qu'il décide d'y mettre le feu ? Est-ce qu'on le saura jamais ?

— J'ai bien l'intention de chercher la vérité, et Anne aussi. Nous finirons par la découvrir, affirma Buck, l'air déterminé.

— Je veux que tu me tiennes au courant. Promets-le-moi, Buck, demanda Claire en se dirigeant vers sa voiture.

— D'accord, mais toi, de ton côté, promets-moi de ne pas souffler un mot à Jack sur ce qui vient de se passer ici. La situation est trop ambiguë. D'un côté, il est flic et il devrait tout savoir, mais de l'autre, il est l'adversaire politique de Pearce. Nous n'avons que des soupçons, de toute façon. Si jamais la rumeur sur la culpabilité éventuelle de Pearce se propageait, sa carrière serait fichue.

— Jack ne propagerait jamais une rumeur, protesta Claire.

— Sans doute. Mais je veux que tu m'assures que tout ce que nous venons de dire demeurera confidentiel tant que nous n'aurons pas de preuve.

Elle leva la main, d'un geste de boy-scout.

— Promis, juré, craché !

— Merci, Claire.

Buck lui sourit.

— Qui sait ? Nous aurons peut-être la chance de voir la police résoudre cette affaire en un temps record.

Malgré ces mots encourageants, le doute subsistait dans le regard de Buck.

20.

Inconsciente des événements qui se précipitaient à Belle Pointe, Anne dormait d'un sommeil de plomb dans le pavillon. Quand la sonnerie de son téléphone résonna dans l'une des pièces, elle l'entendit vaguement sans parvenir à soulever les paupières. L'odeur de Buck l'enveloppait et flottait partout, dans la chambre, sur ses draps, sur sa peau. Cette nuit, ils avaient connu l'amour dans sa plénitude. A plusieurs reprises. Sous la douche, qu'ils avaient prise ensemble, puis, après quelques heures de sommeil, au cœur de l'obscurité, et enfin juste avant le lever du jour, quand s'entrelacent l'ombre et la lumière.

Mais Buck avait disparu. Anne se souvint d'avoir entendu le ruissellement de la douche, puis elle avait humé le parfum de son eau de toilette, quand il était venu poser un baiser sur sa poitrine nue en lui murmurant : « Je t'aime ». Les yeux clos, elle avait répondu d'un sourire avant de replonger dans un sommeil sans rêve.

La sonnerie insistante finit par la tirer du lit. Drapée dans une couverture, elle suivit la petite musique un brin irritante jusqu'à sa source, dans l'entrée. Elle récupéra le minuscule appareil au fond de son sac.

— Allô ? articula-t-elle, la voix enrouée.

— Anne ? Oh, chérie, je suis désolée, je t'ai réveillée, n'est-ce pas ?

— Beatrice… Non, pas de problème… Il était grand temps que quelqu'un me réveille, de toute façon.

Anne lança un coup d'œil autour d'elle pour repérer une horloge éventuelle, en vain.

— Papa va bien ? demanda-t-elle, soudain inquiète.

— Très bien. Ecoute, je te rappellerai un peu plus tard, quand vous aurez déjeuné, Buck et toi, et que…

— Buck est parti très tôt ce matin, Beatrice. Je crois qu'il est allé à Belle Pointe. Je suppose que papa a dû rentrer tard cette nuit ?

Tout en parlant, Anne se dirigea vers la cuisine. Il lui fallait une dose de caféine, et vite.

— Oui, il voulait s'assurer que les dégâts dans les archives n'étaient pas trop importants. Quand je pense que Paige et toi, vous étiez là-bas…

— Buck est arrivé pile, affirma Anne, en ouvrant un placard.

— Oh, oui ! Il est à Belle Pointe, en ce moment, n'est-ce pas ?

— Oui.

Anne posa un paquet de café sur le comptoir et sourit en apercevant la branche de chèvrefeuille posée dans un verre. Elle en huma le parfum sucré avec délices. Buck avait fait un réel effort, car il avait dû descendre les vingt-six marches fatidiques pour la cueillir, puis les remonter, pour les redescendre encore… A ce rythme-là, son genou n'était pas près de guérir.

— As-tu un emploi du temps chargé, ce matin ? s'enquit Beatrice.

Anne leva les yeux et vit enfin une horloge. Elle affichait 10 heures et quart.

— Non, je n'ai rien de prévu. Tu as besoin de moi ?

— En fait, j'aimerais venir te voir.

— Mais bien sûr… Tu seras la bienvenue.

— Ton père m'accompagnera, ajouta Beatrice.

Malgré le ton nonchalant de sa belle-mère, Anne devina un problème. Seule une urgence pourrait l'empêcher d'ouvrir sa boutique un jour de semaine. Au cours des instants qui suivirent, Anne, que la caféine avait enfin réveillée, se doucha et s'habilla tout en se posant une foule de questions.

Elle se précipita pour ouvrir la porte dès qu'elle entendit le moteur de leur voiture. Elle eut beau dévisager Beatrice, elle ne remarqua rien de particulier, à part son sourire, légèrement contraint.

— J'ai apporté des muffins aux airelles et des fruits, lui déclara sa belle-mère après l'avoir embrassée.

Anne se pencha pour respirer l'odeur qui se dégageait du paquet en papier brun.

— Hmm… Ça sent bon.

Après avoir embrassé son père, elle les fit entrer dans la maison.

— Je viens de faire du café. Allons dans la cuisine, c'est ma pièce préférée.

Beatrice lança un coup d'œil autour d'elle.

— Tout est si beau, ici… La vue, les arbres, la maison… Je comprends pourquoi Buck aime cet endroit. Cela doit lui sembler si reposant, en comparaison de sa vie à Saint Louis !

— Un peu trop tranquille, à mon goût, murmura Franklin.

Anne croisa son regard.

— Je devine ce que tu penses, papa.

Franklin hocha la tête.

— Quelqu'un a mis le feu au sous-sol de mes locaux, alors

que tu es la seule personne qui se soit intéressée aux archives depuis que j'ai repris *L'Observateur.* J'espère que cet acte criminel n'était pas dirigé contre toi, mais comment pourrais-je en être sûr ?

— Papa…

— De plus, en venant ici, nous avons aperçu une voiture au croisement de la route et du chemin qui mène au pavillon. Le conducteur semblait surveiller les alentours. Je crois que tu devrais prévenir Buck. Ou Jack Breedlove.

Anne composa aussitôt le numéro de Buck sur son portable.

Elle dut attendre plusieurs sonneries avant qu'il ne décroche.

— Bonjour, chérie… Te voilà enfin réveillée, murmura-t-il d'une voix rauque qui mit du rose aux joues d'Anne.

— Buck, il y a quelqu'un qui est garé à l'entrée du chemin, et mon père affirme qu'il semble surveiller la maison, dit-elle très vite.

— Franklin est avec toi ?

— Oui, et Beatrice aussi. Nous allons déjeuner ensemble. Tu penses que je devrais appeler Jack Breedlove pour qu'il envoie un policier vérifier l'identité de l'homme ?

— Inutile.

Buck eut un petit rire.

— Détendez-vous, tous les trois, ajouta-t-il. Il s'agit de Pug Morris, un mécanicien qui travaille avec Oscar. Il est ton garde du corps, désormais.

— Tu penses vraiment que c'est nécessaire, Buck ?

— Mieux vaut prévenir que guérir. Je préfère avoir un homme de confiance dans les parages, quand tu te trouves seule dans le pavillon.

— On en discutera ce soir, d'accord ?

— Avec plaisir, jolie madame. Je t'aime, chérie. A ce soir.

Anne raccrocha, un peu déconcertée. Elle se tourna et fit face aux visages anxieux de Franklin et de Beatrice.

— Buck a décidé de m'envoyer un garde du corps. C'est l'homme que vous avez vu, leur expliqua-t-elle.

— Excellente idée, approuva Franklin, plus détendu.

— Je me sens rassurée, même si cet homme a l'air d'un terroriste, renchérit Beatrice.

Le silence se fit dans la cuisine tandis qu'Anne disposait les tasses et les assiettes sur la table.

— Asseyons-nous, Bea. Notre conversation risque d'être longue, il vaut mieux s'installer, murmura Franklin.

La cafetière à la main, Anne poussa un soupir agacé.

— Que se passe-t-il, à la fin ?

Elle les regarda tour à tour.

— Lance-toi à l'eau, papa. Dis-moi pourquoi tu es là. Tu sais que je n'aime pas que l'on tourne autour du pot.

Franklin se concentra un instant sur la fumée qui s'échappait de son bol, puis il parla lentement, comme s'il cherchait ses mots.

— D'abord, il faut que je te parle de notre passé. Cela te permettra de mieux comprendre la situation, ma chérie.

Il se frotta la joue du plat de la main, de nouveau hésitant. Figée sur sa chaise, en proie à un horrible pressentiment, Anne l'observait.

— Franklin…, lui souffla Beatrice.

Il inspira longuement et leva les yeux pour croiser ceux de sa fille.

— Tu sais qu'en 1970 je suis venu pour la première fois à Tallulah, avec une équipe de la chaîne de télévision pour laquelle je travaillais à Boston. J'étais fou de joie à l'idée de connaître la région, car le delta du Mississippi m'avait toujours fasciné, non seulement à cause de son histoire, mais aussi parce que c'est la terre natale de certains de nos plus grands écrivains. Bref, je savais que j'allais tomber sous le charme de cet endroit et de ses habitants.

Il avala une gorgée de café, puis se leva soudain et s'approcha de la fenêtre.

— J'avais deviné juste. Je suis tombé sous le charme des gens d'ici… et d'une personne en particulier.

Il déglutit avec peine.

— J'étais marié, et Laura, ma femme, était atteinte d'une maladie incurable. Je l'aimais, mais notre relation était gravement altérée par son état de santé. Quant à moi, j'étais encore jeune et plein de vitalité.

Il secoua la tête.

— Je sais que ce n'est pas une excuse, mais mon infidélité semblait inévitable dans ce contexte.

— Oh, papa…, dit Anne dans un souffle.

Sans regarder sa fille, il poursuivit d'une voix tendue.

— C'est là que j'ai rencontré une ravissante jeune femme qui revenait de l'université pour passer les vacances dans sa famille. Elle était intelligente, cultivée, vive et pleine d'énergie.

Il toussota.

— J'ai été séduit aussitôt, et j'avoue que j'ai profité de mon séjour pour avoir une aventure avec elle. Elle avait dix-neuf ans, et moi vingt-cinq. Cela aurait pu n'être qu'une passade, mais pour moi, cette histoire représentait beaucoup plus. Je suis tombé éperdument amoureux d'elle, et j'envisageais avec terreur le moment où je devrais la quitter. Pourtant, il le fallait. Tu comprends, Anne ? Je ne pouvais pas divorcer, car Laura était malade.

Il posa ses mains sur le rebord de l'évier et répéta, d'une voix presque inaudible :

— Très malade.

Une main sur sa bouche, Anne regardait son père en luttant contre une vague de nausée. Son père — son chevalier, le héros de son enfance — avait trompé sa mère, une jeune femme souffrante, clouée chez elle…

— Franklin, je vais continuer…, murmura Beatrice.

— Non, c'est à moi de le faire.

Le silence se prolongea une minute ou deux. Puis, lentement, Franklin se redressa et fit face à sa fille.

— J'aimerais pouvoir te dire que je suis rentré chez moi, après avoir commis une telle faute, et que j'ai repris ma vie avec Laura sans faire d'autre dégât. Mais ce ne fut pas le cas, Anne.

La cafetière se mit à émettre des sons stridents, indiquant qu'une nouvelle dose de café était prête à être consommée, mais personne n'y fit attention.

— Environ deux mois après mon retour à Boston, j'ai reçu une lettre. Notre aventure avait eu des conséquences. Cette jeune femme était enceinte. Sa famille l'envoyait vivre chez une tante, à Atlanta. Elle aurait été déshonorée en restant chez elle, vu la mentalité des habitants de Tallulah à l'époque. D'ailleurs, son père est mort sans lui avoir pardonné.

Le cœur battant la chamade, Anne se leva et s'approcha du comptoir sur lequel se trouvait la cafetière électrique. Elle n'avait aucune envie de boire un autre café, mais elle ne pouvait rester en place et écouter passivement l'incroyable récit de son père. Elle redoutait d'en avoir deviné la suite…

« Mon Dieu, faites que je me trompe ! » supplia-t-elle en son for intérieur.

Franklin s'approcha de Beatrice et posa la main sur son épaule, d'un geste protecteur. Celle-ci la recouvrit aussitôt de sa paume.

— Bien entendu, j'ai répondu à la lettre. Mais avant, j'ai confié toute l'histoire à Laura, sans rien lui cacher. Je souhaitais qu'elle me punisse, qu'elle me fasse une scène en règle, qu'elle me juge avec la plus grande sévérité. Après m'avoir écouté, elle m'a simplement demandé ce que je comptais faire de l'enfant à naître. C'était une question que je ne m'étais même pas posée. Alors, elle a prononcé les mots qui devaient changer notre vie : « Ce bébé est ton enfant. Tu en es responsable. Nous allons l'adopter, bien sûr. » Et c'est ce qu'on a fait.

Debout près de la fenêtre, Anne eut l'impression que la terre venait de s'ouvrir sous ses pieds pour l'engloutir. Avec lenteur, elle se tourna vers son père. Son père, grands dieux ! Sous le choc, elle agrippa le bord du comptoir derrière elle et demanda d'une voix blanche :

— Vas-tu enfin me dire le nom de cette jeune femme ?

— Je crois que tu l'as déjà deviné, Anne, dit doucement Beatrice.

— C'est donc toi, murmura Anne, en croisant ce regard aussi bleu que le sien.

— Oui.

Anne se sentit envahie par un tourbillon d'une violence extrême. Les émotions et les sentiments les plus divers s'entrechoquaient en elle. Refus, déni, trahison, colère, révolte… Ainsi, ses vrais parents étaient Franklin et Beatrice, et non un couple d'adolescents inconnus qui s'étaient résignés à faire adopter leur bébé parce qu'ils étaient trop pauvres pour élever un enfant. Elle avait inventé des dizaines de scénarios pour expliquer les raisons qui avaient poussé sa mère à l'abandonner… Mais comment aurait-elle pu imaginer celui que son père venait de lui raconter ? Comme elle avait été aveugle ! Elle aurait dû comprendre pourquoi son père s'était empressé de déménager de Boston, après la mort de Laura, pour s'installer à Tallulah !

Et pourquoi Beatrice avait accueilli avec tant de chaleur une belle-fille qu'elle n'avait pratiquement jamais vue.

En voyant les émotions défiler dans le regard de sa fille, Franklin ajouta :

— Tout ce que tu es en train de penser à mon sujet, je l'ai ressenti des milliers de fois, Anne. Tu n'imagines pas de quels noms je me suis traité.

— Je savais qu'il était marié. Je suis aussi coupable que lui, intervint Beatrice d'une voix qui tremblait légèrement.

Anne les fixa, le regard sombre, se maudissant d'avoir été aussi naïve. Ils avaient abusé de sa confiance et l'avaient manipulée sans vergogne. Et elle, elle avait été subjuguée par ce couple de quinquagénaires qui s'aimaient follement.

C'était écœurant.

— As-tu continué à trahir ma mère au cours de tes fréquents voyages d'affaires, en attendant qu'elle veuille bien mourir ?

La question était cruelle. Pourtant, Franklin ne broncha pas.

— Non. Je n'ai jamais revu Beatrice pendant toutes ces années. Je ne lui ai jamais écrit, ni même téléphoné.

Visiblement choquée, Beatrice se leva. Ses traits défaits accusaient son âge.

— C'est vrai, Anne. Franklin n'a jamais pris contact avec moi, mais Laura l'a fait, en revanche. Je t'en parlerai lorsque tu auras envie d'en savoir plus à ce sujet.

Soudain glacée jusqu'aux os, Anne demeura silencieuse pendant un long moment.

— Je sais que tu voulais récupérer ton ordinateur, la nuit dernière, pour poursuivre tes recherches sur Internet afin de retrouver tes parents biologiques. Tu peux te figurer ce que nous avons ressenti, Franklin et moi, en voyant que tu avais risqué ta vie pour résoudre un mystère que nous pouvions éclaircir en quelques mots.

Beatrice lança un coup d'œil implorant à sa fille.

— Mais quand aurions-nous pu te parler ? Je voulais te connaître un peu avant de te révéler ce secret qui allait te bouleverser. Je craignais que ta loyauté envers ta mère — envers Laura — ne constitue une barrière entre nous. Lorsque tu nous as appelés de l'hôpital pour nous prévenir de ta visite, je me suis dit que le ciel m'offrait l'occasion dont je rêvais. Ton arrivée impromptue était un vrai cadeau. Je me préparais à te faire des aveux complets, et à te dire enfin à quel point je t'aimais. Je t'ai toujours aimée, Anne. Mais quand tu es arrivée chez nous, tu avais suffisamment de problèmes à régler avec Buck. Je ne voulais pas ajouter celui de tes parents.

— Je t'avais confié que je craignais que l'origine de ma fausse couche soit d'ordre génétique... Tu aurais pu effacer mes doutes, dit Anne avec amertume.

— Après cette conversation, j'ai passé une nuit blanche à y réfléchir.

Beatrice ne put réprimer un petit sourire triste. Puis, levant le menton, elle ajouta posément :

— Je suis tombée amoureuse de ton père au premier coup d'œil. Je n'ai jamais regretté un seul moment de cet été-là. Un jour, tu m'as demandé si j'aurais aimé avoir un enfant. Tu sais maintenant ce qui a été le plus dur pour moi : ne pas t'avoir vue grandir. Mon second remords, c'est d'avoir fait souffrir Laura.

— Il faut assumer les conséquences de ses actes, paraît-il.

Franklin tressaillit. Le ton sec et amer d'Anne lui fit l'effet d'un coup de fouet. Il était clair qu'elle souffrait et qu'elle voulait les faire souffrir à son tour. Et puis, qu'espéraient-ils ? Qu'elle leur donnerait sa bénédiction ? N'avaient-ils pas trahi Laura, une jeune femme d'une grande douceur, d'une immense générosité, et très malade de surcroît ? Espéraient-ils qu'elle accepterait, sans protester, qu'ils lui aient caché jusqu'à aujourd'hui la vérité sur sa naissance et son adoption ? Qu'attendaient-ils d'elle, au fond ? Qu'elle leur dise, avec un haussement d'épaules : « Ce n'est pas grave… Soyez heureux, maintenant, c'est tout ce qui compte » ?

Beatrice posa la main sur le bras de son mari.

— Franklin, je crois que nous devrions partir, maintenant. Anne a besoin de rester seule.

— En effet, confirma Anne.

Elle fit le tour de la table pour éviter de s'approcher d'eux.

— Merci pour les muffins, ajouta-t-elle d'un ton neutre.

— Anne chérie…, commença Franklin.

Elle croisa les bras sur sa poitrine, et baissa la tête.

— Je t'en prie, papa… Va-t'en.

Figée comme une statue de pierre, Anne attendit que le bruit du moteur s'éloigne. Quand le silence fut total à l'extérieur, elle se mit en mouvement avec fébrilité. Elle se précipita dans l'entrée, saisit son sac et ses clés et sortit de la maison pour s'engouffrer dans sa voiture. Oubliant carrément sa ceinture de sécurité, elle démarra sur les chapeaux de roues et fonça vers Belle Pointe. Sur la route, elle dépassa dans un nuage de poussière le véhicule de Pug Morris, son prétendu garde du corps.

Jamais elle n'avait ressenti une telle colère, un tel sentiment d'injustice. Ils avaient détruit son enfance ! Quand elle rentrait de l'école, sa mère était toujours trop fatiguée pour l'écouter raconter ses histoires de classe, ou pour tolérer les musiques « barbares » de son adolescence. Ou encore pour participer aux réunions de parents, assister aux représentations de fin d'année, applaudir à la remise des diplômes… Anne avait accepté tout cela parce qu'elle aimait sa mère. Une mère qu'un destin cruel avait affectée d'une maladie paralysante et incurable.

Cette maladie ne pouvait servir d'excuse à l'infidélité de Franklin. Anne pouvait comprendre qu'il se sente frustré, mais pas qu'il aille jusqu'à la trahir.

Elle franchit le large portail en fer forgé, emprunta l'allée bordée d'arbres centenaires et s'arrêta devant la maison principale dans un crissement de pneus. Là, perdant tout contrôle, elle éclata en sanglots et s'écroula sur le volant, sans voir au loin le conducteur du pick-up qui faisait demi-tour entre deux champs de coton. Buck venait de repérer le coupé Mercedes garé devant la maison.

Perdue dans des émotions trop fortes pour être maîtrisées en si peu de temps, Anne se demandait si c'était l'infidélité de Franklin envers Laura, ou bien le secret de famille qui l'avait entourée jusqu'à présent, qui la bouleversait le plus. En fait, tout le monde savait, sauf elle. En d'autres termes, elle était le dindon de l'histoire.

Relevant la tête, elle aperçut la superbe façade de Belle Pointe à travers le brouillard de ses larmes. Instinctivement, elle fouilla dans son sac, dans l'espoir d'y trouver un mouchoir. Si elle était venue ici, c'était sur un coup de tête, pour retrouver Buck. Mais en comparaison de ce qu'elle avait éprouvé lors de la perte de leur enfant, cette histoire n'était qu'un simple accident de plus… Si elle avait survécu à une fausse couche et à une crise conjugale grave, elle pourrait surmonter cette nouvelle épreuve.

Elle essuya ses larmes, se moucha, rejeta ses mèches en arrière et s'apprêta à tourner la clé de contact d'une main tremblante. Mais où irait-elle ? Le pavillon de chasse lui semblait trop solitaire. Il n'était pas question qu'elle retourne chez Beatrice. Quant au journal, la porte des locaux avait été mise sous scellés.

Le mieux serait sans doute de faire sa valise et de prendre le premier avion pour Saint Louis. Buck l'y rejoindrait aussitôt, puisqu'il l'avait suppliée à de nombreuses reprises d'y retourner avec lui. Tant pis pour Belle Pointe et son coton…

Elle sursauta quand la portière s'ouvrit d'un coup.

— Que se passe-t-il ? Chérie, pourquoi pleures-tu ?

Buck la dévisagea avec inquiétude.

Cette fois, Anne craqua complètement. Avec le sentiment d'abandon d'une fillette trahie par sa meilleure amie, elle se laissa glisser de son siège et atterrit dans les bras de Buck en sanglotant de plus belle.

— Oh, ma chérie, qu'y a-t-il ? On t'a agressée ?

Elle secoua la tête, les deux mains accrochées convulsivement à ses épaules.

— Noon… Oui…

— Bon sang, qui a osé…

— Non, ce n'est pas ça, gémit-elle.

De plus en plus anxieux, Buck s'écarta légèrement pour mieux regarder sa femme.

— Voyons, chérie, tu étais avec Franklin et Beatrice. Ne me dis pas que ce sont eux qui…

Cette fois, elle hocha la tête.

Stupéfait, il lui donna une très légère secousse pour tenter de la sortir de la transe dans laquelle elle semblait plongée.

— Anne ? Anne, dis-moi ce qui s'est passé…

— C'est papa. Beatrice et lui…

Elle ne put terminer sa phrase. Ses pleurs redoublèrent d'intensité.

— Ils sont blessés ? demanda-t-il, en proie à la plus grande confusion.

— Non.

Elle posa la joue sur le large torse de son mari.

— Oh, Buck, jamais je n'aurais cru…

Comme elle semblait incapable d'achever ses phrases tant elle était bouleversée, il prit une décision. Glissant un bras autour de sa taille, il tenta de l'entraîner vers la maison. Elle résista aussitôt.

— Non ! Non, je ne veux pas que Victoria…

— Maman n'est pas là. Elle avait un rendez-vous en ville. Claire a décidé de soutenir la campagne de Jack Breedlove, et elle est partie aider les bénévoles. Paige est au collège. Quant à Miriam, elle est la discrétion même.

Il ouvrit la porte.

— Viens, nous allons discuter tranquillement.

En la guidant, il lui fit traverser l'entrée, puis le salon, pour aboutir dans une petite pièce qui avait été la bibliothèque de son père. Là, il la fit asseoir avec douceur dans un canapé en cuir patiné par les ans. Il s'approcha ensuite d'un meuble à portes, en acajou massif, et en tira une bouteille de cognac et un verre. Quand il revint vers Anne, elle avait posé la tête contre le dossier et parcourait d'un œil vague les titres des livres rangés sur les étagères. Pendant des années, elle avait rêvé d'avoir accès un jour à la bibliothèque de Belle Pointe. Mais aujourd'hui, elle ne se souciait guère de l'héritage de Buck. Seul le sien l'intéressait.

— Tiens. Avale ça.

Il lui mit dans la main un petit verre empli de cognac. Elle le prit d'un geste mécanique et le porta à ses lèvres.

— Oh… Doucement, Anne.

Trop tard. Elle l'avait avalé d'un trait.

Avec une grimace, elle se tapota la poitrine et se mit à tousser.

— Ça brûle !

Il acquiesça, l'air grave.
— Maintenant, dis-moi ce qui ne va pas, chérie.
Elle lui lança un regard d'une infinie tristesse.
— Papa et Beatrice sont mes parents, Buck.

21.

Sans la quitter des yeux, Buck s'installa près d'elle.

— Franklin et Beatrice sont tes parents…, répéta-t-il lentement. Ce n'est pas nouveau, n'est-ce pas ?

— Ce que je veux dire, c'est qu'ils sont mes parents biologiques.

Cette fois, il la fixa, incrédule.

— Voyons, Anne…

— C'est vrai, je te le jure !

Sous le coup de l'émotion, la voix d'Anne était montée d'un ton. A bout de nerfs, elle s'effondra sur l'épaule de Buck et recommença à sangloter.

Il la prit aussitôt dans ses bras.

— Ne pleure pas, chérie, je t'en prie. Raconte-moi l'histoire depuis le début, d'accord ? lui dit-il gentiment, en lui massant le dos.

Nichée contre Buck, réconfortée par sa patience et sa tendresse, elle sentit sa colère s'apaiser.

— Ils sont venus au pavillon de chasse pour tout m'avouer.

— Incroyable, murmura-t-il.

— Ils se sentaient coupables à cause de l'incendie. Ils savaient que j'effectuais des recherches sur Internet pour retrouver mes origines. Si je suis allée au journal, hier soir, c'était pour récupérer mon ordinateur portable et poursuivre mes recherches. S'ils avaient été francs avec moi, je n'en aurais pas eu besoin.

— C'est vrai. Mais dans ce cas, Paige serait restée seule au sous-sol, et elle y aurait perdu la vie.

L'argument porta. Anne demeura silencieuse un instant. Puis elle fronça les sourcils.

— Ils ont eu une aventure. Papa a trompé ma mère. Quand Beatrice lui a annoncé qu'elle était enceinte, ils ont eu le culot de persuader ma mère d'adopter leur enfant !

— Leur enfant… C'est-à-dire toi.

Elle s'écarta de son épaule en reniflant. Elle prit le mouchoir qu'il lui tendait et se redressa.

— J'ai l'impression d'avoir été prise pour une triple idiote. J'aurais pourtant dû me douter de quelque chose, quand il a quitté Boston pour s'installer à Tallulah, au fin fond du Mississippi ! Mais j'avais une telle confiance en mon père que s'il m'avait dit que la terre était soudain devenue plate comme une crêpe, je l'aurais admis sans discuter. Alors, quand il m'a raconté qu'il avait décidé de prendre une retraite anticipée et de s'installer dans le Mississippi pour diriger une feuille de chou locale, lui qui avait collaboré à l'un des journaux les plus prestigieux des Etats-Unis, j'ai gobé ses mensonges sans les mettre en question.

— Ses mensonges ?

— C'est ce qui décrit le mieux la situation, non, quand tu comprends que ta famille est loin d'être ce qu'on t'a fait croire ?

— Eh bien, moi je suis prêt à échanger ma famille de cinglés contre des parents comme les tiens. C'est quand tu veux !

— Je vois que tu n'as pas l'intention de me plaindre, rétorqua-t-elle, vexée.

— Pour être précis, quand crois-tu qu'ils auraient dû te dire la vérité sur ta naissance ?

— Avant que mon père n'épouse Beatrice, bien sûr ! s'exclama Anne, indignée.

— Tu te rends compte du genre de relation que tu aurais eue avec ta belle-mère, qui était aussi ta mère ?

Comme elle ouvrait la bouche pour protester, il lui posa un doigt sur les lèvres.

— Combien de temps leur relation a-t-elle duré ?

Elle se leva brusquement et arpenta le sol.

— Un seul été, d'après ce qu'ils prétendent. Mon père m'a juré qu'il n'avait jamais eu le moindre contact avec Beatrice après cela. Pourtant, ma mère et Beatrice correspondaient entre elles.

— Je parie que Laura lui envoyait des photos de toi, murmura Buck, pensif.

Anne s'immobilisa, et imagina à contrecœur ce qu'avait pu ressentir Beatrice en voyant les photos du bébé qu'elle avait littéralement donné à Laura. Elle l'avait vue ainsi se transformer d'enfant en adolescente, sans jamais pouvoir la toucher ni entendre le son de sa voix…

— Pourquoi Beatrice a-t-elle laissé ainsi son bébé ? demanda Buck, perplexe.

— Elle avait tout juste dix-neuf ans et elle faisait des études. Son père l'a envoyée chez une tante le plus loin possible de Tallulah pour éviter de déshonorer la famille.

— Enceinte et solitaire… et si jeune. C'est une dure épreuve, observa Buck.

Anne se tourna vers lui.

— Et ma mère, alors ? Tu crois qu'elle n'a pas souffert de l'infidélité de son mari, alors qu'elle était malade et clouée au lit ?

— Elle devait être quelqu'un de bien, elle aussi.

— Elle aussi ?

Anne se campa devant lui, les mains sur les hanches, les yeux brillant d'indignation.

— Tu ne trouves pas que papa et Beatrice ont commis une faute ?

Buck croisa son regard, l'air grave.

— Je sais ce qu'on éprouve lorsqu'on aime si fort quelqu'un que la seule chose qui compte, c'est d'être ensemble.

Décontenancée, Anne revint s'asseoir auprès de lui sur le canapé en cuir.

— D'après toi, je suis une enfant unique un peu trop gâtée, n'est-ce pas ?

— Juste un peu, répondit-il en souriant.

Il lui enlaça les épaules.

— Réfléchis, chérie. Beatrice n'avait pas besoin d'annoncer à Franklin qu'elle attendait un bébé. Mais elle savait que tant qu'il serait marié avec Laura, il n'aurait jamais d'enfant. De plus, s'il devenait veuf un jour, même s'il se remariait, il pouvait à ce moment-là être trop âgé pour en engendrer un. Il me semble que Beatrice voulait vraiment qu'il t'élève.

Elle posa la joue sur son épaule avec un soupir. Buck avait le don de l'apaiser, de la rassurer, de la réconforter.

— C'est plutôt logique, admit-elle.

— Beatrice s'est montrée extrêmement généreuse, car cela signifiait qu'elle se coupait entièrement de toi. Elle ne pouvait pas s'inviter à tes goûters d'anniversaire, n'est-ce pas ? Elle a dû considérer que le destin qui t'envoyait vers elle à Tallulah était comme un vent mauvais — puisque tu venais de faire une fausse couche — qui annonçait un arc-en-ciel.

« Un cadeau du ciel. » Anne ressentit un pincement au

cœur en songeant que Beatrice avait qualifié ainsi son arrivée impromptue.

Ils demeurèrent tous les deux silencieux un moment. Ce fut Buck qui eut le mot de la fin.

— Tout bien considéré, ils ont payé très cher leur aventure de cet été-là.

Victoria étant prise par un mystérieux rendez-vous, et les autres membres de la famille étant absents pour la journée, il fut facile à Buck de persuader Anne de rester encore un peu à Belle Pointe. Calé contre le dossier du canapé, il l'observa tandis qu'elle s'intéressait aux nombreux ouvrages rangés dans la bibliothèque de John Whitaker.

— Il faut que je discute avec Oscar. Ensuite, nous pourrons repartir ensemble. Pour t'occuper, tu peux examiner les cahiers du grand journal des Whitaker.

— Tu oublies qu'ils se trouvent dans les locaux de *L'Observateur*, qui ont été placés eux-mêmes sous scellés après l'incendie. Je ne peux même pas récupérer mon ordinateur portable !

— Je suis passé voir Jack Breedlove tôt ce matin. Je lui ai dit que ces documents familiaux sont sans prix, car ils font partie du patrimoine des Whitaker, et j'ai pu les reprendre. Ils se trouvent dans mon 4x4. Désormais, je doute qu'ils soient en sécurité à Belle Pointe. J'ignore où je vais les conserver, mais ils sont à ta disposition.

— C'est vrai ? Même si ta mère ne me donne pas son approbation ?

— Je lui en parlerai, mais je n'ai pas besoin de sa permission, chérie. J'ai autant de droits sur ces documents qu'elle, et peut-être même davantage, car j'ai du sang Whitaker dans les veines, alors qu'elle ne porte ce nom qu'à cause de son mariage.

Un frisson d'excitation parcourut Anne. Enfin, elle allait

lire l'histoire de Belle Pointe, consignée par ceux-là mêmes qui l'avaient faite !

— Tu as pu prendre mon ordinateur portable ?

Buck fit « non » de la tête.

— La police ne l'a pas retrouvé.

Elle le fixa avec stupéfaction.

— Mais il se trouvait au beau milieu du sous-sol, sur ma table de travail !

— Les policiers ont fouillé partout. En vain.

Anne fronça les sourcils, visiblement déçue.

— Il doit pourtant être là-bas, marmonna-t-elle.

Buck s'extirpa du canapé et se mit debout.

— Contient-il des informations précieuses, à part le résultat de tes recherches sur ta famille biologique ?

Anne réfléchit un instant. Ses yeux s'élargirent tout à coup.

— Oh, Buck… J'y ai enregistré toutes les notes que j'ai prises à partir des archives… C'est pour cela qu'on me l'a volé !

— C'est bien possible, dit-il avec un soupir.

— Incroyable… J'avais mis dans des fichiers toutes les informations que j'estimais intéressantes pour le fameux livre que j'hésite encore à écrire.

— Je suppose que l'accident de Jim Bob Baker s'y trouvait ?

— Oui. Ainsi que la mort de son frère Rudy.

— J'ignorais que Jim Bob avait un frère, remarqua Buck.

— Normal. Il est mort avant ta naissance. Il a été tué au Viêt-nam. La seule victime de Tallulah pendant cette guerre. Un sale coup du destin pour ses parents, qui ont perdu leurs deux fils de mort violente… Mais qui pourrait être intéressé par ce genre d'informations au point de voler un ordinateur ?

— La personne qui a décidé de détruire les archives. Celle-là même qui a volé les photos accrochées au mur.

— Quoi ?

— C'est Jack qui me l'a appris ce matin. En fait, il avait effectué lui-même quelques recherches dans les archives de *L'Observateur* avant de déclarer sa candidature au Sénat. Il voulait avoir des renseignements sur les précédentes campagnes électorales dans la région. C'est à cette époque qu'il avait remarqué les photos sur les murs du sous-sol. Quand il y est descendu avec ses hommes, après l'incendie, il a remarqué que certaines d'entre elles avaient disparu.

— Tu penses que c'est Pearce qui les a prises ? Mais pour quelle raison ? Ce serait de la folie, Buck ! s'exclama Anne, sidérée.

Buck s'adossa au bureau qui avait été celui de son père, et de plusieurs générations de Whitaker avant lui.

— Je ne suis pas certain de la culpabilité de Pearce dans cette histoire. Après le tête-à-tête assez houleux que j'ai eu avec lui ce matin, j'en ai conclu qu'il était bouleversé par ce qui s'est passé cette nuit. Ou alors il a pris des cours d'art dramatique et il est devenu un excellent acteur, ce dont je doute.

— Tout cela est tellement ahurissant…, murmura Anne.

— Plus encore que tu ne le crois. Il a explosé quand je lui ai parlé de l'accident de chasse. Je suis de plus en plus persuadé de l'intérêt de vérifier le « journal » de mon père à ce sujet, mais je n'ai pas encore eu le temps de le faire.

Anne changea brusquement d'expression. Alerté, Buck lui demanda :

— Que se passe-t-il ?

Comme si elle était gênée, elle se détourna et s'approcha de la fenêtre.

— Rien… Enfin, je ne pense pas que…

Il se redressa et l'observa avec intensité.

— Dis-moi ce qu'il y a, Anne.

— Eh bien, c'est à propos des photos qui étaient accrochées au mur du sous-sol. Elles concernaient des événements relatifs à la ville. Par exemple, il y en avait une qui avait été prise le soir d'un orage particulièrement violent, et qui montrait des enfants jouant dans l'une des rues de Tallulah, avec de l'eau leur montant jusqu'à mi-cuisse.

Elle lança un regard malicieux à Buck.

— Il y en avait aussi de toi, bien sûr. Tu es une star internationale, et un enfant de Tallulah. Ton portrait était placé entre la photo de l'inauguration de la bibliothèque Whitaker et celle du gouverneur de l'Etat en train de serrer la main du maire de la ville… Et je viens de me rappeler que, parmi toutes ces photos, il y en avait une de Rudy Baker.

— Qui ça ?

— Il était le frère de Jim Bob Baker et il a été tué au Viêt-nam, je te l'ai dit tout à l'heure. Paige avait découvert un article à son sujet dans l'un des journaux archivés. Elle l'avait trouvé très beau, sur la photo. Brun, l'œil sombre, le genre mauvais garçon qui fait rêver les adolescentes.

Buck haussa les épaules.

— Et alors ? Je ne vois pas bien où tu veux en venir.

— J'y arrive. Mais je te préviens, il s'agit d'une hypothèse qui risque de te sembler tirée par les cheveux.

— Je t'écoute.

Elle le regarda bien en face.

— Ta mère et Rudy ont eu une aventure juste avant que ce dernier soit envoyé au Viêt-nam.

— Je…

— A l'époque, ta mère s'appelait Vicky. Elle était folle de Rudy qui, lui, était fou de musique, du style Elvis Presley. Or, juste après avoir appris la mort de Rudy au Viêt-nam, elle a commencé à sortir avec John Whitaker, qui passait l'été à Belle Pointe avant de retourner à l'université. Ils se sont mariés très rapidement.

Anne s'interrompit, l'air hésitant.

— Je t'ai dit que c'était tiré par les cheveux, murmura-t-elle.

Il y eut un long silence, puis les yeux de Buck s'élargirent à mesure qu'il comprenait où Anne voulait en venir.

— Tu veux dire que…

— C'est arrivé il y a longtemps, et cette histoire appartient au passé. J'ai juste fait le rapprochement entre l'aventure de ta mère avec Rudy Baker, puis son mariage express avec ton père — et la mort accidentelle de Jim Bob Baker après son commentaire menaçant sur Victoria.

Le regard de Buck se fit lointain.

— Je ne sais pas grand-chose de la vie que ma mère a menée avant d'épouser mon père. Elle n'avait pas envie d'en parler, car cela l'obligeait à reconnaître qu'elle avait fait ce qu'on appelle un « beau mariage », dit-il à mi-voix, comme s'il se parlait à lui-même.

Il fourra les mains dans les poches de son jean et baissa les yeux, pensif.

— J'ignorais même que son père était un génie de la mécanique qui travaillait à Belle Pointe, jusqu'à ce qu'Oscar le mentionne, il n'y a pas si longtemps. Nous avions un problème de moteur sur l'un des engins, et Oscar l'a réparé. Ensuite, il m'a regardé en riant et m'a dit que j'aurais sans doute pu le faire moi-même, puisque j'étais le petit-fils de Benny Hinton, le meilleur mécanicien du Mississippi.

Il leva la tête et croisa le regard attentif de sa femme.

— Il m'a fallu quelques instants avant de comprendre ce

que me disait Oscar. En fait, il a été formé par Benny — un grand-père que je n'ai jamais connu.

— Ta mère ne parlait jamais de ses parents ? demanda Anne, interloquée.

— Je suppose qu'une fois devenue une Whitaker, elle a estimé que sa famille d'origine ne correspondait plus à son nouveau statut, répondit-il avec amertume.

— Ne la jugeons pas. Elle a sans doute des circonstances atténuantes. J'attendrai que ta mère me raconte l'histoire elle-même avant de me faire mon opinion.

— Dans ce cas, tu risques d'attendre longtemps... Si elle a réussi à garder le secret durant toutes ces années, elle ne va sans doute pas le lâcher aujourd'hui.

Il s'adossa de nouveau au bureau de ses ancêtres.

— Bon... Où en étions-nous, avant de dévier sur la vie privée de ma mère ?

— Nous nous demandions qui pouvait bien avoir envie de détruire les archives de *L'Observateur* et de voler mon ordinateur portable par la même occasion.

— Ma mère pourrait bien être la coupable, marmonna Buck.

— Sois sérieux. Nous n'avons pas le moindre indice, ni le plus petit début de preuve. Mais comme tu soupçonnes Pearce d'être responsable de la mort de Jim Bob Baker, il serait intéressant de fouiller un peu dans la vie des frères Baker.

Excitée par cette nouvelle piste, Anne se mit à arpenter le tapis du bureau tout en soliloquant.

— Il faut bien commencer quelque part. A mon avis, cette hypothèse en vaut une autre...

Elle s'arrêta brusquement et fit face à son mari.

— Après tout, c'est toi qui m'as demandé de t'aider, non ?

Les bras croisés, il l'observait avec un sourire aux lèvres.

— Qu'y a-t-il, Buck ?

Il s'approcha et la prit dans ses bras.

— Je crois que j'ai eu du flair en te choisissant comme détective.

Il déposa un baiser sur son front.

— Tu te sens mieux, maintenant ?

— A propos de ce que j'ai découvert sur mes origines ?

Elle haussa les épaules.

— Je n'ai pas le choix, n'est-ce pas ?

— Tu voudrais changer quelque chose ?

— J'aurais préféré que mon père ne soit pas infidèle, admit-elle.

Il sourit.

— Franklin est un type bien. De plus, mieux vaut s'abstenir de le juger, car il a sans doute des circonstances atténuantes. C'est bien ce que tu m'as dit à propos de ma mère, tout à l'heure ? Et puis Laura lui a pardonné… Que te conseillerait-elle, à ton avis ?

Cette question, elle se l'était posée aussi. Mais elle y réfléchirait plus tard. Dès le lendemain, quand elle aurait pris un peu de recul.

Avec un petit soupir, elle enlaça la nuque de Buck.

— Hmm… Tu sens bon, lui glissa-t-il à l'oreille.

— J'espère bien. Ce parfum, c'est toi qui me l'as acheté, rétorqua-t-elle en riant.

Il lui lança un regard perçant.

— Tu étais en proie à une colère noire, au point de vouloir me quitter, mais tu as pensé à emporter du parfum à cent cinquante dollars le flacon dans tes bagages ?

En guise de réponse, elle lui encadra le visage de ses mains fines et se pencha vers lui, de façon à ce qu'il hume l'odeur délicieuse qu'exhalait son décolleté.

— Tu as raison. Alors, que comptes-tu faire ?

— Pour commencer… Ceci.

Il glissa une paume sous son pull en fin cachemire et l'appliqua sur un sein. Les yeux clos, Anne renversa la tête en arrière. Quelque part, son cerveau tentait de lui rappeler que Miriam se trouvait dans la maison, et qu'elle risquait d'entrer à tout moment dans la pièce dont la porte était demeurée ouverte. Mais le moyen de résister à un plaisir si doux ? Surtout après une matinée aussi éprouvante…

— Et cela, lui glissa Buck à l'oreille.

D'un geste vif, il ouvrit la fermeture de son pantalon en lin.

— Buck… On ne peut pas…

Il la fit taire d'un baiser. Tandis qu'il lui prenait les lèvres avec passion, sa main se faufilait à l'intérieur de sa culotte de dentelle pour la caresser. Incapable de protester, Anne céda, se cambra et gémit de plaisir. Un bruit de pas, derrière eux, les fit sursauter au même moment.

Sur le seuil de la porte, Miriam, rouge comme une pivoine, leur jeta un regard des plus gêné.

— Excusez-moi, monsieur Buck… Mais j'ai cru bon de vous prévenir du retour de Mme Victoria, bredouilla-t-elle avec nervosité.

Sur ce, elle s'empressa de s'éclipser.

— Oh, non…

Anne donna une tape à la main de Buck, qui sourit d'une oreille à l'autre. Il lui donna un dernier baiser, reboutonna son pantalon et se redressa au moment où le pas décidé de Victoria résonnait sur le plancher de la pièce voisine. Celle-ci apparut dans la bibliothèque, dévisagea Buck, puis Anne, dans un silence glacé.

— Buck, tu es adossé à un meuble ancien de très grande valeur, observa-t-elle d'un ton sec.

Il s'écarta du bureau sans le moindre embarras.

— Déjà de retour, maman ? Tu étais à Memphis, je crois.

Il scruta le visage de sa mère, vaguement inquiet. Claire avait sans doute raison. Sa mère ne semblait pas en bonne santé.

— Je ne suis pas allée à Memphis.

Victoria se tourna vers Anne.

— Quelle bonne surprise de vous voir ici, Anne… J'espère que Miriam a compris qu'elle devait mettre un couvert supplémentaire pour le déjeuner.

Anne lui fit un sourire poli.

— Je suis venue sans prévenir. Je vous remercie, Victoria, mais j'avais l'intention de prendre un sandwich et de le manger dehors. J'ai besoin d'air, ce matin.

En fait, elle n'avait rien avalé depuis la veille, mais l'idée de déjeuner avec sa belle-mère lui coupait carrément l'appétit.

— Tu restes. Pas question que tu te balades toute seule après ce qui t'est arrivé, déclara Buck, très ferme.

Le regard froid de Victoria se dirigea vers Buck.

— Tu fais allusion à l'incendie, qui est d'origine criminelle, je présume ? Je suis passée voir Jack Breedlove. Je suis encore sous le choc de ce qui aurait pu arriver à Anne ainsi qu'à Paige. A Tallulah, ce genre d'affaire semble incroyable.

Elle se tourna vers sa belle-fille.

— Comment vous sentez-vous ?

— J'ai eu très peur, bien sûr, mais je n'ai eu aucun effet secondaire.

Victoria hocha la tête.

— Tu es arrivé au bon moment, Buck. Il va falloir infliger à Paige la punition qu'elle mérite. Franchement, cette enfant n'en fait qu'à sa tête. Il est grand temps de la cadrer davantage.

— Elle se conduit comme n'importe quelle adolescente, maman. Et on a vraiment failli la perdre, cette nuit.

— Ainsi que les différents cahiers du journal des Whitaker. J'ai demandé à Jack Breedlove si je pouvais les récupérer. Pour la famille, ils sont d'une valeur inestimable. Mais il m'a dit qu'il te les avait déjà remis, Buck.

Elle lança un coup d'œil autour d'elle.

— Où les as-tu rangés ?

Buck se rapprocha d'Anne.

— Ils sont en sécurité, maman.

— Ici ?

Il haussa les épaules.

— Non. D'ailleurs, je me demande où ils se trouvaient… J'ai travaillé dans cette pièce de nombreuses heures depuis que je m'occupe de l'exploitation, et je ne les y ai jamais vus.

— Bonne question. J'ignore comment Paige les a dénichés. J'ai l'intention d'éclaircir ce mystère dès qu'elle sera de retour. Personne n'a écrit dans le journal depuis la mort de John. J'aurais probablement dû le faire, mais je préfère me servir d'un ordinateur.

Buck fronça les sourcils.

— Tu m'affirmes que personne n'a vu ces documents depuis que papa est mort, mais que Paige les a retrouvés ?

— Exactement.

Victoria s'apprêta à sortir de la pièce.

— Je vais discuter du déjeuner avec Miriam. A mon retour, je veux que ces documents soient de nouveau à la place qui leur convient, ici même, déclara-t-elle en désignant du doigt un meuble vitré, près du bureau.

Dès qu'elle eut disparu, Anne interrogea Buck du regard.

— A mon avis, elle ne va pas m'autoriser à jeter un coup d'œil à ces documents, une fois qu'ils seront ici.

— De toute façon, il te serait difficile de les examiner, car elle les lirait par-dessus ton épaule. Je me demande où Paige les a dénichés.

— Quelqu'un avait dû les cacher.

— Tu me sembles bien méfiante, chérie.

— Pas assez pour avoir deviné le secret de mes parents, rétorqua-t-elle, l'air sombre.

— Tu fais des progrès ! Tu les appelles « mes parents », maintenant, dit Buck en lui enlaçant les épaules.

Anne eut un faible sourire. Puis elle se tourna vers lui. Comme Buck l'avait emmenée directement au pavillon de chasse, après l'incendie, elle n'avait pu se changer.

— Faut-il vraiment déjeuner ici ? J'ai besoin de vêtements propres.

Il lui caressa tendrement la joue.

— Nous pourrions rentrer au pavillon et nous glisser sous la couette. Tu n'aurais pas besoin de vêtements du tout.

— Dans tes rêves ! s'exclama-t-elle en riant. Mais plus sérieusement, je sais que Beatrice sera dans sa boutique et que papa doit arpenter les locaux de son journal pour mesurer les dégâts. C'est le moment d'y aller pour prendre mes affaires.

Il la fixa avec intensité.

— Où veux-tu les emmener ?

— Au pavillon, bien sûr.

— Tu as l'intention de t'y installer ?

— Oui.

— Soyons clairs… Tu veux y aller pour éviter tes parents ou pour qu'on vive de nouveau ensemble ?

Elle soutint son regard.

— Je croyais que la situation était nette, puisque nous avons fait l'amour sans protection cette nuit. Pour moi, c'est la plus grande preuve de confiance, Buck.

Il lui prit la main et la porta à ses lèvres.

— J'ai besoin de t'entendre le dire, chérie. Je n'ai jamais eu aussi peur que lorsque tu m'as laissé à Saint Louis, sans dire quand tu comptais revenir.

Elle posa la tête sur son épaule.

— Je n'ai jamais cessé de t'aimer, Buck.

Avec un sourire en coin, elle se redressa et ajouta :

— Mais j'admets que l'idée d'éviter papa et Beatrice ne me déplaît pas.

— Tu sais que plus tu tourneras autour du pot, plus tu rumineras la situation en aggravant les reproches que tu as envie de leur faire.

— Comment ? C'est toi qui me dis cela, alors que tu as le plus grand mal à parler de toi et de tes sentiments ?

— C'est du passé. J'ai tiré la leçon des erreurs que j'ai commises, affirma-t-il fièrement.

Elle lui fit un clin d'œil.

— Je te crois. En attendant, j'ai une autre excuse pour vouloir aller chercher mes affaires : nous éviterons de déjeuner avec ta mère. Qu'en dis-tu ?

— Excellente idée.

Il lui prit la main et l'entraîna hors de la pièce.

— Allons-y, maintenant. Tu pourras toujours discuter avec tes parents à un autre moment, lui dit-il.

22.

Si Anne avait décidé d'éviter ses parents ce jour-là, le destin, lui, en avait décidé autrement. Elle venait d'ouvrir la porte quand une voiture se gara derrière le 4x4 de Buck. C'était celle de Franklin, et Beatrice se trouvait à ses côtés.

— Pas moyen d'esquiver un face à face, à ce que je vois, murmura Anne.

Buck lui fit un sourire entendu avant d'aller à la rencontre de ses beaux-parents.

Arborant un sourire crispé, avec l'air d'avoir passé une nuit blanche, Beatrice s'approcha d'Anne.

— Quelle bonne surprise… Nous allons pouvoir déjeuner ensemble, lui dit-elle.

Leurs regards se croisèrent, deux paires d'yeux d'un même bleu indigo.

— Merci, mais je suis simplement venue prendre mes affaires.

Pour la première fois, Anne se rendit compte de leur ressemblance. Elle était si frappante… Comment ne l'avait-elle pas remarquée plus tôt ?

Gênée, elle bredouilla :

— Il faut que je me change. Mes vêtements sentent encore la fumée.

Un gros sac de provisions dans les bras, Franklin s'approcha des deux femmes. Buck le suivait, portant un autre sac en épais papier brun.

— Je suis ravi de vous voir, tous les deux. J'avais bien dit à Beatrice que tu viendrais prendre tes valises, Anne chérie. Vous arrivez juste à temps pour qu'on puisse manger tous ensemble, affirma-t-il avec un sourire chaleureux.

Anne lança un coup d'œil à Beatrice. D'un geste instinctif, celle-ci avait rassemblé ses mains comme pour prier. Une sorte de supplication muette.

Comment se sortir de ce guêpier ? D'un regard, elle interrogea Buck, qui demeura de marbre.

— Il faut que j'aie le temps de déposer mes affaires au pavillon de chasse avant que Buck ne reparte travailler à Belle Pointe.

— Alors, nous prendrons au moins un verre de thé glacé, déclara son père. Il commence à faire chaud.

— Je vote pour le thé glacé, déclara Buck.

Il enlaça la taille d'Anne et l'incita à entrer dans la maison.

A quel jeu jouait-il ? Se prenait-il pour un médiateur familial ? se demanda Anne, agacée. Maintenant, elle ne pouvait plus refuser, sous peine de passer pour un odieux personnage.

— Parfait. Je file faire mes bagages d'abord, annonça-t-elle en s'efforçant de sourire.

Beatrice ferma la porte derrière eux.

— Franklin, tu veux bien préparer le thé, pendant que je donne un coup de main à Anne ?

— Oh, mais ce n'est pas…

Beatrice leva la main pour la faire taire.

— Tu peux m'accorder quelques minutes, n'est-ce pas ? Ensuite, tu pourras décider si tu souhaites me revoir ou non. Ce sera à toi de choisir, dit-elle avec fermeté.

Anne rougit.

— Je n'ai rien d'autre à ajouter à ce que j'ai dit hier, Beatrice, et je préférerais que l'on s'en tienne à…

— Cette fois, je ne te demanderai pas de parler, mais d'écouter.

Sans la toucher, ni même la frôler, elle passa devant elle et désigna la porte de la chambre. La tête haute et dans un silence glacé, Anne lui emboîta le pas. Une fois dans la chambre, celle-ci réprima une exclamation de surprise. Son gros sac de voyage était posé sur le lit, apparemment déjà fait. Sa trousse de toilette se trouvait sur le dessus, soigneusement refermée. La chambre semblait nue, car toutes ses affaires avaient été enlevées. Sur le dessus de la commode, il ne restait qu'une boîte en carton recouverte de tissu fleuri, qu'Anne n'avait encore jamais vue.

Elle se tourna vers Beatrice.

— J'ai l'impression que tu es impatiente de me voir partir.

— Je préfère ignorer ce genre de remarque, Anne. Ton père et moi, nous espérions que tu te réconcilierais avec Buck et que tu vivrais avec lui dans le pavillon de chasse. Je ne sais pas si c'est le cas, mais de toute façon, nous savions que tu ne souhaiterais pas demeurer chez nous.

— J'avoue que le choc a été violent, et que j'ai besoin de temps…

— Je le comprends tout à fait. Franklin et moi, nous avons mis trente-quatre ans avant d'assumer totalement ce que nous avions fait, alors que toi, tu n'as eu que quelques heures. Tu n'as pas à te justifier, Anne. Du moins auprès de moi. Ton père, lui, a plus de mal à comprendre…

Anne s'assit au bord du lit.

— Est-ce que tu essaies de me culpabiliser ? Parce que si c'est le cas, ça marche. Pourtant, j'ai le droit de me sentir bouleversée, non ? Ma vie s'est construite sur un mensonge !

Sous le coup de l'émotion, sa voix était montée de deux tons.

Beatrice s'assit de l'autre côté du lit et regarda autour d'elle, avec une expression de tristesse infinie.

— Je pourrais tapisser ces murs avec les lettres que je t'ai écrites après la mort de Laura. Je t'y confessais toute l'histoire, mais je ne te les ai jamais envoyées. J'espérais toujours — et je priais quotidiennement pour ça — que je pourrais te rencontrer et te raconter tout de vive voix.

Anne porta machinalement la main à son front, comme pour conjurer la migraine qui s'annonçait.

— J'ignore ce que tu attends de moi. Je t'ai dit que j'avais besoin d'un peu de temps pour assimiler ce choc... Pourquoi m'obliges-tu à avoir cette conversation maintenant ? Tout ce que je souhaite, c'est prendre mes affaires et m'éloigner d'ici. Si tu estimes que c'est cruel de ma part, j'en suis désolée, mais je ne peux pas agir autrement pour l'instant.

— Il est vrai que cela nous fait souffrir, mais je ne te crois pas cruelle pour autant. Nous ne pouvons nier ce que nous ressentons, n'est-ce pas ? Toutefois, j'ai une bonne raison de vouloir cette conversation.

Beatrice se leva et prit la boîte couverte d'un tissu fleuri qui était posée sur la commode. De forme rectangulaire, elle était fermée d'un ruban de soie rose pâle.

— J'aimerais que tu emportes cette boîte avec toi.

Elle dénoua le ruban et souleva le couvercle. Anne vit que la boîte comportait deux compartiments. L'un contenait des lettres — une bonne cinquantaine, à vue de nez. Dans l'autre se trouvaient des photographies. Sur le dessus de la pile, Anne aperçut son propre portrait, celui qui avait été fait le jour de la remise de son diplôme universitaire.

Avec précaution, Beatrice referma la boîte et la posa sur le sac de voyage.

— Je crois que tu sais ce que cette boîte contient. J'ignore quelle sera ta réaction quand tu auras le courage de parcourir tous ces documents, mais je te prie de les respecter. Ils m'ont été transmis par Laura Marsh et j'y tiens beaucoup. C'était une femme de cœur, aimante et capable de pardonner. Tu as eu de la chance de l'avoir pour mère.

— Tu ne crois pas que j'aie les qualités de Laura, n'est-ce pas ?

Beatrice, qui s'apprêtait à sortir de la chambre, se retourna vers Anne et lui dit, en ébauchant un pâle sourire :

— Permets-moi d'espérer.

Ils finirent par déjeuner ensemble. Quand Anne sortit à son tour de la chambre, en portant son sac d'une main et la boîte de l'autre, un repas léger, composé d'une salade, de viande froide, de pain et de fromage était disposé sur la table. Elle croisa le regard implorant de son père, puis celui, plein d'espoir, de Buck, et comprit qu'il lui fallait céder.

Trois quarts d'heure plus tard, ils quittaient la maison des Marsh.

— Eh bien, cela ne s'est pas si mal passé, commenta Buck en sortant à petite vitesse de l'allée pour emprunter la route principale.

— Tu penses que tout se passe bien s'il y a un repas à la clé. Tu as dévoré la moitié des plats à toi tout seul… C'en était gênant, rétorqua Anne.

— Je n'ai pas dîné hier et je n'ai rien avalé ce matin, protesta-t-il.

Il lui lança un regard en coin avant de poursuivre, d'un air entendu :

— Il faut que je reprenne des forces, si tu veux que je renouvelle ma performance d'hier soir.

— Je n'ai pas l'intention de retourner dans un sous-sol en feu, répondit-elle du tac au tac.

A son tour, elle lui coula un regard en biais.

— Oh… Tu veux parler de tes prouesses sexuelles ! murmura-t-elle en feignant l'étonnement.

Buck s'arrêta au feu rouge — le seul de la ville — et en profita pour prendre Anne dans ses bras. Elle ôta ses lunettes de soleil et, levant les yeux vers lui, lui offrit sa bouche.

— Tu t'es conduit comme un héros, Buck.

Quand il reprit le volant pour démarrer, il lui lança un coup d'œil perplexe.

— Tu te moques de moi, hein ?

Elle leva la main et commença à compter sur ses doigts.

— Voyons un peu… Depuis que tu es arrivé à Tallulah, tu as sauvé la vie de deux femmes menacées par un incendie, tu as permis à deux amoureux de se réconcilier…

— Toi et moi ?

— Non, Claire et Jack, même si cela semble une pure folie. Tu as repris un employé de Belle Pointe qui avait été renvoyé injustement, tu donnes un fabuleux coup de main à ta mère, qui ne l'admettra jamais, et tu m'aides à accepter ma nouvelle situation de famille. Pas mal, non ?

Il acquiesça.

— En parlant de Claire, j'ai oublié de te dire qu'elle va divorcer.

— Non !

— Si. Elle l'a annoncé ce matin à Pearce.

— Oh…

— Par ailleurs, Claire pense que ma mère est malade. Comment la trouves-tu ?

— Vieillie et fatiguée. Mais elle a beaucoup de travail et pas mal de soucis en ce moment, et nous avons tendance à oublier qu'elle a soixante ans. La campagne de Pearce est loin d'être un succès, Claire lui tape sur les nerfs, tu arrives et tu chamboules tout dans l'exploitation, et Paige ne montre aucun respect pour les conventions. Tout cela peut entamer son énergie. Mais je n'avais pas considéré l'éventualité d'une maladie.

— On a tendance à croire nos parents indestructibles, n'est-ce pas ? Je vais parler à Miriam dès demain, et je parviendrai bien à lui soutirer des informations sur la santé de ma mère. Du moins, je saurai si elle a une inquiétude à ce sujet.

Anne acquiesça, le regard vague. Soudain, Buck tourna à droite, dans la direction opposée de Belle Pointe. Elle se tourna vers lui, étonnée.

— Où allons-nous ?

— Je vais rendre visite à l'avocat de la famille.

— Joël Tanner ? Mais pourquoi ?

— J'ai quelques questions à lui poser, et il a intérêt à me répondre. Nous allons voir de quelle manière il va réagir quand je l'interrogerai sur des sujets qui concernent de près mon frère aîné. Il faut aussi que je vérifie les documents concernant cet ancien contrat avec Jim Bob Baker pour les égreneuses de coton.

Il accéléra sur la ligne droite.

— Peut-être trouverons-nous quelque chose à ce propos, dans le journal de ton père, dit Anne.

Elle lança un coup d'œil à l'arrière du 4x4 et ne vit que ses bagages et la boîte en carton recouverte d'un tissu à fleurs que Beatrice lui avait donnée.

— Où diable as-tu mis ces fameux cahiers ?

— J'ai demandé à Franklin de les garder pour l'instant.

— Buck ! Quel dommage… Je mourais d'envie de les lire.

Les sourcils froncés, elle croisa les bras.

— C'est malin. Maintenant, je vais être obligée de retourner là-bas, grommela-t-elle.

Buck réprima un sourire.

— Je parie que tu l'as fait exprès, reprit-elle. Tu estimes peut-être que cela fait partie de ton rôle de médiateur ?

— De quoi ?

— De médiateur. C'est une personne dont la mission est de pousser les gens à se réconcilier, même s'ils n'en ont aucune envie…

Souriant d'une oreille à l'autre, il lui lança un regard par-dessus la monture de ses lunettes de soleil.

— Je ne savais pas que j'étais aussi intelligent.

— Tu veux vraiment que je revoie Franklin et Beatrice, n'est-ce pas ?

— Tu les appelles par leurs prénoms ? Je croyais que tu avais entendu Paige se faire gronder par ma mère à cause de cette manie, justement.

Anne poussa un soupir exaspéré.

— Quand tu auras résolu tes problèmes avec Victoria Whitaker, je te demanderai ton avis, lâcha-t-elle.

Il sourit de nouveau, d'un air entendu, puis désigna du menton un immeuble de style victorien, fort bien entretenu, devant lequel il gara son véhicule.

— Nous y voilà.

Apposée sur le mur blanc, près de la porte d'entrée, une jolie pancarte vert sombre indiquait en lettres dorées le nom de Joël Tanner, avocat, ainsi que celui de son frère, James, et sa profession : comptable.

— James s'occupe de la comptabilité de Belle Pointe, expliqua Buck. Avant, c'était un certain Harmon Jackson. Je suppose qu'il a pris sa retraite.

— Ou bien que Pearce a préféré remettre les affaires aux mains de la même famille, commenta Anne.

— Tu as tendance à être méfiante.

— On ne l'est jamais assez.

En voyant apparaître devant elle Buck Whitaker en personne, la star du base-ball américain, la réceptionniste rougit jusqu'aux oreilles. Les yeux exorbités, elle dit « oui » à tout, notamment à sa demande de voir Joël Tanner immédiatement et sans rendez-vous. Manifestement, ce n'était pas le genre de la maison, mais elle fit une exception pour Buck.

Joël étant le directeur de la campagne de Pearce, Anne s'attendait à ce que son bureau soit couvert d'affiches et de slogans. Aussi fut-elle surprise en pénétrant dans une pièce claire et nette, sans bibelots ni fioritures. Un tableau de maître ornait le mur principal, tandis qu'une bibliothèque en acajou et une table de travail assortie meublaient un coin de la pièce, faisant face à un canapé en cuir crème, deux fauteuils et une table basse.

Joël les accueillit avec un sourire éclatant, mais sans chaleur aucune.

— Vous devez être impatients de rentrer chez vous à Saint Louis, j'imagine, dit-il, une fois les formules de politesse achevées.

— Oh, nous nous occupons… Je m'amuse à exploiter Belle Pointe, et ma femme est ravie de jouer à la journaliste. De toute façon, nous resterons ici jusqu'à ce que la récolte du coton soit terminée, répondit Buck d'un ton léger.

— Votre genou n'est pas encore guéri, d'après ce qu'on m'a dit. Je suis désolé.

— Je serai en forme pour la saison prochaine. Je suis suivi par un excellent thérapeute qui y veille.

— Il s'agit de Tyrone Pittman, n'est-ce pas ?

— C'est juste.

— Il paraît qu'il envisage d'ouvrir un établissement de soins spécialisés chez nous, à Tallulah. Je parie que vous lui en avez soufflé l'idée… et que vous le financez.

Buck se cala contre le dossier du fauteuil en cuir.

— La famille Whitaker doit beaucoup à la famille Pittman. Oscar a travaillé pour nous pendant des années, avec beaucoup de dévouement et de loyauté. Malgré la dureté de leur vie, lui et sa femme ont réussi à donner une vraie éducation à chacun de leurs enfants. Le moins que je puisse faire, c'est de rétablir Oscar dans un poste qu'il n'aurait jamais dû quitter, et d'aider Ty à s'établir ici.

— Oscar a eu tort de protester ouvertement contre le système en règle à Belle Pointe. Il aurait dû…

— … S'agenouiller devant mon frère ? Travailler quinze heures par jour sans toucher un sou de plus ?

Joël toussota.

— Que puis-je faire pour vous, Buck ?

Les traits légèrement crispés, l'avocat attendit la réponse.

Trop énervé pour demeurer assis dans son fauteuil, Buck se leva et se campa devant Joël, les mains dans les poches.

— Deux choses précises : primo, je veux examiner tous les livres de comptabilité de Belle Pointe, depuis le début de l'exploitation jusqu'à aujourd'hui. Je veux également voir tous les dossiers concernant notre propriété. Comme je suppose que vous avez d'autres rendez-vous, je regarderai ces documents de mon côté. Vous pourrez sûrement mettre à ma disposition une salle de conférence, ou une pièce indépendante où je pourrai les consulter à ma guise ?

Joël se redressa d'un coup.

— Vous demandez l'impossible, Buck.

— Pourquoi ?

De nouveau, Joël s'éclaircit la gorge.

— Tout d'abord, je ne suis pas le comptable de Belle Pointe.

— J'ai appris que James, votre frère, avait remplacé Harmon Jackson. Comme j'ai vu que son bureau se trouve de l'autre côté du couloir, je ne vois pas où est le problème. J'irai lui rendre une petite visite, et vous viendrez avec moi pour faire les présentations. Vous lui confirmerez que je suis un Whitaker et que je possède les mêmes droits que mon frère sur la propriété, acheva Buck en regardant l'avocat droit dans les yeux.

— Je ne peux pas satisfaire votre demande sans consulter Pearce au préalable, Buck.

Joignant le geste à la parole, Joël tendit la main vers le téléphone posé sur sa table de travail.

— Ecoutez-moi bien, Joël. Je suis plongé jusqu'au cou dans les affaires de l'exploitation, et il est parfaitement normal que je vous demande ces livres comptables. Consultez Pearce si vous voulez, mais apportez-les dans votre salle de conférence. Quant aux autres dossiers, vous ne pouvez me les refuser, puisque je suis un membre de la famille.

Avec lenteur, comme à regret, Joël posa sa main sur la table, près du téléphone.

— Autre chose, poursuivit Buck, implacable. A partir de maintenant, quel que soit l'endroit où je me trouve sur la planète, je jouerai un rôle décisif dans la gestion de Belle Pointe. Comprenez bien que votre nomination en tant que comptable n'est pas permanente, et que votre poste de directeur de campagne de mon frère ne tournera pas forcément à votre avantage. D'ailleurs, certains pourraient vous reprocher un conflit d'intérêts.

— Vous me menacez, Buck ? A votre place, je discuterais avec Victoria avant de prendre une décision à mon sujet, répondit Joël.

— Je n'aurai pas à prendre de décision si vous me donnez ce que je vous demande.

L'attitude de défi adoptée par l'avocat surprenait Buck. Quelle information détenait-il, pour se montrer aussi sûr de lui ? Et pourquoi avait-il mentionné Victoria ?

Il soutint le regard de Joël.

— J'ai l'impression que vous me faites passer un message, quand vous parlez de ma mère. Pourriez-vous être un peu plus explicite ?

— Je suis son avocat depuis près de trente ans, et j'ai eu accès à certaines informations secrètes qui, si elles étaient divulguées, pourraient embarrasser fortement votre famille. Il faut faire attention, quand on fouille dans le passé, à ne pas déplacer des pierres que d'autres ont disposées avec le plus grand soin. C'est un conseil que je vous offre, Buck. Je ne vous le facturerai pas, ajouta Joël, une lueur mauvaise dans le regard.

Buck s'approcha d'une ancienne mappemonde posée sur une console. D'un doigt, il la fit tourner lentement sur son axe, l'air pensif. Puis il se tourna de nouveau vers l'avocat qui ne le quittait pas des yeux.

— Puisque vous semblez si bien connaître les secrets de notre famille, vous pourrez sans doute me donner quelques éclaircissements à propos du second motif de ma visite. J'avoue que l'affaire est plutôt délicate.

Joël se pencha instinctivement, comme s'il lui accordait toute son attention.

— Il s'agit d'un accident qui a eu lieu au cours d'une partie de chasse. Celle au cours de laquelle Jim Bob Baker a été tué. Apparemment, il aurait appuyé par inadvertance sur la détente de son propre fusil. Je ne pense pas que vous ayez oublié cette journée, Joël.

— Eh bien, je ne sais pas si...

— Vous faisiez partie du groupe de chasseurs. J'avais dix-sept ans, et je me rappelle que votre partenaire était un cousin des Watkins. Il venait de la côte Ouest — de Biloxi, je crois.

L'avocat hocha lentement la tête et changea de tactique.

— Personne ne pourrait oublier une journée aussi dramatique, Buck. Ce que je voulais dire, c'est que je ne sais pas où vous voulez en venir. Cet accident a eu lieu il y a tellement longtemps... Pearce a tout fait pour en effacer les traces éventuelles qui auraient pu gêner sa famille. Vous comprenez bien qu'en exhumant cette affaire, vous risquez de porter un coup fatal à sa campagne.

Buck se frotta la nuque de sa paume et sourit à Anne.

— Et vous, vous comprendrez que ma femme est fascinée par l'histoire de Tallulah. Elle est d'ailleurs en train d'écrire un livre à son sujet, n'est-ce pas, chérie ?

Anne acquiesça en silence. Comme l'avocat, elle ignorait où Buck mettait les pieds, mais elle était quasiment hypnotisée par la discussion entre les deux hommes.

— En effectuant des recherches dans les archives de *L'Observateur*, elle a lu un compte rendu de cet accident. En tant que journaliste, elle n'a pas manqué de se poser quelques questions. Anne n'a pas songé à l'effet déplorable que cette tragédie, si elle devait resurgir à la surface, pourrait exercer sur la campagne de Pearce. Un effet qui n'a cependant rien de comparable avec la douleur de la mère de Jim Bob Baker, qui perdait ainsi son second fils prématurément, puisque le premier, Rudy, avait été tué au Viêt-nam.

Joël eut un rire cynique.

— Franchement, je ne vois pas ce que le Viêt-nam vient faire dans cette histoire !

Buck eut un sourire de prédateur.

— Patience, mon cher Joël. Je faisais simplement allusion à Rudy. Je suis convaincu qu'il ne vous est pas inconnu. Quant à Jim Bob Baker, il avait passé à l'époque un contrat d'égrenage avec Belle Pointe. Je veux voir ce document.

— C'est ridicule !

Perdant tout sang-froid, Joël se leva d'un bond.

— Même si j'avais gardé le vague souvenir d'une transaction de ce genre, je suis tenu par le secret professionnel. Vous avez peut-être les mêmes droits que Pearce en tant qu'héritier, mais je ne suis pas libre de discuter avec vous des informations qu'on m'a confiées. Il s'agit d'un privilège de confidentialité entre un avocat et son client.

— Vous êtes l'avocat de la famille, et vous la représentez dans sa totalité. Si l'un de ses membres vous a confié des informations qui risquent d'affecter les autres membres, que ce soit Pearce, ma mère ou moi-même, vous ne pouvez pas les tenir secrètes, Joël. Je veux connaître tous les détails du contrat Baker-Belle Pointe, et la teneur des discussions qui ont eu lieu avec vous à ce sujet.

L'avocat poussa un soupir.

— Cela s'est passé il y a vingt ans. Il faudra que je relise certains papiers pour me rafraîchir la mémoire. Mais je ne vous parlerai pas de cette affaire tant que je n'aurai pas contacté Pearce. Vous pouvez me menacer autant qu'il vous plaira, je ne céderai pas.

23.

La grande maison familiale était plongée dans le silence quand Buck et Anne s'y glissèrent. Ils avaient mis le cap sur Belle Pointe juste après avoir quitté le bureau de Joël Tanner. Puisque Victoria avait signé elle-même le contrat concernant l'égrenage du coton, qui attribuait à Baker des avantages exorbitants, Buck avait décidé que c'était elle qu'il devait interroger.

— Allons là-haut... Ma mère doit être dans ses appartements, elle y a aménagé un bureau. Je le sais parce qu'elle m'a demandé de lui installer un ventilateur au plafond. J'ignore pourquoi elle n'a jamais voulu reprendre le bureau de mon père. Peut-être jugeait-elle son style trop masculin.

— Ou bien elle est trop respectueuse des traditions ancestrales de Belle Pointe pour les bouleverser, murmura Anne.

— Tu as raison. Elle a peur que les fantômes des Whitaker ne viennent la hanter.

— Je ne suis pas d'accord pour débarquer sans prévenir. Je préfère que tu l'appelles avant, déclara Anne.

— Nous sommes déjà dans la maison, ma chérie. C'est trop tard.

Il lui prit la main et l'entraîna vers l'escalier.

— Suppose qu'elle ne soit pas dans son bureau, mais dans son lit, en train de se reposer...

— Au beau milieu de la journée ? Elle ne l'a jamais fait. Il faut que tu m'accompagnes. Je suis certain qu'elle répondra plus poliment à mes questions si tu te trouves avec moi.

— Elle ne m'a jamais beaucoup aimée, et maintenant j'imagine qu'elle va me détester carrément, marmonna Anne.

— Eh bien, nous serons deux. Non, trois. Je crois qu'elle déteste aussi Claire.

Instinctivement, Buck ralentit le pas en s'approchant de l'aile de la maison où sa mère était installée. Déjà, enfant, il n'aurait jamais osé se précipiter dans la chambre de ses parents sans y avoir été invité au préalable. Les règles que Victoria avait instaurées pour la vie familiale et l'éducation de ses enfants ne laissaient aucune place à la spontanéité ni aux élans du cœur.

La main levée, il allait frapper à la porte du bureau restée légèrement entrouverte. Il suspendit son geste en apercevant sa mère par l'entrebâillement. Manifestement, elle n'avait pas entendu le bruit de leurs pas dans le couloir, que l'épaisse moquette avait étouffé. Assise dans un petit fauteuil devant son bureau, elle avait la tête penchée en avant et les yeux clos. S'était-elle assoupie ? se demanda-t-il, soudain inquiet. Non, elle ne dormait pas. En fait, le front appuyé sur sa main, elle avait le teint blême et les traits décomposés. Tout son visage exprimait une souffrance insupportable.

Buck avait l'expérience de ce genre de douleur. Il se tourna et fit signe à Anne, qui se trouvait juste derrière lui, de s'écarter. Un doigt sur les lèvres, il lui désigna l'escalier.

— Il vaut mieux qu'on l'appelle pour la prévenir de notre arrivée, chuchota-t-il, une fois sur le palier.

— Mais pourquoi ?

Sans répondre, il prit son téléphone portable, composa le numéro de sa mère. Elle répondit à la troisième sonnerie.

— Maman ? C'est moi, Buck.

— Oui. Qu'y a-t-il ?

— Nous sommes à Belle Pointe, Anne et moi, et nous voudrions te parler quelques instants. Pouvons-nous monter te voir ?

— Bien sûr. Je suis dans mon bureau.

Il éteignit son portable, et demeura immobile une bonne minute, sous le regard interrogateur de sa femme.

— Maintenant, allons-y, lui dit-il.

Elle hésita avant de lui emboîter le pas.

— Je veux savoir pourquoi tu fais toute cette mise en scène. Tu auras intérêt à me le dire dès que nous serons sortis d'ici, grommela-t-elle.

Arrivé de nouveau devant la porte du bureau de sa mère, il frappa et entra aussitôt.

— Bonjour, maman. Comment vas-tu ?

D'un geste, elle montra la pile de dossiers sur sa table de travail.

— Occupée, comme d'habitude. Bonjour, Anne.

Du menton, elle désigna le petit canapé adossé au mur gauche de la pièce.

— Asseyez-vous, tous les deux. Voulez-vous du café ? Du thé ?

— Non, merci, dit Anne.

— Est-ce que tu te sens bien, maman ? demanda Buck, à brûle-pourpoint.

Victoria leva le menton et eut un claquement de langue agacé.

— Pourquoi me pose-t-on cette question à tout bout de champ, en ce moment ? Je me porte très bien.

Elle lança un coup d'œil au genou de Buck.

— Je pourrais te retourner la question. Comment va ton genou ?

— Je crois que je vais le garder, finalement, rétorqua Buck, pince-sans-rire.

Il croisa le regard de sa mère.

— Nous aimerions avoir une petite conversation avec toi, dit-il plus sérieusement.

Il sortit de sa poche un document qu'il posa sur la table, et il le poussa vers Victoria. Il s'agissait du contrat qu'elle avait passé avec Jim Bob Baker en 1975. Quelques minutes plus tôt, il aurait exigé des explications immédiates. Maintenant qu'il avait été témoin de la souffrance qu'elle endurait, il se sentait beaucoup plus patient.

— Te souviens-tu de ce document, maman ?

Elle chaussa ses lunettes de lecture avant de l'examiner brièvement.

— C'est un contrat entre l'entreprise Baker & Wilson et Belle Pointe.

— Exact. Tu l'as signé.

Victoria eut un léger haussement d'épaules.

— C'est possible.

— Normalement, c'était à papa de le signer, observa Buck.

— Oh, il me laissait fréquemment le faire à sa place… Il préférait nettement les manuscrits littéraires que lui envoyaient ses amis écrivains.

— Il t'avait donc donné un pouvoir ?

— Oui.

— As-tu demandé conseil, quand tu as négocié les termes de ce contrat ?

Devant le regard exaspéré de sa mère, il s'empressa d'ajouter :

— Je sais que tu n'as pas besoin d'aide dans ce genre de négociation, mais je suis étonné de voir à quel point ce contrat est avantageux pour l'entreprise Baker & Wilson. Une faveur qui devait durer dix ans à partir de la date du contrat.

— Pourquoi t'intéresses-tu à cela, Buck ? Il y a quelques semaines encore, le base-ball représentait toute ta vie et tu ne t'intéressais guère au fonctionnement de l'exploitation. Ta curiosité soudaine me semble étrange…

— Nous savons tous les deux pourquoi je n'ai jamais mis le nez dans les affaires de Belle Pointe pendant toutes ces années. Mais en lisant les termes insensés de ce contrat, je ne peux m'empêcher de me poser des questions. Il accorde des privilèges extravagants à Jim Bob Baker pour une durée de dix années… Et le plus curieux, c'est que cet accord a été changé en 1985. Le lundi juste après la mort de Jim Bob.

— Où veux-tu en venir ?

La voix de Victoria était glacée, et la main qu'elle porta instinctivement à sa gorge tremblait légèrement. La peau fine, striée de veines bleutées et parsemée de taches brunes, trahissait, encore plus que son visage, son âge et son état de santé.

— Je souhaite simplement que tu m'expliques pourquoi le contrat a été rédigé dans des termes qui favorisaient autant l'une des deux parties, répliqua Buck d'un ton neutre.

— A quoi cela servirait-il ? Cette affaire s'est passée il y a si longtemps…

Sans regarder son fils, elle entreprit de ranger les différents papiers étalés sur son bureau en petites piles bien nettes.

— J'ai du travail, Buck.

— C'est pour cela que je suis ici, maman. Pour que tu aies moins de travail. Je peux prendre en main l'aspect administratif de Belle Pointe.

Victoria se dressa aussitôt sur ses ergots, prête à défendre son territoire.

— Je suis tout à fait capable de gérer l'exploitation. Toi, tu t'occupes de la plantation du coton, c'est tout.

Pourtant, dès le départ, Buck avait posé comme condition d'avoir accès à tous les aspects de Belle Pointe, que ce soit la comptabilité, le recrutement, les dossiers des employés, les cultures... Bref, tout ce qui concernait, de près ou de loin, l'exploitation. L'attitude défensive de sa mère l'étonnait.

De son côté, Anne n'avait cessé d'observer sa belle-mère depuis le début de la conversation. Il était évident que Victoria paraissait de plus en plus mal à l'aise. En fait, l'expression de son visage trahissait maintenant une certaine anxiété. Mais pour quelle raison ?

Impassible, Buck se cala contre son dossier.

— Je suis passé voir Joël Tanner, tout à l'heure, annonça-t-il d'un ton paisible.

— Je suppose que c'est lui qui t'a donné la copie de ce contrat. J'espère que tu ne l'as pas ennuyé en lui exposant tes soupçons.

— J'ai parlé de curiosité, non de soupçon.

— Joël se trouve dans une position délicate.

— Il est avocat, il en a donc l'habitude. En tant que conseiller juridique des Whitaker, il a été obligé de répondre à certaines de mes questions. Evidemment, cela ne lui a pas plu.

Victoria s'immobilisa.

— Quel genre de questions ?

— Eh bien, je lui ai demandé pourquoi il a accepté que tu signes ce contrat en faveur de Baker, alors qu'il est si peu avantageux pour nous.

D'un geste exaspéré, Victoria ôta ses lunettes et les laissa tomber sur la table.

— Pourquoi diable me harcèles-tu avec ce contrat, Buck ?

Ce dernier se leva. Soulagée, Anne pensa qu'ils allaient

enfin partir. Mais comme elle s'apprêtait à se lever à son tour, il lui fit signe de demeurer assise.

— Franchement, maman, un enfant de six ans verrait un lien entre la signature de ce contrat, la mort soudaine de Baker un vendredi et la renégociation des termes le lundi suivant. Je suis désolé de te le dire, mais la mort de Jim Bob me semble de moins en moins accidentelle.

Victoria se leva d'un bond et toisa son fils d'un regard furieux.

— Je n'ai pas à écouter ce genre de stupidités !

Pas le moins du monde décontenancé, Buck poursuivit du même ton tranquille :

— Mais ce qui me gêne le plus, c'est que j'ai entendu une discussion entre Pearce et Jim Bob, la veille de cette fameuse partie de chasse.

— Pearce me l'a raconté. Il est inutile de me répéter ce genre d'argument. Tu ne peux rien reprocher à ton frère, affirma Victoria d'une voix mal assurée.

— La phrase qui m'a choqué ne se rapportait pas au contrat. Elle te concernait, maman, dit Buck avec douceur.

Victoria se laissa tomber sur sa chaise et porta la main à sa gorge, comme si elle allait s'étouffer. Anne se précipita vers elle.

— Que se passe-t-il, Victoria ?

— Je voudrais un verre d'eau…

— Je vais le chercher.

Dès qu'Anne fut sortie de la pièce, Victoria se redressa.

— Qu'as-tu entendu, exactement ? demanda-t-elle à Buck, qui comprit alors qu'elle avait joué la comédie pour demeurer seule avec lui.

— Une sorte de menace. Jim Bob disait que s'il racontait ce qu'il savait, tu aurais la punition que tu méritais.

— Tu en as parlé à ton père, à l'époque ?

— Non. Je n'en ai pas eu l'occasion.

— Je ne veux plus jamais évoquer ce sujet, Buck. Maintenant, laisse-moi. Tu as causé assez de problèmes pour la journée.

Buck ignora cette dernière remarque.

— Tu m'as dit que Pearce t'avait raconté la dispute qu'il avait eue avec Jim Bob, ce soir-là. Mais t'a-t-il rapporté également la phrase que j'avais entendue à ton sujet ? Sais-tu ce qu'elle signifie ?

Victoria se détourna, la tête haute.

— J'ai dit tout ce que j'avais à dire.

Il observa sa silhouette droite comme un I, presque raide, qui se découpait à contre-jour. Qu'elle l'admette ou non, il devinait qu'elle comprenait exactement ce que la phrase de Jim Bob Baker signifiait.

— Je vais poursuivre mes recherches et je finirai par trouver, maman. La mort de Jim Bob n'avait rien d'accidentel. Le départ du feu, hier soir, a été provoqué pour empêcher Anne de continuer à fouiller dans les archives, car elle risquait d'y découvrir quelque chose de compromettant pour la famille. Et je crois que ces deux événements sont liés.

Anne déboula dans la pièce, une bouteille d'eau à la main, essoufflée d'avoir grimpé les marches de l'escalier quatre à quatre.

— Comment va-t-elle ? demanda-t-elle à mi-voix à Buck, en passant devant lui pour se diriger vers sa belle-mère.

Il lui saisit le coude et lui retira la bouteille des mains pour la poser sur un guéridon.

— Elle a récupéré, dit-il un peu sèchement.

Sans lui laisser le temps de s'approcher de Victoria, il ouvrit la porte et la poussa avec douceur vers le couloir. Avant de quitter la pièce à son tour, il se retourna vers sa mère, toujours debout devant la fenêtre.

— Cette discussion n'est pas terminée, maman.

Anne réussit à se taire tandis qu'ils descendaient l'escalier. Mais une fois dans l'entrée, elle explosa.

— Franchement, Buck, comment peux-tu agir ainsi ? C'est ta mère ! Tu n'as pas le droit de la traiter comme ça !

— Une scène lamentable, n'est-ce pas ? commenta Buck, en regardant autour de lui.

Il ne détecta aucun signe de vie dans la maison, qui semblait figée dans un silence complet.

— Paige et toi, vous avez failli perdre la vie dans un immeuble en feu, Anne. Tant que les gens qui savent quelque chose refusent de parler, je ne vois pas comment je pourrais mener mes recherches sans provoquer certains bouleversements.

— Mais il s'agit de ta mère, Buck ! Elle a frôlé la crise cardiaque à cause de toi.

— C'était une mise en scène.

Anne le fixa, bouche bée.

— Impossible… J'étais là. J'ai vu ses mains trembler.

— Elle te jouait la comédie. Elle voulait t'éloigner, pour que tu n'en entendes pas davantage.

Lentement, Anne referma la bouche sans quitter Buck des yeux. Au bout d'un instant, elle dut admettre en son for intérieur qu'il avait sans doute raison. Victoria était parfaitement capable de ce genre de chose.

— Tu es sérieux, n'est-ce pas ?

— Aussi sérieux qu'une crise cardiaque ! Mais je crois tout de même qu'elle est malade. Quand nous sommes arrivés la première fois devant la porte de son bureau, je l'ai aperçue par l'entrebâillement et elle semblait souffrir. L'expérience m'a appris à reconnaître la vraie douleur sur le visage de quelqu'un. Il faudra que j'en parle à Miriam.

Ils se dirigèrent vers la porte.

— Dès que tu es sortie de son bureau, ma mère m'a demandé si j'avais raconté à mon père la conversation que j'avais surprise entre Pearce et Jim Bob. J'en déduis que papa et elle en avaient parlé entre eux.

— J'aurais aimé écouter aux portes, ce jour-là, murmura Anne.

— Et moi donc, renchérit Buck, pensif.

Ils sursautèrent quand la porte s'ouvrit soudain et que Paige se précipita dans la maison en évitant de peu la collision.

Buck lui saisit la main.

— Hé… Ce n'est pas ici qu'il y a le feu, ma grande !

Il la regarda de la tête aux pieds en secouant la tête.

— Je ne suis pas sûr de vous connaître, mademoiselle.

Vêtue d'un T-shirt rose vif et d'un jean moulant, sa chevelure sombre sur laquelle subsistaient à peine quelques traces orangées retenue en queue-de-cheval, elle ressemblait à n'importe quelle adolescente de son âge. Ce nouveau look devait vraisemblablement faire partie de sa « punition ».

Paige posa un baiser sur la joue de Buck.

— Bonjour, Anne, lança-t-elle à la jeune femme qui se tenait derrière lui.

— Ce T-shirt te va bien, dit cette dernière en souriant.

— Paige ! Reviens m'aider, exigea Claire, qui montait les marches du perron en portant un carton.

— Oh, j'ai oublié !

Toujours aussi vive, l'adolescente se précipita vers la voiture de sa mère et prit un autre carton dans le coffre.

— Ce sont des prospectus pour la campagne de Jack Breedlove. Maman et moi, on s'est engagées comme bénévoles pour le soutenir. C'est génial ! Mon père va être fou de rage, expliqua-t-elle avec entrain.

Claire croisa le regard d'Anne et ajouta à mi-voix :

— A mon avis, Pearce va carrément péter un câble.

Buck prit le carton des mains de Claire.

— Où veux-tu que je le range ?

— Dans ma chambre, qui n'est pas celle de Pearce. Tu veux bien montrer le chemin à Buck, Paige ? Si je les laisse traîner, ils risquent de subir le sort des archives de *L'Observateur*, murmura-t-elle à l'attention de Buck.

Il hocha la tête.

— Nous avons besoin d'en discuter avec toi. Je reviens dans cinq minutes.

Dès qu'elle fut certaine que Paige ne pouvait pas l'entendre, Claire se tourna vers Anne.

— Buck t'a raconté que j'ai entamé une procédure de divorce ?

— Oui. Tu changes tellement vite que je n'arrive pas à te suivre, Claire.

— Je ne l'ai pas encore annoncé à Paige, alors pas de gaffe, s'il te plaît. Elle était de si belle humeur que je n'ai pas eu le courage de lui assener un tel coup. Mais il va falloir que je lui en touche un mot avant le retour de Pearce à la maison, ce soir.

Anne examina sa belle-sœur de la tête aux pieds, émerveillée. Claire rayonnait et semblait avoir rajeuni de dix ans.

— Je te souhaite bonne chance, Claire. Un divorce n'est jamais facile, surtout quand on a un enfant. Si jamais je peux te rendre service, n'hésite pas…

— Merci.

La voix de Buck s'éleva derrière elles, depuis la cage d'escalier.

— Claire, tu m'as bien dit que tu étais passée voir Jack, aujourd'hui ?

— Oui, il voulait avoir la déposition de Paige. D'ailleurs, il attendait aussi la tienne, Anne.

Celle-ci poussa une exclamation désolée.

— Oh, non… Je l'avais complètement oublié ! Buck, il faut qu'on y aille tout de suite.

— Attendez cinq minutes, que je vous raconte les derniers événements, déclara Claire en s'installant sur la dernière marche de l'escalier.

— Jack n'a aucun suspect pour l'instant, mais il sait comment l'incendie a été allumé. Apparemment, le criminel pensait que l'immeuble était désert. Il avait fabriqué une mèche de fortune à l'aide d'un bout de ficelle trempé dans un liquide inflammable. Lorsque cette mèche s'est trouvée en contact avec l'endroit où il avait déversé au préalable un accélérateur de feu, tout a flambé. D'après Jack, il s'agit d'un dispositif très simple, voire primitif, mais qui fonctionne. Il a permis au criminel d'avoir le temps de s'enfuir, et à Paige et à Anne de pénétrer dans le sous-sol, malheureusement.

— Comment le criminel a-t-il pu entrer, puisque la porte était fermée à clé ? s'enquit-il, les sourcils froncés.

— La serrure était symbolique. Jack m'a dit qu'un enfant aurait pu la forcer.

Buck se tourna vers Anne.

— Tu l'aurais remarqué, non ?

— En fait, la porte était déjà ouverte quand je suis arrivée. De plus, j'ai tout de suite senti la fumée, et je me suis précipitée à l'intérieur pour voir si je pouvais sauver quelque chose…

— … Moi, par exemple, acheva Paige en s'installant à son tour sur une marche de l'escalier.

Buck leva la tête et s'adressa à l'adolescente.

— Et toi, comment es-tu entrée dans les locaux ?

— J'en avais la clé, mais je ne m'en suis pas servie car la porte n'était pas fermée. Maintenant, je sais pourquoi. Le criminel l'avait laissée ouverte pour pouvoir filer le plus vite possible après avoir allumé l'incendie.

Elle se tourna vers Anne.

— J'ai cru que ton père avait oublié de la verrouiller ce soir-là, tout simplement.

Buck fixa Paige, sidéré.

— Comment avais-tu la clé ?

Paige haussa les épaules, l'air un peu gênée.

— Tous ceux qui travaillent avec Franklin savent qu'il laisse une clé de secours accrochée à un clou, au fond d'un placard. Donc, cet après-midi-là, avant de partir des locaux, je l'ai prise car j'avais l'intention d'y retourner le soir pour cacher les documents des Whitaker au sous-sol.

Claire regarda Anne, puis Buck.

— Je sais ce que vous pensez, tous les deux. Paige a besoin d'une éducation plus ferme. Jack, qui a l'habitude des adolescents rebelles, a été ahuri de l'audace de ma fille quand elle lui a fait sa déposition.

De nouveau, Paige haussa les épaules.

— Je n'avais pas d'autre solution pour remettre les cahiers du journal des Whitaker entre les mains d'Anne. D'ailleurs, tout se serait passé comme sur des roulettes, si ce cinglé n'avait pas décidé de mettre le feu aux archives.

Buck dévisagea sa nièce avec attention.

— Comment as-tu déniché ces documents, fillette ? Cela fait des années qu'ils ont disparu. Ta grand-mère elle-même ignorait où ils se trouvaient.

Le visage de Paige s'éclaira. Un brin de défi dans le regard, elle sourit à Buck.

— C'était pourtant simple. Ils étaient dans la cachette secrète.

Buck éclata de rire.

— Bon sang… Je l'avais complètement oubliée ! Mais comment en as-tu appris l'existence ?

— Depuis que je suis toute petite, j'adore fouiner dans le grenier. J'y passe beaucoup de temps. Un jour, je l'ai découverte par hasard. C'est une cachette super…Quand on s'y réfugie, personne ne peut vous retrouver. Alors, dès que mes parents commençaient à se disputer, je filais au grenier et je me recroquevillais dans cette pièce minuscule. De là, on n'entend plus rien.

Paige hocha la tête, comme si elle se souvenait de toutes les fois où elle avait pu disparaître ainsi, et oublier les hurlements de son père et les pleurs de sa mère.

— J'ai découvert les différents cahiers du journal des Whitaker en même temps que la cachette, puisqu'ils s'y trouvaient. Mais je m'y suis intéressée seulement quand j'ai commencé à travailler avec Anne, expliqua-t-elle paisiblement.

— J'ai déjà entendu parler de ce genre de pièce dissimulée dans le grenier, fit remarquer Anne. On en voit souvent dans les maisons anciennes. Mais en général, les membres de la famille savent où elle se trouve. J'ai du mal à croire que Victoria l'ignorait…

— Pourtant, c'est possible. Il s'agit d'une petite pièce dissimulée derrière une autre pièce. L'entrée en est pratiquement invisible et s'ouvre par un verrou à ressort. C'est incroyable que Paige ait réussi à en comprendre le mécanisme quand elle était petite. Cette cachette servait à abriter des esclaves en fuite. J'avais huit ans quand mon père me l'a montrée, en me faisant jurer de ne jamais révéler son existence à quiconque. Et j'ai tenu ma promesse.

— Mais ton père a dû en parler à ta mère, non ? demanda Anne.

— En tout cas, je sais qu'il n'a jamais montré cette cachette à Pearce. Quand nous étions enfants, nous allions souvent dans la première pièce qui donne dans le grenier, mais jamais il n'a tenté d'ouvrir le panneau secret qui dissimule la cachette. Il est donc possible que papa n'ait pas révélé l'endroit à ma mère. J'ignore pourquoi je suis le seul à qui il en ait parlé.

— C'est étrange, murmura Anne, pensive.

Elle ne parvenait pas à comprendre que John et Victoria Whitaker aient pu mener une vie de couple aussi dénuée d'intimité. En revanche, il lui semblait de plus en plus évident que Buck avait été influencé par la relation qu'entretenaient ses parents entre eux, et qu'il en avait déduit que tous les couples fonctionnaient ainsi.

Elle poussa un soupir.

— Je ne vois pas pourquoi ces documents étaient si bien cachés, au lieu de se trouver tout simplement dans le bureau de ton père, insista-t-elle.

— Leur lecture risque de nous éclairer à ce sujet, répondit Buck.

Il se leva et tendit la main à Anne pour l'inviter à faire de même. Puis il regarda sa belle-sœur.

— J'aimerais que tu ailles voir ma mère dans ses appartements. Je crois que tu as raison, elle n'a pas l'air bien. Si elle refuse de parler de sa santé, tu pourras sans doute soutirer des informations à Miriam. En tout cas, tiens-moi au courant, d'accord ?

— D'accord.

Après avoir embrassé Claire et Paige, Buck et Anne quittèrent Belle Pointe.

Ils ne purent rentrer directement au pavillon de chasse, car

Anne devait encore faire sa déposition au commissariat, ce qui leur prit une bonne heure. Quand Buck mit enfin le cap sur la petite maison perdue dans les bois, une pluie fine tombait sur l'asphalte et le rendait luisant dans l'obscurité.

Ils roulèrent dans un silence confortable, qu'Anne rompit par un long bâillement.

— Fatiguée ? lui demanda Buck.

— Et comment !

Après une journée si riche en événements, elle était impatiente de se retrouver dans le calme et la solitude du pavillon de chasse. Une solitude toute relative, puisque Buck l'accompagnait.

— Je crois bien que je viens de passer le jour le plus long de ma vie… J'ai hâte de m'endormir et de tout oublier pendant quelques heures.

— Il faut avouer que tu as fait une découverte déroutante, à propos de tes parents. Tu penses que tu iras les voir demain ? s'enquit Buck, le regard fixé sur la route.

Elle l'observa un instant, du coin de l'œil.

— Tu es en train de jouer les médiateurs, une fois de plus.

Il haussa les épaules, un large sourire aux lèvres.

— J'ai l'impression que c'est le rôle qui m'incombe, en ce moment.

— Si tu parviens à apporter aussi l'harmonie dans ta famille, cela vaudrait la peine d'arrêter le base-ball et d'ouvrir un cabinet, à mon avis.

Comme Buck ne répondait pas, elle ajouta :

— Je plaisantais.

— En fait, j'y pense, justement.

— A quoi donc ?

— A arrêter le base-ball.

Sous le choc, Anne demeura bouche bée.

— J'imagine que tu es surprise. Et pourtant, il faut bien

accepter l'évidence. Vu mon âge, je cesserai de jouer dans deux ans tout au plus, et encore… Jamais je ne l'avouerai à quelqu'un d'autre que toi, mais mon bras me fait souffrir chaque fois que je dois lancer. Je risque de l'abîmer définitivement.

Elle savait que son bras n'était pas en bon état, mais elle savait aussi que c'était le secret le mieux gardé de Buck. Il se serait fait couper la langue plutôt que d'en discuter avec elle. L'aveu qu'il venait de lui faire prouvait à quel point leur relation s'était transformée.

— J'ai souvent pensé à ce que serait ma vie après le base-ball, poursuivit-il. Jusqu'à mon arrivée à Tallulah, je n'envisageais qu'une existence vide de sens. Maintenant, j'imagine des activités de toutes sortes. Mais ma priorité serait de devenir le meilleur des maris… Et le meilleur des pères. J'ai l'impression que mes yeux se sont ouverts brusquement, et que je vois la réalité tout autrement.

— Oh, Buck…

Emue aux larmes, Anne posa la tête sur l'épaule de son mari.

— Tu es quelqu'un d'extraordinaire, avoua-t-elle dans un souffle.

Ce moment d'émotion passé, elle se redressa et lui lança un coup d'œil dubitatif.

— Tu parles sérieusement ?

— Absolument. J'avoue que Ty m'a pas mal harcelé, et Jack ne s'en est pas privé non plus. D'après eux, je peux aider les gamins de la région. Je veux jouer mon rôle à Belle Pointe, mais une fois la récolte faite, j'aurai du temps libre. Puisque j'ai la chance d'avoir une certaine célébrité, je pourrai m'en servir pour donner un coup de pouce aux jeunes les plus défavorisés du coin.

Une vague de bonheur submergea Anne. A deux, ils pourraient mener à bien tant de projets ! Son enthousiasme tomba d'un coup quand elle découvrit, garée devant le pavillon, la berline noire de Pearce.

— Mon cher frère semble considérer cet endroit comme son quartier général, maintenant, grommela Buck.

— Je suis étonnée qu'il n'ait pas cherché à te voir plus tôt. Je m'attendais à le voir débarquer dans le cabinet de Joël Tanner à tout moment. Je parie que Joël l'a appelé avant de nous faire entrer dans son bureau.

— Pearce se trouvait à Jackson, en train de flatter les grosses légumes du parti. Il a besoin de leur argent pour financer sa campagne, répondit Buck.

— On a dû lui demander pourquoi tu ne lui as pas encore apporté ton soutien.

— Il ne l'aura jamais. Cette course-là, Pearce devra la courir tout seul, lança Buck en sautant hors de son 4x4.

Ils gravirent ensemble les marches du perron. Quand ils poussèrent la porte, ils virent que toutes les lumières avaient été allumées. Campé au milieu du salon, Pearce les attendait de pied ferme.

— Je suis en train de boire cet infect soda, au lieu de siroter mon whisky habituel, déclara-t-il en levant son verre en direction de Buck. J'ai eu beau fouiller dans les placards, je n'ai pas vu une goutte d'alcool dans cette maison ! Attendre dans ces conditions, ce n'est vraiment pas sympa.

Il lança un regard vers Anne.

— Bonsoir, Anne.

— Bonsoir, Pearce.

— Si tu m'avais prévenu que nous avions rendez-vous, tu n'aurais pas eu à attendre aussi longtemps, dit Buck en refermant la porte derrière lui.

— J'étais à Jackson pour rencontrer des politiciens de haut

rang. Ces salauds te laissent poireauter pendant des heures avant de daigner t'adresser la parole. Et ils s'arrangent pour te faire sentir que tu n'es rien à côté d'eux avant de clore l'entretien.

Il les gratifia de son sourire le plus commercial.

— Mais nous sommes réunis, et c'est le principal. On va pouvoir discuter, tous les trois.

Anne cilla. Pourquoi Pearce n'écumait-il pas de rage, au lieu de leur sourire ? Peut-être s'était-elle trompée… Tanner ne l'avait pas encore mis au courant de leur visite.

— Nous avons eu une journée épuisante, Pearce. Anne, surtout. Alors dis-moi ce qui nous vaut l'honneur de te voir ici ce soir.

Pearce hocha la tête.

— On peut s'asseoir, au moins ?

Buck et Anne s'installèrent dans le canapé tandis que Pearce se laissait tomber lourdement dans le fauteuil.

— Alors, pour quelle raison es-tu venu ? insista Buck.

— Si je suis ici, c'est à cause de la visite que vous avez faite à Joël Tanner, articula Pearce.

— Voilà un type qui s'est bien débrouillé… Il occupe de vastes locaux dans un beau quartier, il a l'exclusivité de la gestion des affaires de la famille Whitaker, et c'est son frère qui s'occupe de la comptabilité en prime. Je comprends pourquoi tu l'as choisi comme directeur de campagne. Il a tout intérêt à bien fermer le couvercle sur ta boîte à secrets, s'il ne veut pas perdre son boulot.

Pearce ne mordit pas à l'hameçon que venait de lui lancer son frère.

— D'après Joël, tu as la fâcheuse tendance à rappeler aux gens que j'étais présent lors de l'accident qui a coûté la vie à Jim Bob Baker. Si tu continues à te répandre ainsi, les gens vont finir par penser qu'il n'y a pas de fumée sans feu.

— Je n'en ai parlé qu'à toi, à maman et à l'avocat de la famille. Puisque tu les manipules tous les deux, je ne vois pas ce qui te rend nerveux.

— Figure-toi qu'il peut y avoir des fuites ! Ta femme nous écoute en ce moment. Qui empêchera Franklin Marsh, dès qu'elle lui aura tout raconté, de publier un article sur cette affaire dans son journal ? Je ne peux pas me permettre de courir ce risque !

— Je n'ai aucune intention de discuter de toi ou de ton passé avec mon père — ni avec personne d'autre, intervint Anne.

— Alors pourquoi passes-tu ton temps à fourrer ton nez dans les archives ? rétorqua Pearce.

Elle poussa un soupir agacé.

— Je m'intéresse à l'histoire de Tallulah, ainsi qu'au rôle qu'ont joué les Whitaker dans son développement. Cela a commencé bien avant ta naissance, Pearce.

A croire que son beau-frère se prenait pour le nombril du monde.

Buck se leva.

— Tu as terminé ?

— Tu es en train de me détruire et tu le sais, même si tu le nies, Buck. Mais toi, tu vas filer d'ici dès que ton genou sera remis en état. Alors, à quoi bon remuer toute cette boue ? Les gens commencent à se poser des questions à mon sujet. Et tout à coup, voilà que Jack Breedlove surgit de nulle part et joue au sauveur... Inutile de me raconter des salades, je sais que tu vas soutenir sa campagne. Dis-moi ce que je peux faire pour te persuader de venir dans mon camp ?

— Tu pourrais commencer par me dire ce que la phrase de Jim Bob à propos de maman signifiait, par exemple.

Pearce lâcha un juron bien senti et marcha vers la porte.

— Je ne vois pas pourquoi je m'obstine à discuter avec toi,

tu n'as pas un grain de bon sens dans le crâne ! lança-t-il, la main sur la poignée.

Avant de sortir, il se retourna, la moue amère et l'œil mauvais.

— Préviens-moi de la date de ton départ pour Saint Louis, car j'organiserai une soirée pour fêter ça. Le plus tôt sera le mieux !

Buck fit un clin d'œil à Anne avant de répondre, impassible :

— Tu seras le premier à en être averti, mon cher frère.

Dès que les feux arrière de la berline disparurent dans la nuit, Buck prit Anne dans ses bras.

— Je crois que je l'ai rendu fou furieux, dit-il en souriant.

Elle haussa les sourcils.

— Visiblement, tu t'en réjouis.

— Je ne suis qu'un pauvre humain, mon cœur.

Elle se frotta lascivement contre lui.

— Je crois que tu as raison, chuchota-t-elle avant d'éclater de rire.

En resserrant son étreinte, il se pencha pour lui mordiller le lobe de l'oreille.

— On va pouvoir se coucher, enfin, murmura-t-il avec un soupir.

Il n'avait pas terminé sa phrase que la sonnerie de son portable retentit.

— Pas question de répondre, déclara-t-il.

Anne prit le portable suspendu à la ceinture de son mari et vérifia sur le minuscule écran l'identité de celui qui appelait.

— Oh, c'est mon père… Tu as raison, on ne répondra pas.

D'un geste vif comme l'éclair, Buck lui prit l'appareil des mains.

— Ce doit être une urgence, car il n'oserait pas appeler aussi tard.

La sonnerie cessa, pour faire place quelques secondes plus tard à un autre signal sonore, indiquant qu'un message avait été enregistré sur la boîte vocale.

— Je vais l'écouter. Ils ont eu une rude journée, eux aussi. Un tel aveu a dû leur coûter beaucoup, et ils ne sont pas de la première jeunesse.

Un frisson d'angoisse parcourut Anne tandis que Buck composait le numéro de sa boîte vocale. Elle l'observa pendant qu'il écoutait le message et le vit froncer les sourcils, puis raccrocher, l'air perplexe.

— Qu'y a-t-il ?

— Franklin me demande de le rappeler dès que possible. Il avait l'air bouleversé.

Oubliant d'un coup les reproches qu'elle faisait à ses parents, Anne hocha la tête.

— Vas-y.

Avec un sourire soulagé, Buck appuya sur les touches. Dès que Franklin répondit, il serra Anne contre lui pour qu'elle puisse entendre la conversation, elle aussi.

— Merci de me rappeler, Buck. Je sais qu'il est tard, mais Bea a insisté pour que je vous parle, à tous les deux.

Il toussota avant d'ajouter :

— Il s'agit du journal des Whitaker.

— Et alors ?

— Anne et toi savez à quel point l'histoire de la région nous intéresse. Nous n'avons pas pu résister à la tentation de jeter un coup d'œil à ces documents. J'espère que tu ne nous en voudras pas…

— Bien sûr que non. Mais où est l'urgence ? demanda Buck, surpris.

— Il serait bon que tu viennes lire certains passages écrits par ton père, Buck.

Ce dernier consulta sa montre et fronça les sourcils.

— A cette heure-ci ? Il est près de minuit, Franklin.

— Je préfère ne pas en parler au téléphone. Sache seulement que l'un des passages concerne la partie de chasse au cours de laquelle Jim Bob Baker a trouvé la mort et…

— Nous serons chez vous dans quelques minutes, trancha Buck, sous le regard stupéfait d'Anne.

24.

La pluie avait cessé quand ils se garèrent devant la maison des Marsh, éclairée par la lumière que Franklin avait laissée sous le porche à leur intention. Un brouillard fin, laiteux, la remplaçait. Buck venait de couper le moteur quand la porte de la maison s'ouvrit d'un coup. Franklin les accueillit, l'air préoccupé.

— Sale temps, dit-il machinalement en prenant leurs imperméables légers.

— C'est excellent pour les terres, rétorqua Buck.

Il poussa avec douceur Anne vers le salon où Beatrice les attendait.

Elle sourit à son gendre.

— Bonsoir, Buck.

Puis, l'air timide, elle se tourna vers Anne.

— Ce n'est pas une ruse pour te revoir, chérie, je te l'assure…

Anne ne put s'empêcher de sourire à son tour.

— A cette heure-ci ? L'idée ne m'était même pas venue à l'esprit. De toute façon, j'avais l'intention de passer demain…

Trois paires d'yeux surpris la fixèrent d'un coup.

Vaguement gênée, elle haussa les épaules.

— Il me fallait un moment pour digérer la nouvelle.

— J'aurais vraiment aimé pouvoir t'éviter un tel choc, crois-moi, dit Beatrice, la main sur le cœur.

— Oh, cela n'a été que le premier d'une longue série… N'est-ce pas, Buck ?

Celui-ci acquiesça, puis lança un coup d'œil à Franklin.

— Que voulais-tu me montrer, exactement ?

Beatrice leur fit signe de la suivre dans la salle à manger. Les cahiers des Whitaker étaient étalés sur la table en acajou verni. D'une main légère, Franklin caressa la couverture en cuir d'un des cahiers les plus anciens, avec un respect évident.

— Ils représentent une somme de témoignages si précieux… Excuse-moi, Buck, mais je n'ai pas pu m'empêcher de les ouvrir. J'ai lu celui-ci, c'est le premier de la série. Beatrice, elle, a regardé celui qu'a laissé John Whitaker. Elle appréciait beaucoup ton père.

Il chaussa ses lunettes de lecture et ouvrit le document, dont la couverture semblait moins fanée que celle des autres.

— C'est le plus récent. Il contient un passage qui va te sembler de la plus haute importance. Tu comprendras pourquoi je n'ai pas hésité à t'appeler en dépit de l'heure.

Il poussa le document vers Buck et Anne, et les observa tandis qu'ils se penchaient pour déchiffrer la page manuscrite.

— Oh, Buck…

D'un geste instinctif, Anne saisit la main de son mari.

— Je crois que cela explique tout, articula Buck d'une voix blanche. Veux-tu le lire à voix haute, Anne ? J'ai besoin de l'entendre.

Anne obtempéra aussitôt et lut d'une voix émue :

« Aujourd'hui, j'ai trahi tous les critères d'éthique que l'on m'a appris à respecter en tant qu'héritier des Whitaker, et j'en ai profondément honte. Buck est venu me voir pour me faire part de ses soupçons à propos de la mort de Jim Bob Baker.

En dépit du rapport bien ficelé que m'a donné Pearce sur cet accident de chasse, je l'ai soupçonné dès qu'il m'a raconté que Jim Bob s'était tué lui-même avec son propre fusil. Oui, je pense que Pearce a sans doute commis un meurtre, et de sang-froid. Mais au lieu de dire à Buck que je partageais ses soupçons, je lui ai fait un long sermon sur l'honneur de la famille, nos devoirs envers les habitants de Tallulah, et j'ai fini par le renvoyer à l'université en espérant qu'il oublierait toute cette affaire. Je me sens responsable de cette tragédie. J'ai eu des doutes dès que j'ai lu les termes du contrat d'égrenage avec l'entreprise Wilson et Baker. Victoria est une excellente femme d'affaires, elle n'aurait jamais accepté les termes d'un tel contrat si défavorable à Belle Pointe sans avoir une bonne raison de le faire. Cela ressemblait tellement à du chantage... Si je lui avais parlé à cœur ouvert, elle aurait peut-être partagé son secret, et Pearce n'aurait eu alors aucun motif de commettre un crime. Je sais, et Victoria aussi, que ce contrat d'égrenage a un rapport avec Rudy Baker — tout comme le meurtre de son frère Jim Bob. »

Anne s'interrompit et leva les yeux vers Buck.

— Nous avions raison, chuchota-t-elle.

— Non, tu avais raison. Continue, je t'en prie.

Anne reprit d'une voix émue :

« Il est trop tard pour avoir une discussion avec Victoria et lui faire admettre la vérité. Trop tard pour lui dire que j'ai compris depuis longtemps que Pearce n'est pas mon fils, mais celui de Rudy. »

Anne reposa le journal de John Whitaker sur la table en acajou et poussa un soupir.

Elle se tourna vers son mari.

— A ton avis, pourquoi John n'a pas raconté tout cela à la police, après la mort de Jim Bob ?

— Pour protéger le nom sacré des Whitaker, répondit Buck d'un ton amer.

La voix calme de Franklin s'éleva dans le silence. Les regards se tournèrent vers lui.

— Il pourrait y avoir une autre raison : l'amour. John aimait Victoria.

Beatrice se pencha vers le document et lut la suite :

« Je pense que je ne suis pas le premier à avoir été manipulé par une jolie femme. Victoria est belle, intelligente, sensuelle et séduisante… »

— Elle ressemble beaucoup à la jeune fille que tu m'avais décrite, Beatrice, dit Anne à mi-voix.

Mais le plus étonnant, c'était la façon dont Vicky, cette jeune séductrice, s'était transformée, au cours des années, pour devenir la Victoria rigide et collet monté d'aujourd'hui.

— Ainsi, Baker faisait chanter ma mère en exigeant des sommes exorbitantes pour égrener le coton de Belle Pointe, déclara Buck quand ils eurent regagné le pavillon. Les analyses d'ADN n'existaient pas, à l'époque. Puisqu'on ne pouvait pas prouver qui était le père de Pearce, je ne comprends pas qu'une femme aussi habile que ma mère ait accepté de devenir une victime.

— Elle seule pourrait nous le dire, commenta Anne.

— Mais elle se taira jusqu'à son dernier soupir, je te le garantis.

Buck ôta sa chemise, la roula en boule, la lança vers le panier à linge, et rata son coup. Avec un soupir, Anne la ramassa.

— Tu vas parler à ta mère ?

— Je l'ignore. Tu sais à quel point ma famille est cinglée.

Son jean vola à travers la pièce et atterrit cette fois dans le panier. Un slip suivit. Nu, Buck marcha vers la salle de bains.

— J'ai besoin d'une bonne douche, annonça-t-il.

Anne le suivit des yeux. Malgré les soupçons qu'il nourrissait à l'égard de son frère, il espérait se tromper. Ce qu'il venait de lire dans le journal de son père ne laissait subsister aucun doute. Quant au secret si farouchement gardé par sa mère, il était maintenant révélé au grand jour. Dans ces circonstances, Buck ne semblait pas particulièrement heureux de se retrouver seul héritier de Belle Pointe. Anne se souvint de l'avertissement de Joël Tanner, quand il leur avait dit qu'à force de fouiller dans le passé, ils risquaient d'avoir une sale surprise.

Machinalement, elle se dirigea vers la salle de bains. Buck se trouvait sous la douche, la tête penchée, un bras appuyé contre le mur couvert de carrelage. Toute son attitude exprimait un profond désarroi. Le cœur serré, Anne n'hésita qu'une fraction de seconde avant de se déshabiller à son tour et de le rejoindre. La surprise immobilisa Buck un instant. Puis il la prit dans ses bras et la serra contre lui, comme un homme à la mer s'accrocherait à une bouée.

— Je t'aime, lui glissa-t-elle à l'oreille.

Il plongea les mains dans la chevelure d'Anne et l'embrassa avec une urgence proche du désespoir. Rien ni personne ne pourrait effacer ce qu'ils avaient appris ces dernières heures, chacun de son côté. Des secrets de famille qu'ils devaient assumer désormais jusqu'à la fin de leurs jours. Ils ne pouvaient que voler quelques instants de pure jouissance pour oublier un peu le choc et la souffrance.

Sans rompre le contact de leurs lèvres, Buck souleva Anne et la plaqua contre le mur. Dès qu'elle noua ses jambes autour de sa taille, il entra en elle. Une poignée de secondes plus tard, il poussa un long gémissement tandis que l'orgasme le cueillait au vol.

Il coupa l'eau, la prit dans ses bras et franchit la porte de la cabine.

— Ton genou, lui rappela-t-elle.

Il prit place sur un tabouret, devant la coiffeuse, Anne assise sur lui. Saisissant une grande serviette de bain, il commença à la sécher soigneusement.

— Je suis désolé, chérie.

Elle lui posa un baiser sur la joue.

— Pourquoi ?

— Je ne t'ai rien donné. Mais quand je t'ai vue sous la douche, si belle, si sexy, il a suffi d'un baiser pour me faire perdre tout contrôle.

— Tu m'as entendue me plaindre ?

Il posa le menton sur la tête d'Anne.

— J'ai eu envie de te faire l'amour toute la journée. Je voulais que cela dure la nuit entière. Après avoir lu les aveux de mon père, j'ai été tellement secoué que je n'y ai plus pensé… Jusqu'à ce que tu me rejoignes sous la douche. Encore une fois, je suis désolé.

— Parce que, pour toi, c'est terminé ?

Il s'écarta pour la dévisager. Elle éclata de rire avant qu'il puisse répondre.

— A mon tour, maintenant ! lui dit-elle en le prenant par la main pour l'entraîner vers le grand lit.

Le lendemain matin, Buck décida de ne pas se rendre à Belle Pointe à l'aube, comme de coutume. Il ne pouvait oublier ce qu'il avait lu dans le journal de son père. S'il lui était difficile de rendre public le meurtre commis par Pearce, il lui était impossible, en revanche, de l'ignorer. De plus, comment révélerait-il le secret de Victoria ? Une conversation avec sa mère s'imposait, décida-t-il en fin de matinée, après avoir réfléchi en se balançant dans le fauteuil à bascule installé sous le porche du pavillon.

La stratégie qu'il avait soigneusement mise au point fut mise à mal dès son arrivée à Belle Pointe. En ouvrant la porte, il aperçut Miriam portant un plateau chargé d'une carafe d'eau et d'un verre, l'air profondément inquiet.

— Oh, monsieur Buck, je suis si contente de vous voir ! J'essaie depuis ce matin de persuader votre mère d'appeler son médecin, mais elle refuse. Vous réussirez peut-être à la convaincre.

— Elle est malade ?

— Elle ne veut pas en parler, même avec moi.

Instinctivement, Miriam lança un coup d'œil anxieux vers le haut de l'escalier. Buck s'élança, grimpant les marches deux par deux en dépit de la faiblesse de son genou. Anne récupéra de justesse la carafe d'eau qui menaçait de glisser du plateau de Miriam, et poussa celle-ci vers l'escalier.

— Où est passé le reste de la famille ? demanda-t-elle, tout en montant les marches.

— Ils sont partis chacun de leur côté. Mme Victoria m'a interdit de leur dire qu'elle se sentait trop souffrante pour sortir de son lit. M. Pearce travaille à son quartier général, Mme Claire a conduit Paige à l'école, et ensuite je crois bien qu'elle va soutenir les bénévoles qui font la campagne de Jack Breedlove, ajouta Miriam en baissant la voix, sur le ton de la confidence.

Une fois sur le palier, Anne se tourna vers Miriam et la regarda droit dans les yeux.

— De quoi souffre Victoria, exactement ?

La gouvernante baissa la tête.

— Demandez-le-lui vous-même. Elle refuse de me répondre.

Quand Anne entra dans la chambre de sa belle-mère, celle-ci se trouvait effectivement au lit. Buck achevait de tirer l'un des rideaux afin de laisser un peu de lumière pénétrer dans la pièce. Il suffit d'un coup d'œil à Victoria pour qu'Anne se rende compte de la gravité de sa maladie. Le teint livide, les yeux creusés et les cernes sombres avaient de quoi inquiéter. La veille, elle semblait malade ; ce matin, elle avait l'air aux portes de la mort.

— Maman n'est pas bien, murmura Buck en se balançant d'un pied sur l'autre.

La phrase était inutile, mais Anne le sentait terriblement nerveux. Comme beaucoup d'hommes, il ne savait pas comment se comporter auprès d'un malade, surtout quand il s'agissait d'un proche.

Comme Anne se dirigeait vers lui à pas feutrés dans l'intention de lui glisser à l'oreille d'appeler un médecin — ou une ambulance —, il se pencha tout à coup vers sa mère.

— Claire m'a dit hier que tu étais malade, maman. J'ai l'impression qu'elle a raison.

Les yeux clos, Victoria se tourna vers le mur.

— Va-t'en, Buck.

— Pas avant que tu m'aies expliqué ce qui se passe.

— Il faut l'excuser, Victoria, intervint Anne. De plus, nous n'aurions pas dû entrer ainsi dans votre chambre. Pouvons-nous faire quelque chose pour vous, avant de nous en aller ?

Buck secoua la tête.

— Je ne m'en irai pas avant que tu m'aies répondu, maman.

Avec un rire sans joie, Victoria se tourna lentement vers Anne.

— Ma chère enfant, je m'étonne toujours de t'entendre présenter des excuses pour l'attitude de Buck. Je sais qu'il ne partira pas, car il est aussi têtu que son père.

Le regard de Victoria était trop brillant. S'agissait-il de la fièvre ? Ou bien de larmes contenues ? Anne penchait pour la seconde hypothèse, même si elle semblait invraisemblable.

Buck fronça les sourcils.

— Je ne vois pas pourquoi je devrais m'excuser. J'ai le droit de demander à ma mère ce qu'elle fait dans son lit en pleine journée, l'air à moitié morte !

— J'ai attrapé la grippe, affirma Victoria.

— Inutile de mentir, répondit-il sèchement.

Comme Victoria demeurait silencieuse, Buck s'approcha d'une petite table sur laquelle se trouvait une série de médicaments. Il prit les flacons un par un pour tenter de déchiffrer ce qu'il était censé soigner.

— Tu as des médicaments contre la douleur, contre les nausées, pour dormir… Mais pas un antibiotique en vue. En tout cas, rien pour la grippe, maman.

— Tu es passé du base-ball à l'agriculture, et j'imagine que tu vas devenir médecin, maintenant ?

— Cela suffit, Buck… Laissons ta mère tranquille, lui souffla Anne en posant la main sur son bras.

— Vous devriez les mettre au courant, madame Victoria.

La voix qui s'élevait derrière eux était celle de Miriam. Elle se trouvait sur le seuil de la porte et se tordait les mains avec nervosité. Pourtant, il y avait une lueur de défi dans le regard qu'elle fixait sur le visage de sa patronne.

— Au courant de quoi ? s'enquit Buck.

Les lèvres serrées, Victoria demeura de marbre.

Avec un soupir, Miriam s'approcha du lit.

— Elle a un cancer.

Miriam se crispa instinctivement sous le coup d'œil furibond que Victoria lui décocha, mais elle poursuivit d'un ton ferme :

— Vous ne pouvez pas le cacher à votre famille, madame Victoria. Vu votre état, il faut que M. Buck appelle votre médecin tout de suite.

— C'est à moi de décider d'appeler mon médecin ou non. Puisque vous m'avez trahie, vous comprendrez que je ne vous paierai que la moitié de vos gages ce mois-ci, répliqua Victoria d'un ton glacé.

Miriam se redressa, l'air aussi digne que sa patronne.

— Bien, madame.

— Ne vous inquiétez pas, Miriam. J'irai vous parler tout à l'heure, lui souffla Buck.

Miriam hocha la tête, lança un dernier regard à Victoria et sortit de la pièce.

— Je t'interdis de miner mon autorité, dit Victoria à son fils.

— De quel genre de cancer souffres-tu, maman ?

Elle poussa un soupir las.

— Ce sont les ovaires qui sont atteints. J'ai refusé le traitement traditionnel par chimiothérapie, alors n'y pense même pas.

— Depuis combien de temps le sais-tu ?

— Quelques mois.

Elle se frotta le front du plat de la main.

— Si tu veux d'autres détails, appelle mon docteur. Je n'ai pas envie de discuter de ma maladie.

— Avais-tu l'intention de nous mettre au courant, maman ?

— Je ne considère pas que mes problèmes personnels aient un intérêt quelconque pour les autres.

— Ce qui signifie que tu ne nous l'aurais jamais dit. Tu

t'apprêtais à endurer ta maladie jusqu'à ce qu'un beau matin, on te trouve morte dans ton lit, grommela Buck.

De nouveau, Victoria soupira.

— Pourquoi es-tu venu, Buck ? En général, tu travailles dans la plantation, à cette heure-ci.

Anne lança un coup d'œil anxieux à son mari. Inutile de parler maintenant de ce qu'ils avaient découvert dans le journal de John Whitaker. Victoria semblait bien trop vulnérable pour qu'on lui rappelle la période la plus sombre de sa vie.

— Je suis venu comme ça… Pour rien, murmura Buck.

Victoria le dévisagea pensivement, puis se tourna vers Anne.

— Vous avez lu tous les deux le journal des Whitaker, n'est-ce pas ?

Anne fut tentée d'esquiver la question, mais elle comprit, devant l'air déterminé de sa belle-mère, qu'il était inutile d'essayer de ruser.

— Nous y avons jeté un coup d'œil, admit-elle.

— Notamment à celui de mon mari ?

Embarrassée, Anne interrogea Buck du regard. Il répondit pour elle.

— Il était très tard, maman. Nous avons eu peu de temps pour le consulter et…

— Donc, tu sais tout, maintenant, dit Victoria avec calme.

Le silence tomba dans la pièce. Ni Anne ni Buck n'osaient dire un mot. Finalement, Victoria émit un petit rire.

— Je me demande bien où Paige a retrouvé ces documents.

— Dans la cachette, au grenier, répondit Buck.

— Je l'ai fouillée. Elle était vide.

— La pièce que tu as fouillée comporte un mur coulissant qu'on ne remarque pas à première vue. Il dissimule une seconde pièce, minuscule, qui servait à cacher les esclaves en fuite. Papa me l'avait montrée.

— Il ne m'en a jamais soufflé mot, commenta Victoria d'un ton ironique.

Elle se mit brusquement à tousser. Anne se précipita près d'elle, saisit le verre d'eau posé sur la table de chevet et le porta aux lèvres de sa belle-mère. Après en avoir avalé une ou deux gorgées, Victoria s'effondra sur son oreiller, visiblement épuisée.

— Il faut que tu te reposes, maman.

Buck allait se détourner quand Victoria leva une main tremblante.

— Attends. Je dois te dire certaines choses. Assieds-toi, Buck.

Comme Anne faisait mine de s'éclipser, Victoria l'interpella.

— Toi aussi, Anne, tu dois savoir.

Elle se redressa légèrement et les regarda tous les deux.

— J'ignore ce que John a écrit dans son journal, mais je sais qu'il y a consigné certains faits. Ce que je vais vous révéler maintenant, je n'hésiterai pas à le nier si vous cherchez à vous en servir pour… Pour prendre des mesures légales. Mais par amour de la vérité, et par respect pour l'héritage des Whitaker, je dois tout vous révéler.

Le regard fixé sur une gravure accrochée au mur, représentant Belle Pointe en 1890, Victoria se tut un instant pour rassembler ses forces.

— Mon père était chef mécanicien dans la plantation. A notre époque, et dans des conditions différentes, il aurait été ingénieur. J'ai grandi sur les terres de Belle Pointe, dans une très grande liberté. A treize ans, j'étais capable de conduire un tracteur ou toute autre machine agricole aussi bien que n'importe quel employé. De l'avis général, j'étais du genre casse-cou.

De nouveau, elle fit une pause pour reprendre son souffle.

— John savait à peine que j'existais. Pour lui comme pour ses parents, la plupart des gens qui travaillaient dans l'exploitation étaient quasiment invisibles. Mais l'été de mes dix-huit ans, il m'a enfin remarquée.

La moue amère de Victoria se transforma soudain en une expression de fierté.

— J'avais décidé de le séduire. L'expérience m'avait appris comment je pouvais attirer un homme et en obtenir ce que je voulais. Et je voulais épouser John.

Elle leva légèrement la main gauche, dont la peau très blanche était parsemée de taches brunes. A son annulaire brillait encore l'alliance en or cloutée de diamants que lui avait donnée John et qui ne la quittait jamais.

— La tâche n'a pas été aussi facile que je l'espérais. Ses parents s'attendaient, bien sûr, à ce que leur fils unique épouse une jeune fille de bonne famille, et non la gamine d'un mécanicien dont les ongles étaient constamment noircis par la graisse des engins, et que sa femme avait quitté des années auparavant sans laisser d'adresse. Malgré la désapprobation de ses parents et de son entourage, John persistait dans sa décision de m'épouser. Je l'avais envoûté. Il n'y avait qu'un problème : ce n'était pas lui que j'aimais. En fait, j'étais folle de Rudy Baker.

Comme si elle voyait ses propres ongles maculés de graisse, Victoria glissa ses mains sous le drap en coton blanc, brodé à ses initiales.

— Avant de décider d'épouser John, je sortais avec Rudy. Mais Rudy avait été enrôlé et faisait partie des soldats qui devaient être envoyés au Viêt-nam. Les deux hommes de ma vie n'auraient pu être plus différents : Rudy, à la fois musicien et voyou, était doté d'un charme fou. Brun, les yeux sombres, c'était un séducteur né. Il avait de l'audace, du bagout, il mentait comme il respirait, et pouvait devenir dangereux quand il avait bu. Je l'adorais.

Anne et Buck échangèrent un regard. Tous deux pensaient à Pearce, si brun, qui mentait si naturellement, buvait comme un trou, et piquait des colères noires.

— De son côté, John possédait un caractère paisible, un physique élégant, d'excellentes manières, et il avait été éduqué de façon à prendre sa place dans la longue lignée des Whitaker. Même si la passion n'était pas au rendez-vous, je savais pertinemment que John serait un bien meilleur mari que Rudy.

Brusquement, les traits de Victoria se crispèrent.

— Si j'ai facilement séduit John, je ne l'ai pas tout de suite persuadé de m'épouser. Ce qu'il voulait, c'était coucher avec moi, le plus souvent possible, et sans que cela se sache.

La malade se tourna vers le mur et sa voix s'assourdit légèrement.

— C'est à ce moment-là que Rudy est revenu de son entraînement militaire. Il a voulu passer sa dernière soirée avec moi, avant de partir pour le Viêt-nam, où il allait risquer sa vie. Pourtant, Rudy était si fort, si plein de vie et je l'aimais tant, qu'il m'était impossible de croire qu'il ne reviendrait pas. Comme j'étais en colère contre John qui ne m'avait toujours pas demandée en mariage, j'ai accepté de sortir avec Rudy. J'ai passé cette dernière nuit avec lui. Six semaines plus tard, j'ai découvert que j'étais enceinte.

— Maman, tu n'as pas besoin d'en raconter davantage, dit doucement Buck.

— Si. Je le dois.

D'un geste délicat, elle effleura de la paume la broderie de son drap.

— J'ai annoncé ma grossesse à John. Puisqu'il ignorait que je sortais avec Rudy, il a tout naturellement cru que l'enfant était de lui. Et il aurait pu l'être. Moi-même, je n'étais pas sûre… Ses parents étaient furieux, mais nous avons fini par nous marier. Une cérémonie discrète, élégante, tout à fait respectable, mais qui n'avait rien à voir avec le mariage pompeux que l'héritier des Whitaker aurait pu avoir s'il avait épousé une jeune fille de son rang.

Prise d'une quinte de toux, Victoria s'interrompit pour prendre un mouchoir en papier et le presser contre ses lèvres.

— Je crois que mes beaux-parents ont eu des soupçons en voyant qu'en grandissant, Pearce ne ressemblait pas à son père. Mais ils étaient déjà trop attachés à leur petit-fils… De plus, leur délicatesse naturelle les empêchait de faire la moindre allusion à quoi que ce soit. Tu n'étais encore qu'un bébé, Buck, quand ils sont morts tous les deux, à quelques mois d'intervalle. Comme tu étais le clone de John, et que tu ressemblais trait pour trait à d'autres Whitaker dont les portraits sont accrochés sur les murs de Belle Pointe, ils sont morts satisfaits de savoir que j'avais engendré un vrai héritier.

Buck, qui arpentait nerveusement le tapis posé devant le lit, lança un coup d'œil à sa mère.

— Pourquoi nous racontes-tu tout cela, maman ?

— Qui sait ? Pour me laver de mes péchés, peut-être ?

L'ironie du ton fut assourdie par une nouvelle quinte de toux. Quand Victoria reprit enfin son souffle, elle semblait pensive.

— J'éprouve du respect pour la lignée des Whitaker, Buck. Et j'avoue que Pearce m'a profondément déçue. Pourtant, j'ai fait de mon mieux pour lui montrer l'exemple. Mais il n'accordera jamais la priorité à Belle Pointe. C'est la politique qui l'intéresse. Après ces élections locales, il vise un poste à Washington.

— Tu lui as dit que tu connaissais ses ambitions ?

— Non. D'ailleurs, c'est Claire qui m'a mise au courant. De toute façon, il est trop arrogant pour s'inquiéter de l'opinion ou des sentiments des autres. Il suppose sûrement qu'il me manipulera quand il sera temps de le faire.

Victoria fit une pause, comme si elle réfléchissait à ce qu'elle devait encore dire.

— Toi, en revanche, tu as les intérêts de Belle Pointe à cœur. Je refuse d'admettre que j'ai commis une erreur en t'envoyant loin de l'exploitation, et je suis heureuse que tu sois revenu pour prendre les rênes du domaine et le diriger à ma place.

— J'imagine que c'est un compliment ?

— Ça l'est.

Victoria inspira longuement.

— Maintenant, j'aimerais rester seule. Inutile de m'envoyer Miriam, ou mon médecin. J'ai subi ce genre de crise au cours des derniers mois, et j'ai réussi à m'en sortir toute seule. Ah… J'ai une dernière chose à vous dire.

D'une main qui tremblait comme une feuille au vent, elle posa son mouchoir sur un petit plateau en argent qui ornait sa table de chevet.

— Les recherches d'Anne dans les archives municipales me déplaisaient. Avant son arrivée, je me sentais parfaitement tranquille puisque je croyais que les documents des Whitaker avaient disparu. Mais je savais qu'Anne, avec son flair de journaliste, risquait de découvrir des informations qui auraient pu me gêner, ainsi que la famille et Belle Pointe dans son ensemble. L'article relatant l'accident de chasse constituait un risque. Il suffisait de suivre cette piste pour découvrir cet horrible contrat que j'avais été forcée de signer, et finalement le lien aurait été établi entre Jim Bob et Rudy Baker. Il me fallait éviter cela à tout prix. J'ai donc déclenché un incendie dans le sous-sol de *L'Observateur*.

Buck tressaillit, complètement ahuri.

— Bon sang, maman…

— C'est choquant, n'est-ce pas ? Je bénis le ciel d'être une aussi piètre incendiaire. Tu n'imagines pas ce que j'ai ressenti quand j'ai appris que j'avais mis en danger la vie de Paige et d'Anne. Je suis désolée. J'espère qu'un jour, tu pourras me pardonner.

— Tu es désolée ?

Il la dévisagea, à la fois horrifié et incrédule.

— Non seulement tu as risqué la vie de deux personnes, mais tu aurais détruit la mémoire de Tallulah… Et c'est tout ce que tu trouves à dire ?

— Je t'ai demandé pardon, Buck. Et j'ai beaucoup regretté d'avoir à agir de la sorte, mais je n'avais pas le choix.

Elle désigna d'un geste de la main une armoire ancienne, près de la porte.

— L'ordinateur portable d'Anne est rangé là-dedans.

Il fallut un moment à Buck pour retrouver l'usage de la parole, tant le sang-froid de sa mère le scandalisait.

— Il faudra raconter tout cela à Jack Breedlove, maman.

— Comme tu voudras, Buck.

Elle l'avait prévenu qu'elle n'hésiterait pas à tout nier en bloc, aussi insista-t-il avec fermeté.

— Il s'agit d'un incendie, maman. Et d'une mise en danger de la vie d'autrui.

— Tu as raison. Etant donné ma maladie, il est probable que je ne vivrai pas assez longtemps pour assister à mon procès. Au moins, cela ne coûtera pas d'argent aux contribuables.

Buck continua à dévisager sa mère comme si elle venait de

débarquer d'une autre planète. Il secoua la tête, assez hébété, puis se tourna vers sa femme.

— On s'en va, Anne.

Il en avait assez entendu pour aujourd'hui.

— Racontez ce que vous voulez à Jack Breedlove, leur lança Victoria, tandis qu'ils s'apprêtaient à sortir de la chambre. Agissez selon votre conscience, mes enfants. Surtout, ne m'envoyez pas Miriam, j'ai besoin d'un repos complet pendant quelques heures. Anne, n'oublie pas de reprendre ton ordinateur.

Tandis que Buck discutait de la plantation avec Oscar Pittman, Anne attendit dans la voiture, le cerveau en ébullition après les aveux stupéfiants de sa belle-mère. Quand elle vit Buck quitter Oscar et se diriger vers le 4x4, elle se rendit compte qu'il boitait légèrement. Il avait forcé sur son genou ces derniers temps, c'était évident. S'il avait voulu revenir sur un terrain de base-ball, il aurait certainement fait plus attention… Avait-il cherché inconsciemment un prétexte pour se retirer de la compétition sportive ? Ou bien s'était-il fixé une autre priorité dans la vie ?

Buck s'installa derrière le volant.

— Bon, Oscar va me remplacer. Cela nous laisse le temps de passer chez Jack Breedlove. Veux-tu que je te laisse chez ta mère ? Je crois que tu voulais lui parler, non ?

« Chez ta mère »… C'est-à-dire dans la maison victorienne qui avait vu naître Beatrice, ainsi que ses ancêtres avant elle. Avec un frisson d'excitation, Anne se sentit tout à coup membre à part entière de la longue lignée des Jones. Peut-être avait-elle toujours su, au fond de son cœur, qu'elle en était issue…

— Anne ?

Elle cligna les paupières.

— Oui… Oui, bien sûr, tu peux me laisser chez Beatrice.

— Parfait. Je suis content qu'il y ait au moins un événement positif dans cette affreuse journée.

— Que comptes-tu faire, Buck ?

Il se frotta le menton du plat de la main, l'air passablement fatigué.

— Je n'en sais rien. Nous pourrions déjeuner quelque part, avant que je te dépose… Je donnerai un meilleur compte rendu des révélations de ma mère si j'ai l'estomac plein.

— Par simple curiosité, j'aimerais savoir s'il existe une chose au monde qui risquerait de te couper l'appétit, Buck.

Il lui lança un regard en coin.

— Oui. Quand ma femme menace de divorcer.

Ils prirent le temps de savourer leur repas, de l'entrée au dessert. Anne ne put s'empêcher de sourire en voyant Buck rassembler les miettes de son pudding aux pêches avant de les avaler.

— Tu pourrais investir dans ce genre de restaurant. Il paraît que c'est ce que font les sportifs professionnels quand ils prennent leur retraite.

— Impossible. Grâce à Ty et à Jack, j'ai déjà investi dans un établissement de rééducation physique, un centre pour adolescents, un terrain de base-ball pour des graines de champion, et je dois diriger une plantation de coton par-dessus le marché. Mais tu peux le faire, si tu veux.

— Non, je serai trop occupée à élever notre enfant.

Il la fixa, bouche bée.

— Tu es enceinte ?

Elle éclata de rire.

— Voyons, Buck… Cela ne fait que deux jours que nous essayons de faire un bébé !

Il se leva, un grand sourire aux lèvres, et se pencha vers elle.

— N'oublie pas que nous avons exploré un certain nombre de possibilités, durant ces deux jours, lui glissa-t-il à l'oreille.

Les joues roses, elle s'empressa de sortir du restaurant. Comment diable avait-elle pu songer un seul instant à quitter Buck ?

Quelques minutes plus tard, ils mettaient le cap sur la maison des parents d'Anne.

Celle-ci fixait la file des voitures qui attendaient que le feu passe au vert, tout en se mordillant la lèvre inférieure.

— Je sais que ta mère est une femme plutôt solitaire et indépendante. Mais la façon si distante dont elle nous a avoué tout ce qu'elle avait fait me semble étrange. C'est un peu comme si elle racontait l'histoire de quelqu'un d'autre. Les lignes écrites par ton père dans son journal contiennent davantage d'émotion.

— Mon père était quelqu'un de bien, lui. C'est terrible de parler ainsi de ma propre mère, mais la façon dont elle a planifié son mariage avec l'héritier des Whitaker représentait une vraie manipulation. Comme il ne semblait pas près de l'épouser, elle s'est débrouillée pour le piéger — alors qu'elle ne savait même pas si c'était lui, le père de l'enfant qu'elle portait ! Avoue qu'il y a de quoi être dégoûté par ce genre de manœuvre…

— A mon avis, ce que mon père a dit est proche de la vérité. John Whitaker aimait passionnément Victoria, et il y avait une chance sur deux pour que ce bébé soit de lui. La question de classe sociale n'avait en soi que peu d'importance, mais pour ta mère, c'était son talon d'Achille. Une fois mariée, elle a tenté par tous les moyens de faire oublier cette différence de classe. Ta mère est devenue « la dame de Belle Pointe » à la force du poignet…

Anne fronça les sourcils.

— Je l'ai quand même trouvée un peu trop calme, quand elle nous a fait tous ces aveux. De plus, elle m'a tutoyée et elle nous a appelés ses « enfants », ce qui n'est pas du tout dans ses habitudes, murmura-t-elle pensivement.

— Que veux-tu dire ?

— Que nous devrions faire demi-tour et retourner à Belle Pointe.

— Mais pourquoi ? Nous en sommes partis il y a deux heures à peine.

— Eh bien…Tu ne trouves pas cela bizarre que la très digne Victoria Whitaker, qui harcèle Paige à propos de ses manières, qui reproche à Claire de ne pas être à la hauteur de sa belle-famille, insiste pour nous dévoiler d'un coup tout son passé, y compris ses manipulations, son aventure avec un beau gosse un peu voyou, sa grossesse inattendue et son mariage forcé, et termine sa confession en avouant qu'elle a été l'auteur d'un incendie ? Je sais qu'elle est malade, mais ce n'est pas son état de santé qui peut transformer à ce point sa personnalité !

Buck mit son clignotant pour indiquer qu'il allait tourner à gauche, pour emprunter la route menant à la maison des Marsh.

— A ton avis, pourquoi nous a-t-elle fait une telle confession sans rien passer sous silence, Buck ? insista Anne.

— Parce qu'elle pense qu'elle ne sera pas là pour en affronter les conséquences, dit-il d'une traite.

Il se gara sur le bas-côté, prit son téléphone cellulaire et composa le numéro de Belle Pointe.

— Il nous faut une vingtaine de minutes pour arriver là-bas. Je vais demander à Miriam de surveiller ma mère, qu'elle le veuille ou non.

Au bout de cinq sonneries, le répondeur se mit en marche. Il secoua la tête.

— Je rappelle… Miriam est forcément dans la maison, marmonna-t-il.

A la quatrième sonnerie, une voix lui répondit, cette fois. Il eut du mal à reconnaître celle de Miriam, tant elle résonnait curieusement à ses tympans.

— Miriam, c'est Buck. Il faut que…

— On, monsieur Buck ! Si vous saviez…

Elle éclata en sanglots.

— Miriam, calmez-vous. Dites-moi ce qui se passe, exigea Buck d'un ton ferme.

— J'ai appelé les urgences, monsieur Buck. Pour votre mère. C'est tellement horrible…

— Grands dieux, Miriam, dites-moi ce qui est arrivé !

— Pas au téléphone…

— Dites-le-moi, répéta-t-il, péremptoire.

Miriam poussa un soupir à fendre l'âme.

— Mme Victoria est morte, monsieur Buck. Elle vient de se suicider.

25.

Les véhicules barraient l'entrée de la propriété. D'un coup d'œil, Buck reconnut le coupé de Claire, la berline de Pearce, et la voiture de police de Jack Breedlove. Une ambulance était garée juste devant le perron, et deux autres voitures se trouvaient un peu plus loin. L'une d'elles appartenait à Bill Armstrong, le médecin de Victoria.

En sortant de son 4x4, Buck sentit son estomac chavirer vers ses talons tandis qu'il contemplait la maison. La dernière heure qu'il avait passée avec sa mère risquait de le hanter jusqu'à la fin de ses jours. Il aspira une grande bouffée d'air et prit la main d'Anne dans la sienne. Ensemble, ils gravirent les marches du perron.

Le jeune policier roux montait la garde devant la porte. Il salua Buck avec empressement.

— Le commissaire est à l'étage, monsieur. Avec les ambulanciers. Mes condoléances, monsieur.

— Merci, Daniel.

Buck lâcha la main d'Anne.

— Reste ici, chérie. Le spectacle risque d'être désagréable, là-haut.

Il grimpa les marches rapidement. Une fois sur le palier, il déglutit avec peine. Un vague sentiment de nausée commençait à l'envahir.

Un petit groupe se tenait devant le lit de Victoria. Il était composé de deux ambulanciers, du médecin de Victoria, de Pearce, de Claire et de Jack Breedlove. Le regard de Buck s'attarda sur le visage de sa mère. Lorsqu'il l'avait quittée, ce matin, elle avait les traits crispés et de grands cernes bleutés sous les yeux. Maintenant, les paupières closes et le teint pâle, elle semblait étrangement paisible. Les ambulanciers s'apprêtaient à transférer le corps sur la civière qu'ils avaient installée près du lit. Sur le sol, une mallette d'urgence était ouverte, et les instruments divers éparpillés un peu partout indiquaient que l'on avait tenté l'impossible pour empêcher Victoria de mourir. S'était-elle vraiment suicidée ? Ou bien avait-elle été emportée par une crise cardiaque ?

Claire leva les yeux et croisa son regard. Aussitôt, elle se précipita dans ses bras.

— Oh, Buck…, gémit-elle en l'étreignant avec force.

Quand elle s'écarta, ses joues étaient mouillées de larmes.

— Je savais qu'elle était malade, mais elle n'aurait pas dû partir ainsi !

Par-dessus l'épaule de Claire, Buck intercepta le regard de Pearce, froid et distant.

— Elle souffrait beaucoup, murmura Buck à sa belle-sœur.

— On pouvait la soulager. Elle aurait pu recevoir les meilleurs soins. Financièrement, elle pouvait se le permettre. J'ai parlé à Miriam hier, comme tu me l'avais demandé. Elle semblait nerveuse, mais elle n'a fait aucune allusion au cancer qui consumait Victoria, dit-elle d'un ton amer.

— Tu pourrais rejoindre Anne en bas, Claire. Toutes les deux, vous pourriez offrir un peu de réconfort à cette pauvre

Miriam, car je suis sûr qu'elle en a bien besoin, suggéra-t-il avec douceur.

— D'accord.

Avant de sortir de la pièce, elle lança un coup d'œil à Pearce.

— Nous devons annoncer la nouvelle à Paige quand elle rentrera. Il vaut mieux qu'on le fasse ensemble, Pearce.

— Non. Tu n'as qu'à te débrouiller.

Elle ne broncha pas.

— Veux-tu que nous allions la chercher à l'école ? insista-t-elle.

Il secoua la tête.

— Je dois rester ici.

Le regard de Claire s'attarda un instant sur la haute silhouette de Jack, qui surveillait attentivement le transfert du corps de Victoria recouvert d'un drap bleu, du lit à la civière. Avec un soupir, elle sortit de la pièce. Buck s'approcha du médecin de sa mère.

Bill Armstrong soignait Victoria depuis toujours. Grand et mince, comme il convient à un coureur de marathon, son sport favori, Bill serra la main de Buck avec force.

— Je suis désolé, Buck. J'ai fait tout ce que j'ai pu pour tenter de persuader ta mère de suivre une chimiothérapie, mais elle a toujours refusé.

— Je le sais. Elle me l'a dit elle-même ce matin.

Il s'écarta pour laisser passer les ambulanciers portant la civière sur laquelle était étendue Victoria.

— Nous avons eu une longue conversation, il y a deux heures environ. Elle était très malade, mais elle ne semblait pas si près de mourir. Que s'est-il passé, exactement ?

Bill lui montra le sac en plastique qu'il tenait dans la main.

— Je crains qu'elle n'ait pris une dose trop forte de ces médicaments. Je les lui avais prescrits pour dormir, mais elle a dû les mettre de côté pendant ces dernières semaines, et elle les a avalés d'un seul coup.

Anne coupa son téléphone après avoir annoncé la nouvelle de la mort de Victoria à ses parents. D'accord avec Claire, elle avait demandé à Beatrice de bien vouloir aller chercher Paige au collège. Elle lui confiait ainsi la tâche délicate de prévenir l'adolescente. Qui mieux que Beatrice aurait pu s'en charger ?

Satisfaite de cet arrangement, Anne se rendit dans la cuisine avec l'espoir d'y trouver Miriam. A elles deux, elles réussiraient à faire du café en quantité suffisante pour accueillir et réconforter les gens qui commençaient à affluer dans la propriété. La nouvelle de la mort de Victoria semblait se propager comme une traînée de poudre dans le voisinage.

La cuisine était vide. En s'approchant de l'arrière-cuisine dans laquelle étaient rangées les provisions, elle entendit une voix d'homme pleine de colère. Celle de Pearce. Anne s'immobilisa devant la porte entrebâillée, pensant qu'ainsi il la verrait. Mais il lui tournait le dos et faisait face à Miriam qui se trouvait au fond de la petite pièce.

— Vous connaissez tous ses secrets, Miriam, alors inutile de me raconter le contraire ! Je vous préviens, vous avez intérêt à m'obéir…

Etait-il en train de menacer Miriam ? Anne avait beau tendre l'oreille, elle ne parvint pas à saisir la réponse de celle-ci.

— Elle vous a dit où elle l'avait caché, n'est-ce pas ? gronda Pearce.

De nouveau, la réplique de Miriam fut inaudible pour Anne. Mais de quoi parlait Pearce ? Qu'est-ce qui était caché ?

— Ne me racontez pas de balivernes, compris ? Elle est morte, et si vous me jouez un sale tour, vous ne risquez pas de finir vos jours à Belle Pointe ! En fait, vous serez à la rue en moins de deux ! tonna Pearce, manifestement à bout de nerfs.

Furieuse de l'entendre parler ainsi à Miriam, Anne se racla la gorge à plusieurs reprises avant de pénétrer dans la remise. En manches de chemise, la cravate de travers et les mèches en bataille, Pearce paraissait hors de lui. Acculée au mur, Miriam ressemblait à une brebis apeurée.

Anne passa devant son beau-frère sans même lui lancer un regard et enlaça les épaules de Miriam.

— Enfin je vous trouve, Miriam ! Venez m'aider à faire des sandwichs pour tous ces gens qui arrivent.

Elle se retourna vers Pearce et le fixa avec froideur.

— Ils sont en train d'emmener ta mère à la morgue.

Il hésita une fraction de seconde, comme s'il allait également s'en prendre à elle. Puis il poussa une sorte de grognement frustré, tourna les talons et sortit de la pièce.

Anne pencha la tête de côté, surprise.

— Je n'avais encore jamais entendu un être humain grogner ainsi. Et vous, Miriam ?

Stupéfaite, elle entendit celle-ci rire doucement.

— M. Pearce le fait régulièrement.

Les deux femmes pénétrèrent dans la cuisine.

— Vous avez eu une rude journée, Miriam, et les deux jours suivants risquent d'être difficiles. Nous n'avons pas besoin de faire des sandwichs pour tous ces gens. En fait, c'était un prétexte pour venir à votre secours.

— Merci, madame. M. Pearce a toujours été très coléreux.

— Mais pourquoi s'en prenait-il à vous ? Il avait l'air de vous menacer.

Miriam se redressa fièrement.

— Je n'ai pas peur de Pearce Whitaker, figurez-vous. En fait, c'est lui qui a peur de moi. Et je vais vous dire pourquoi...

Dès qu'il aperçut son frère, Buck comprit qu'il était fou de rage. Ce n'était pas le genre de Pearce, toujours si mondain et tiré à quatre épingles, de déambuler en manches de chemise et les cheveux en bataille dans une maison pleine de gens qui le dévisageaient avec curiosité. Buck allait l'entraîner à l'écart quand une main fine, mais ferme, se posa sur son bras.

— Il faut que je te parle, lui dit Anne d'un ton pressant.

— Allons dans la grange, lui suggéra Buck.

— Non, c'est trop loin. Viens plutôt par ici.

Elle le tira par la main jusqu'à un petit boudoir attenant à une salle de bains réservée aux invités de passage. Une fois à l'intérieur, elle verrouilla la porte derrière elle, puis appuya sur un bouton pour mettre en marche le ventilateur, afin que le son couvre celui de leurs voix.

Buck relâcha d'un seul coup ses défenses en se retrouvant en tête à tête avec la femme qu'il aimait. La pièce était minuscule, les yeux de sa femme plus bleus que jamais, et sa présence merveilleusement rassurante. Il eut tout à coup la certitude que même si ses repères extérieurs s'écroulaient autour de lui, le monde qu'il avait créé avec Anne demeurerait stable et plein de tendresse.

Elle le regarda, l'air d'un Sherlock Holmes en jupons.

— Buck, il faut...

— Un instant.

Il se pencha, prit son visage entre ses paumes et l'embrassa longuement.

— Je peux recommencer ? demanda-t-il en s'écartant, le temps de reprendre son souffle.

Elle le dévisagea comme s'il était devenu subitement fou à lier.

— Ils viennent d'emmener ta mère à la morgue, il y a une bonne trentaine de personnes rassemblées devant le perron, Claire frôle la crise de nerfs, et Pearce a…

De nouveau, la bouche de Buck fut sur la sienne, à la fois douce et fougueuse, savourant chaque millimètre de ses lèvres.

Le corps souple d'Anne épousait le sien à la perfection. Buck sentait qu'ils se complétaient à merveille à un niveau intime, comme si leurs cellules même correspondaient les unes aux autres. En dépit de tout ce qu'elle venait de dire, lorsqu'elle ouvrit la bouche en poussant un petit soupir de plaisir, il sentit ses lèvres s'étirer d'elles-mêmes. Oui, quelque chose, au plus profond de lui, se mit à sourire.

— Qu'est-ce qui t'a pris ? murmura-t-elle, quelques instants plus tard, la tête posée sur son torse.

— J'en avais terriblement besoin, chérie.

Il lui caressa le dos avec tendresse.

— Alors ? Qu'avais-tu de si urgent à me dire ?

— Il s'agit de Pearce. Je l'ai entendu en train de menacer Miriam.

La main de Buck s'immobilisa.

— Raconte-moi ça.

Ce qu'elle fit, dans les détails.

Il fut facile, pour Buck, de trouver Pearce en sortant de la petite pièce. Son frère arpentait la moquette juste devant la porte.

— J'ai à te parler, grommela ce dernier. En privé.

Buck lança un coup d'œil à la pièce qu'il venait de quitter. Il n'avait aucune envie de se retrouver en tête à tête avec son frère dans un espace aussi confiné.

— Tu as un endroit à me suggérer ?

— Ma chambre.

Buck haussa les épaules et le suivit. Cette confrontation devait se produire tôt ou tard. Autant que ce soit maintenant. Les deux hommes grimpèrent les marches menant à l'appartement somptueux que Pearce occupait dans une aile de la maison.

Ils pénétrèrent dans la vaste chambre, dont Pearce claqua la porte derrière lui avant de se tourner vers Buck.

— Je sais que tu as passé plus d'une heure avec maman ce matin. Elle a pris ces satanés médicaments juste après t'avoir parlé. Que s'est-il passé ? Qu'est-ce que tu lui as raconté pour la bouleverser à ce point ? demanda-t-il sans ambages.

— Je ne l'ai pas bouleversée, loin de là. En fait, c'est le contraire.

— Explique-toi, exigea Pearce en le dévisageant d'un regard perçant.

Buck s'approcha de la grande fenêtre et se campa devant son frère. Comme il tournait le dos à la lumière, celle-ci éblouissait quelque peu son frère aîné.

— Anne et moi, nous avons lu quelques pages du journal de papa, hier soir.

Pearce s'immobilisa, le corps ramassé, comme un fauve flairant un danger.

— J'ignore pourquoi papa a laissé un tel document. Il aurait pu emporter son secret dans la tombe, mais visiblement, il a préféré le consigner dans son journal, afin qu'un jour, un Whitaker le découvre.

Pearce s'efforça de garder un air neutre.

— Je ne vois toujours pas ce que tu veux dire.

— Très bien. Je vais t'éclaircir les idées. Si je suis venu voir maman ce matin, c'était pour lui parler de ce que papa avait écrit à propos de la mort de Jim Bob Baker, et…

— Tu ne vas pas recommencer, bon sang ! Tu ne…

Sans broncher, Buck l'interrompit d'un ton calme.

— Anne et moi, nous avons trouvé maman au fond de son lit. Elle semblait très malade. En la voyant ainsi, j'ai décidé de ne pas lui parler de ce que je venais de découvrir, mais elle avait deviné que j'avais lu le journal de papa. Tu sais à quel point elle était têtue. Une fois qu'elle avait pris sa décision, rien au monde ne pouvait l'empêcher de la mettre à exécution.

— Et alors ? gronda Pearce, les poings serrés, comme s'il s'apprêtait à livrer bataille.

— Elle était certaine que papa avait confié son secret à son journal, et elle avait cherché ce document pendant des années, poursuivit Buck, imperturbable.

— On aurait dû brûler ces satanés cahiers !

— C'est effectivement ce qu'elle a tenté de faire en mettant le feu aux archives de *L'Observateur*.

— Quoi ?

— Inutile de prendre cet air outragé, Pearce. Anne t'a entendu pendant que tu proférais des menaces contre cette pauvre Miriam, dans l'arrière-cuisine. Tu voulais savoir où maman avait caché l'ordinateur portable d'Anne… Donc, tu étais au courant de son acte criminel. Au passage, je te rappelle que si jamais tu t'en prends de nouveau à une femme aussi dévouée, qui a changé tes couches et essuyé ton nez, tu auras affaire à moi. Et tu le regretteras, je te le garantis.

— Tu n'es qu'une grande gueule, marmonna Pearce.

Buck le toisa de toute sa taille, l'air si déterminé que son frère détourna le regard.

— Maman nous a avoué que c'était elle qui avait mis le feu.

Elle regrettait d'avoir mis en danger la vie d'Anne et de Paige, bien sûr. Son seul motif, c'était d'empêcher Anne de découvrir un secret de famille.

Il fixa son frère dans le blanc des yeux avant d'ajouter :

— Ce secret te concerne, Pearce.

— Ah ! Tu vas encore radoter à propos de Jim Bob, je parie !

— Non. En fait, je pourrais te parler de Rudy Baker. Mais je ne pense pas que tu en aies envie, répondit Buck.

Pearce demeura silencieux un bon moment, l'air hébété. Buck n'avait pas encore décidé de la conduite à suivre. Il penchait pour la tolérance. Quel mal y aurait-il à laisser Pearce se présenter comme l'aîné des fils de John Whitaker ? Cela préserverait le secret de leur mère. D'un autre côté, il ne pouvait pas laisser filer son frère comme si de rien n'était, alors qu'il avait commis un meurtre de sang-froid.

— Tu n'as aucune preuve, lâcha enfin Pearce.

— Si tu parles de la mort de Jim Bob, je peux donner un indice tangible indiquant que tu l'as tué. J'ai ce contrat absurde que tu lui reprochais. Mais je me demande si tu l'as tué parce qu'il piquait de l'argent à Belle Pointe, ou parce qu'il menaçait de clamer sur les toits que ton père n'était pas un aristocrate planteur de coton, mais un chanteur de cabaret coureur de jupons ?

Pearce lança instinctivement un coup d'œil autour de lui, comme s'il craignait qu'on les entende.

— Tu ne peux rien prouver, siffla-t-il entre ses dents.

— Je pourrais tenter de le faire, mais ce ne serait pas facile, je l'admets. Peut-être la situation doit-elle rester telle quelle. Mais à deux conditions.

Pearce secoua la tête.

— Je ne vois pas comment tu pourrais me dicter tes conditions, alors que d'un côté, tu n'as pas de preuves, et de l'autre, le scandale que tu provoquerais risquerait d'éclabousser ta réputation de sportif, et pas seulement la mienne.

— J'ai rompu mon contrat avec les Jacks, Pearce. J'arrête le base-ball. Je vais me consacrer à Belle Pointe.

Incrédule, Pearce le fixa longuement.

— Tu te fiches de moi ? Tu n'existes que par et pour le base-ball ! Pourquoi veux-tu me faire croire que tu vas vivre désormais au volant d'un tracteur et planter du coton dans une région de culs-terreux ? Tu sais qu'il faut aller jusqu'à Memphis pour manger des sushi ?

Il eut un rire glacé.

— Cesse de dire des âneries, Buck !

— Je ne t'ai pas encore dit quelles sont mes conditions.

— On s'en fout, de tes conditions !

— Primo, tu cesses de faire campagne. De toute façon, tu n'auras aucune chance de te faire élire quand les gens verront que je soutiens ouvertement Jack Breedlove.

Laissant son frère écumer de rage, Buck poursuivit, impitoyable :

— Secundo, tu quittes la région. Tu as sans doute des contacts à Washington, tu n'as qu'à t'y installer. Tu es avocat, et menteur professionnel par-dessus le marché… Tu as donc toutes les chances de réussir là-bas.

— Espèce de fils de…

Buck s'éloigna de la fenêtre, très calme.

— Surveille ton langage, Pearce. Tu n'as pas le droit de faire de telles allusions alors que le corps de notre mère est à peine froid.

Il voulut passer devant Pearce pour sortir de la pièce, mais ce dernier le saisit par le bras.

— On n'a pas fini de parler, tous les deux.

D'un geste sec, Buck se dégagea.

— Je n'ai pas envie de t'entendre davantage. Dès que notre mère sera enterrée, j'irai voir Jack Breedlove. Ce que je lui dirai dépend de toi. La balle est dans ton camp, Pearce.

— Et dans le mien.

Les deux hommes se tournèrent d'un même mouvement. Claire sortit de la salle de bains adjacente à la chambre, un léger sourire aux lèvres.

— Quand on veut avoir une discussion privée, il vaut mieux vérifier que personne ne vous écoute. Dommage que vous ne l'ayez pas fait.

— Depuis combien de temps es-tu ici ? aboya Pearce.

— Suffisamment longtemps.

Elle s'approcha de lui et redressa son nœud de cravate.

— Je te rappelle que c'est sans doute le seul endroit de la maison où on peut encore être tranquille.

— Cette discussion ne te concerne pas, Claire. Tu as déjà demandé le divorce, alors file d'ici ! ordonna Pearce sans aménité.

Claire se campa devant lui, des éclairs dans le regard.

— Tu crois que je ne me sens pas concernée, alors que je sais maintenant que j'ai été mariée à un criminel ? Que j'ai vécu dans le mensonge pendant seize ans ?

Elle eut une moue de dégoût.

— J'ai accepté bien des choses depuis le jour de mon mariage, Pearce. J'avais l'intention de te quitter sans faire de vagues, et d'entamer une nouvelle vie. Mais après ce que j'ai entendu, je ne vais pas te laisser jouir tranquillement de ta liberté. Je suis restée passive trop longtemps, et je n'ai pas l'intention de me montrer aussi tolérante que Buck.

Elle ouvrit la porte, la tête haute, le regard fier.

— Je parlerai à Jack Breedlove le lendemain de l'enterrement.

— Ça, j'en suis sûr, marmonna Pearce, sarcastique.

— C'est au commissaire de police que je m'adresserai, pas à l'ami. Pour ta gouverne, je n'ai pas une aventure avec lui. J'ai été tentée de te quitter de nombreuses fois, Pearce. Depuis que j'ai pris ma décision, je n'ai jamais été aussi heureuse.

Elle s'apprêtait à franchir le seuil, quand elle se retourna.

— Je te donne trois jours, par un de plus, pour te livrer toi-même à la police. J'imagine que tu ne le feras pas, mais qui sait ? Nous le saurons bientôt… N'est-ce pas, Buck ?

Elle allait refermer la porte quand Buck s'empressa de la rejoindre. Ensemble, ils descendirent le grand escalier, laissant derrière eux Pearce, fulminant de rage.

Anne contemplait son mari avec ahurissement. Elle n'était pas la seule. Près d'elle, le regard fixe, l'air sidéré, Franklin et Beatrice étaient suspendus aux lèvres de Buck.

Quand ce dernier termina son récit, il y eut un long silence plein de stupeur.

— Claire entendait tout derrière la porte, et vous l'ignoriez ? demanda enfin Beatrice, en réprimant une envie de rire.

Buck eut un sourire gêné.

— En fait, j'avais l'intuition qu'il y avait quelqu'un dans la salle de bains… Le parfum de Claire est très particulier.

— Et elle est sortie comme une guerrière, prête à affronter son mari ? insista Beatrice, incrédule.

— On aurait dit l'ange de la vengeance. J'ai l'impression que son indépendance lui va comme un gant, affirma Buck.

Un sourire aux lèvres, un verre de cognac à la main, Franklin intervint à son tour.

— Elle lui a vraiment donné un ultimatum ?

— Je pense que c'est surtout symbolique, dit Buck en posant sa tasse de thé sur la table.

Il loucha une fraction de seconde vers le cognac de son beau-père. Voilà qui l'aurait réconforté davantage !

— Je ne suis pas enchanté de la façon dont la situation risque de se résoudre. J'ai discuté avec Jack, et il nous semble à tous les deux difficile de poursuivre Pearce avec pour seule preuve quelques mots confiés par mon père à son journal intime il y a plus de vingt ans. De plus, papa n'a écrit que ce qu'il soupçonnait, il n'a pas été témoin du meurtre. Quant à Pearce, il niera tout en bloc jusqu'à son dernier souffle.

Il se leva. Anne l'imita et lui prit la main.

— Je suppose que tu n'as guère envie de révéler le motif de Pearce dans cette sombre histoire. Cela jetterait une ombre sur la réputation de ta mère, et maintenant qu'elle est décédée, je trouverais cela un peu injuste. A mon avis, le mieux est de l'enterrer avec ses secrets, dit Anne en lui serrant tendrement la main.

— Tu as raison. Pearce, en revanche, va tout perdre, ou presque. Il n'a plus aucune chance de faire de la politique, sa femme l'a quitté, et il doit reconstruire sa carrière depuis le début à Washington, sans l'aura prestigieuse de Belle Pointe qui lui permettait d'ouvrir toutes les portes. De plus, il n'ignore pas que je sais qu'il a tué un homme de sang-froid. Et que je ne suis plus le seul à être au courant.

— Celle qui m'inquiète, dans cette histoire, c'est Paige, intervint Beatrice.

— Je suis d'accord avec toi. Comment a-t-elle pris la nouvelle ? Même si Victoria n'était pas particulièrement tendre, elle était sa grand-mère. Sa mort soudaine a dû lui causer un choc, non ?

— Oh, j'ai failli oublier…

Au lieu de répondre à Anne, Beatrice ouvrit un buffet et en retira une superbe tourte au chocolat.

— Paige et moi, nous l'avons faite aujourd'hui pour nous distraire.

Elle posa le gâteau au centre de la table et entreprit de le découper.

Buck s'assit aussitôt.

— J'en veux bien une tranche, s'il te plaît.

— Moi aussi, dit Franklin.

Tandis que Beatrice les servait généreusement, Anne lui glissa à l'oreille :

— Nous parlions de Paige…

— Elle n'a rien dit pendant un moment, après que je lui ai annoncé la nouvelle. Bien entendu, je n'ai pas parlé de suicide. Je lui ai simplement expliqué que Victoria avait un cancer, et qu'elle avait refusé tous les traitements médicaux. Paige connaissait bien sa grand-mère, car elle m'a affirmé que jamais Victoria n'aurait accepté de perdre ses cheveux.

— Elle n'a pas pleuré ?

— Pas la moindre larme, malheureusement. Elle m'a annoncé que la mort de Victoria n'était qu'un changement parmi d'autres, car elle s'attend à ce que ses parents divorcent bientôt. Comme je savais que Claire ne lui avait rien dit à ce sujet, cela m'a brisé le cœur.

— Cette gamine est stupéfiante, murmura Anne.

— Elle a lu le journal des Whitaker, elle aussi, non ? intervint Buck, la bouche pleine.

Beatrice acquiesça.

— J'ignore quand elle l'a appris exactement, mais elle connaissait l'horrible secret de son père. J'ai remarqué depuis longtemps qu'elle prenait ses distances avec lui. C'est pour ça qu'elle s'inquiétait tellement de voir sa mère sombrer dans l'alcool... Elle n'avait plus personne à qui s'accrocher.

— Voilà pourquoi elle arborait des vêtements aussi noirs et un maquillage tragique. Sa vie d'adolescente était bien trop sombre.

Anne posa sa main un instant sur celle de Beatrice.

— Heureusement que tu étais là pour elle...

— Si Claire réussit à se détacher complètement de l'alcool et qu'elle assume son divorce sans faire de rechute, je pense que Paige ira de mieux en mieux.

— Surtout si Claire épouse Jack, intervint Buck.

Devant les trois paires d'yeux qui le fixaient avec stupéfaction, il ajouta, avec un haussement d'épaules :

— En tout cas, elle en a bien l'intention. Elle me l'a annoncé elle-même.

— Elle semblait beaucoup plus heureuse ces derniers temps. C'est le genre de petit miracle que l'amour accomplit, murmura Beatrice en échangeant avec Franklin un regard plein de douceur.

Un silence confortable s'établit dans la pièce. Anne observa les deux hommes qui avalaient leur tranche de gâteau avec appétit, et aspira une grande bouffée d'air. Une dernière tâche l'attendait, et cela la rendait nerveuse.

— Quelque chose ne va pas ? lui demanda Beatrice en posant des tasses vides dans l'évier.

Beatrice avait un troisième œil pour percevoir tout ce qui se passait chez elle, songea Anne. Elle avait pu le vérifier à plusieurs reprises, ces derniers temps. Le lien qui les unissait était si fort... Comment ne s'en était-elle pas aperçue plus tôt ?

— Je voudrais te montrer quelque chose, murmura-t-elle.

Elle lança un coup d'œil autour d'elle.

— C'est ce que tu cherches, non ?

Beatrice lui tendit son sac, à demi caché sous la table. Leurs regards se croisèrent et Anne comprit que non seulement Beatrice connaissait ses intentions, mais qu'elle les encourageait.

— On pourrait s'installer dans le salon, suggéra Anne.

— Nous revenons dans quelques minutes, lança Beatrice aux deux hommes qui discutaient paisiblement.

De plus en plus nerveuse, Anne pénétra dans la pièce, décorée d'objets anciens qui venaient de la famille de Beatrice. Ses propres ancêtres aussi. Elle s'assit dans l'un des deux canapés recouverts de chintz fleuri, et invita sa mère à faire de même. Puis elle ouvrit son sac et en retira une enveloppe.

— Oh…

Beatrice la reconnut aussitôt. Instinctivement, elle posa une main sur son cœur.

— Cette lettre se trouvait dans la boîte que tu m'as remise. Elle était scellée à la cire, et m'était adressée. C'est Laura qui l'a écrite à mon intention.

— Je sais, dit Beatrice dans un souffle.

— Malgré les événements qui n'ont cessé de se précipiter et de nous bouleverser ces derniers jours, j'ai trouvé le temps de lire tous les documents qui se trouvaient dans cette boîte. Merci de m'avoir permis de comprendre l'amitié qui te liait à Laura, dit Anne en posant sa main sur celle de Beatrice.

Trop émue pour parler, celle-ci acquiesça d'un mouvement de la tête.

— J'aimerais te lire cette lettre, si tu es d'accord.

— Bien sûr, articula Beatrice.

Anne sourit. D'un coup, elle se sentait plus à l'aise.

— « Anne, ma chérie », commença-t-elle.

Sa gorge se serra à l'étouffer devant ces mots écrits par quelqu'un dont elle chérissait tant le souvenir.

Elle toussota et poursuivit :

— « Si tu lis cette lettre, c'est que tu as enfin rencontré ta mère biologique, et que tu es au courant de la liaison que ton père a eue avec Beatrice Jones. Une liaison qui a eu une merveilleuse conséquence, puisque tu es là, ma chérie. Quand Franklin m'a avoué son aventure, il se sentait terriblement coupable de m'avoir été infidèle. Pourtant, j'ai aussitôt pensé qu'il avait tout simplement fait ce à quoi je m'attendais depuis longtemps. Ainsi, c'était derrière nous, et nous pouvions vivre comme si rien ne s'était passé. J'étais si sûre de moi, si certaine de me montrer noble, digne et capable de pardonner ! C'était absurde. Très vite, je me suis révoltée et j'ai ressenti une immense colère. Je me suis recroquevillée au fond de mon lit en espérant mourir le plus rapidement possible. La situation était si injuste… Franklin était un homme en pleine forme, bourré d'énergie, comme moi-même je l'étais avant que la maladie ne me rende faible, vulnérable, lamentable. Il était normal qu'il ait une aventure. Ce qui était étrange, c'est qu'il n'en ait pas eu une plus tôt, me suis-je dit. Mais ce que je craignais plus que tout, c'était qu'il ne demande le divorce.

» Je connaissais mal Franklin. Jamais il ne l'aurait fait. Et moi, je n'ai pas eu le courage de le lui proposer, j'étais trop égoïste — bien plus, en fait, que ton père, ma chère Anne. Au lieu de cela, Franklin m'a expliqué ce qui l'avait poussé à m'avouer son infidélité, pourquoi il avait trahi nos vœux de mariage. Il n'avait pas juste eu une aventure. Il avait engendré un enfant.

» Ma détresse était si grande que j'aurais voulu hurler de souffrance. Oh, comme je les haïssais, tous les deux ! Cet enfant, je l'avais tant espéré, en vain. Non seulement il était tombé amoureux d'une jolie jeune femme en bonne santé, mais en plus, il lui avait fait un enfant. Cela semblait si facile, si naturel ! Pendant que j'écoutais ses aveux, le cœur serré, prête à essayer de les punir, de leur faire payer leur bonheur, il m'a annoncé que le père de la jeune femme estimait qu'elle avait déshonoré la famille en concevant un bébé hors des liens du mariage. Il l'avait donc envoyée chez une parente éloignée, à des milliers de kilomètres de là. Il avait l'intention d'obliger sa fille à faire adopter son bébé dès sa naissance.

» L'idée de donner un bébé à des étrangers alors que j'avais tant envie d'en avoir un me semblait complètement absurde. D'autant plus qu'il était l'enfant de Franklin. J'aurais eu des regrets jusqu'à la fin de mes jours. Ma chérie, comment puis-je te faire comprendre les émotions par lesquelles je suis passée à ce moment-là ? Dans mon cœur, je ne savais qu'une chose : ce bébé serait le mien.

» Crois-tu qu'il s'agissait d'égoïsme ? Peut-être. Mais cet enfant, je le prenais comme un cadeau envoyé par le ciel pour me consoler de la maladie qui m'afflige et me rend stérile. Oui, un vrai don de Dieu. »

La voix brisée par l'émotion, Anne s'interrompit et essuya la larme qui roulait sur sa joue.

— Excuse-moi, murmura-t-elle en se laissant aller contre Beatrice, qui l'étreignit tendrement.

Elle toussota avant de poursuivre.

« Au fil des ans, j'ai communiqué avec Beatrice Jones et je l'ai tenue au courant de tout ce qui t'arrivait. Elle était là en esprit, à ta première rentrée scolaire, et à la remise de ton diplôme universitaire… Le jour de ton mariage aussi. Et quand le moment sera venu, et que tu liras ces lignes, j'espère que tu seras assise près d'elle et que tu pourras lui transmettre mon dernier message : Je lui dis “Merci”, du fond du cœur. »

Une longue minute de silence s'écoula après la lecture de cette lettre. Ni Anne ni Beatrice ne pouvaient émettre un son. Elles avaient la gorge nouée et la vision floue, émues aux larmes par la générosité de Laura.

— Je lui suis reconnaissante d'avoir pensé à écrire cette lettre, chuchota Anne, la tête posée sur l'épaule de sa mère.

— Laura était un ange. Un ange merveilleusement humain. Je lui dois beaucoup, répondit Beatrice avec douceur.

Anne s'écarta légèrement, leva les yeux vers sa mère et lui posa un baiser sur la joue.

— Finalement, j'ai eu beaucoup de chance, maman.

Épilogue

Trois mois plus tard…

Allongée dans son lit, Anne inspira à plusieurs reprises, très lentement. Puis, les yeux clos, elle attendit. Près d'elle, Buck remua, prouvant ainsi qu'il s'éveillait progressivement, comme d'habitude, quelques minutes avant la sonnerie du réveil. Il avait sa propre horloge intérieure. Ce devait être propre aux cultivateurs. D'un geste instinctif, il se tourna sur le côté et voulut attirer sa femme à lui.

— Ne me touche pas… Surtout, ne bouge pas !

Il s'immobilisa et souleva une paupière.

— Pendant combien de temps ?

— Je ne sais pas.

De nouveau, elle inspira lentement. Un sourire aux lèvres, il se remit sur le dos en douceur et glissa les mains derrière la nuque.

— Bon, alors tu me préviendras.

Brusquement, Anne rejeta ses couvertures, se leva d'un bond et se précipita vers la salle de bains. Comme chaque matin, elle était en proie à la nausée. Rien ni personne n'avait réussi à faire cesser ces malaises.

Désormais rodé, Buck la rejoignit et se tint derrière elle, prêt à l'aider. Il lui tendit un linge humide afin qu'elle s'essuie le visage, puis la soutint pour qu'elle se redresse plus aisément. Très calme, il alla se recoucher tandis qu'elle se lavait les dents.

— Bonjour, chérie ! lui dit-il quand elle vint se glisser de nouveau sous la couette.

Elle secoua la tête en riant.

— C'est tellement idiot… Je me sens parfaitement bien, maintenant.

Il la prit dans ses bras et l'embrassa avec tendresse.

— Cela risque de durer encore longtemps ?

— Qui sait ? Peu importe, ce n'est qu'un petit désagrément, après tout… Dans six mois, nous aurons un bébé, murmura-t-elle, les yeux brillant de joie, avant de l'embrasser en retour.

Il se redressa sur un coude pour mieux la dévisager.

— Tout va bien, cette fois ?

Alertée par la pointe d'inquiétude dans la voix de son mari, elle s'efforça de le rassurer.

— Absolument. Figure-toi que je n'ai pas la moindre angoisse, car je sais que c'est le bon moment pour nous deux. Nous allons avoir un enfant formidable.

L'air grave, il la fixa avec intensité.

— Tu m'as pardonné, alors ?

— Depuis longtemps.

Il la serra contre lui. Apaisée, détendue, Anne songea au miracle de la deuxième chance. Cette fois, ils ne commettraient pas les mêmes erreurs. Elle s'était enfuie vers Tallulah quand elle avait perdu tous ses repères et que son univers avait volé en éclats. Buck avait eu suffisamment de sagesse et d'amour pour la suivre. Ensemble, ils avaient reconstruit leur couple. Buck avait trouvé sa place légitime à Belle Pointe, et elle, elle avait découvert des trésors inestimables, dont elle n'aurait jamais soupçonné l'existence.

Après avoir lancé un coup d'œil au réveil, elle se tourna vers son mari.

— Il nous reste dix minutes. Ne les gâchons pas, lui glissa-t-elle à l'oreille, les joues roses de bonheur.

— Le 1er novembre —

Noces noires - Metsy Hingle • N°304

Six ans se sont écoulés depuis le jour fatal de la mort d'Emily Le Blanc, étranglée à l'aide d'un bas de soie noir. Et son meurtrier n'a jamais été retrouvé. Charlotte Le Blanc, jeune inspecteur de police, n'a qu'une idée en tête : arrêter l'assassin de sa sœur adorée.
Or un nouveau meurtre vient d'être commis, selon le même mode opératoire. Cette fois, la victime est une très belle jeune femme, à la veille de ses noces avec un homme d'affaires. Pour mettre la main sur le tueur, Charlotte doit trouver quel lien fatal unit les deux victimes...

Au cœur de l'ouragan - Karen Harper • N°305

Plus que quelques heures.... Julie Minton, thérapeute en Floride, n'a plus que quelques heures pour retrouver sa fille Randi. Car celle-ci a mystérieusement disparu lors d'une promenade en mer avec son petit ami - alors même qu'un violent ouragan se rapproche dangereusement des côtes de la Floride... Comment lancer des recherches quand tout le monde ne songe qu'à fuir ? Il reste si peu de temps à Julie, si peu de temps pour retrouver Randi... et pour échapper elle-même à la mort.

La perle de sang - Cameron Cruise • N°306

Une voyante vietnamienne vient d'être poignardée à Westminster, Californie. A la place de ses yeux, deux orbites vides. Et dans sa bouche, une étrange perle appelée l'œil d'Athéna, volée par des pilleurs de tombes, et connue pour délivrer le don de double vue... Gia Moon, elle aussi medium, sait qu'elle court désormais un grand danger – car elle seule est capable de retrouver ce tueur avide de pouvoirs occultes et de sacrifices ...

Pendant que la ville dort - Helen R. Myers • N°307

Par une violente nuit d'orage, Campbell Cody, chargée de la sécurité d'une luxueuse propriété, voit la Pontiac blanche de Maida, l'une des résidentes, manquer l'écraser avant de s'enfuir à vive allure. Or Maida est une respectable vieille dame dont rien n'explique cette course affolée dans la nuit. Le lendemain, lorsque le véhicule est retrouvé au fond d'un fossé, Campbell sait qu'elle va devoir remonter la piste de cette nuit criminelle. Car Maida n'a pas été victime d'un accident, mais d'un meurtre...

La fortune des Stanton - Karen Young • N°308

Elizabeth Stanton, belle héritière de 29 ans, est ruinée. Pour sauver le domaine de Mimosa Landing, dans sa famille depuis le XIXe siècle, elle se résout à faire un mariage d'argent avec un riche homme d'affaires : Max Riordan.
Mais une fois leur union célébrée, Elizabeth est victime d'accidents et d'agressions qui ressemblent fort à des tentatives de meurtres... Qui peut bien être derrière tout cela ? Et si c'était une terrible méprise ? Elizabeth ne se connaît en effet aucun ennemi...

Le secret du Nil - Shannon Drake • N°309

Quand on lui propose de venir travailler au Caire, Katherine est ravie. L'Egypte... La Vallée des rois, Toutankhamon, Néfertiti... autant de noms magiques qui la font rêver depuis toujours. Et puis, David Turnberry, le brillant archéologue qu'elle aime en secret, sera du voyage. Avec sa fiancée, certes, mais au royaume des Pharaons, les espoirs les plus fous ne sont-ils pas permis ? Pourtant, très vite, d'étranges incidents viennent perturber l'expédition...

Promesse et défi - Debbie Macomber • N°155

A la mort de son père, Margaret Clemens se retrouve seule, et immensément riche. Mais dans la petite ville de Buffalo Valley, où elle s'est toujours comportée en véritable garçon manqué, personne ne s'attend à la voir trouver un compagnon. Aussi la stupeur est-elle générale lorsqu'elle annonce son mariage avec Matt Eilers, un séducteur au passé tumultueux...

Composé et édité par les
éditions Harlequin
Achevé d'imprimer en août 2007

BUSSIÈRE
GROUPE CPI

à Saint-Amand-Montrond (Cher)
Dépôt légal : septembre 2007
N° d'imprimeur : 71154 — N° d'éditeur : 13032

Imprimé en France